慈禧全傳典藏版④

清宮外史

【上】

高陽——著

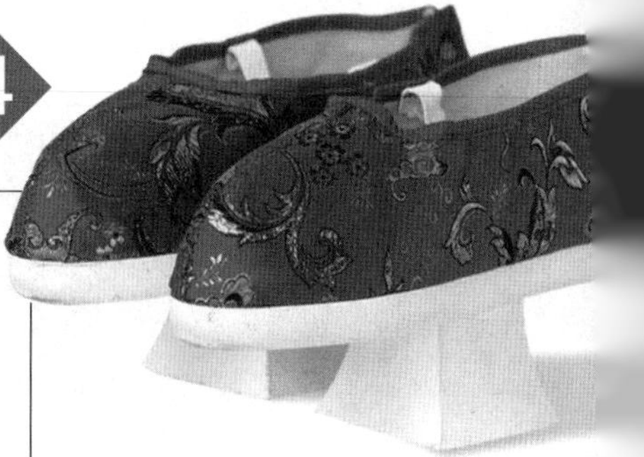

〈代序〉神交高陽

二月河

《康熙大帝》四卷書出齊時，我已小有名氣。有一天，一位讀者問我：『先生讀沒讀過高陽的書？』我一下子笑起來，高陽的書豈但『讀過』，且是見一本買一本，買一本讀一本。我自家作品中頗多技巧性的做法，還是拜賜了老先生的作品啓發。他的前後慈禧傳、《玉座珠簾》，以及後來才讀到的《乾隆韻事》，其中對皇帝對后妃的心理及行爲的描摹，和我所讀史的印證，也有頗多的溝通。我算是高陽先生不錯的一位神交呢！次後的日子裏，台灣一家文學機構多次邀我赴台一訪。就我的心情，即使見一見高陽，去一趟也是值得的，卻因俗事冗繁未能成行。忽然有一天，台灣『二月河讀友會』的盧淦金先生來電話，說『高陽先生今天去世了……』一驚之下一陣悵然，轉思人世緣分無常，心中又復悲淒。從茲失一神交，無法彌補渴見情懷了……

辛亥革命清室鼎謝。當時的口號裡有『驅逐韃虜，光復中華』的話頭。其實這口號還可以按時序上溯，直至皇明甲申之變。滿洲人入關殺漢人，入主中央執天下太阿，漢人幾百年沒有服氣過，也沒有停止過這種民族反抗。盤踞台灣的鄭家政權，朱三太子，還有吳三桂興的『三藩之亂』以及次後難以數計的小大起義，義軍會口號都和這個話頭差不多。錯話說幾百年說一千遍，似乎成了對話。其實只要靜心一想就明白了。『韃虜』也好、『夷狄』也好，難道不是『中華』之一部分？這口號自相矛盾了。實際這只是漢人極狹隘的情緒弘揚——也不能說全然沒道理，畢竟滿人入關嘉定三屠、揚州十日殺戮慘烈，眞的仇深似海。但從歷史的角度，從整個文明的角度審視，這口號是大可挑剔的。由於後來的革命變遷、人事轉換，人們又去想更新的事了，所以這口號的毛病也不大有人提起了。

然而當下的文化徵候還在繼續流播。反滿的文化傳統並未受到傷損。這種傳統影響到史學界，雖無法迴避這二百多年的『正統』，但對其研究中帶了『排滿』便言語失卻公允。這還只是少數人的事，帶到文學界，帶進民間口傳文學，這個因喪權辱國給民族帶來奇恥大辱的清室統緒，簡直是『洪桐縣中無好人』了。

高陽的多部作品都是反映晚清風貌風情的，連同近來三聯書店推出的《大野龍蛇》，風格都是那麼一致，那麼『如實』，不事誇飾，那麼娓娓綿綿情懷寬博和平，讀來如同剪燭良宵對友長談，就我的經驗，如無絕寬的襟懷，無絕大的學問作底蘊，無論怎樣的才華橫溢都是決計做不來的。

文學當然是觀念形態的東西，是人本位的張揚，每一個作者自己的政治、理想形態肯定要在他的作品中自覺或不自覺地流露。我以爲：既然如此，何必故意做張做智？比如說極峰之作《紅樓夢》，裡頭如果串上一段黃世仁楊白勞的情節，況味若何？一些非常了不起的作家，因了力氣去圖解自家的意識形態立場，結果如何？我常笑讀，心中想『這寫的眞是聲嘶力竭，氣急敗壞』。

看遍高陽的書，沒有這樣的玩藝。即使寫很慘酷、很壯烈激切的情事，也沒有張牙舞爪、歇斯底里的『作家意識』。我很疑這先生是舊八旗子弟，那份聰穎從容學不來。後來盧淦金先生告訴我，居然這是眞的。他的書讀起來平中有奇，有的處則寓平於奇，有點像與作者牽手而行於山陰道，由他指點譬話，評說侃語——這不是寫作的本事，這是天分了。

淦金先生和高陽是朋友，和我也是朋友，他曾約我到台北和高陽『一道兒喝老燒刀子』，可惜了沒這緣分。但高陽的書還在，不是麼？還可以侃下去的。

二〇〇一年五月下浣

序曲

光緒四年十月二十七。

養心殿內外幾乎差兩個月的天氣，殿外的大水缸中，已連底結了冰；東暖閣內，卻如十月小陽春——從穆宗以天花在此崩逝後，兩宮太后再度垂簾，曾經大修過一次，門窗隙處嚴絲合縫，擋住了西北風帶來的寒氣，加上四個紅銅銅的大炭盆，烘得遍體溫煦，所以君臣議事，十分從容。

『四川東鄉一案，至今未結。四川總督丁寶楨、雲貴總督李宗羲的覆奏，情節不符。李宗羲覆奏，請援楊乃武一案成例，由刑部提審。臣等公議，這一案與楊案的情形不同，第一，案內人證眾多；第二，四川路太遠，提京會審，太拖累百姓了。至於由六部九卿會議，亦是難以懸斷。臣等想請懿旨，特派欽差馳驛查審。』

恭王一口氣說完，將手往後一伸；寶鋆便很快地將一張紙條塞到了他手裡。

『這麼辦很妥當。』慈禧太后問道：『預備派誰啊？』

恭王看著那張紙條唸道：『禮部尚書恩承，侍郎童華。』

『恩承對於外面的情形，也還明白。可以！』慈禧太后又說：『這個案子拖得也太久了；我都記不清下過多少旨意了。』

『多少？』恭王回頭問寶鋆。

寶鋆便看一看沈桂芬——他輕輕答道：『一共十二道。』

慈禧太后目明耳聰，已經聽到了，『把那十二道旨意，還有文格的原奏，一起抄給恩承。』

『是！』恭王陳奏另一件事，『昨天奉懿旨，讓貴州巡撫黎培敬，到京陛見。黎培敬從同治三年放到貴州當學政，在那裡十二年了。貴州地方很苦，似乎該調劑一下？』

『黎培敬官聲不壞，是該調劑他一下，等他到京再說好了。』

『既蒙聖諭，黎培敬想來不回任了。不如此刻就先派人補他的缺。臣……』

『我也是這個意思。』慈禧太后搶著說道：『貴州叫沈桂芬去！』

此言一出，彷彿大白天打個焦雷，將人的耳朵都震聾了。每個人都拿她的話在心中複誦一遍，是啊，一點不錯，明明白白五個字：叫沈桂芬去！

『臣等不敢奉詔！』寶鋆先就抗聲相爭：『巡撫是二品官。沈桂芬現任協辦大學士、兵部尚書、充任軍機大臣，官居一品，宣力有年；不宜貶到邊地。這道旨意一下，中外震駭，朝廷體制、四方觀聽，都大有關係。伏乞兩位皇太后，收回成命。』

『寶鋆奏得是。』恭王接著也說：『而且總署也少不得沈桂芬這個人。』

此外就沒有人敢說話了，抵文祥遺缺的景廉資望還淺；王文韶還只是『打簾子軍機』；沈桂芬則不便自陳。

但是僅寶鋆那一番犯顏力爭的奏對，也就夠了。慈禧太后對他那句『臣等不敢奉詔』的話，深爲不悅；轉念想一想自己的處置，亦未免操切，同時也想到沈桂芬的謹愼柔順，畢竟得力，因而回心轉意，接納寶鋆的直諫，收回了沈桂芬外放的成命。

天意雖迴，而何以突然起此波瀾的原因，不能不考查。以協辦大學士、軍機大臣而貶爲邊省疆吏，這無論如何不能不視作是失寵的明顯跡象；而惶恐的又不止於沈桂芬，在熟悉政局的人看，將要倒楣的，亦不止於沈桂芬。

因此，對這突如其來的不祥之兆，觸目驚心的，至少還有三個人，一個是在總理各國事務衙門行走的戶部尚書董恂；一個是在軍機大臣上學習行走的禮部左侍郎王文韶；還有一個就是身爲兩朝帝師的左都御史翁同龢。

焦灼的沈桂芬，終於盼到了翁同龢——爲了避人耳目，翁同龢特地先送了信，將在深夜相訪。他仍舊保持著雍容的神態，相形之下，反顯得城府極深的沈桂芬，倒有些沉不住氣的樣子；賓主一揖，毫無客套地就圍爐低語，談入正題。

『你聽到甚麼消息沒有？』

『議論甚多。』翁同龢答道：『看法都差不多，是蘭蓀搗的鬼。』他停了一下又說：『王夔石進軍機，早就有人不服氣了。』

王文韶這年二月進軍機，是頂前一年九月丁憂的李鴻藻的缺。軍機處除了恭王領頭以外，大軍機兩滿兩漢，兩漢一南一北，勢均力敵；李鴻藻開缺，應該補個北方人才合成例，哪知沈桂芬引進了他的鄉試門生，籍隸浙江仁和的王文韶，打破了南北的均勢，無怪乎遭李鴻藻一系之忌。這一層，沈桂芬也知道，但是，他不相信李鴻藻『搗鬼』。

『蘭蓀究不失爲正人君子。而且他起復也還早，用不著在這時候就攆我出軍機。』沈桂芬說：『就算我出軍機，他也補不上，反便宜了別人。』

『是的。』翁同龢點點頭，『外面的浮議，究竟搔不著癢處。照我看，恐怕還是「高密」的暗箭。』

『高密』隱著『仲華』二字。『雲台二十八將』之首的鄧禹封高密侯，而鄧禹字仲華，跟榮祿的號相同——翁同龢的看法，與沈桂芬的懷疑，亦正相同。

『著！』沈桂芬拍著膝蓋說：『除他以外，別人不會起此惡毒念頭；就有此惡念，亦無法進言。』

『不過，』翁同龢忽又改口，『也只是懸測之詞，究竟不足爲憑……』

『不然！』沈桂芬打斷了他的話；卻又遲疑了好一會才開口：『叔平，你能不能助我一臂？』

『是何言？』翁同龢說：『只愁力薄，不能爲公之助。』

『此事非勞鼎力不可，他人無用。』沈桂芬放低了聲音，『你跟「高密」是換帖弟兄；可共機密。』

翁同龢有些發楞，他充分了解沈桂芬的言外之意，是要他到榮祿那裡去做一次『探子』。這個要求頗出他的意外；但仔細想一想，易地而處，自己也會提出這樣的要求，因爲這確是個『捨我其誰』，別人幹不了的任務。

『叔平，』沈桂芬轉而言他：『照理說，你早該進軍機了，不過你是帝師，身分尊貴，我不便保舉，一則，我不配當你的舉主；再則，我怕別人說我引你爲重。你是最明白不過的人，兩蒙其害，何苦乃爾？不過……』他停了一會，忽然說了句：『桑百齋老病侵尋，幹不長了。』

這是開出來一個條件，如果翁同龢肯替他效這番力，那麼，桑春榮一旦開了刑部尚書的缺，他就會保薦翁同龢繼任。

這一番話不能不令人動心，左都御史與刑部尚書，雖同爲『八卿』，但尚書畢竟不同。而且左都御史雖號稱『台長』，其實柏台森森，盡皆傲然兀立，那些『都老爺』，數誰都不是肯帖然聽命的，遠不如六部尚書；司官抱牘上堂，諾諾連聲來得夠威風，有作爲。

於是他說：『同舟共濟，我自不憚此行；但有甚麼成就，卻不敢說。』

『偏勞，偏勞！』沈桂芬連連拱手，『此事還望縝密。』

『縝密』兩字是說來安翁同龢的心的。在南北黨爭中，翁同龢親南而保持著近乎超然的態度；這一點他很重視，所以沈桂芬的『縝密』，實在是暗示著支持他的表面超然的態度，好讓他消除顧慮。

是經過仔細盤算，扣準了時間去的；去時正當榮祿在明如白晝的煤氣燈下，舉杯陶然的時候。彼此換帖弟兄，自是不需稟報，便被引到席前；當榮祿起身迎接時，聽差已經另添一副杯筷，在等待翁同龢入座了。

『沈經笙眞不是人！』一進門就滿面氣惱的翁同龢，似乎迫不及待地要發洩，一坐下來就憤憤地說，『我跟他要絕交！』

『怎麼？』榮祿頗爲詫異，『何以氣成這個樣子？』

『他跟人說，我想進軍機，所以巴不得他出京；小人之心如此，豈不可恨？』

榮祿對他是持著戒心的，所以這番憤激之言，在將信將疑之間，只解勸著說：『算了，算了！沈經笙的度量，誰不知道。「宰相肚裡好撐船」，他這個宰相——。』榮祿笑笑舉杯。

『仲華！』翁同龢正色說道：『你不可掉以輕心！從先帝初崩那晚上，你動了榀筆，沈經笙就拿你恨入切骨。外放貴州，他跟人表示，說是出於你的主謀，非報此仇不可。你不能不防！』

榮祿報以不承認也不否認的微笑；同時也只有再度舉杯，來掩飾他的略有些尷尬的神色。

『最近有首好詩，傳誦一時，你聽人說過了沒有——吳圭庵的〈小姑嘆〉？』

『沒有聽說。』榮祿答道：『吳圭庵在蘭蓀那裡見過兩面，不熟。再說，我也不是可以跟人談詩的人。』

於是翁同龢用清朗的聲音唸道：『「事事承母命，處處蒙人憐；深潭不見底，柔荑故為妍。」』

『「事事承母命，處處蒙人憐」。』榮祿笑道：『形容絕妙！沈經笙在西太后面前，就是那副婉轉承歡的樣子。』

『想不到碰那麼大一個釘子！』翁同龢忽然拍手嘻笑：『幾時見著圭庵，倒要勸他另寫新篇：〈小姑哀〉！』說完，笑聲更大了。

這番做作騙倒了已有酒意的榮祿。他跟翁同龢相交這五六年，從未見有如此忘形失態；可見得他是恨極了沈桂芬，所以才有這樣聲容兩俱刻薄的調侃。

這一念之轉，使他撤除了對翁同龢的藩籬，覺得依舊可共腹心，『叔平，跟你說實話吧，倒不是我對沈經笙，有「卿不死，孤不能安」之感；他引進王夔石，遭人大忌。上頭也怕他黨羽太盛，搞成尾大不掉之局；想設法裁抑。如果仍舊在朝，不能無緣無故攆他出軍機；那天西太后召見，提到這件事，我說了句：「黎培敬不是內召？」還來不及往下說，西太后就搖搖手，不讓我再往下說。說真的，第二天的面諭，連我也覺得意外。』

顯然的，榮祿還有此言不由衷。這也難怪他，即令至交，總也不能自道如何暗箭傷人？反正眞相已明，他怎麼說也不必聽；要聽的是這一句話：『遭人大忌』之『人』是誰？

『王夔石原非大器，沈經笙的援引，確是出於私心。』翁同龢說：『且不說蘭蓀，就是他們浙江人，也有許多不服的。』

這是試探。如果忌沈的人是李鴻藻，榮祿當然要爲他辯白。然而做主人的卻無表示，只說了句：

『但願王夔石不出亂子；出了亂子，準是「小鬼跌金剛」！』

『小鬼』何指？翁同龢想不明白，『這是怎麼說？』他問。

『同治三年，免辦軍需報銷一案的來龍去脈，你不知道？』

『那不是出於倭艮翁的奏請嗎？』

『倭艮翁是因人成事。王夔石那時在戶部……』

王文韶那時在戶部當司官，年紀還輕，不曾染上如今一味圓融的浮滑習氣；平日亦頗留意公事，深恐一旦洪楊平定，辦軍需報銷時，戶、兵兩部書辦多方勒索騷擾；各地將領爲塡此輩貪壑，勢必苛徵暴斂，苦了百姓，甚非大亂之後，與民休息之道。因此，便草擬了一個免辦軍需報銷的條陳，預備呈給堂官。

這是絕人財路的『缺德』行爲，便有同官勸他不可多事；王文韶爲危言所動，果然擱置了下來。而戶、兵兩部的書辦，實際上也已經有了行動。

當同治三年春天，李鴻章克復常州；洪秀全自殺，太平天國之亡，已指日可待。戶、兵兩部書辦，認爲快要發財了，於是相約密議，決定派人到江蘇、安徽、浙江、江西各地，與各領一軍的將官接頭，談判包辦軍需報銷的條件。這得花兩筆錢，一筆是照例的『部費』，奉命專征的大將都得要花，哪怕是聖眷優隆，生平蒙『十三異數』，爲高宗私生子的福康安，都無例外。另外一筆是辦報銷的費用。軍需報銷在乾隆年間頒過一本『則例』，哪一項可報，哪一項不可報，寫得明明白白，本來不算難辦，難就難在收支必須與底案相符，不然就要被『駁』。事隔十幾年，經手的人不知換過多少，哪裡弄得清楚？因此部裡書辦與各省佐雜小吏協議，由京裡派人就地查閱藩、釐、關、鹽四庫底案，代爲辦理；筆墨紙張、伙食薪水所需，一概由部裡書辦代墊，將來算部費的時候，一起歸墊。

當江寧報捷時，這筆墊款已用了好幾萬銀子下去。而恭王與大學士管部的倭仁，卻已有了密議；等論功行賞告一段落，開始籌議善後事宜的當兒，突然有一天下午，倭仁約集戶部六堂官，同時到部。一到就徵召得力的司官，將已外放湖南道員的王文韶所草擬的那份節略取了來。像宋朝翰林學士草制『鎖院』那樣，下令閉門上鎖，斷絕交通，然後分派職司，擬奏的擬奏，謄錄的謄錄，用印的用印。忙到三更時分，諸事就緒，倭仁就攜著請免辦軍需報銷的奏摺，由戶部入朝，等恭王一到，遞牌子請見；兩宮太后同聲稱善，立刻擬旨分行，以四百里加緊寄諭各省。戶、兵兩部，以及後來也插一腳的工部書辦，美夢成空，還賠了一筆巨款，竟有相擁痛哭的。

等把這段經過說明白，榮祿的話，也就容易懂了，『小鬼』是指部裡的書辦；推原論始，當初王文韶的創議，斷了此輩的財路，所以沒有一個不是拿他恨得牙癢癢地。如果王文韶出了紕漏，『小鬼』自然要『跌金剛』。

翁同龢當然希望他『跌倒』，才有進軍機的機會。但這是可遇而不可求的事，所以不去多轉念頭；說些閒話，告辭而去。

寶鋆也跟榮祿不和；倒不是私怨，只是爲了派系不同，一個是恭王的『弄臣』，一個是醇王的『大將』。兩王手足參商，於是寶鋆把榮祿也看作眼中釘了。『經笙，我一定想辦法替你出氣。不過，「識時務者爲俊傑」，現在還沒有機會。』寶鋆很懇切的相勸：『你千萬忍耐；打蛇要打在七寸上，打草驚蛇，留神反噬。』

所謂『機會』，是要抓著榮祿的錯處，連醇王都無法袒護他，才能『打在七寸上』。然而這個機會，一時不可能有的；因爲榮祿腰上生了個瘡，請的德國大夫，開刀割治，流了好些血；家居養痾，不問公事，哪裡來的錯處？

榮祿請了兩個月的假，但中途不能不銷假視事；這年京畿大旱，災象已成，因而人心浮動，謠言甚多，說某月某日，某地某村要起事，跟山東、河南的白蓮教已經有約，剋期入京，不但口頭傳說，甚至九城城門上都貼出揭帖。榮祿是步兵統領，負責京師治安，當然要力疾從公，親自彈壓。

銷假的摺子遞了上去，兩宮太后立即召見；問了他的病情，慈禧太后說道：『京裡人心不定，怕匪徒生心，我想調李鴻章的北洋淮軍來把守京城，你看怎麼樣？』

這個念頭起不得！榮祿心想，九城百姓一看調北洋淮軍入衛，必定大起恐慌；而淮軍的紀律又極壞，騷擾地方，反倒激出變亂，無事變成有事，豈非庸人自擾？

由於深受寵信的緣故，榮祿在慈禧太后面前說話，一向不甚有顧忌，『回兩位皇太后的話，』他揚著頭說：『奴才職司地面，九城內外，都派得有偵探；如果匪徒想搗亂，奴才不能一點不知道。目前流言雖多，實在無事；如果調淮軍進京，顯得慌張，人心更加浮動。千萬請寬聖懷，出以鎮定。』

『眞的沒有那些個匪徒勾結白蓮教，想造反的事？』

『奴才怎麼敢說瞎話，上欺兩位皇太后？』

『既然這個樣，自然一動不如一靜。』

等退出養心殿，榮祿心裡在想，虧得自己早銷了假，得以及時諫阻；上諭一下，兵馬調動，那時再想辦法來挽回，就要大費手腳了。

正這樣自慶得計之時，聽見有人在喊：『榮大人，榮大人！』回頭一看，是個儀表魁偉的太監；榮祿不由得便伸手去捏荷包，看帶著甚麼新奇珍貴的玩物，好結交這個由替慈禧太后梳頭而取代了安德海當年的地位的李蓮英。

『怎麼著！』榮祿站住腳說：『我病了一個多月，你也不去看看我！』

『天在上頭，』李蓮英一面請安，一面用手向上一指，『不知道起了多少回心，想去看榮大人，總是那麼不湊巧，到時候，上頭有事交代，去不成了。那天西佛爺還說來著：榮某人長個瘡，怎麼讓洋人去治？還動刀甚麼的，眞教人不放心！我當時就跟西佛爺討差使，要去看你老，誰知道還是不成；內務府有個交涉，非我去辦不了。』

『心到了就行了。多謝你惦著。』

『榮大人！』李蓮英的神態，說變就變，變得關切而憂形於色，『你今天捅了漏子了！調北洋人馬進京把守，是七爺的主意。』

榮祿大驚失色，出宮趕緊打聽，果不其然——謠言是『老五太爺』的小兒子，貝子奕謨面奏慈禧太后的。問到處置的辦法；奕謨在堂弟兄中，跟醇王的感情最好，因而建議兩宮召見醇王，垂詢弭患的方略。

醇王方在壯年，四載閒居，靜極思動，面奏調北洋淮軍駐紮京師，歸他調遣；慈禧太后的意思已經活動，醇王正興匆匆地在跟李鴻章寫信了。

『壞了，壞了！』榮祿頓著腳對他妻子說：『七爺辦這樣的大事，怎麼也不跟我先商量商量！』

『你倒也別怪七爺。』榮祿夫人說：『他是因爲你正病著，不願意讓你操心。我看，你趕快去一趟吧！』

除此以外，別無善策。榮祿趕往太平湖醇王府，打算解釋賠罪，一到就知道不妙；極熟的客，本來不需通報的，門上將他攔住了，說醇王有交代，甚麼客來，都得先問一問他，見與不見？

等把名帖投了進去，門上很快地有了回話：『不見！』而且連名帖都不肯收。

這幾乎是絕交的表示，榮祿心裡不止於難過，而且害怕；他的靠山就是醇王，此外可爲奧援的，只有一個李鴻藻，而李鴻藻守制家居，無可得力，如今再得罪了醇王，益發孤立無援。雖說深得慈禧太后賞識，但一半是醇王揄揚之功，『趙孟能貴，趙孟能賤』；醇王夫婦經常入宮，得便說兩句壞話，聖眷立刻可衰。

得找個人疏通！他這樣在打算；但要等醇王的氣忿稍平，才能進言。眼前只有委屈自己；一次不見，第二次再去——誰知三番五次飽嘗閉門羹；而榮祿並不氣餒，他在想：大年初一去拜年，醇王還能擋駕嗎？

等不到過年，臘月二十七，就挨了寶鋆和沈桂芬的一悶棍！

有個『黃帶子』叫寶廷，字竹坡，鄭親王濟爾哈朗的後裔。同治七年的翰林，是八旗中的名士，響噹噹的『清流』；年底下看見小民生計艱難，流言四起，民心浮動，傷時感事，上了一道奏摺，諫勸六事：明黜陟、專責任、詳考詢、嚴程限、去欺蒙、慎赦宥。

從穆宗崩逝，兩宮太后再度垂簾，廣開言路，諫勸的奏摺，很少留中；而況寶廷所諫的六事，多指大臣而言，當然發交軍機處議奏。

寶鋆一看，頓有妙悟，『經笙！』他悄悄對沈桂芬說：『機會來了！你看寶竹坡的摺子，這「專責任」一條，大有文章可做。』

沈桂芬約略會意；『專責任』一條中，寶廷指滿大臣兼差甚繁，在這句話上面，自然可以生發出許多意思；但自己不宜說破，且先聽了寶鋆的意見再作道理。

『論差使之繁，自然是我跟「高密」；我減，他亦減。今天就面奏取旨，打他個措手不及。』

於是密議停當，同時取得了恭王的同意；決定由寶鋆自陳。

『跟兩位皇太后回話，奴才蒙恩，賞的差使甚多，實在力不勝任。』他說：『奴才擬請懿旨，開掉國史館總裁跟閱兵兩個差使。』

『可以！』慈禧太后毫不考慮地點頭。

『除了奴才，就數榮祿的差使多；奴才等公議，宜乎開掉工部尚書跟內務府大臣的差缺。』

慈禧太后覺得榮祿的這一缺一差，不能跟寶鋆的那兩個差使相比；所以沉吟著，難以裁決。

『步軍統領非榮祿不可。』寶鋆又說：『京畿荒旱，地面不靖；如今年近歲逼，榮祿的責任甚重。他大病初癒，精力不繼；如果不開去這兩個差缺，精神不能專注，對京師治安，大有關係。』

慈禧太后最怕的就是京城裡不安靖；雖然榮祿曾面請『出以鎮定』，但巡城御史幾乎每日奏報，發生盜案，又何能不擔心事？因而便覺得寶鋆的話，說得甚有道理。

『榮祿宣力有年，明敏幹練。』沈桂芬也說：『好在年紀還輕，將來必蒙兩位太后重用。』

意思是『來日方長』，盡有『加恩』的機會。慈禧太后不由得想到這一兩個月以來，醇王提到榮祿，說他『貪杯，不知道愛惜身體，還要多歷練』之類的話；如果這時候略微給他點教訓，讓他知所警惕，巴結向上，反倒是成全了他。

於是她的念頭轉定了，側臉問道：『姊姊，妳看怎麼樣啊？』

慈安太后自從穆宗享年不永，嘉順皇后殉節，摧肝裂膽般哀痛之餘，有萬念俱灰之感；同時看到慈禧太后凡所措施，尊重清議，能納忠諫，有努力補過的模樣，便越發覺得可以不管，所以此時答說：『妳瞧著辦吧！』

『那，』慈禧太后便吩咐：『寫旨來看。』

如何承旨，也是預先商量過的，怕洩漏消息，不教軍機章京經手；在寶鋆遞了眼色以後，王文韶先磕個頭，然後起身俯首，倒退數步，轉身出殿。

出殿找太監休息之處，取張白箋，從靴頁子裡抽出水筆，一揮而就，進殿呈上御案；看他寫的是：

寶鋆、榮祿差務較繁，寶鋆著開去國史館總裁、閱兵大臣差使，榮祿著開去工部尚書缺，並開去總管內務府大臣差使。

『就這麼寫嗎？』慈禧太后發出疑問；言下是嫌太簡略了。

『兩位皇太后明鑑，』寶鋆答奏：『以奴才愚見，覺得這樣子寫，反倒得體。用人之柄，操之於上，開去差缺，無需宣示緣故。』

『對榮祿，似乎該有幾句勉勵他的話。』

『那倒像是有意貶斥了。』寶鋆是犯顏力爭的神情，『榮祿是可造之材，務求兩位皇太后成全，給他留個面子。』

慈禧太后再精明，架不住他們夥同簸弄，於是這道上諭，當天就見了邸抄。

這個年，榮祿就過得不是味道了。不過他很聰明，照樣具摺謝恩；照樣一家家去拜年，拜到太平湖，終於見著了醇王。

醇王畢竟是忠厚的底子，已知道內幕，對於他的平空丟官，頗有『我不殺伯仁』之感；所以不等他磕完頭，就拉著他的手說：『仲華，仲華，年下內廷的差使多，我沒有來得及給你去煩惱。』

『七爺，』榮祿有意裝作不解，『我沒有煩惱啊！』

『好了，好了！別這麼跟我裝蒜，更教我心裡不好過。你來！』

醇王傳話給門上，凡是訪客，一律擋駕；爲的留榮祿深談——在千本紅白梅圍繞的『寒香館』置酒款客；酒入愁腸，榮祿的牢騷到底忍不住了。

『別的都還罷了，最教人忍不下的，是上諭上不說原因；有意要引人猜疑。聽說寶公還替我跟上頭討情，這不是貓哭耗子嗎？』

『仲華，事情怕還沒有完，』醇王提出忠告：『你還得當心。』

『七爺聽說了甚麼？』

『我如今不問外事，沒有聽人說甚麼來著。』醇王答道：『我只是這麼在替你擔心。』

榮祿冷笑：『就衝七爺的面子，他們也不能趕盡殺絕吧？』

這話的分量不輕，是怨醇王不能加以庇護的怨言；但醇王有醇王的難處，好不容易有個出來帶兵的機會，卻讓榮祿在無意中打消，雖不算碰釘子，到底落了個痕跡，如果再有所建言，或者為榮祿不平，勢必更引起恭王一系的警惕防備。自己此刻等於無拳無勇，而身分又非昔比，一言一動，得要格外小心，才能長保尊榮。因而對於榮祿的怨言，唯有報以苦笑。

『翁叔平常到七爺這兒來吧？』

翁同龢是當今小皇帝啟蒙的師傅，跟醇王猶如民間的東家與西席，自然常有往來；對於毓慶宮的事務，他亦常在側面干預，例如翁同龢不教小皇帝學行楷，就是醇王所特地關照的。這原是不必問的事，所以醇王只當他是沒話找話，答與不答都無關緊要。不過聽見榮祿提起，倒觸動了他藏之心中已久的一個疑團，便答非所問地說：『你跟翁叔平是換帖弟兄，聽說交情大不如前，有這話嗎？』

這一問引發了榮祿無窮的憤懣，然而他不肯在醇王面前說實話；因為他的擺佈沈桂芬，不宜說給醇王聽，只好忍了又忍，才淡淡地答道：『我仍舊視他如兄，是他跟我疏遠了。』

『這也難怪，他跟沈經笙一走得近，跟你自然要疏遠。這個人，』醇王停了一下再說：『還算是謹飭君子。』

從這句話中可以想見，翁同龢騙自己說眞話的情形，不曾跟醇王說過。彼此都做了小人，都有難言之隱；只是自己是吃了啞巴虧，卻不知翁同龢出賣換帖弟兄，又會有些甚麼好處？

翁同龢的『好處』是沈桂芬諾言的兌現——刑部尚書桑春榮一再辭官，朝廷一再慰留；到了光緒五年開印以後，桑春榮又『乞骸骨』，這一次准了，朝命以左都御史翁同龢，調補爲刑部尚書。同時，王文韶的軍機大臣，去掉了『學習』字樣；這證明了吳圭庵寫那首〈小姑嘆〉，體會極深；沈桂芬以清介之節行柔媚之道，如果不爲慈禧太后所欣賞，那就再沒有人能邀『聖眷』了。

不久，穆宗毅皇帝，孝哲毅皇后永遠奉安，安葬惠陵，兩宮太后定在三月二十一啓鑾；起駕以前，有件大事要裁定：派定留京辦事大臣。

歷來的規矩，天子巡狩，必以太子監國，留守根本之地。清朝自康熙以後，不建東宮，所以這時惇王以親貴之長，特膺重任。另外派了協辦大學士工部尚書全慶、戶部尚書董恂、步軍統領榮祿留京辦事。全慶和董恂，都在七旬開外，派此差使，是體恤老臣，免了他們的跋涉之勞；榮祿負責京城治安，亦該留守，原都不足爲奇，但上諭措詞，彷彿貶低了榮祿的身分，說的是：

惇親王、全慶、董恂三人，分日輪班，在內值宿；不值宿者，申刻散值。榮祿每日進內辦事後，毋庸值宿，午刻先行散值。

相形之下，榮祿比全慶和董恂便低了一等；像軍機章京之於軍機大臣，不過供驅遣使令而已。

這是經過精心設計的打擊手段，與年底那道不說理由開去榮祿一缺一差的上諭，異曲同工而相得益彰——榮祿失寵已是彰明較著了。

柳堂死諫

穆宗和嘉順皇后的大葬典禮，定在三月廿六；兩宮太后和皇帝定三月廿一啓鑾，除了隨扈王公大臣以外，送葬的百官，都先期動身；官越小的走得越早。

小官中有個吏部稽勳司的主事吳可讀，卻是京朝的老名士；他字柳堂，甘肅蘭州人，道光三十年的進士。未成名以前，不修邊幅，倜儻自喜；到京會試的舉人，有錢的住客棧，沒有錢的住會館，愛清靜的住廟，而萬變不離其宗的是，便於下帷讀書，『臨陣磨槍』。只有吳可讀與眾不同，住在陝西巷一家『清吟小班』，所眷的一個姑娘，叫作翠花，貌僅中姿，略解詩書，而談吐頗不俗，一片紅粉憐才的念頭，溢於言表。吳可讀是個極有至性的人，動到情感，一往不復，萬死難迴；認定翠花是個風塵知己，眼皮供養，心坎溫存，日日侍候妝檯，翠花的一顰一笑，莫不有半天好思量，把個考籃丟在牆角，積得好厚的灰塵。因此得了個極不雅的外號：吳大嫖。

這年是道光二十七年，春闈榜發，吳大嫖落第。翠花爲他哭了一場；吳可讀倒覺得她這一副眼淚可貴，不下於金殿臚歌。因此，以蘭州道遠，不如在京讀書作爲託詞，依然迷戀京華——會試落第，留京讀書，準備下一科會試吐氣揚眉，原是最好的打算；但大家對吳大嫖的動機，就不免有所猜疑了。

幾個月下來，證明吳可讀根本未作捲土重來之計，這就有師長親友要干預了。有個朝中大老，是他鄉試的『座師』，派人將他找了來，顧全他的面子，不說破他志氣消沉在溫柔鄉中，只說九陌紅塵，紛移心志，要讀書宜在靜僻古廟，勸他住到廣寧門外的『九天廟』去。九天廟是關中會館的公產，住在那裡，不必花費房租；這倒是小事，主要的是老師的話，出於愛人以德的好意，無法駁回，吳可讀只好從翠花的香巢，搬到香火冷落的九天廟，打算著好好用一番功。

哪知第一天擇席，第二天念舊，第三天就害起相思病。勃然而起，仍舊搬回陝西巷去住。姐兒愛才，無奈敵不過『鴇兒愛鈔』；到床頭金盡，翠花的臉色，也就不大好看了。到了後來，竟致衣食不繼，不能不找同鄉去『告幫』。

『救急容易救窮難，何況你的難處是自己找的。我們當然念著同鄉的情分，但怕有些不明內情的人，未免多疑。』他的同鄉便勸他仍舊回九天廟住；並表示這是幫助他的一個條件。

吳可讀無奈，只得依從。當時恰好四大徽班之一的四喜班，重新由余三勝掌班，大事振興，便有人拿這兩件事做了一副對聯，說是：『余三勝重興四喜班；吳大嫖再住九天廟。』

吳可讀再放誕豁達，也不能無慚；想想年逾不惑，功名未立，有負老母的殷望，不可爲人！因而在九天廟中，好好用了一年多的功；道光三十年庚戌科會試，中了進士，雖不曾點翰林，也沒有『榜下即用』去當知縣，不好不壞做了部員，抽籤分發到刑部當主事。

到了咸豐十年，英法聯軍內犯破京，吳可讀的老娘正在病中，受驚不起，吳可讀丁憂守制，主講蘭州蘭山書院；服盡起復，調升爲吏部郎中，以後又考上了御史；因爲參劾一個滿洲武將，引起極大的風波，幾乎性命不保。

這個滿洲人叫成祿，官居烏魯木齊提督，誣良爲逆，虐殺無辜，而居然虛報戰功，說打了一場大勝仗。總司西征大任的陝甘總督左宗棠，上奏嚴劾；而吳可讀亦接到同鄉字字血淚的來信，悲憤莫名，奏劾成祿的罪名，『有可斬者十，不可斬者五。』於是成祿被『革職拿問』。

先議的是斬立決。但成祿神通廣大，力足以迴天；軍機先替他講話，穆宗亦加以庇護，由斬立決改爲斬監候——這中間便有迴護的餘地了，秋審勾決，自可不勾；然後再找個機會，譬如皇帝大婚加恩，便可減刑，甚至釋放。總之，這一『候』，成祿的腦袋就保住了。

吳可讀憤不可言，上疏力爭，措詞中大發戇勁，說是『請斬成祿以謝甘民；再斬臣以謝成祿。』穆宗大怒，認爲吳可讀欺他年幼，所以才敢如此頂撞；非要他的腦袋不可。

兩宮太后知道吳可讀不錯，而且殺言官是亡國之象，所以再三苦勸。無奈皇帝也跟吳可讀一樣，發了戇勁；竟連慈安太后的話都不肯聽。

於是醇王出面來替皇帝出氣；這天六部九卿覆議成祿的罪名，奏稿都已斟酌妥當，而醇王忽然駕到，一到就取出一通奏稿，請人高聲宣讀，徵求同意。

一聽之下，無不愕然，醇王的意思是要治吳可讀的罪。在座的人都以爲不可；唯一的例外是刑部尚書桑春榮。

『王爺大，中堂小，我追隨王爺。』說完，他奮筆疾書，在醇王的奏稿上署了名。

刑部尚書如此，還有甚麼可議的？於是照醇王的覆奏，吳可讀跟成祿一樣，也被『革職拿問』了。

三法司會審，刑部希承上意，判了吳可讀的死罪。向來的規矩，定死罪需『全堂𨵦諾』，缺一不可。刑部尚書、左右侍郎；都察院左都御史，左右副都御史；大理寺正卿、少卿，共計十三位堂官；一個個在奏稿上畫行，畫到大理寺少卿王家璧，無論如何不肯下筆。

吳可讀就因爲王家璧的持正不阿，保住了性命；改爲充軍的罪名。這一來，他的直聲不僅動天下，而且『驚鬼神』；他跟吳觀禮、陳寶琛、張佩綸喜歡搞扶乩的玩意，常臨壇的是乾隆年間的一個詩人，名叫吳泰來；在吳可讀獲罪以後，臨壇做了一首五言排律，題目叫作〈贈柳堂二十韻〉，傳誦一時的警句是：『乾坤雙淚眼，鐵石一儒冠』，都道盡了吳可讀的風骨氣概。

此外還有好些鏗鏘可誦的好句：『道心娛白石，噩夢到青鑾。杜宇三春雨，蒼梧一夕瀾。出山非小草，不死是猗蘭』。但語意迷離晦澀，仙家玄機，難以索解，只是著重吳可讀的意思，卻是非常明顯的；而且『出山非小草』這一句，期以遠大，不但許以復起，復起還頗有一番事業。因此，在張佩綸家『圍爐話別』時，慷慨多於哀傷，相期京華重聚，還要盡一番匡助中興的心力。

吳可讀回到家鄉，依然主講蘭山書院。不久穆宗龍馭上賓，慈禧太后銳意更新；因爲建言獲罪的官員，都寬免了處分，吳可讀也起復了，蕭然騎騾入京，授官爲吏部稽勳司主事。

他是個至情至性的人，惓惓忠愛，不以穆宗曾要殺他而稍減，反倒因爲慈禧太后不爲穆宗立嗣而深懷隱憂，當時便擬就一道奏摺，想有所諫勸。

『立言貴乎有用。』有人這樣勸阻，『被罪之臣，冒昧出此，必有人誤解你的本心，說的話再有道理，不容易爲人接納。而且這時候情形紛亂，流言甚多；你所引用的時事，不盡確實，不如看看再說。只要此心不改，總有建言的機會。』

吳可讀覺得這話說得有理，便打消了原議。只是五年以來，耿耿寸心，始終未改；大葬有期，他便打定了主意，當面請求大學士吏部尚書寶鋆，派他爲『隨扈行禮官員』。

這個長途跋涉的差使，有人怕辛苦不願意去；也有人因爲可領幾十兩銀子的車馬費，搶著要去。

吳可讀的境況不好，所以都以爲他要這個差使，是爲了那幾十兩銀子的車馬費，無足爲奇。

動身之時，他的神態毫無異樣，還跟他的妻兒說，在惠陵行完了禮，預備順道一遊薊州的盤山，總得比別人晚個十天半個月才能回京。

一到他就在薊州以東三十里路，馬伸橋地方的三義廟，租了間房住下。三義廟奉祀的是劉、關、張，與佛菩薩無關；廟裡住的是道士，他跟住持周老道交成了朋友，約定山陵大事完畢，再到廟裡來盤桓。

三月底，兩宮太后、皇帝、隨扈的王公大臣、文武百官，都已回到京裡；吳可讀則到三義廟踐約，白天跟周老道閒談，晚上關起門寫奏摺，寫完又給他兒子吳之桓寫信，是遺書，吳可讀早就定下了死諫的主意。

閏三月初五五更天，諸事料理已畢，遺疏置在懷中，遺書三封，一封給他兒子；一封給周老道，託他料理身後；一封給薊州知州，說明以死建言的本心，拜託代遞遺摺，連同四十多兩銀子，一起放在枕頭下面。然後在粉牆上題了一首絕命詩：

回頭六十八年事，往事空談愛與忠，坯土已成皇帝鼎，前星預祝紫微宮。相逢老輩寥寥甚，到處先生好好同！欲識孤臣戀恩所，惠陵風雨薊門東。

題完上吊，誰知繩子斷了不曾死。乃改以服毒而死。

到得第二天一早，三義廟的周老道，發覺變故，通知地保，進城稟報；薊州知州劉枝彥跟吳可讀是熟人，得報嗟歎不絕，即刻下鄉相驗，只見死者衣冠整齊地直挺挺躺在板床上。拆閱遺書，吳可讀對自己的後事，已經有了安排；託周老道買棺木成殮，在惠陵附近買一塊地安葬。給劉枝彥的信，是託他將遺摺專送吏部代奏——吳可讀死前已非言官；司官亦不能逕自上奏，必須請本部堂官代遞。

遺摺是封好在一個木匣中，藏在身上，無法開啓，所以不知道他說些甚麼？但給他兒子的信，不妨拆開來看；參詳文意，遺摺所陳，必是一件驚天動地的大事。劉枝彥心裡琢磨，遺摺上去，說不定會得罪；他要葬在惠陵附近，依戀先帝於泉下的志願，或許難以達成。相交一場，對他最後一件大事，不能不盡一點心；因此，依照他的遺志，督飭周老道買棺成殮，然後在惠陵範圍以外，覓地安葬。盡兩日工夫，料理完畢，才具稟呈報順天府。

京裡是在閏三月初十就得到了消息。以吳可讀的爲人，絕不會無故輕生；又聽說有遺摺一件，便越發關心，不知是有冤抑要訴，還是以死建言？吏部尙書靈桂、萬青藜，以及大學士管部的寶鋆，更爲緊張；知道吳可讀爲人戇直，怕遺摺中有甚麼大干忌諱的話，觸怒了慈禧太后，連帶遭受處分。

等接到順天府的咨呈，寶鋆等人，大爲躊躇，因爲這時候從深知吳可讀抱負的人的口中，以及給他兒子的遺書中，所說的『每覽史書內忠孝節義，輒不禁感歎羨慕，對友朋言時事；合以古人情形，時或歌哭欲起舞，不能自已。故於先皇賓天時，即擬就一摺，欲由都察院呈進』這些話來看，可知必是爲穆宗立嗣繼統一事，有所爭諫；而這件事正是慈禧太后用心難測，不言爲妙的大忌諱。

萬青藜是反對代奏的，『照歷來的規矩，司員請代遞摺件，要堂官公同閱看，並無違悖的話，方得代奏。』他說：『吳柳堂的遺摺，也要看了再說。』

這是宗社大事，非小臣所宜議論；而且以吳可讀的性情，竟然不惜一死，措詞自然激烈，只要打開來一看，就絕不能進呈了。寶鋆等人雖然怕慈禧太后，但清議亦不可不畏，忠臣尸諫而壅於上聞，言官參奏一本，也是吃不消的，所以對萬青藜的話，都不知如何作答。

其中有個例外，穆宗的老丈人，蒙古狀元崇綺，這時是吏部左侍郎；感於吳可讀對穆宗的忠愛，當然要替他說話。

『不然！』他一開口就駁萬青藜，『司員請代遞摺件，需公同閱看的成例，如今用不上；「公同閱看」者，是當著這個司員一同看，吳柳堂已經不在人世，就談不到「公同」兩字。而況，這是密摺，連軍機都不可以擅自拆閱。唯有原樣封進，才是正辦。』

『倘或其中有違悖之詞，文翁，』萬青藜警告著，『你我的干係不輕！』

『既然不能擅自拆閱，毫不知情，何來干係？』

儘管崇綺振振有詞，但一中堂、六堂官除他以外，別人多少不免顧慮，怕『慈聖』震怒以外，還會使醇王難堪——這幾乎是不可避免的，談到為穆宗立嗣，便須牽涉到『今上』，也就會牽涉到若干年後可能成為『太上皇帝』的醇王。

因此，反覆辯詰，並無結論，七個人中舉足重輕的，自然是寶鋆；他是崇綺點狀元那一科的會試總裁，所以崇綺口口聲聲『老師』，希望他採納自己的意見，而寶鋆雖不怕得罪醇王，卻絕不敢激怒慈禧太后，因而只好採取拖延的態度，決定聽一聽清議再說。

清議操縱在『清流』手裡。清流隱然奉李鴻藻為宗主，而以『翰林四諫』為中堅；『四諫』的說法不一，一說是黃體芳、寶廷、張佩綸、張之洞；一說有陳寶琛、鄧承修而沒有黃體芳與張之洞，但廣東惠陽籍的鄧承修不是翰林，他跟李慈銘一樣，以舉人而捐官為主事，早經考上御史，搏擊不避權貴，由於字鐵香，因而得了個外號，叫作『鐵漢』。

除了鄧『鐵漢』，鋒芒畢露的就是張佩綸，最近他正跟鄧承修在參工部尚書賀壽慈，彈章數上，賀壽慈已奉嚴旨切責，工部尚書快當不成了。正在興頭的當兒，忽然接到吳可讀自盡的噩耗，且不說故人情重，僅僅是『尸諫』二字，便令人興起無限悲壯激越之思。同爲清流，自然要聲援表揚；因而把賀壽慈的參案，暫且擱了下來，全神貫注在吏部，要看他們如何處理吳可讀的遺摺。

『不能再拖了！』沈桂芬勸寶鋆，『清流算是找到了一個好題目；這篇文章會做得很熱鬧。佩公，錯中流矢犯不著！』

『喔，』寶鋆問道：『他們那篇文章預備怎麼做？』

『第一，預備在文昌館設祭招魂，你看吧，不知有多少情文並茂的輓聯！』沈桂芬扳著手指又說：『第二，預備仿楊椒山的例子，以吳柳堂在南橫街的住宅，改建爲祠堂；聽說還預備奏請拿薊州的三義廟，也改爲祠堂。這樣大張旗鼓在搞，佩公，吳柳堂的遺摺，怎麼壓得下來？』

聽得這番勸告，寶鋆不再猶豫了；寫摺奏報，照崇綺的說法來措詞：『臣等查司員呈遞代奏摺件，向由該堂官等公同閱看；查無違悖字樣，始行具奏。今臣部派往隨同行禮主事吳可讀，業已服毒身死；且係自行封存摺件，遺囑懇請代奏，有無違悖字樣，臣等既未便拆閱，又不敢壅於上聞，謹將原封奏摺，恭呈御覽。』

呈上慈禧太后，她不自覺地起了悚然敬慎之心。大臣的遺疏，她看得太多了，有些是口授一兩句話，後人敷衍成文；有些根本是出於門生故舊的自作主張，與死者無干。只是吳可讀的這個摺子，字字親筆，也就是字字腑肺之言；爲了表明忠愛的心跡，不惜以死明志，實在也很可憐了。

由於這一念矜憫，她心裡便有了接納『違悖字樣』的準備；很仔細地用象牙裁紙刀拆開了封皮，取出內文，鋪在桌上，用手將摺痕輾平，同時命宮女添了一支兒臂般粗的巨燭，以便細看這個遺摺。

打開吳可讀的遺摺，縱目先看字跡，是不脫名士派頭的淡墨所書；從頭細讀，事由直揭全文主旨：『奏爲以一死泣請懿旨，預定大統之歸，以畢今生忠愛事。』讀到這裡，慈禧太后先就鬆了一口氣。

她怕聽的一句話是：何以不爲穆宗立嗣？此即是質問：帝位何以傳姪而不傳孫？這就會牽出兩點無從辯解的私意：第一是爲穆宗立嗣，接承大統，則她的身分就是太皇太后而非太后，不便再度垂簾；第二，穆宗的堂弟不一，何以偏偏選中她的嫡親內姪？如今看吳可讀的本意，『預定大統之歸』，是論將來，不是談眼前，那就可以放心了。

但是，看下去也有些話是刺心的：『兩宮太后一誤再誤，爲文宗顯皇帝立子，不爲我大行皇帝立嗣；既不爲我大行皇帝立嗣，則今日嗣皇帝所承大統，乃奉我兩宮皇太后之命，受之於文宗顯皇帝，非受之於我大行皇帝也！而將來大統之承，亦未奉有明文，必歸之承繼之子。即謂：懿旨內既有「承繼爲嗣」一語，則大統之仍歸繼子，自不待言。罪臣竊以爲未然。』

看到這裡，慈禧太后不免困擾，同治十三年十二月初五，穆宗崩逝，以醇王之子入承大統，當時根據潘祖蔭、翁同龢所擬的懿旨，明定『俟嗣皇帝生有皇子，即承繼大行皇帝爲嗣』，繼嗣同時繼統；吳可讀已經明瞭此意，何以又以爲不然？

於是，她對下面的那段文字，看得特別仔細。吳可讀用了兩個典故，一個是宋初宰相，違背杜太后生前預定的大位繼承次序：太祖傳太宗，太宗傳太祖長子；而擁護太宗傳子。一個是明朝景德年間，大學士王直表示贊成景帝將他的已立爲太子的胞姪見深廢掉，改立他自己的兒子見濟爲太子；而見深之立，出於孫太后的手詔。吳可讀的意思是，今日雖有太后之命，卻作不得準，像見深那樣，『名位已定者如此，況在未定？』因而提出建議：『不得已於一誤再誤中，而一歸於不誤之策；惟仰祈我兩宮皇太后，再行明白降一諭旨，將來大統仍歸我承繼大行皇帝嗣子，嗣皇帝雖百斯男，中外及左右臣工，均不得以異言進。正名定分，預絕紛紜，如此則猶是本朝祖宗以來，子以傳子之家法；而我大行皇帝未有子而有子，即我兩宮皇太后未有孫而有孫。』

到此就不需再看了。慈禧太后對看臣工摺件，已經非常精明，吳可讀這洋洋灑灑近兩千言的一篇文章，只是爲了發揮『正名定分，預絕紛紜』八個字。在她的感覺中，話是沒有甚麼了不起；有自己在世一天，便能絕對控制局面，即令有『異言』出現的跡象，也隨時可以採取預防的手段。吳可讀拿自己跟宋朝的杜太后和明朝的孫太后來相提並論，是可笑的，但也怪不得他。

使她感動而困惑的是，世界上眞有這麼傻的人！爲了幾十年後亦不一定可能發生的『紛紜』，不惜賠上自己的性命，來表示他的遠見不是杞憂，希望朝廷重視。何以爲人謀如此之深；爲己謀如此之拙？

嗟歎良久，回頭再來考慮這個摺子的處置辦法。在這方面，她的思路格外敏銳；雖覺吳可讀的奏諫，跡近庸人自擾，但言路今非昔比，而以死建言，又是骨鯁之士立身處世的最高境界，清議的激動，可想而知，所以處置必須愼重。否則，小小的一個漣漪會引起險惡的波瀾。

這樣轉著念頭，不由得便想到了慈安太后——她已不大管事，而這件事非拉她一起管不可！因爲吳可讀的奏摺上，雖是口口聲聲『兩宮皇太后』，其實與慈安太后全不相干；唯其如此，必得拉她在一起，好作個擋箭牌。

於是她輕咳一聲，剛轉過臉來，想看有甚麼人在；而李蓮英已搶先一走，進入她的視界。

『你來！』慈禧太后說：『到「那邊」看看去！』

『喳！』李蓮英問道：『是請東佛爺過來；還是說：主子去瞧東佛爺？』

慈禧太后想了一下說：『我去吧！把這個盒子帶著。』

『喳！』李蓮英向外做個手勢，示意廊上侍候的太監，預備軟轎；然後極其敏捷地將攤開在桌上的那個奏摺，收入黃匣，捧在手中。

繼統之爭

『這就值得一死嗎？』聽完慈禧太后的話；慈安太后訝然相問：『前兩天我就聽說，有個御史在薊州服了毒，說有一道遺摺，我還以爲他有甚麼不白之冤，非拚命不可。誰知道是這麼回事！』

『本來就是瞎擔心。不過，總算是忠臣死諫，也怪可憐的。』

『是啊！』慈安太后說：『應該給他個卹典。』

『那是小事。』慈禧太后緊接著說：『我來跟姊姊討主意，這個摺子該怎麼辦呢？』

『這——？』這就非慈安太后所能肆應了，她想了一會說：『能不能擱下不理？吳可讀的話，彷彿是指著七爺說的，一交下去，怕於他面子上不好看。』

慈安太后實在忠厚得近乎可憐了。慈禧太后心想，如今不必拿她作擋箭牌，倒是不妨拿她作個箭垛子，可用來表現自己的大公無私。

『怎麼著，』慈安太后又出了個主意，『先找五爺跟六爺來，問問他們有甚麼好主意？』

這個主意也不怎麼高明。如說當作『家務』來辦，應該將文宗現存的四個胞弟都找了來商量，只召惇、恭，摒除醇王，倒像他該避嫌疑似地。慈安太后原來要迴護醇王，而所出的主意，與本意矛盾，卻不自知；這也不必說破，讓她糊塗好了。

『跟五爺商量不出甚麼來，只找六爺吧！』

於是第二天兩宮太后在漱芳齋召見恭王，賜座賜茶，做過一番家人之禮的周旋，慈禧太后談入正題，將吳可讀的遺摺交了過去。

恭王匆匆看完，心裡也像慈禧太后一樣，鬆了一口氣；當時便有了打算，這個奏摺的處理，應該交付閣議，也就是訴諸公意。

『吳可讀死得冤枉！』慈禧太后在恭王沉吟措詞時，這樣表明：『當初迎皇帝入宮，我們姊妹倆也就是這個意思。』

『這個意思』是甚麼？很顯然地，是說繼嗣、繼統爲一事。恭王不知道慈禧太后是眞的有這樣的意思，還是有意作違心之論？但不論如何，這是個絕好的機會；也可以說是一個極好的『把柄』，必得拿它抓住。

於是他接口說道：『請兩位后太后的旨，是否可以宣明「這個意思」，將吳可讀的原奏，發交閣議？』

『可以！』慈禧太后毫不猶豫地答了這一句，轉臉又向慈安太后徵詢：『我想，這沒有甚麼不可以的！』

慈安太后只怕傷觸醇王，但她實在拿不出甚麼好主意，只好點點頭，表示同意。

於是恭王以軍機承旨的方式，親自擬了一道上諭，奉兩宮太后核可，交內閣明發：

吏部奏：主事吳可讀服毒自盡，遺有密摺，代爲呈遞。摺內所稱，請明降懿旨，預定將來大統之歸等語。前於同治十三年十二月初五日降旨：『俟嗣皇帝生有皇子，即承繼大行皇帝爲嗣』。此次吳可讀所奏，前降旨時，即是此意。著王大臣、大學士、六部九卿、翰詹科道，將吳可讀原摺，會同妥議具奏。

邸抄一發，關心國事的，無不對『即是此意』四個字，大感興趣。尤其是『清流』君子，覺得這四個字包含著極深的意義在內，頗有闡發的必要。所以寶廷、黃體芳、張之洞等人，紛紛捉筆構思，各逞才華，要做一篇『定國是』的大文章。

當然，大多數的人只是口頭議論，對於『即是此意』這句話，見仁見智，各有解釋。有的說：母子到底是母子，慈禧太后當然希望將來的皇位，歸她承繼的孫子；所謂『妥議具奏』，就是要議出個確立不移的辦法出來。而有些人則認爲慈禧太后誠意可疑，『即是此意』四字，含混不清，將來不知道會出甚麼花樣？

會出甚麼花樣？莫非還能將大清的天下，歸於葉赫那拉氏，這當然不可能的。因此，清議中相信前一說的居多。但是『預定大統之歸』，卻又格於家法，在事實上不易辦到。

在康熙以前，是立太子的。自奪嫡的疑案發生，雍正七年曾有上諭：『建儲關繫宗社民生，豈可易言？我朝聖聖相承，皆未有先正青宮，而後踐天位，乃開萬世無疆之基業；是我朝之國本，有至深厚者。愚人固不能知也。』這道語意含糊的諭旨，就表示建儲則易起骨肉相殘之禍，親身經驗，不便明言，所以說『愚人』不能知；而不建儲的制度，亦就在雍正朝確立下來，累世遵行，不敢違背。

如今要預定大統之歸，即爲變相的建儲，當然不行。爲此，閏三月十七下的上諭，會議卻一直遲遲不能舉行；即由於事先的協商、折衷，煞費周章，直到月底，方始有了大致相同的意見。

這個會議是由禮親王世鐸主持。禮烈親王代善，在太宗朝以謙讓成擁立之功，家風不替，世鐸在親貴中，出名的好脾氣，儘管有人說他謙卑得過了分，但人緣畢竟是好的：所以才具雖無半點，居然頗得慈禧太后的重視。這一次特奉懿旨，主持這個有關宗社大計，既爲國事、又爲家務的會議。當然，事先的折衷協商，亦由他來奔走。

他所接觸的都是王公大臣，都覺得這是個難題。吳可讀的話，不能說沒有道理，只是大清朝特重家法，高宗九降綸音，申明不建儲的用意；倘或有人敢違背祖訓，一定成爲眾矢之的，輕則丟官，重則獲罪。而沈桂芬又力主安靜，恭王受了他的影響，也改了想借清議來裁抑醇王的主意，所以最後的結論，只有一個字：駁！

到了四月初一，內閣大堂，紅頂花翎，不計其數；近支親貴，無不出席，唯一的例外是醇王：告病不到。這雖在意料之中，但冷眼旁觀的人，心頭仍不免有異樣的感覺。

太陽已經老高了，禮王世鐸看看人已到得不少，打算開議；但他雖奉懿旨主持會議，而在禮節上需請示一個人：論公，惇王是宗人府宗令，他是宗令屬下的右宗正；論私，『小房出長輩、長房出小輩』，惇王是他的叔祖，所以他不便也不敢擅專。

『五爺爺！』他叫得很親熱，『跟你老請示，咱們就動手吧？』

惇王正在抹鼻煙，一面抽搐鼻子；一面像條獵狗似地用視線搜索，望到外面，用手一指，『等等！』他說：『等敢說話的人來了再說。』

於是舉座側目，望著連翩而來的四個人。這四個人兩俊兩醜，領頭的一個，身不滿四尺，而鬚髯如戟，相貌奇古，是翰林院侍讀學士黃體芳；跟在他身邊的那個，落拓不羈，彷彿臉都不曾洗乾淨，是名士派頭最足的國子監司業寶廷。俊的那兩個，一個長身白面，雙目稜稜；一個骨秀神清，翩翩少年，是翰林院侍講張佩綸和肅親王豪格七世孫，剛散館授職編修的盛昱。

清流的風頭十足，高視闊步，上得堂來，處處有人執手寒暄：就這時又有個人，瘦得像隻猴子，撈起又長又大的實地紗袍子的下襬，一溜歪斜地衝了上來，惇王便說：『好了，張香濤也來了，可以開議了。』

於是禮王咳嗽一聲，從懷裡掏出一張紙來揚了一下，慢吞吞地說道：『這是吳可讀的遺摺，有沒有看過的沒有？』

吳可讀的遺摺，早已傳誦一時，原件雖不多幾人見過，抄件則幾乎人手一份，因而沒有人答話。『想來大家都看過原件了。很好，這省了許多事。懿旨「妥議具奏」；我擬了個覆奏的稿子在這裡，諸位看妥不妥？』

接著他命人找來一名筆帖式，拉長了聲調，抑揚頓挫地唸著他所擬的奏稿。

這篇文章做得很好，首先引用雍正七年上諭，申明不建儲的家法，而建儲非臣子所能參議。繼統與建儲，字樣不同，其實是一回事，所以『大統所歸』，亦非臣下所能提出請求。將來皇帝親政，當然會尊重穆宗的統系，斟酌盡善，此時不能預先擬議一定的辦法。

第二段是說『俟皇帝生有皇子，即承繼大行皇帝爲嗣』，已包括了繼統穆宗的意思在內，何需臣下再提出請求。綜括這兩點，便得出這樣一個結論：『吳可讀以大統所歸，請旨頒定，似於我朝家法，未能深知；而於皇太后前此所降之旨，亦尚未能細心仰體。臣等公同酌議，應請毋庸置議。』

等那筆帖式唸完，寶廷一馬當先，高聲說道：『駁得好，駁得痛快！不過，這不是駁吳可讀的遺摺，是駁上月十七的懿旨。』

這眞是語驚四座！首先，禮王就覺得這指責太嚴重，氣急敗壞地說：『竹坡，你怎麼可以這樣兒說？』

『請教王爺，』寶廷接口質問：『懿旨交代：「妥議具奏」，覆奏說是「毋庸置議」，這不是拿懿旨頂回去了嗎？』

聽來理由十足，禮王越發結結巴巴地，急得說不出話來。

『這一次的懿旨中，「則是此意」這句話，是今天會議的緊要關鍵。』張之洞一開口，便知與寶廷站在一邊，他搖頭晃腦地又說：『「是」者，「是」其將大統宜歸嗣子之意，「妥議具奏」之「議」者，「議」夫繼嗣繼統，並行不悖之方。臣工奉詔陳言，豈可出以依違兩可之游詞？』

『那麼，』禮王問道：『香濤，你的意思，到底該怎麼辦呢？』

『煌煌聖諭，傳之四海；「即是此意」四個字，應有所疏解。』張之洞停了一下說：『照吳柳堂遺摺的意思，今上一生皇子，就承繼穆宗爲嗣，繼穆宗之統，這是類乎建儲，有違本朝家法。如果這位皇子，長而不賢，難承大統，到那時候就更爲難了！所以如何繼嗣繼統，並行不悖，今日正須從長計議。』

『這話顧慮得是。』恭王取出一張紙來：『徐、翁、潘三位，交來一件摺底，大家不妨看看。』

徐、翁、潘是徐桐、翁同龢、潘祖蔭；他們以穆宗的師傅及南書房翰林，當時參與迎立當今皇帝大計的身分，公同具奏，有所主張；摺底是翁同龢所擬，其中最要緊的兩句話是：『紹膺大寶之元良，即爲承繼穆宗毅皇帝之聖子。』意思是說：將來當今皇帝擇賢而立，所立的嗣君，就承繼穆宗爲後。

這是反過來的作法，繼統而繼嗣，既可不違家法，又可消除張之洞所說的：『長而不賢，難承大統』的顧慮。大家都認爲是個好辦法。

『不過，』禮王始終想維持他的原議，『這個稿子不必動，徐、翁、潘三位的摺底，做個抄件，一起進呈，恭候聖裁。此外哪位有說帖，也是照此辦理。』

『不然！』寶廷搖搖頭說：『我要單銜上奏。』

張之洞和黃體芳也都表示，各有奏疏；這是不能強人所難的，因而又改變了辦法。

改變的辦法是，禮王所擬的原摺，仍舊照上；此外有人願有所建言的，或合疏，或單奏，各聽其便。

於是除了徐、翁、潘的一個奏摺以外，清流中人，紛紛集議，寶廷、黃體芳、張之洞都有摺子，唯獨最喜歡言事的張佩綸，卻擱筆未動。

這是因爲他正有一件大案子在手裡，必須全神貫注去搏擊；搏擊工部尚書賀壽慈。

清流威風

賀壽慈是湖北蒲圻人，道光二十一年的進士，雖有文名，但因不願投入權相穆彰阿門下，因而以二甲第四名的高第，竟不能點翰林，用作吏部主事，咸豐初年，一度進軍機，當章京；以後補上了監察御史。照規矩，一爲言官，就不能再留在軍機；賀壽慈當了御史，亦頗有表現，經國大計，數數建言。在宦途上，平平穩穩地循資漸進，到光緒三年，已爬到了工部尚書的高位。

可惜，賀壽慈已非復有當年不願廁身『穆門』的清風亮節，行踰不檢，頗有貪名。不但家人子弟與書辦之流往來；而且他本人還結交了一個聲名狼藉的商人，以致大受其累。

這個商人叫李春山，本名李鍾銘，是山西人；在琉璃廠開了一間極大的當鋪，九開間門面，字號『寶名齋』。李春山長袖善舞，當時的一班名公巨卿，甚至連惇王都被他巴結上了；在琉璃廠聲勢赫赫，眼高於頂。俗語說的是：『行大欺客』；寶名齋既有那樣的規模，李春山又有通天的手眼，因而夥計做生意的那副臉孔，便很難看，京中的窮翰林，不知多少人受過他們的氣？別人倒還罷了，張佩綸何能受此輩的骯髒氣？當然要作報復。

一打聽之下，李春山最大的『護法』是賀壽慈。清流在京中大老中，最看不起三個人，一個董恂、一個萬青藜；還有一個就是賀壽慈。因而張佩綸便毫不容情地奏上一本：

山西人李鍾銘即李春山，在琉璃廠開設寶名齋當鋪，捏稱工部尚書賀壽慈，是其親戚，招搖撞騙，無所不至。內則上自朝官，下至部吏，外則大而方面，小而州縣，無不交結往來。或包攬戶部報銷，或打點吏部銓補；成爲京員鑽營差使，或爲外官謀幹私書，行蹤詭祕，物議沸騰。所居之宅，即在廠肆，門庭高大輝煌，擬於卿貳；貴官驕馬，日在其門，眾目共睹。不知所捐何職？頂戴用五品官服；每有職官引見驗放，往往混入當差官員中，出入景運門內外，肆無忌憚。夫以區區一書賈，家道如此豪華，聲勢如此煊赫，其確係不安本分，已無疑義。現值朝廷整飭紀綱之際，大臣奉公守法，輦轂之下，豈容若輩藉勢招權，干預公事，煽惑官場，敗壞風氣？應請飭下順天府該城御史，將李鍾銘即李春山，即行驅逐回籍，不得任令逗留潛藏，以致別滋事端。

接下來又說：『近來士大夫不分流品，風尚日靡，至顯秩崇階有與吏胥市儈、飲博觀劇、酬贈餽遺等情，請旨整飭』。這也是指賀壽慈而言，他的稟賦過人，食量甚宏，一頓能獨盡一隻肥鴨、一隻肘子；李春山投其所好，經常備盛饌款待，賀壽慈亦自忘其為一品大員，下朝以後，翎頂輝煌地直入寶名齋，公然無忌，引得路人無不側目。

奏摺到達御前，慈禧太后不免詫異，看賀壽慈儀表不凡，也聽說他頗有學問，詩書皆佳；而且，她還記得賀壽慈的長子賀良楨，現任南昌知府，門第興旺，何以不自愛如此？因而便跟李蓮英提起，問他有無所聞。

有安德海的前例在，李蓮英相當謹慎，『奴才無事不出宮。』他說：『外面的事不太明白。』

『你倒去打聽一下兒看！』慈禧太后說著，便拿張佩綸的奏摺，擱在一邊。

李蓮英侍候看摺，已深知慈禧太后的習慣；這一擱是暫時不作處置，也就是要等他去打聽明白了再說，因而不敢怠慢；第二天一早出宮，到中午回來，趁慈禧太后休息的當兒，將賀壽慈跟李春山的關係，源源本本地據實回奏。

又辦了事，又替她解了悶，慈禧太后深為滿意；只是她亦鑑於安德海的覆轍，不願假以詞色，怕李蓮英恃寵而驕，替她惹些麻煩。

『把張佩綸的摺子發下去吧！看軍機上怎麼說？』

軍機大臣中，別人都不說話，只有寶鋆覺得很不是味道，大聲嚷道：『跟寶名齋有往來的，第一個就是李蘭蓀！張幼樵怎麼不說？』

恭王覺得他的話可笑，『算了吧，你！』他跟寶鋆說話，是無需講措詞的，『李蘭蓀跟他又沒有認親戚，也沒有公服赴宴，到寶名齋買書並不犯法，張幼樵爲甚麼要把他扯進去？』

張佩綸跟李鴻藻的關係密切，朝中無人不知，沈桂芬很冷靜地勸寶鋆：『佩公！張幼樵上這個摺子，不能不想到李蘭蓀；既然敢上，自然有恃無恐。所恃著，就是六爺說的那些話，買書並不犯法。似乎不宜拿他也扯了進去。』

『知趣一點兒吧！』恭王提出警告：『上頭正借清流在收拾人心。賀雲甫也太欠檢點了；這個摺子越壓越壞，讓他明白回奏了再說。』

於是軍機擬旨，查問李春山也就是李鍾銘，跟賀壽慈是不是親戚？賀壽慈的覆奏，說是『與商人李鍾銘，並無眞正戚誼，素日亦無往來，其有無在外招搖撞騙之處，請飭都察院查究。』

『這話我就不明白了！』慈禧太后很精明地指出賀壽慈的語病：『甚麼叫「並無眞正戚誼」？有就是有，沒有就是沒有。這麼個說法，就靠不住了。』

『也許是乾親。』恭王隱隱約約地回答。

『乾親也是親。』慈禧太后說：『再看一看，有沒有人說話。』

她對內幕已經完全了解，卻故意不說破，要等言官有了表示，再相機行事；用操縱言路的手法來箝制王公大臣。恭王當然也知道她的用心；不過在眼前她的舉措都是朝正路上走，加以清流爲她張目，無奈其何，唯有遵從。

因此，對於賀壽慈的覆奏，先不加駁斥；只是降旨都察院會同刑部，嚴辦李春山。於是刑部派出司員，會同巡城御史咨照順天府，轉飭宛平縣衙門派差役抓人；而李春山確具手眼，差役不敢得罪，到寶名齋將他好好『請』到『班房』，直到都察院來了『寄押』的公文，方始將他收監。

就這樣已經轟動九城，不知多少人拍掌稱快；同時李春山的劣跡，也在街談巷議中不斷透露出來。原來寶名齋有九開間的門面，是由侵奪官地，霸佔貧民義院的地基而來。御史李蕃據實陳奏，奉旨交都察院併案，確切查明。

李春山是注定要倒楣了，但清流以爲只打蒼蠅不打老虎，則民心鬱積，不但未能疏導，反添不滿。所以黃體芳便針對賀壽慈發難，事由是：『大臣覆奏欺罔，據實直陳』。

不實的自然是『並無眞正戚誼』這句話。賀壽慈與李春山不但是親戚，而且是『禮尙往來』的親戚。李春山的前妻，賀壽慈認爲義女；前妻既死，賀壽慈將他家的一個丫頭當女兒嫁給李春山作塡房。所以丈人、女婿，叫得非常親熱。

賀壽慈年逾古稀，精力未衰，身爲『半子』的李春山，特以重金羅致了一個絕色女子，送給『丈人』娛老。賀壽慈元配早故，以妾扶正，變成了李春山的丈母娘。因此，出語尖刻的李慈銘，說他們確非『眞正戚誼』，而是『假邪戚誼』。

黃體芳還算厚道，對這段『假邪戚誼』，只說了一半，李春山『前後兩妻，賀壽慈皆認爲義女，往來一如親串。賀壽慈之轎，常時停放其門，地當孔道，人人皆見，前次覆奏之語，顯然欺罔。』

於是慈禧太后借題發威，這一次的上諭就嚴厲了：

賀壽慈身爲大臣，於奉旨詢問之事，豈容稍有隱匿，自取衍尤？此次黃體芳所奏各節，著該尙書據實覆奏，不准一字揑飾，如敢迴護前奏，稍涉欺蒙，別經發覺，絕不寬貸。以上各節，並著都察院堂官，歸入前案，會同刑部，將李春山嚴切訊究。

這一來，起恐慌的不止於賀壽慈一個人，如果李春山據實供陳，將有不少名公巨卿，牽涉在內。因此寶名齋門口，車馬塞途；那些素日與李春山有往來的京官，名爲慰問他的家屬，其實是來探聽消息。寶名齋管事的人，見此光景，知道東家不會有大罪過；當時便隱隱約約表示，如果大家合力維持李春山，那麼甚麼私和命案、賣官鬻爵、包攬訟事的內幕，李春山絕不會吐述隻字。否則，就說不得只好和盤托出了。

其實，這也是恫嚇之詞。身入囹圄的李春山，心裡比甚麼人都明白，那些見不得人的勾當，一個字都供不得；一供，便是罪無可逭，輕則充軍、重則丟腦袋。不供，則那些有關連的名公巨卿，必得設法爲自己開脫，小罪縱不可免，將來盡有相見的餘地，不愁不能重興舊業。因此，他只叮囑探監的家人：『張老爺是李大人的門生，走得極近的；只有去求李大人，關照張老爺，無論如何放鬆一步。』

這番話自然要說與賀壽慈，請他作主。賀壽慈認爲無需出此，因爲李鴻藻正回原籍葬母，不便干擾；而且他素有清正之名，也怕他不肯管此閒事。至於張佩綸跟這位老師走得極近，確是事實；但也因此，便無需請託，張佩綸投鼠忌器，料想不會再往下追。賀壽慈還有幾句未曾道破的話；張佩綸攻擊李春山，只是爲了出氣；自己才是他搏擊的目標。李春山的案子只要冷一冷，必可從輕發落，而自己的禍患，卻是方興未艾。

嚴旨切責之下，賀壽慈不敢隻字不承，唯一的辦法是避重就輕；覆奏中承認曾向寶名齋買過書，

『照常交易，並無來往情弊』；又說『去年至今，常在琉璃廠恭演龍楯車時，或順道至該舖閱書。』他覺得這樣措詞比較合理——以七十高齡的工部尙書，親自督促演習穆宗梓宮的『龍楯』；終日辛勞之餘，順道到寶名齋歇歇腳、看看書，這不能說是罪過。

果然，就因爲他隱約自陳的這一點『勞績』，軍機大臣便易於替他開脫，而兩宮太后覺得情有可原，降旨『交部議處』。

吏部議處，是承旨而來；『恭演龍楯車』是大喪儀禮，應該如何敬愼將事？所以『順道閱書』，可以構成『大不敬』的罪名；但諭旨中只說：『恭演龍楯車係承辦要務，所稱順道閱書，亦屬非是。』因而議處便從『非是』兩字上去斟酌；不照『大不敬』律例，罪名便輕了，議的是『降三級調用，不准抵銷』。

上諭一下，賀壽慈便算丟了官了。過了兩天，調剛接翁同龢的遺缺，當左都御史不久的潘祖蔭爲工部尙書。而賀壽慈卻一時無職可調，只是寶鋆已許了他，等風頭一過去，一定替他想辦法，調個於他面子上不太難看的缺分。

穆宗的奉安大典一過，接著便出了吳可讀尸諫這件大新聞；在大家都注視著繼嗣繼統之爭時，都察院和刑部定擬了李春山的罪名具奏，說他由商人捐納了『布政司經歷』的銜頭，考充『謄錄』，曾得過『議敘』的獎勵。但做了官『仍在市井營生』，也說他『攀援顯宦，交結司坊官員，置買寺觀房屋，任意營造，侵佔官街，匿稅房契』；至於張佩綸原參的『每有職官驗放，往往混入當差官員中，出入景運門內外，肆無忌憚』，則被解釋爲『於差滿後，擅入東華門內，進國史館尋覓供事，謀求差使，希圖再得議敘。』這不過『不安本分』而已，不是甚麼了不起的罪名。

因此，都察院與刑部擬的罪名是：『杖六十、徒一年，期滿遞解回籍，交地方官嚴加管束。』至於賀壽慈應得何處分，奏請聖裁。

這個覆奏雖然避重就輕，有意開脫，但六十板子、一年徒刑，到底不是甚麼在厚臉皮上根本不痛不癢的、申誡之類的風流罪過，所以在朝廷也總算有了交代。賀壽慈則因已有降三級調用的處分，就從寬免議了。

前後兩個月的工夫，就由於寶廷和黃體芳，加上李蓄的筆桿兒一搖，將個現任尚書打了下來；聲勢煊赫，成爲城南一霸的李春山，送入監獄。在人心大快，說是『畢竟還有王法』這一句心服口服的話之餘，對於清流的威風，無不心識口讚；尤其是那些玩法舞弊的官員胥吏，都在暗中相互警告：該斂斂跡了，莫自找麻煩。

但在清流來看，猶覺除惡未盡，特別是對賀壽慈，張佩綸聽說他還在大肆活動，便格外當心；因而無暇去過問吳可讀的遺摺。

表揚孤忠

繼嗣繼統這一案的爭議，上達御前的，一共四個摺子，兩宮太后召見軍機，細作商量，認爲翁同龢所擬，與徐桐、潘祖蔭聯銜的一摺，辦法最爲得體，所以採用他的意思，頒發懿旨：

『前於同治十三年十二月初五日降旨：俟嗣皇帝生有皇子，即承繼大行皇帝爲嗣。原以將來繼緒有人，可慰天下臣民之望；我朝聖聖相承，皆未明定儲位，彝訓昭垂，允宜萬世遵守，是以前降諭旨，未將繼統一節宣示，具有深意。吳可讀所請頒定大統之歸，實與本朝家法不合；皇帝受穆宗毅皇帝付託之重，將來誕生皇子，自能愼選元良，纘承統緒。其繼大統者，爲穆宗毅皇帝嗣子，守祖宗之成憲，示天下以無私，皇帝亦必能善體此意也。所有吳可讀原奏；及王大臣等會議摺；徐桐、翁同龢、潘祖蔭聯銜摺；寶廷、張之洞各一摺，並閏三月十七日及本日諭旨，均著另錄一份，存毓慶宮。至吳可讀以死建言，孤忠可憫，著交部照五品官例議恤。』

邸抄一傳，歡聲雷動，『其繼大統者，爲穆宗毅皇帝嗣子』這句話，清清楚楚地說明了，帝系還是屬於穆宗，一脈相承，與旁支無干；將來嗣位的新君，無法追尊所生，更不能再往上推，將他的本生祖父醇王亦尊爲皇帝，不會重蹈明朝『大禮儀』的覆轍，自是天下後世之福。

然而最令人感動的，還是垂念吳可讀『以死建言，孤忠可憫』；既然天語褒獎，而且用他的一條命，鞏固了『國本』，則死有重於泰山，所以由清流發起，在宣武門外的文昌館，爲吳可讀設奠開弔。

這一天素車白馬，盛極一時；除卻親王、郡王等親貴，向例不與品官的祭典以外，從大學士起，到各部司官，下及各衙門正途出身的小官，無不親臨一拜。

最難得的是那班崖岸自高，以清貴耿介驕人的清流，王公大臣家有婚喪喜慶，亦以得此輩親臨爲榮；而這時卻都自告奮勇，在靈堂支賓，代喪家接待弔客，更是吳可讀的身後哀榮。

這等場合，少不得品評輓聯；吳可讀這一死，人奇事奇，以忠君愛國的摯情，作宗社大計的死諫，感格天心，奉旨賜恤，這是絕好的一個題目，所以輓聯中情文並茂的警句，觸目皆是。弔客叩奠已畢，接著便是緩步流覽；一副一副看下來，到客座中便不愁無話可談了。

『這一聯最貼切，也最灑脫。』名翰林也是名詩人的陳寶琛，指著他的同鄉，編修黃貽楫的一副輓聯，對張佩綸說：『上聯使事精確，下聯亦頗能道出柳堂的爲人。』

這一聯的句子是：『天意憫孤忠，三月長安忽飛雪；臣心完夙願，五更蕭寺尚吟詩。』在三月下旬，一天午後，京城裡忽然烈日下飄雪，雖然片時即止，但親眼目見的人很多，相詫以爲必有奇冤，如傳奇中『斬竇娥』的故事。不久就傳出吳可讀尸諫的消息；方知不是奇冤，而是奇節。眼前之事，卻只有黃貽楫提到，便覺可貴。

『文章本天成，妙手偶得之。』張佩綸忽然說道：『弢庵，來，來！有件事，趁今天大家都在這裡，拿它商量定局吧！』

於是在客座中找到張之洞、寶廷、黃體芳、鄧承修、何金壽、吳大澂、盛昱等人，商量仿明朝楊繼盛的例子，以宅爲祠；將吳可讀在南橫街的住宅買下來，改建爲祠堂。

『這是理所當然。』張之洞首先就起勁，『不獨南橫街，薊州是柳堂盡節之地，亦應該設法建祠。』

『建祠容易，上諭已有「孤忠可憫」的字樣，出奏必能邀准。如今只需籌劃建祠的經費好了。我看……』

『我看，』鄧承修搶著吳大澂的話說：『不必麻煩那班大老，我們自己設法湊吧！』

『對！』陳寶琛附和，『自己設法湊一湊，眾擎易舉，趁此刻就動手。』

『那得寫個小啓。』張之洞躍躍欲試地，『需得如椽巨筆……』

『哪裡還有巨筆？』鄧承修笑道：『香濤，就是你即席大筆一揮吧！』

『論下筆神速，自然是幼樵。不過將來吳祠落成，還有奉煩之處。此刻就我來效勞吧！』

於是張之洞找了處僻靜的地方，埋頭構思，仿六朝小品，寫成一篇緣起；當時便買了本『緣簿』，寫上緣起，即席捐募。

『開緣簿』的第一個，需是名位相當；最好請一位『中堂』，但也有人認爲官氣不必太濃。正好李鴻藻來弔，他是清流的領袖，並請他登高一呼。

李鴻藻先不作聲，等把大家的意思都弄明白了，他才提出他的看法：『此事需有個算計。柳堂的千秋大事，自然要緊；不過遺屬的生計亦不能不顧。不知道奠儀收得怎麼樣？』

『收了有三千餘金。』陳寶琛答道：『恭、醇兩邸，都是二百兩。』

李鴻藻點點頭，表示安慰，『建祠之事，不豐不儉，宜乎酌中。人之慕義，誰不如我，所以捐募不該挑人，不能說誰的捐款要，誰的捐款就不要！這種義舉，要量力而行；主其事者，應該體諒他人。柳堂爲人誠篤，跟他交誼相厚的甚多，論情，自然越多盡心力越好，但是論事實，只怕力有未逮的居多，要先勸在前面，不必勉強，反令泉下有知的受者不安。』

這話就是指眼前的一班清流而言的，除卻盛昱是天潢貴冑；張之洞一任四川學政，頗有所獲以外，其餘爲了維持名翰林的排場，文酒之宴，捉襟見肘的居多，所以聽了他的話，口雖不言，心中無不感動，覺得他眞能知人甘苦。

『至於我，當然力贊其成；不過我是在籍守制的人，未便領頭發起。這開簿面的人，還得另外斟酌。』

『那麼，老師的意思呢？』張佩綸問。

『我看，寶中堂最合適。』

寶鋆是大學士，又管著吏部，是吳可讀的堂官，請他來率先倡導，確是最適當的人選。同時，李鴻藻又主張由盛昱跟寶鋆去接頭這件事；這也是很妥帖的安排。在座的人，無不心服，覺得他到底不愧老成謀國的宰輔，就是料理這樣一件小事，亦是情理周至，有條不紊。

於是深談細節，有了成議；將吳可讀的長子吳之桓找了來，細告究竟。當初吳可讀怕建言獲咎，罪及妻孥，所以付子的遺書，一再叮囑『速速起程出京，速速起程回家』，以下又連寫了六個『速』字，如見張獻忠的『七殺碑』，令人觸目驚心；誰知女主當陽，亦復有道，不但未曾獲罪，而且得蒙賜恤；這天看到弔喪的盛況，奠儀的豐厚，已是感激涕零，如今聽說還要為老父立祠，留名千古，越發激動不已，趴下地來，『碰、碰』磕著響頭，接著涕泗滂沱，號啕不止。

就在吳可讀神主入祠，舉行祭典的那天，賀壽慈卻以七十高齡，而不得不冒著溽暑，舉家出京。這次是寶廷的一個奏摺化作了『逐客令』；六月初七，上諭以賀壽慈補為左副都御史——降三級調用的處置，寶廷立即上奏摺抗爭，筆鋒初起，便挾風雷：『夫朝廷用人，每曰：「自有權衡」，權取其公，衡取其平；不公不平，何權衡之有？』接下來便攻擊恭王以次的軍機大臣。

用人之柄，操之於上，何以見得賀壽慈的復用，出於軍機？寶廷指出一個證據，賀壽慈回奏不實是『欺罔』；『恭演龍楯車順道閱書』是『大不敬』，而交部議處的諭旨，軍機含渾其詞，斥之為『殊屬非是』，這就是有心開脫。吏部所擬的處分並不錯；錯在軍機『徇庇』。倘無此心，則李春山一案定讞，聲明賀壽慈的處分請旨定奪時，軍機應該『乞特旨嚴譴』，而竟免置議，這不是包庇是甚麼？一段振振有詞，近乎誅心的議論，寫到這裡，寶廷反跌一筆，說是『當降調時，人言嘖嘖，頗有謂賀壽慈恃有奧援，不久必復起；而奴才深維樞臣之意，或以賀壽慈身爲大臣，不欲繩以重律，使之以微罪行，自必密奏宮廷，永不敘用。詎意謫官甫及三月，遽邀恩簡。』因此，他不免懷疑，難道賀壽慈的一降一用，事出偶然，『朝廷亦無成心』？這句話看似平淡，其實問得很厲害，如果大臣進退，只照一般官吏的照例遷轉，根本無所措意，則所謂『權衡』者何在？

於是他又進一步推論：『即使果出聖意，宮闈深遠，或於賀壽慈之人品、心術，未盡周知；樞臣則斷無不知之理，胡弗諫阻，是誠何心？』接下來，筆鋒掃向賀壽慈，寶廷給了他八個字的考語：『即非卑佞，亦頗衰庸』，這樣的人『排眾議而用之』，實不知於國家有何好處？而況『副都御史，職司風憲』，以一個『欺罔不敬』的人，置於這個職位上，何足以資表率？賀壽慈以前當過左都御史，未聽說他有所整頓；於今重回柏台，不知道他內心亦有疚歉否？言官中『矜名節，尚骨鯁』的人很多，一定不屑與賀壽慈共事；而其中無知識的，則必起誤會，以爲朝廷特放賀壽慈來當御史的堂官，是表示要像他那樣的人品聲名，方合做言官的資格。而京內外大小官員，看到賀壽慈這樣欺罔不敬，不知愛惜聲名，猶且可以倖蒙錄用，將會懷疑朝廷『直枉不辨，舉措靡常』，從此益發肆無忌憚。所以賀壽慈的復用，不但是言路清濁的一大轉機；亦是政風良窳的一大關鍵。最後率直提出要求：『懇將賀壽慈開缺，別簡賢員補副都御史。』

這個奏摺，發交軍機，相顧失色，因爲明劾賀壽慈，暗中對軍機指責得很嚴厲。恭王一看再看，看到第三遍，放下摺子，嘆口氣說：『唉！錯了。』

『怎麼錯了?』寶鋆氣急敗壞地說:『副都御史出缺,賀雲甫是現職大員奉旨降調,開名單自然「開列在前」,照例的公事,怎麼錯了?』

『你別跟我爭!』恭王遇事要跟寶鋆開玩笑,故意這樣說道:『名單是你開的,你自己跟上頭覆奏,我們都不管!最好請旨拿寶竹坡申斥一頓,也讓我出出氣。』

『六爺!』寶鋆眞的急了:『你不能說風涼話。我自請處分就是了。』說著,來回大踱方步,頗有繞室彷徨的模樣。

『佩公,沉住氣!』遇到這樣的情形,總是沈桂芬出主意,他很冷靜地說:『平心而論,這件事是失於檢點了。』

寶鋆最佩服沈桂芬,當時站定腳步,連聲說道:『好,好,你說!』

『外頭有句話:「不怕言官言,只怕講官講。」賀雲老是講官參過的,如今派了去當言官的堂官,那些「都老爺」,心裡自然不高興。不過御史不便動本,不然就彷彿以下犯上,誰也不肯冒這個大不韙……』

『啊,啊!』寶鋆一拍油光閃亮的前額,恍然大悟中深深失悔,『這倒是害了他了。』

『不僅對賀雲老是「愛之適足以害之」,而且正好又給了講官一個平添聲勢的機會。』沈桂芬說:『寶竹坡是替言官代言。這個摺子看來是「侍講學士寶廷」一個人所上,其實等於都察院的公疏,暗中著實有點力量;沒有一番快刀斬亂麻的手段,恐怕要大起風波。』

會有怎樣的風波?寶鋆凝神細想,張佩綸雖已請假出京,清流還多得是,聲氣相通,互爲支援,除了張之洞只願論事,不喜搏擊以外,其餘的,哪一枝筆都惹不起。目前還只是暗責軍機,到了彰明較著參劾樞臣徇庇，即令無事，面子也就很難看了。

就在他沉吟無以爲答時，恭王開口了，『算了吧！』他說：『賀雲甫何苦？滕王閣下，逍遙自在的老封翁不做，在這裡受後輩的氣？』

這一說，恭王也是要攆他走路。寶鋆知道再爭無益；但總覺得賀壽慈太吃虧，有些替他不甘。『佩公！』沈桂芬察言觀色，料透他的心事，提醒他說：『交情總在那裡的。爲雲老設想，桑榆之補，俟諸異日，留點交情給他少君，反倒實惠得多。』

『說得對，說得對！』寶鋆覺得對賀壽慈有了交代，如釋重負，『六爺，我看這層意思，託載鶴峰跟他去說吧。』

『可以。』

於是體仁閣大學士，也是賀壽慈的同年載齡，啣命透達消息，說是清流囂張，而『上頭』又有意利用此輩箝制大臣，事情相當麻煩，不能不做個明快的處置。他的委屈，將來有補償之時；載齡隱約表示，賀壽慈就養南昌，不會太久，他的長子南昌府知府賀良楨擢升道員，是指顧間事。

外官知府過班成三品道員，是宦途順逆的一大關鍵；越過此關，便有監司之望，而監司已稱『大員』，再跳一步就是封疆大吏的巡撫。不然，調來調去當知府，說起來還是風塵俗吏——賀壽慈老於世故，覺得自己保住紗帽，眞還不如兒子升官，倘或能調個海關道、鹽運使之類的肥缺，更是意外之喜；所以老淚縱橫地，不斷表示感激恭王跟『寶中堂』的成全。又說自己時運不濟，連累樞廷，無以爲人。那一派謹厚的君子之風，使得載齡亦深爲感動。

裁抑軍機

在恭王與寶鋆，以爲賀壽慈開缺，就算有了結果，寶廷指責軍機的話，可以略而不提，至多輕描淡寫地解釋幾句，便可交代。哪知一經面奏，慈禧太后竟這樣詰問：『寶廷的話說得有理。軍機上總不能不認個錯吧？』

恭王愕然，不知這個錯怎麼認法，向誰去認？如果錯了，就得自請處分；既然慈禧太后這樣發話，自己就該有個光明磊落的表示。

於是他略略提高了聲音答道：『臣等處置謬妄，請兩宮皇太后處分。』

話中有點負氣，慈禧太后心雖不悅，倒也容忍了；不過這一下更爲堅持原意，『這處分不必談了！』她說：『在我們姊妹這裡，甚麼話都好說；言路上不能不有個交代。明發的上諭，天下有多少人在看著；錯一點兒，就有人在背後批評。聽不見，裝聾作啞倒也罷了；既然有人指了出來，不辯個清清楚楚，叫人心服口服，朝廷的威信可就不容易維持了。』

這番話說得義正辭嚴，恭王也很見機，再往下爭辯，就可能會有難堪，所以一面唯唯稱是；一面回頭看了一下，示意大家不要輕忽了慈禧太后的要求。

她的要求是要軍機自責。朝廷的威信一半繫於樞府，自責太過，變成自輕；且不說心有未甘，同時也有傷國體，因此這道上諭，煞費經營，『達拉密』承命擬旨，寫了兩次都不當恭王的意。最後由寶鋆、沈桂芬字斟句酌地推敲過，才算定稿。對於寶廷的指責，是很委婉地一層一層解釋，先說賀壽慈『係候補人員，吏部開列在前，是以令其補授該副都御史，既係未孚眾望，年力亦漸就衰，著即行開缺。』再說賀壽慈的回奏不實，已有旨處分；演龍楯順道閱書，難加以『大不敬』的罪名。總之『並非軍機大臣爲賀壽慈開脫處分，敢於徇庇。』不過，『機務甚煩，關係甚重，軍機大臣承書諭旨，嗣後務當益加謹愼，毋得稍有疏忽。』

最後這一段話，不論如何輕描淡寫，總掩不住軍機受了責備的痕跡。因此這道上諭一發，言官的地位，越發抬得高不可攀。而兔死狐悲，眼看賀壽慈丟官出京，那些平日不愜於清議的大老，不免個個自危。

其中最不安的是兩個人，一個是兼管順天府已歷二十年的吏部尚書萬青藜；一個是盤踞總理衙門，以肯受謗作了以前的文祥、如今的沈桂芬的擋箭牌的戶部尚書董恂。當然，他們還不敢跟清流爲敵；只有慫恿痛恨清流的寶鋆來出頭抵擋。

『言路太囂張了！』寶鋆找個機會跟恭王進言，『長此以往，必定搞成明朝末年的那個樣子；大政受言路的影響，搖擺不定，政府一件事不能辦。看著吧，黨同伐異的門戶之習，快要牢不可破了！如今不想辦法挽回，總有一天搞成不可救藥的局面。』

『不見得。上頭利用言路，言路才會囂張——。』恭王沉思了好一會，覺得對言路能作適度的裁抑，也是好事，便點點頭說：『如果你有甚麼好主意，不妨試一試。』

寶鋆自道他的『好主意』是『以毒攻毒』：用言路攻言路。這就得找他的門生了——寶鋆是同治四年會試的大總裁；他那一科的門生，如今當講官、當御史的也不少。

由於清流無不名重一時，如果找個無名腳色來效馳驅，則蚍蜉撼樹，適足以成爲笑柄；因而寶鋆細心物色，想到有一個人，足以與清流匹敵。

這個人叫王先謙，字益吾，湖南長沙人。博學多聞，古文師法曾國藩，頗得眞髓。在翰林中以好學著名，經史俱通，對於《漢書》尤其下過一番苦功。談到學問，連清流亦不能不佩服；但人品就不大敢恭維了，雖不是甚麼大奸大惡，而細行不謹，已足爲正人君子所疾首，寶鋆就是看準了這一點，有把握可以讓他聽從自己的驅使。

『來啊！』他吩咐聽差：『到帳房裡拿送節敬的單子來看。』

京朝大老，都有羽翼；各以同鄉、世交、年誼的淵源，籠絡著一班名士。其中師生的關係最重；不曾受業的，亦可拜門，何況王先謙是不折不扣的門生，所以端午節敬的單子上，他被列爲第一等，送的是二十四兩。

『告訴帳房，再封二十四兩。另外再看看，有甚麼扇子之類的東西配四樣，送到王老爺那裡去。』

於是帳房封好二十四兩銀子，籤條上寫的是『冰敬』。四色禮物是四柄杭州的扇子、兩匹江西萬載的細夏布、一卷高麗紙、兩瓶出使俄國欽差大臣崇厚所送的『俄羅斯酒』。寶鋆親自檢點，派人送去以後，又通知門上，王先謙一到，立刻接見。

果然，禮一送到，王先謙跟著便來道謝。三節有所餽贈，『理所當然』；此外有甚麼『冰敬』、『炭敬』，則事出例外，必有緣故。王先謙總以爲老師是有甚麼『文字之役』，或者捉刀寫文章，或者代爲閱卷，因而寒暄過後，便率直請示，有何差遣。

『天氣這麼熱，何敢有所煩勞？』寶鋆搖搖頭說：『近來心裡煩得很，難得老弟來談談。你不忙走，我們酒以消暑，曲以遣悶。』

所謂『曲以遣悶』，是要招雛伶侑酒，恰投王先謙之所好，大爲高興，笑嘻嘻欠身答道：『老師有興，自當奉陪。』

『時候還早。』寶鋆的打算是先談正事再行樂，所以急轉直下地說：『近來言路太囂張了！』

『是。』王先謙不明他的用意，順口敷衍著說：『此風由來亦非一日。』

『此風實不可長。』寶鋆接下來又說：『講官的本分，還在書本上。雖然拾遺、補闕，亦爲講官的職司，到底不比言官。提到這一層，益吾，不是我恭維你老弟，像你這樣子丹鉛不去手，才眞像個翰林。』

這兩句恭維，又恰恰碰在王先謙的心坎上，『老師謬獎。』他感激地說：『如今一窩蜂譁眾取寵，只有老師知道門生的志向。』接著便細述近來用功的情形，漢書的補注，水經的箋釋，做成了多少條之類。

『好，好！』寶鋆不斷誇獎，等他說完，便又問道：『我記得你大考是二等？』

『是。二等。』

寶鋆沉吟不語，那意思彷彿是在盤算，如何爲王先謙設法升個官似地。

王先謙心想，今年是鄉試的年份，能夠放一任主考也不錯；不過總得要廣東、江南這些好地方，才不枉了見這位『中堂老師』的一個情。正這樣在盤算著，寶鋆已經開口了。

『益吾！』他說：『我再留你在京裡住兩三年；替大家立個好學敦品、文章報國的榜樣。等資格夠了，放出去當學政，我一定替你覓個「善地」。』

學政雖是差使，但一省之中，與將軍、督撫平起平坐，體制尊崇；而且王先謙頗有一番作育人才的抱負，所以聽老師許下這樣一個願，自然欣慰，起身請安，連連道謝。

『近來言路太雜。益吾，你也該講講話。』

這是開門見山道破本意。王先謙終於明白了，送炭敬、贈儀物、許願心，都是爲此。且先把老師的意思弄清楚了再說。

『我倒要請教，像這樣聚訟紛紜，想到就說，不計後果的情事，以前可有裁抑之道？益吾，你熟於朝章典故，想來必有所知？』

王先謙答一聲：『是！』細細搜索，想起《乾隆實錄》中有一件上諭，隨即答道：『乾隆初年，給事中鄒一桂，曾有一奏，以爲奉旨交議案件，部議未上之先，科道攙越瀆奏，易滋煩滋，應請申飭禁止……』

『著！』寶鋆很起勁地打斷他的話：『正是如此。奉旨交議事件，各部職責所在，該駁該准，自有權衡，覆奏上去，上頭亦不能不尊重。如果不在其位，不謀其政的言官，夾在中間，胡言亂語，侵奪部權，事出紛歧，叫人怎麼辦事？鄒一桂這個摺子，眞正是洞見癥結！不知道乾隆上諭怎麼說？』

『乾隆上諭亦認爲不可。規定遇有發交部議案件，如果科道攙越陳奏者，議覆時，應將科道參差的意見，一併敘明請旨。』王先謙知道這個答覆不會讓寶鋆滿意；所以一面答話，一面尋思，又想到一個很好的成例，緊接著說：『後來又有個御史，碰了個大釘子。這位御史大概姓范，名字記不得了，爲了一件盜案，這位范都老爺上疏，請皇上撤回原摺，不必交兵部議奏。高宗大怒，我還記得是這麼申飭：「至於請朕撤回原摺，無庸交議，竟似國家政務，弗資六卿，誠伊等御史可以操其行止者。甚屬妄誕，著嚴行申飭。」』

『申飭得好，申飭得好！御史講官，可以操政務之實權，則六卿可廢。這話說得太透澈了！高宗純皇帝，眞正是英主。』寶鋆停了一下，很鄭重地問道：『益吾，這兩件原案，你能不能查出來？』

『那方便得很。翻一翻《乾隆實錄》就有了。』

『好！益吾，正言讜論，但願你繼武前賢。』

這是很明顯地指示，希望王先謙根據這兩個成例，奏請整飭言路。這是犯眾怒的事，他不能不好好考慮。

『如何？』寶鋆很關切地問。

『言路不可不開……』

『亦不可太雜。』寶鋆緊接著他的話。

以此立言，亦無不可。王先謙終於答應了。

名士風流

正事談得有了結果，心情輕鬆，便言不及義了。寶鋆問道：『近來聽戲沒有？』

『聽了。』王先謙答道：『在同樂園，一連聽了八天。』

『這麼熱的天，好興致！』

『是欲罷不能。』王先謙興致盎然，彷彿提起來還有極濃的餘味似地，『四喜班又排了新戲，跟八本雁門關一樣，分八天才能演完。』

『倒又是大塊文章。戲名叫甚麼？』

『叫「五綵輿」。』

一提戲名，寶鋆就明白了，這齣戲的本事出於明史，嘉靖年間，嚴嵩父子當國；門下走狗鄢懋卿巡視兩淮、浙江的鹽務，特造一座五綵輿，擕了他的寵妾，到處騷擾。然而，寶鋆卻不明白，這一段史實，如何能衍化成連演八天的戲？

『這是拿小說大紅袍的情節，貫串在內之故。』接著，王先謙便形容與程長庚、汪桂芬齊名的王九齡，飾演海瑞是如何地風骨嶙峋，不畏豪強；余三勝的兒子余紫雲演鄢懋卿的寵妾，又是如何地煙視媚行，活色生香，將寶鋆聽得眉飛色舞，而終究付之於長嘆。

『唉！想想真是你們當翰林的舒服，無拘無束，逍遙自在。』寶鋆緊接著問道：『你平常「招呼」誰呀？』

王先謙喜歡招『相公』侑酒是有名的，但在老師面前，不能不加掩飾，『逢場作戲，偶一爲之。』他說：『門生於此道不熟。』

『這樣吧，還是景和堂的人才整齊，看誰在，就是誰。』

景和堂主人叫作梅巧玲，也是四喜班的掌班；他門下的弟子，都以雲字取名，共有十一雲；最負盛名的叫朱藹雲，字霞芬，是光緒二年的花榜狀元。寶鋆親筆寫了『條子』，吩咐聽差送到李鐵拐斜景和堂；同時移席到後園，先取果碟子來喝酒。

到得日影啣山，涼風初起，只見聽差來報，景和堂的子弟到了；兩個人都是十五六歲年紀，白紗衫、黑馬褂；馬褂上一般是珊瑚套鈕。前面一個瓜子臉，懸膽鼻，雙瞳如水，正是『狀元郎』朱霞芬；後面一個是圓臉，膚白如雲，一團嬌憨，是朱霞芬的師兄，唱武旦的孫福雲。

這兩個人也都認識王先謙；所以先跟『寶中堂』請了安，接著便雙雙屈膝，同稱一聲：『王老爺！』

『來，來！坐這裡。』寶鋆拉著朱霞芬的手，讓他坐在自己與王先謙之間，細細打量了一番，皺著眉說：『彷彿又瘦了一點兒！』

『可不是嗎？』朱霞芬摸著自己的臉說：『每年到了夏天，總是這個樣；也吃得下，也睡得著，就是不長肉。』

『聽說你搬家了，新居叫作「朱霞精舍」，好貼切雅致的名字，是誰給你取的？』

『是李老爺。』

『李老爺？』寶鋆問王先謙：『誰啊？』

『李蒓客。』王先謙酸溜溜地答道：『他居然也是霞芬的「老斗」。』

『相公』的恩客叫『老斗』，這是要花大把銀子才能買得來的頭銜，寶鋆想起最近讀過的一首梨園竹枝詞：『揮霍金錢不厭奢，撩人鶯蝶是京華；名傳老斗渾難解，喚向花間兀自誇』，不由得訝然問道：『他一個戶部司官，經年不上衙門，每個月就靠分幾兩「印結」銀子，那日子過得也夠受的；何來看花載酒之資？』

『自然另有財源。大人先生的滋潤，其一；賣文，其二；舉債，其三。』王先謙看一看朱霞芬，接下來說道：『再說，霞芬也無非恤老憐貧。』

這是說李慈銘在朱霞芬身上，並沒有花了多少錢。但『恤老憐貧』四字，十分尖酸；朱霞芬聽了很不舒服，便打個岔，從丫頭手裡接過銀酒壺來，斟了一巡酒，同時向寶鋆說道：『今兒我嗓子痛快，侍候你一段兒甚麼？』

『好啊！』寶鋆欣然拈髭，『你的崑腔我聽得多了；今兒來一段皮黃，怎麼樣？』

朱霞芬應一聲：『是！』回頭向廊上的聽差招呼：『二爺，勞你駕；看李四在哪兒？』

李四是四喜班的琴師，早就侍候在那裡，一喚便到；於是朱霞芬背著臉唱了一段新學的『祭江』，唱得哀怨淒切，如巫峽猿啼；彷彿將孫尚香的『望帝魂歸蜀道難』的心事，都宣洩在那條穿雲裂石的嗓子中了。

唱罷道聲：『獻醜！』再次執壺行酒。接下來便該孫福雲唱了。

他是家學淵源的武旦，拿手戲是青龍棍的楊排風，清風嶺的徐鳳英；論唱，無非幾句搖板，沒有甚麼聽頭。所以還是朱霞芬唱，這次是他崑旦的本工，唱的是長生殿的『彈詞一枝花』；從『不提防餘年值亂離』起，以下『北調貨郎兒』一共『八轉』，一氣呵成。等到唱完，連擫笛的李四，都累得臉色青紅不定；朱霞芬更是氣喘吁吁，笑著說不出話來。寶鋆看他如此賣力，又高興、又憐惜，親自酌酒相勞，體貼地說：『不能再唱了！就聊聊吧。』

於是清談消酒。朱霞芬和孫福雲都是好酒量，輪番勸飲；將王先謙灌得大醉。

這一夜也不知是如何回家的？一覺醒來，回想昨夜的經過，彷彿做了一場遊仙夢；眼前只是晃盪著朱霞芬的玉樹臨風般的影子，癡癡地回味著，自己都辨不清是嚮往還是悵惘？

自鳴鐘已經打了十一下，王先謙身子發軟，還不想起床，聽差卻來報了：『寶中堂派了人來，問老爺可曾喝醉；今天身子可好？』

老師的盛情可感，王先謙想起自己該做的事；便強打精神起身，接見寶鋆派來的聽差，當面囑咐：『請你回去上覆中堂：中堂交代的話，我今天就辦。摺子明天一早就遞。摺底我今天晚上親自送到府上。』

那聽差原是受命來催問此事的，便躬身答道：『不敢勞動王老爺；晚上我來領就是。』『也好。』王先謙將封好一兩銀子的一個紅包遞了過去，『辛苦你了。』

打發了寶鋆的聽差，王先謙不能不強打精神，向老師『交卷』；他雖是文章好手，但下筆要出於興趣，才能揮灑自如。這種爲了塞責的文字，懶得多想，找出《乾隆實錄》來，抄一段鄒一桂的原奏，然後在『言路不可不開，但不可太雜』這句話上，發揮一番，便已脫稿。

從頭看了一遍，不免大搖其頭。自覺籠統空泛，塞責亦塞不過去；於是又加了一段，說張佩綸參劾商人李鍾銘，而御史李璠接著便上摺指李鍾銘侵佔官地，縱然李鍾銘罪有應得，張、李二人本心無他，但形跡上近乎朋比，深恐啓門戶黨爭之漸，關係甚重。

這一改稍微覺得好些；只是又有一層顧慮，李璠是會試同年，雖然交情不深，但話中有所牽涉，而且隱隱然指他附和清流，有沾其聲光的意思，李璠知道了一定會大不高興，需得先去打個招呼。

定了主意，便揣起奏稿，吩咐跟班：『套車！拜李都老爺。』

李璠住在地安門外。他倒很傾倒這位同年的學問，接待極其殷勤；這一下王先謙便不好意思直道來意，先得費一番周旋的工夫，酬答盛意。

『這一帶是內務府的天下。』他說：『倒也住得慣？』

『氣味自然不投。只是同鄉多，內眷走得很近，我也只好遷就了。』

李璠是直隸寶坻人，王先謙便聯想到一個人，『那位貴同鄉，敝本家，』他問：『近來作何光景？』

『貴同鄉，敝本家』是指姓王的寶坻人，李璠楞了一下才想起，說的是王慶祺。

『他是自作孽。如今還住在京裡，潦倒不堪。』李璠感慨著說：『先帝手裡的一批紅人，現在都完了；你看，』他手往東面一指，『間壁就是先帝第一寵監小李的家，前天剛把房子賣掉；買主也姓李，是「皮硝李」的姪子。』

『皮硝李』是李蓮英的外號，王先謙久想打聽其人了，所以此時一聽他提起，大感興趣，伸一伸腰，挪一挪身子，湊近了問道：『這個人，聽說在「西邊」很紅。我就不明白了，他是「半路出家」，怎麼能一下子賽過從小淨身入宮的那些人，獨承恩寵？』

『投其所好。』李璠答道：『此人是個有心人；又是在外面有過閱歷的人，世故人情，自然比那些從小在宮裡，昏天黑地，不辨菽麥的人強得多。』

『所謂「皮硝李」，是說他本來做的硝皮這一行？』

『對了！』李璠想了一想，輕聲笑道：『就因爲他幹過這一行，所以別人替「西邊」梳頭，沒有一個不挨罵，只有他從來沒有碰過釘子。』

『這怎麼說？風馬牛不相干的事！』

『何得謂之不相干？我一說你就明白了……』

一說極易明白。慈禧太后已入中年，她最愛惜的那一頭長髮，不免脫落；每天一早梳頭，雙目灼灼只在鏡子裡注意梳頭太監的手和梳子。掉了一根便罵太監不好生梳；掉得多了，自更心疼，那名梳頭太監不是斥革，就是杖責。

不但如此，慈禧太后還嫌『旗頭』平板難看，要梳巧樣新髻，更是一樁難以交差的事。因此，哪個太監被派上梳頭的職司，哪張臉頓時就像死了爹娘似地難看。

當然，最傷腦筋的是長春宮的首領太監沈蘭玉；每次都少不了他連帶挨罵。太監們閒下來都在茶水房旁邊空屋子裡休息；沈蘭玉挨了罵，便常在那裡訴苦。別人聽過了丟開，有個人聽入耳中卻生了心；這個人就是李蓮英。

他是沈蘭玉的同鄉，硝皮的行當，卻以愛賭的緣故，不安所業；欠了一身的賭債，在老家混不下去，上京來找門路。那時宮裡的門禁不嚴，他又能說會道，經常哄得護軍『高高手兒』放他進宮，在茶水房附近廝混；本意想託沈蘭玉替他設法補個蘇拉，卻以一時無缺可補，只能耐心守著。

這樣去了幾次，每次都聽沈蘭玉在抱怨，替慈禧太后梳頭的差使難幹。何以難幹？他也聽明白了；心裡便想：唯其難幹，幹好了才顯本事！這個差使其實並不難，只是那班太監在宮裡的見聞不廣而已。

爲廣見聞，他天天去『八大胡同』；每去必是上午九、十點鐘，正是『清吟小班』那些『蘇幫』姑娘起床的時刻。他手裡挽個籐籃，裡面是些通草花、生髮油之類的閨中恩物，穿房入戶去做買賣——做買賣是假，『水晶簾下看梳頭』是眞。這樣連去了一個月，把江南時新髮髻的梳法，都學會了。

又費了兩三天工夫，通前徹後想了個遍，打定主意才又進宮去看沈蘭玉。

『怎麼一個多月沒見你的影兒，還當你出了甚麼事故，倒教我好不放心。』

『多謝大叔惦著。』李蓮英請個安說：『跟大叔借一步說話。』

到得僻靜之處，他吐露了本意，說是已經學會了梳頭的『手藝』；有多少種新樣可以侍候『上頭』，要求沈蘭玉為他舉薦。

沈蘭玉大為詫異，『兄弟，』他問：『你今年多大？』

『三十剛過。』

『我的媽！』沈蘭玉直搖頭，『你不是玩兒命嗎？』

『我知道！我想了三天三夜，都想透了。大叔，「吃得苦中苦，方為人上人」。』

『唉！』沈蘭玉頓足，『不是吃苦不吃苦；那一刀下去，割了你的「命根子」，你的苦是白吃。』

李蓮英也知道，割那『命根子』，最好是十歲左右；年紀越大越危險，然而危險管危險，卻不見得不成功，還是要試一試。

於是他問：『大叔，到了我這個歲數，就不能動刀了？』

『動是能動；十個當中活一個。』

『活的一個就是我。』

沈蘭玉默然半晌，臉色凝重地問道：『你不悔？』

『死而無悔。』

『好吧！既然你一片誠心，我成全你。』

於是沈蘭玉替他做了安排，報明了敬事房，然後替他引見一個六十多歲的老太監；李蓮英跟著沈蘭玉叫他『張大爺』，恭恭敬敬地磕了三個頭，站起來聽候問話。

『你這麼大歲數了，我勸你還是息了心吧！』張大爺說：『這份罪，可不好受啊！』

『我都知道。』李蓮英平靜地答道：『只求張大爺成全。』

『那麼，』張大爺轉臉來說：『蘭玉，你再說句。』

『他的心倒是挺誠的。你老就成全了他吧。』

『我——，年紀大了，手上欠俐落。』張大爺吸著氣說：『還眞有點兒……』

『張大爺！』李蓮英毫不含糊地，『我也知道這事兒不保險，死生有命，壞了事，我絕不怨你老。』

『話說到這兒，我可沒轍了！』張大爺說：『你今兒回去，就得挨餓，也不能喝水；把肚子裡都弄乾淨了，咱們三天以後動手。』

閹割太監的手法，出於古代的腐刑，兩千多年來宮禁祕傳的心法，幾乎毫無改變，受腐刑需避風而溫暖，就像養蠶需密不通風一樣，所以要下『蠶室』；如今亦復相同，閹割是在地窖中，有張特製的木匠，人一躺下，縛緊兩手，弔起雙足，然後用極鋒利的剃刀，割去那『命根子』，創口插一根鵝毛管，抹上祕製的刀創藥。這樣子日夜不斷地慘呼號叫，起碼有五六天不能動彈，更莫論大解小溲，所以張大爺關照李蓮英，必得挨餓忍渴，『把肚子裡都弄乾淨了』，才能動手。

一動上手，當然疼得昏死過去；但危險不在那一刻，是以後的五六天，不腫不潰，慢慢長肉收口，最後拔掉那根鵝毛管，小溲如常，才算大功告成。

李蓮英總算逃過了這一關，但是不能進宮當差；『早得很呢！』沈蘭玉向他說：『你得先把你心裡那一點兒彆扭勁兒給去掉。』

果然是有那麼一點『彆扭勁兒』，燈前枕上，奔來心底，頓時冷汗淋漓；就只爲身上少了那麼一點東西，喪魂落魄，自覺非復爲人，一生的樂趣都被斷送了似地。

又過了個把月，心境才得平復，於是開始學宮裡的規矩，怎麼走路怎麼站，一板一眼都不能錯；最要緊的是，識得忌諱，不能錯說一句話，不然輕則杖責，重就很難說了。

李蓮英的記性好，悟性更高，舉一反三，很快地熟悉了宮裡的規矩，『到別處地方行了，侍候西佛爺還不行。』沈蘭玉提醒他說：『侍候這位主子，光是謹愼小心還不夠，得碰運氣。』

這一說，李蓮英倒有些擔心了，『怎麼呢？』他急急地問。

沈蘭玉將他拉到一邊，悄悄說道：『西佛爺有「被頭風」，不定哪一天起了床不高興，誰碰上誰倒楣；不知道她爲甚麼發脾氣，也不知道她甚麼時候才能把脾氣發夠。』

『噢！』李蓮英放心了，點點頭說：『我懂。』

『你懂？』沈蘭玉詫異不信，『你倒說我聽聽！』

這是不能說的，說了，沈蘭玉也未見得懂，因爲他從小入宮，對於外面的世故人情，不甚了解；李蓮英卻不同，常見居孀的婦人，早年苦節，操持門戶；到得中年，兒女也長成了，家道也興隆了，在旁人看，她算是苦出了頭，往後都是安閒稱心的日子，誰知不然，只見她無事生非，百不如意，尤其是娶了兒媳婦，鬧得更厲害，清早起來就會無緣無故發脾氣——這就叫『被頭風』，必是前一天晚上，想那不能跟晚輩、下人說的心事；一夜失眠，肝火太旺之故。慈禧太后必也是如此這般；這個緣由，只可意會，不可言傳，李蓮英唯有自承失言。

『我哪兒懂啊？』他歉然陪笑，『還不是得你多教導。』

『我說呢！我在宮裡這麼多年都還不懂，你倒懂了；那不是透著新鮮嗎？』沈蘭玉再一次叮囑：『你新來乍到，可千萬別逞能！老老實實當差，別替我惹禍。』

接著，便談當年安德海如何跋扈，最後連慈禧太后都庇護不了他的故事。李蓮英很用心地聽著，諾諾連聲。

於是找了個機會，沈蘭玉面奏有這麼一個會梳頭的太監，慈禧太后無可無不可地說了聲：『傳來試一試！』

這一試大爲中意。李蓮英的手法輕巧，梳出來的新樣巧髻，讓慈禧太后在三、四面大鏡子中，越看越得意；自覺豐容盛鬋，年輕了十幾歲。不但如此，每次梳頭，在鏡子裡細看，很少發現有落下來的頭髮——她沒有想到，李蓮英幹過硝皮的行當，對毛髮的處理有獨到的手法，落下來的頭髮，順手一拈，輕輕一撚，掌中腕底，隨處可藏；只要遮掩得法，自然可以瞞過她的眼睛。

『原來如此！』王先謙聽李璠講完，不免困惑：『河間府出太監，由來已久；年幼無知，爲父兄送進宮去，猶有可說，像他這樣子辱身降志，所爲何來呢？』

『人各有志，難說得很。照我看，此人心胸不小；大概是想透了，非此不足以出人頭地。』

『照此說來，將來怙勢弄權之事，在所不免。』

『現在的權勢已經很可觀了。只是他比安德海聰明，形跡不顯而已。』

王先謙心裡在想，要出風頭，動一動李蓮英，倒是個好題目；且擺著再說，先了結眼前這件案子。

『老年兄！』他開始談入正題，『今天有件事，先來請罪。』說著，他取出摺稿遞了過去，拱拱手說：『叨在知交，必能諒我苦心。如以爲不可，自然從命刪去。』

李璠不知他說的甚麼？默無一言地看完他的稿子，方始明白，是爲了這幾句話：『近日翰林院侍講臣張佩綸、御史臣李璠參奏商人李鍾銘一案，就本事言之，李鍾銘係不安分之市儈，法所必懲；就政體言之，則兩人先後條陳，雖心實無他而踰涉朋比。』

『喔！』李璠倒很大方，笑笑答道：『老兄知道我「心實無他」就行了。』

這樣豁達的表示，在王先謙自是喜出望外；連連稱謝以後，興辭回家，重新清繕了一通摺底，親自送到寶鋆府中。第二天得到回信，深表嘉許；於是繕摺呈遞，要看清流有何反響。

清流自然要反擊。這一次出馬的是貴州籍的李端棻，是王先謙的前輩，錚錚有聲的『都老爺』；上摺痛斥王先謙箝制言路，莠言亂政，請求將王先謙立予罷斥；理雖直而措詞不免有盛氣凌人之嫌，因而在寶鋆力爭之下，碰了個釘子，上諭責備他『措詞過當，適開攻訐之漸，所奏殊屬冒昧，著毋庸議。』但結尾亦仍鼓勵言路：『嗣後言事諸臣，仍當遇事直陳，不得自安緘默，亦不得稍存私見，任意妄言，毋負諄諄告誡至意。』

因爲上諭是作的持平之論，清流不便再鬧。但王先謙的一奏，出於寶鋆的指使，清流卻未能釋然；而寶鋆的智囊是沈桂芬，所以要攻寶鋆，莫如在沈桂芬身上找題目——不久，有了個好題目：中俄伊犁交涉。

崇厚辱國

同治十年，新疆回亂，俄國乘機由西伯利亞派兵佔領伊犁。總理衙門照會俄國，質問侵入的理由？俄國政府答得很漂亮，說是代爲收復伊犁，只要中國政府的號令，一旦能行於伊犁，自然退還。

到了光緒四年，天山南北路都已平安；總理衙門當然要索回伊犁。俄國政府提出兩個條件：中國政府要能夠保護將來國境的安全，同時償還俄國歷年耗於伊犁的政費。這一來，就得辦交涉；檢點第一流的洋務人才，曾紀澤在英國，陳蘭彬在美國，李鳳苞在德國，何如璋在日本，郭嵩燾則交卸未久，不願出山。算來夠資望的只有一個久當三口通商大臣，出使過法國的崇厚，總理衙門十大臣，當家的是沈桂芬；他力保崇厚，上頭自然照准，於是這年年底，崇厚以吏部侍郎奉派出使俄國。

滿洲大臣都熟讀三國演義，崇厚知道這樁『討荊州』的差使，非同小可；東吳討荊州不成，搞得兩敗俱傷，不可蹈此覆轍。默察情勢，認爲民氣方張，而左爵相又正在西陲立了大功；能將伊犁要了回來，朝廷的體面可以保住，對清議也就有了交代，至於暗底下吃點虧，是無所謂的事。

因此，一到聖彼得堡，與俄國的『外交部尚書』格爾斯的談判，相當順利；不過半年工夫，俄國就答應歸還伊犁，不過十八條條約，除了第一條『俄願將伊犁交還中國』；以及第十八條規定換約程序以外，其他十六條都是中國要履行的義務，包括賠償兵費五百萬盧布，割讓伊犁以西、及以南土地一千數百里，俄商貨物往來天山南北路無需付稅，以及俄商可自嘉峪關通商西安、漢中、漢口等地。

十八條條約全文，由俄國京城打電報回來，恭王一看不像話；覆電不許。但是崇厚以『全權大臣便宜行事』的資格，已經在黑海附近的利伐第亞，跟俄國外交部簽了約。同時起程回國，留了參贊邵友濂在聖彼得堡，署理出使大臣。

這件事，崇厚做得荒唐糊塗之極，但一鬧開來，總理衙門從恭王以下，都有未便；所以沈桂芬聯絡董恂，取得寶鋆的支持，向恭王進言，案子要在暗中設法挽回，請旨密寄左宗棠、李鴻章、沈葆楨詳加籌劃，密陳參酌——左宗棠職責所關，理當顧問；直隸總督李鴻章和兩江總督沈葆楨，則已成中外屬望的重臣，國有大政，往往密旨諮詢；這樣的作法，由來已久了。

在外三重臣的覆奏尚未到京，崇厚喪權辱國的眞相，已經紙裡包不住火；清流無不憤慨，王仁堪一馬當先，盛昱繼起抨擊。不久崇厚回國，到了天津，不敢回京；沈桂芬是薦主的身分，自然關切，祕密派人到天津跟崇厚見面，問起經過，崇厚自己也知道錯了。

『知趣點兒吧！』恭王直搖頭，『不要等人說了話再辦，更難迴護。』

事出無奈，只好搶著先發了一道上諭；卻還不願指他交涉辦得荒唐，『欲加之罪』只是：『崇厚奉命出使，不候諭旨，擅自起程回京，著先行交部議處，並著開缺聽候部議。』至於『所議條約章程，及總理各國事務衙門歷次所奏各摺件，著大學士、六部九卿，翰詹科道，妥議具奏。』

頭一天發了上諭，崇厚第二天才由天津進京；在宮門請了聖安，隨即回家，閉門思過。再下一天，我國駐華代辦凱陽德，氣沖沖地趕到總理衙門，說依照萬國公法，沒有治崇厚之罪的道理；這樣子做，是對俄國的侮辱。

這一次是『董太師』接見。聽得凱陽德的抗議，大爲詫異；『兩國相爭，不斬來使』，又不是辦你俄國公使的罪，何勞質問？不過他當了多年總理衙門的『管家婆』，應付洋人，另有一套只陪笑臉、不作爭辯的訣巧，所以一面虛與委蛇；一面找人商量，據說國際交涉上是有這麼一種成例。幸好，還有託詞。

『貴公使誤會了。』他透過通譯向凱陽德解釋，『本國辦崇厚的罪，是因爲他不候諭旨，擅自起程回國。這是我們內部整飭官常，與貴國的交涉無關。』

這番解釋總算在理上站得住，凱陽德無奈，怏怏而去。董恂靈機一動，認爲正好藉此箝制輿論，便跟沈桂芬商議，託出人來，到處向清流和言官打招呼：朝廷的處境甚難，千萬忍耐，不可再鬧，否則改議條約一事尚不知如何措手，而凱陽德那裡節外生枝，又起糾紛，殊非國家之福。

因此內閣的會議便壓了下來。但十八款條約已見於邸抄，喜歡發議論，上條陳的張之洞，一看是個好題目，兩天兩夜不睡，寫成了一道三千言的奏疏，單銜獨上，先分析條約中最荒謬的數事，痛斥崇厚『至謬至愚』；說是『不改此議，不可爲國』，而『改議之道』有四：計決、氣盛、理長、謀定。

計決是要『借人頭』示決心，認爲崇厚已到了『國人皆曰可殺』的地步，『伏望拿交刑部，明正典刑，治使臣之罪，則可杜俄人之口』，所以『力誅崇厚則計決』。

所謂『氣盛』是詔告中外，指責俄國理屈。接下來建議，且將伊犁擱在一邊，不必亟亟於爭著收回，則崇厚所擅許的條約，既未奉『御批』，好比春秋戰國的諸侯，會盟而未歃血，不足爲憑。這就是『理長』。

整篇文章的重心是在『謀定』。雖是紙上談兵，倒也慷慨激昂。張之洞主張分新疆、吉林、天津三處設防，責成李鴻章破敵；他振振有詞地說：

李鴻章高勳重寄，歲縻數百萬金錢，以製機器，而養淮軍，正爲今日；若並不能一戰，安用重臣？伏請嚴飭李鴻章，諭以計無中變，責無旁貸，及早選將練兵，仿照法國新式，增建礮臺，戰勝酬以公侯之賞，不勝則加以不測之罪。設使以贖伊犁之二百八十萬金，雇募西洋勁卒，亦必能爲我用。

俄人蠶食新疆，併吞浩罕，意在拊印度之背，不特我之患，亦英之憂也，李鴻章若能悟英使輔車唇齒，理當同仇。近來之立功宿將，如彭玉麟、楊岳斌、鮑超、劉銘傳、善慶、岑毓英、郭松林、喜昌、彭楚漢、郭寶昌、曹克忠、李雲麟、陳國瑞等，或回籍，或在任，酌量宣召來京，悉令其詳議籌策，分駐京通津站，及東三省，以備不虞。山有猛虎，建威銷萌，故修武備則謀定。臣非敢迂論高談，以大局爲孤注，惟深觀事變，日益艱難，西洋撓我政權，東洋思啓封疆，今俄人又故挑釁端，若更忍之讓之，從此各國相逼而來，至於忍無可忍，讓無可讓，又將奈何？無論我之禦俄，本有勝理，即或疆場之役，利鈍無常，臣料俄人雖戰，不能越嘉峪關；雖勝，不能薄寧古塔，終不至掣動全局。此曠日持久，頓兵乏食，其勢自窮，何畏之有？然則及今一決，乃中國強弱之機，尤人才消長之會。此時猛將謀臣，足可一戰，若再越數年，左宗棠雖在而已衰；李鴻章未衰而將老，精銳盡澌，欲戰不能，而俄人行將城於東，屯於西，行棧於北，縱橫窟穴於口內外通衢，逼脅朝鮮。不以今日捍之於藩籬，而他日鬥之於庭戶，悔何及乎？

這時回疆新定，士氣奮發，所以主戰的不止張之洞，翰林、御史紛紛上奏，意氣風發，自在意料之中；在意料之外的是，竟連向不過問洋務的萬青藜，以及坐享安閒歲月，不與朝政的肅親王隆懃，亦大發同仇敵愾的議論。

談這件事的奏摺，一下子有十幾件之多，而且都是長篇大論，徵引今古。慈禧太后相當辛苦；慈安太后幫不了她的忙；只有深宵燈下，在李蓮英悄然侍立之下，一個人仔仔細細地從頭看到底。

儘管慈禧太后對處理政務，已學會了少動感情，出以冷靜的要訣，但看來看去是那些理直氣壯，大張撻伐的語句，內心不免也有些激動；洋人的鐵甲兵船，誠然是利器，但在陸路上亦未見得不能一拚，而況左宗棠鬥志既盛，士氣亦旺，張之洞的條陳，似乎有些道理。

她心裡不斷這樣在衝動，但跟洋人開仗，到底是件非同小可的事；所以始終不敢輕下決心。看得倦了，坐得累了，想得也煩了，放下奏摺，揉揉眼站起身來，想舒散舒散筋骨和心思。

李蓮英是一直在注視著她的動態的；這時便趕緊去絞了一把熱手巾來侍候她擦臉，接著端來了一碗燕窩粥，關切地建議：『主子早點兒安置吧！』

『我問你，』慈禧太后忽然說道：『你看，跟俄國人能不能開仗？』

李蓮英微吃一驚，退後一步，垂手躬身：『這是國家大事，奴才不懂，更不敢瞎說。』

『說說也不要緊。』

『奴才眞的不明白。』李蓮英答道：『主子何不問問七爺？』

這是個好主意！慈禧太后心想，這些摺子如果交到軍機處，恭王一定不以爲然，還是得交內閣會議。如果議決要跟俄國人開仗，少不得起用醇王拱衛京畿，讓他參與內閣會議，先了解了解大家的意見也好。

於是還有幾個摺子也不看了，第二天召見軍機，當面指示了處理辦法；而且指定醇王參加會議。

清議激昂，是恭王早就聽說了的，只是想不到群情憤慨到這樣的地步！而且所說的話，彷彿是預先約定了似地，一是不惜與俄國周旋到底；二是誅崇厚以謝天下。

大致看完了那些觸目驚心的奏摺，恭王覺得有句話不能不說了，『輿論如此，要想硬壓是不行的了。現在得先想法子平大家的怨氣。』他說：『人同此心，心同此理，換了我也是；這口怨氣不出，逼得往打的路上走，後患無窮。』

『是！六爺的話一針見血。』沈桂芬很見機地說：『崇地山罪有應得！不如先請旨吧。』

『這不好！』寶鋆提出反對，『已經奉旨開缺，聽候部議；總得吏部覆奏了，才談得到其他。』

『這好辦！』恭王說道：『催一催吏部。』

於是吏部覆奏，照違制論，應予以革職的處分。軍機處由恭王具名，上了個摺片：『崇厚奉命出使，並不聽候諭旨，擅自起程，情節甚重。僅予革職，不足以蔽辜，擬請先行革職拿問，交刑部治罪。』

慈禧太后當然批准——處理的經過，相當機密；等摺片交了下來，立刻封交刑部尚書潘祖蔭。打開來一看，他嚇了一大跳。

『崇地山糟了！』他頓足長嘆，心裡在想；只怕性命難保！因爲看樣子非打不可；一打起來則非殺崇厚，不足以激勵士氣。

潘祖蔭的名士氣味很重，一個人感歎崇厚的遭遇，竟忘了遵旨行事。他有個出入相隨的聽差，名叫潘文，人如其名，亦通文墨，且諳吏事，這時已弄清楚是怎麼回事，早拿來了公服，預備他上衙門；看看沒有動靜，不能不提醒他了。

『老爺！欽命案子，耽誤不得。』

『噢，噢！』潘祖蔭定定神才想起，『快套車！』

『車子早套好了，請大人換衣服。』一面侍候他換公服；潘文一面又問：『文大人、孫大人他們，是不是先通知一聲，在衙門裡會齊？』

『對了！要大家見一見面。就你騎著馬去走一趟吧；別人怕弄不清楚。』

於是主僕二人，分道出發；潘祖蔭帶著另一名跟班直奔刑部。堂官平日聚會辦事，多在後園一處叫『白雲亭』的屋子，坐定下來，立刻叫請直隸司郎中、提牢廳主事。

司官都到了，潘祖蔭卻只跟他們說閒話；不多片刻，刑部五堂官，紛紛趕到，滿尙書是文煜，當過好些闊差使，是旗人中有名的富翁，跟崇厚的交情很好，他也聽到了風聲，倍感關切，所以一進門就問：『是不是崇地山出了事？』

潘祖蔭不答，只將軍機處的摺片遞給他看；接著是四侍郎一一傳觀，但他們都沒有說話；要聽兩位尙書的意見。

『伯寅，咱們倆去一趟吧？』文煜用徵詢的語氣說。

『我還不大懂規矩。』潘祖蔭躊躇著說：『旨意中有「拿問」的字樣，措詞太嚴了。』

大臣獲咎，即令革職查辦，亦多用『著交』的字樣；用到『拿問』，便有唯恐畏罪潛逃或自盡，鎖拿拘管的意思。果然如此，崇厚的面子上太不好看了，所以文煜不能不爲他擔待。

『崇地山不是糊塗人，絕無他虞。』

『既然如此，你們預備吧！』潘祖蔭看著司官說：『崇大人崇厚，奉旨「拿問」。』

司官同聲答應。提牢廳主事去預備『火房』，好安頓犯官；直隸司郎中點了四名皀隸，跟著潘祖蔭和文煜，直投崇厚家——崇厚已經得到沈桂芬的通知，青衣小帽，正在待罪；聽得門上一報，叫開中門迎接。

賓主相揖，各自無言；迎入大廳，崇厚才問了句：『請示兩位，要不要設香案？』設香案是預備宣旨；潘祖蔭看他已知其事，而且廊下堆著行李，已有入獄的準備，便跟文煜商議，免了這道例行的手續。

『天恩浩蕩！』文煜安慰他說：『地山，你不必戚戚。』

潘祖蔭以刑部堂官，將要審問崇厚的身分，卻不肯這樣說話，只說了句：『就走吧！』

於是在家人淚眼汪汪凝視之下，崇厚被『拿』。他家華麗的後檔車不能再坐，坐著刑部派來的騾車，往南而去。

一到刑部，送入『火房』，便算收監；接著是崇厚的家人送來行李、食物、雜用器具。一半是堂官的交情，一半是他家的銀子，自然招呼得周到而方便。臘月十六的天氣，滴水成冰；所以崇家的四個聽差，第一件事就是糊窗戶板壁，凡是縫隙，都用桑皮紙糊沒；然後升起一個大火盆，在土炕上鋪好狼皮褥子，請主人休息，那氣派倒像是欽差借客棧作行館似地。

等安頓停當，提牢廳主事，陪著直隸司郎中來作照例的『訊問』；其實是奉文煜之命，特來安慰。不過公事當然也要交代；請崇厚自己寫一份『親供』，約定第二天上午來取。

費了半夜工夫，將親供寫好；另外又寫了一封信——這是給沈桂芬的，自陳無狀以外，少不得還要重重拜託。寫完交給聽差，找到看守火房的隸役；花了一百兩銀子，將信悄悄遞了出去。

就是崇厚不寫信，沈桂芬也要相救，不過他的處境也很難；保舉非人，成了眾矢之的，盛昱甚至在嚴劾崇厚的奏摺上，彰明較著地指出，沈桂芬應該聯帶負責。

『崇地山昏憒糊塗，我也知人不明，都難辭其咎。不過，王爺，』他向恭王表明他的看法，『千萬不能決裂，論將、論兵、論餉，一無可恃。無論如何要挽回天意。』

『天意』與前不同；慈禧太后本來倒還持重，自從連日單獨召見惇、醇兩王，態度大變，口口聲聲『忍無可忍』，非打不可。恭王爲此十分煩心；所以聽了沈桂芬的話，只是搖頭不語。

『五爺是說過算完，七爺倒是有點兒靜極思動，不過也不難對付。』寶鋆說道：『難對付的是「翰林四諫」，這一回張香濤可眞是大賣氣力了。我就不明白，他一天兩三封信寫給蘭蓀，哪兒有那麼多話好談吶？』

『蘭蓀的服制快滿了。』沈桂芬冷冷地提了一句。

這句話意義深長，恭王和寶鋆不由得都認眞地去想，想的是李鴻藻服闋以後的安排。

『樞廷滿六個人是個忌諱。我看……』恭王慢呑呑地說：『如今也說不得了。』

這是主張仍舊讓李鴻藻回軍機；自然不是沈桂芬所願意的。但清流都以李鴻藻的態度爲轉移；特別是張之洞的大賣氣力，一方面可以說是對沈桂芬的示威；另一方面亦不妨說是爲李鴻藻復起問政作前驅。如果不這麼安排；清流群起而攻，非搞得焦頭爛額不可。

沈桂芬的心思極其細密；在他與李鴻藻之間，還留著一條線，就是翁同龢。這時便想到不妨仍舊利用這條線，先通個款曲，倒是轉變局勢的一個關鍵。

於是他不聲不響地找到翁同龢；讓他到李鴻藻那裡報個信，以爲安撫之計。

翁同龢這時已成南派的大將，與沈桂芬的往來形跡，當然不會像張之洞之於李鴻藻那樣，無一日沒有信，無三日不面談；但交往雖疏，默契甚深，而在這次由崇厚的荒謬所引起的政潮中，更爲沈桂芬出了大力。

翁同龢也是以『正色立朝』自命的人，而在士論慷慨，紛紛言戰的奮發氣氛之下，他居然做了個甘冒天下大不韙的舉動，主張緩索伊犁；這個說帖又非專論『俄事』，而是談時政，建議裁天下綠營，革除各海關中飽的積弊，等於是說兵不可恃，餉亦難籌，無形中爲『緩索伊犁』的主張作了個註腳。而這一套說法，誰都看得出來，是爲沈桂芬聲援，抵擋主戰的論調。

此刻又接受了沈桂芬的委託；雖只是傳一句話的事，關係極大，翁同龢的作法很聰明，借談論對俄國的交涉爲名，隱約表示李鴻藻將重入軍機，與聞大政；所以來說明作緩索伊犁這個主張的理由，希望取得支援。

李鴻藻當然明白，這是沈桂芬的暗送秋波，但是他覺得無需見情；服闋復起，重入樞廷，在他是深有信心的。退一步而言，倘或聖眷已衰，恭王亦不念舊情，那麼，沈桂芬亦是無能爲力的。

由於反應不如理想；沈桂芬便又下了一著棋：十二月廿六日王公大臣在總理衙門會商對俄交涉，請旨特派張之洞到場，以備諮商。這樣作法，既是籠絡張之洞，又是尊重李鴻藻；而且將局外人拉入局中來同嘗甘苦，便不能再放言高論，盡出難題，所以這是一著以守爲攻的絕妙好棋。

十二月廿六下午王公大臣在總理衙門會議；未議之前，先看『上頭』交下來的摺件。言路廣開，又是這種人人可以發抒憂時愛國偉論的大題目，所以京官中凡是關心時局而又拿得出見解的，以上摺『言俄事』爲時髦。官小的照例由本衙門堂官代奏；慈禧太后也看不了那許多，一概發交軍機處，由總理衙門併議具奏。

因此，這天三五成群，一面並頭看摺，一面議論紛紛，亂了好一陣，才得靜下來；主持會議的恭王便說：『今日之會，不談和戰大計，只談改議俄約。總署擬了個稿子在這裡，請各位看看！』

總理衙門的建議是，另派使臣，改議條約。這也是正辦，大家都無話說；只是奉旨參與會議的張之洞是例外，他說另派使臣，有辱國體；不妨叫駐俄參贊，署理公使的邵友濂，先探一探俄國的意向，再作道理。

『電信往來，大費周折；也怕電信中說不清楚。』恭王從容說道：『事不宜緩，就是另派使臣，到俄國京城，也得兩三個月的工夫，不知開議何日。我看，就這樣辦吧？』

張之洞雖有許多議論要發，無奈孤掌難鳴；而且也不願過於跟恭王抗爭，終於在奏稿上署了名；無形中等於代表清流，贊成和平了結。

總理衙門的會議一散，隨即在恭王府又有另一個會議，商量另派使臣的人選。這又是一個難題，要將崇厚已畫了押的條約推翻，改立新約，幾乎是不可能的事，清議如此憤慨激烈，誰也不肯擔此辱國的罪過；而況俄國在萬里以外，苦寒之地，又值隆冬，這趟辛苦，也不是常人所能忍受的，因而在現在夠資格持節奉使的官員中，一個一個地數，怎麼樣也找不出適當的人選。

本想起用郭嵩燾，以他對洋務的熟悉，應是唯一夠格的人，但郭嵩燾奉命出使英國，由於副使劉錫鴻的事事掣肘，不得不告病辭官；回到湖南家鄉，又飽受譏辱，罵他媚外，罵他忘本，因而異常灰心，絕不肯再來蹚這遭渾水，還是趁早不作此想，免得白白耽誤工夫的好。

曾侯使俄

最後還是沈桂芬想到一個人，就是郭嵩燾的後任，光緒四年出使英國的曾紀澤。

『到底找對了！』寶鋆如釋重負，長長地舒了口氣，『這是獨一無二的人！才具、年紀、身分，還有他老太爺的餘蔭，足可勾當此事。』

曾紀澤對洋務的了解，不下於郭嵩燾；年紀也還輕，萬里奔波，力所勝任；本人是襲封的一等毅勇侯，足以見重於俄國君臣，交涉比較容易著手。最好的就是所謂『他老太爺的餘蔭』，曾國藩勛業彪炳，門生故吏滿天下，看這份上，將來交涉即令有不如人意之處，大家也不好意思苛責；曾紀澤能夠不挨罵，那麼總理衙門十大臣，連帶也就可以少受責備了。

『好！』恭王也點頭，而且有更進一步的看法：『曾家受恩深重，曾劼剛勛臣之後，與國同休戚，想來他明知艱鉅，也說不出推諉的話。就照此回奏，上頭沒有不准的道理。』

『崇地山的罪名如何？』寶鋆又說：『各國公使一起抗議，這情形也得讓上頭知道才好！』

『不好！』恭王很率直地駁他，『「西邊」最討厭聽這些話，以爲洋人處處挾制；如果不問到，不必多說。』

『是！』沈桂芬看了寶鋆一眼，『崇地山少不得先受點委屈；他不受委屈，大事不能了，大事一了，他也不會有甚麼大禍。』

寶鋆細想一想果然。倘或大局決裂，崇厚當然要掉腦袋，不然就有點師出無名了。若是曾紀澤到了俄國，能把交涉辦了下來，則依萬國公法，沒有殺崇厚的道理；而且將來轉圜的辦法多得很，譬如授意曾紀澤，假託俄國人的要求，開釋崇厚，表示議和的誠意，就是很好的一種作法。

『我已經託徐頌閣跟潘伯寅致意了，』沈桂芬說：『刑部預備覆奏，請王大臣會議定罪，這又可以緩一口氣。』

徐頌閣就是徐郙，江蘇嘉定人，同治元年的狀元，現在當詹事府正詹，在南書房行走；沈桂芬用翁同龢疏通李鴻藻，以徐郙聯絡同在南書房的潘祖蔭，是南派『連衡』、『合縱』的妙用。

這個年當然過得不輕鬆；但同樣沉重的心境中，畢竟還有區別，一種是沉重得幾乎承擔不住，只想卸除負荷，好好喘息一會；一種是沉重得精神抖擻，整頓全神要把一副千斤擔子挑起來，這就是沈桂芬與李鴻藻，也是南派與北派大概的區別。

年初三，慈禧太后就跟軍機見面——清朝以勤政為家法，大年初一辦理政務，不足為奇；但總是虛應故事，不甚費心的事居多。這一天不然，從辰初見面，足足談了兩個鐘頭方始結束。

接著，便連發了好幾道上諭，最重要的是派曾紀澤充任出使俄國欽差大臣；這一次崇厚奉命使俄，所議的條約章程，不合朝廷的原意，由曾紀澤將『應辦事件再行商辦』，宗旨是『期妥協、重邦交』。

另一道重要的諭旨，當然是關於崇厚的。他的罪名經過再三斟酌，定了四個字：『違訓越權』。違訓則可以作為拒絕批准的理由；越權則表示崇厚所『畫押』的條約，只是他個人的私意。定這樣四個字的罪名，一方面是便於應付國際交涉，另一方面也是救崇厚。因為他的罪名本來應該是『喪權辱國』，如果是『乾隆爺』的年代，不待崇厚到京，半路上就會遇到欽差，出詔旨立斬。

然而『西佛爺』的權威，也很可觀了；正月初三奉明發上諭，根據刑部的奏請，將崇厚的罪名交由親王、大臣會議，就沒有一個人敢為崇厚申辯。覆奏說他『違訓越權，情節重大』，於是，慈禧太后進一步降旨，交由九卿以上的大臣，直到親郡王一起會議定罪。

正月初八，李鴻藻朝珠補褂，天不亮進宮遞喪服已滿，請安報到的奏摺；當時召見，慈禧太后面許：『李鴻藻仍在軍機大臣上及總理各國事務衙門行走。』

朝旨一降，賀客盈門。張之洞是早已就有『先知』的，一早趕到李鴻藻家，等到了好消息，義不容辭地爲李鴻藻分勞，興高采烈地替他家接待賓客。

賓客中最爲人注目的，自然是沈桂芬。他的氣量雖狹，然而城府極深；到李家致賀時，神態極其從容，並且不是道個賀，做到了應酬的禮節，隨即告辭，而是閒逸地坐下來，與熟人閒聊，做足了與李鴻藻交情很厚，而且熟不拘禮的樣子。

他本籍吳江，寄籍宛平，亦算是順天和直隸的同鄉；所以張之洞與李鴻藻商議，利用山西賑災的餘款，建立『畿輔先賢祠』，他亦是贊助人之一；這時候便正好談這件事。

『先賢祠去年七月落成，今年是第一個年，』沈桂芬看著張之洞說：『香濤，該有一番舉動吧？』

『春秋二季致祭是常禮。今年第一個年，自當別論。』

於是彼此商定，正月裡舉行一次祭典。

張之洞跟沈桂芬談『畿輔先賢祠』，談得十分投機；可是議論時向，就格格不入了。當時，崇厚失職，薦主不能無咎，這些追究責任上的話，張之洞是不會提到的；他所談的是邊防，如何起用宿將、如何購置新式槍械、如何擇要防守，口講指劃，旁若無人。而在舉座側目之中，獨有沈桂芬不斷搖頭，間或夾以無聲的冷笑，那種輕視的神態，對興高采烈的張之洞來說，彷彿兜頭一盆冷水。

『事非經過不知難。』等張之洞的話告一段落時，沈桂芬接口說道：『局外人的高論，可以揀有理的說，自然動聽；局中人不尚空談，要講實際。香濤，有一天你執了政，記著我今天的話。』說著，隨即起身，神色不動地拱拱手：『失陪了。』

這個軟釘子，碰得張之洞臉上青一陣、紅一陣，心裡好不是滋味。過後思量，越想越不服氣，沈桂芬總當清流論政，無非書生之見，紙上談兵；倒偏要做個樣子他看看。

於是他想到了一個人：吳大澂。

吳大澂從陝甘學政任滿回京，不久因爲山西、河南、陝西大旱，奉旨會辦賑務，躬歷災區，不避辛勞，救的人很不少，陝甘總督左宗棠、直隸總督李鴻章、山西巡撫曾國荃，都在奏摺中說他的好話。慈禧太后決定將他外放，翰林出任地方官，不是知府，就是道員，吳大澂放的是河南河北道，駐河南武陟，照例兼管河務水利。

這個缺分很苦，但東有開封、西有洛陽，南岸就是滎陽、汜水，正是中原古戰場之地；吳大澂雖是蘇州人，卻深慕他的鄉先賢，明朝的韓雍，平時喜歡談兵，經常與親兵在一起練洋槍打靶，頗有『準頭』，沾沾自喜；所以到了這個地方，斜陽影裡憑弔古蹟，策馬高岡，攬轡便慨然有澄清天下之志。他又跟潘祖蔭同好，而河南出土的周秦古器甚多；打靶之暇，摩抄碑版金石，頗得意於他自己的那副儒將派頭，因而一時也不想求甚麼升遷。

對俄的糾紛一起，像他這樣的人，自然不會沉默；他跟張之洞意氣相投，平時常有書信往來，這時候自是洋洋灑灑，大談籌邊之計。其時由於左侯在西陲的武功所激發，做學問正流行研究西北地理；吳大澂的同鄉，也是他同治七年戊辰這一科的狀元洪鈞，就是專門搞這一套的；吳大澂亦頗有所知，因而論到西北、東北的山川形勢，頭頭是道。張之洞靈機一動，認爲吳大澂應可以有一番作爲。

他是想到就做的脾氣，當時便檢出吳大澂最近寫來的兩通長函，送給李鴻藻去看；要求李鴻藻保薦吳大澂帶兵籌邊。

慈禧太后此時已經打定主意，跟俄國能善罷甘休，還則罷了；不然就得開仗。所以每天催恭王籌劃邊防，整頓戰備，一等有了成議，下詔求賢，自是當務之急；宿將鮑超，決定起用，連充了軍的陳國瑞亦打算赦他回來效力。見此情形，李鴻藻覺得保薦吳大澂，正是人臣事君應有之義，因而一口答應了張之洞的要求。

話雖如此，也不能貿然舉薦。李鴻藻雖然名心稍重，但為人誠懇，他覺得保舉人才，雖是大臣的報國之道，但亦需為被保舉的人，謀一個能夠發揮所長，將帥和協的善地，才算盡了提攜的責任。經過與張之洞的一番籌議，李鴻藻為吳大澂找到了一個人地相宜的差使；只待正月十七的會議過後，就可進行。

正月十七在內閣的會議，要議的是兩件大事。一件是崇厚的罪名；刑部司官已經過細心推求，擬了一個奏稿作為會議的根據。說他『違訓越權』是句籠統的話，到底如何『越權』，如何『違訓』？不能不在大清律例上求得一個適當的比附。看來看去有一條『增減制書律』可以比照，對外國的條約，需奏奉欽定，即與『制敕』無異；『增減制書』的行為，自有已行、未行的區別，雖然條約未奉批准，但已畫押用印，就是『已行』，而『增減制書已行』者，是斬監候的罪。

看了刑部司官所作的判決，無人提到異議；議罪一事，就算定讞。另一件事是總理衙門所上的一個摺子，事宜是『籌備邊防事宜』，一共八條，洋洋數千言之多；範圍太廣，無從議起，而且看一遍就得花好些時間，也沒有那麼多工夫來細心研究，紛紛畫押，草草成議，由內閣具奏，聽候聖裁。

慈禧致疾

對慈禧太后來說，這個會議籌備邊防事宜的奏摺，光是看一遍，就是很沉重的負擔；因爲她從開年以來，精神一直不好，過分勞累和憂急，加上飲食失調，傷了脾胃，以致夜不成寐，並有盜汗，但不能不強打精神，力疾從公。

內閣的覆奏是由李蓮英坐在她身邊的小凳子上，唸給她聽的。茲事體大，未跟軍機當面商談以前，無法作任何決定：能決定的是崇厚的罪名，不過也得跟慈安太后商量一下。

將『東佛爺』請到長春宮，慈禧太后爲她解釋，刑部按律定罪，只要是這個罪名，便是『斬監候』，沒有寬減的可能。

『崇厚當然糊塗該死。不過既說按律定罪，到底是已行、未行，得要辨一辨清楚。』慈安太后問道：『不是說，條約得要批准了才能算數？那就不是「已行」。妳說是不是呢？』

『不是！』慈禧太后的肝火很旺，所以聲音僵直，竟是一個釘子碰了回去，『如果是「未行」，就不會有眼前這麼大的麻煩！「斬監候」還是便宜他的；且莫說雍正、乾隆年間，只怕先帝在日，他都逃不掉「斬立決」的罪。』

慈安太后默然。過了一會便站起身來，說一聲：『傳轎！』連慈禧太后的病情都未問，就回自己宮裡去了。

像這樣拂然而去的情形，是極少有的；慈禧太后自也不免失悔。然而那只是出自良知的刹那間事，一轉眼看到厚厚的一疊奏摺，不由得便把這兩三個月來，操勞國事所感到的種種焦急、氣憤、憂愁、深夜不寐、徬徨無計的苦楚，都想了起來，覺得自己就算言語失檢，慈安太后也應該體諒，何苦如此認眞？她不體諒有病的人肝火旺，莫非有病的人，倒該受委屈？

這樣轉著念頭，便覺得胸膈之間像有個痞塊往來衝突，五中焦躁，怎麼樣也嚥不下那口怨氣。

『哼！』她冷笑著，『居然給臉子我看！』

聽語氣不像自言自語，李蓮英便需答話，他趴下來磕一個頭：『奴才有句話，不知道當說不當說？』

『甚麼話？』慈禧太后警告似地說：『你可別也來氣我！』

『不怪主子生氣，奴才也不服。不過，話說回來，誰也沒法兒替主子分勞分憂；國家大事，全靠主子操心，千不念，萬不念，只念著天下少不得主子。』李蓮英又磕一個頭：『奴才嘴笨，實在不知道怎麼說了。』

他雖說不出來，慈禧太后卻懂他的意思，畢竟還有個人了解自己的甘苦！這樣想著，心裡好過了些；對李蓮英當然也格外另眼相看了。

『主子聖體欠安，別人不知道，奴才知道主子的病是怎麼來的。饒是這麼費心費力，還受人的氣；奴才替主子……』

說到最後，竟是哽咽著無以畢其詞。慈禧太后一驚，急急問道：『你是怎麼啦？』

『奴才，奴才想想，替主子委屈。』

李蓮英居然淚流滿面。慈禧太后感動得不得了，又難過，又高興，又驚異，竟是這樣子忠心耿耿，實在難得。

『你用不著替我委屈。』她點點頭說：『你有這點孝心，不枉我看重你。俗語說得好：「不要氣，只要記」，你也記著今天這一段，大家走著瞧吧！起來，拿藥我吃！』

慈禧太后一直不大肯服藥，此刻不待相勸，自動要藥來服，似乎全是看在他的『孝心』上面；李蓮英自然奉命唯謹，趕緊站起身來，從條案上的銀盒子裡，取出一包由太醫院特地配製，平肝清火的丸藥，打開來放在托盤裡，送到慈禧太后面前。

不知是藥的功效，還是由於李蓮英的孝心，慈禧太后覺得比剛才舒服得多，精神一振，便又說道：『看看還有幾條，把它唸完了。』

李蓮英很知道分寸，這些大事上，他不敢勸慈禧太后節勞，要避干預政事的嫌疑，於是仔細看了看答道：『還有兩條。』接著，便不疾不徐地唸道：

此次開辦東北兩路邊防，需費浩繁，現在部庫支絀，必須先時措置，以備不虞。著戶部通盤籌劃，先將各省、漕、鹽、關，實力整頓，並將釐金、洋藥稅等項，責成督撫，力除中飽，毋任有濫支侵蝕情弊，俾資應用。惟邊防刻即舉辦，需餉甚急，著戶部先於提存四成洋稅項下……

唸到這裡，慈禧太后突然打斷：『慢著！』

於是李蓮英住口無聲，很小心地抬眼偷覷，只見慈禧太后凝視著空中，卻不是空中有甚麼引人注目的東西；迷惘的眼神，不知是悲傷還是悵惘？只看得出她是在盡力搜索著記憶；睫毛眨動得越來越快，雙眉越擰越緊，是很吃力的神氣。

終於眉目舒展了，視線落下來看到李蓮英謹愼而關切的神色，她用低沉的聲音說：『我想起來了！皇帝親政的第一天，軍機跟他回奏的第一件事，就是「提存四成洋稅」。一晃兒七年了。唉！』她嘆口氣又問：『今兒幾時？』

『昨兒「燕九節」；今兒正月二十。』

『皇帝是那年正月二十六親政；差六天，整整七年。』

原來她口中的皇帝，不是指此刻沉睡在長春宮寢殿中的小皇帝；是指出『天花』賓天的先帝；李蓮英很奇怪，慈禧太后念及獨子，似乎感慨多於悲悼。這彷彿證實了沈蘭玉他們平日閒談中所透露的，當年母子感情不和的傳說；因此他不敢多說，只這樣答道：『奴才進宮晚，沒有趕上同治爺在的日子。』

『唉！』慈禧太后搖搖頭，似乎不願再提先帝；接著又說一聲：『往下唸吧！』

李蓮英答應一聲，找著成段落之處唸起：

惟邊防刻即舉辦，需餉甚急，擬著戶部先於提存四成洋稅項下，酌撥巨款，以應急需；一面按年指撥各省有著的項，俾無缺誤。其西征專餉，津防水陸各軍，北洋海防經費，及淮軍專餉，擬著戶部分飭各省關，按年全數解足。東三省練餉、協餉，各省關未能解足者，亦著勒限解清。

唸完了這一條，要等慈禧太后考慮；李蓮英起身替她換了熱茶。她捧著茶杯出了半天的神，忽然問道：『在山西辦賑的閻侍郎，你知道不知道這個人？』

這是指工部侍郎閻敬銘。李蓮英常爲慈禧太后讀奏摺，山西大旱的賑務及善後事宜，常由巡撫曾國荃與閻敬銘會銜出奏；他如果說不知道，就是欺罔，李蓮英便答一聲：『是！』

『你聽說了沒有；他在山西怎麼樣？』

李蓮英略想一想答道：『奴才有親戚從山西逃荒來的，多說朝廷派閻侍郎辦賑，就是天大的恩典。閻侍郎辦事很認眞。』

『嗯，嗯！』慈禧太后沒有再往下說——李蓮英卻有些猜到了，正在談籌餉，忽然提到閻敬銘，看來是要將他調到戶部來辦事。

由於奏摺太多，慈禧太后昨夜不免過勞；這天起身，精神委頓，視朝比平日晚了許多。因此，恭王和軍機大臣，都在養心殿廊下待命；小聲談著她的病情，憂心忡忡地怕她累出一場大病來。

『說實在的，西聖眞該好好息一陣子。不過，這話不便進諫。』

『請福晉進宮的時候，不妨勸一勸。』寶鋆提議。

恭王點點頭，正要想說甚麼；聽有太監傳呼之聲，知道西宮太后出臨，便住了口，靜待『叫起』。

等兩宮太后坐著軟轎駕到，恭王領頭站班迎接，大家不約而同地注意著慈禧太后的顏色，但見她臉黃黃地，又乾又瘦，一雙眼中顯露出無限的疲憊，不住用手絹捂著嘴乾咳；那副病容，已不是珠翠脂粉所能掩飾的了。

她自己亦不諱言；等跪安已畢，首先就說：『我身子很不好！怕有一場大病。』

『近來天時不正，請聖母皇太后多加頤養。』恭王這句話空泛之極，自覺毫無意味，但不這麼說又怎麼說？躊躇了一下，加上一句：『臣等奉職無狀，上勞聖慮，眞正無地自容。』

『也不能怪你們。』

慈禧太后說了這一句，咳嗽不止，臉都脹紅了；殿上不准有太監、宮女侍候，恭王等人又無能爲力，只能瞪著眼著急，於是只好慈安太后來照料，替她搥背，又拿茶碗送到她唇邊，亂了好一陣，才能安靜下來。

『唉！』慈禧太后喘著氣，斷斷續續地說：『你們籌議邊防的摺子，我都看了。曾紀澤由英國到俄國，得要些日子，到了能不能馬上開議；開了議，會不會有結果？都難說得很。夜長夢多，實在教人不放心。』

『眼前總還不要緊。』恭王答說：『俄國就是有心挑釁，它那裡調兵遣將，也得有些日子。臣已叫總理衙門，多訂各地方的新聞紙；如果俄國有甚麼動靜，新聞紙上一定有消息。目下還看不出甚麼。』

『它要調兵遣將，自然是在暗中行事。就算它沒有動靜，我們也不能不防。』

『是！臣等仰體聖意，自然要作備戰求和的佈置。』恭王又說：『連年西征，海防經費，未免不足。能夠不決裂最好，不然……』

『不然怎麼樣？』慈禧太后毫不放鬆地追問，『不然，就看著俄國兵打過來？』

這是碰了個釘子。但恭王不能因此就不說話，『那自然沒有這個道理。臣是說，能夠求全，暫時不妨委屈。眞的要開仗，』他很吃力地說：『也只有全力周旋。』

慈禧太后想了一下問道：『李鴻章怎麼說？北洋海口，他有沒有守得住的把握？』

『北洋海口，關乎京師安危；李鴻章當然要出死力把守。他籌防已有多年，戰艦砲台，大致有了個規模。臣前天接到李鴻章來信，預備在煙台、大連灣佈防。奉天營口，亦是北洋的範圍，自然也要責成李鴻章統籌兼顧。不過，水師究嫌不足；只有著力整頓步兵；劉銘傳是淮軍宿將，要不要調到天津來，等李鴻章奏明了，臣等再請旨辦理。』

『北洋有李鴻章，西路有左宗棠，大致可以放心。』慈禧太后說：『我不放心的是東三省，聽說俄國人在海參崴地方，很費了些經營；那一帶要不要添兵添將，能有甚麼得力的人派過去，你們覆奏的摺子上，怎麼不提？』

『用人大政，臣等未敢擅擬；原打算面奏取旨辦理。』

恭王這幾句話，答得很得體；『未敢擅擬』的說法，倒也不是故作恭順，取悅太后，確是有不便事先形諸筆墨的窒礙，因爲佈置邊防的用人，關係軍情，宜乎愼密。同時有些宿將，解甲歸田以後，大起園林，廣置姬妾，正在享福；能不能再用，肯不肯復出，在在都成疑問，亦不便貿然建議復召。

這些情形由恭王回奏明白，慈禧太后的肝火便平服了，於是根據覆奏的八條，一項一項細細核議。議到傳午膳的時候，還只議了一半，暫時休息；兩宮太后在養心殿傳膳，同時吩咐撤御膳賞恭王和軍機大臣，傳諭就在養心殿的梅塢食用。

膳罷復議，慈禧太后的神情越發委頓；不過這是少有的大事，當然不能半途而廢，強打精神議完，卻還不能回寢宮休息，得要等著看軍機承旨所擬的上諭。

於是，軍機章京全體動手，分頭擬旨，一道明發、十幾道廷寄。其中『籌備邊防事宜』一事，析而爲八，開頭都用『此次俄國與崇厚所議條約』這句話領起，以下的措詞，各不相同。李鴻章與左宗棠是『朝廷柱石』，對他們無機密可言，所以將朝廷的本意，坦率相告，條約因爲『多所要求，萬難允准，雖已另派曾紀澤往議，而該國心懷叵測，詭譎多端，不可不先事防範，用折狡謀。』此外就不便讓他們與聞大計廟算了。或者說『俄國難保不滋生事端』；或者說『邊備自不容緩』，飭令著意整頓防務，並不曾透露不惜一戰的決心。

先是這八道廷寄，多則千言，少亦有五六百字，連擬帶抄，加上沈桂芬、王文韶的幫忙，也費了一個多時辰，才得妥帖，送給恭王核看。

『我不必再看。宮門快下鑰了，趕緊送上去吧！』

送到兩宮太后那裡，慈禧太后不能不細看；一面看，一面還得為慈安太后解說：廷寄第一道是給李鴻章的，畀以保衛京畿、鞏固北洋門戶的重任，一切佈置，限期一個月奏報。

第二道是給左宗棠的，以新疆南北兩路的邊防，責成他通盤籌劃。第三道需分繕八通，分別寄交兩江總督劉坤一等黃河以南各省督撫，以及奉旨巡閱長江水師的彭玉麟等人，加強南洋防務及江防，簡練陸軍，以輔水師。第四道寄山西巡撫曾國荃，調駐紮山西的劉連捷一軍，移防綏遠。第五道寄河南巡撫涂宗瀛，調駐紮河南的宋慶一軍，移師關外，駐守奉天、營口等處。第六道分寄烏里雅蘇台將軍、參贊大臣、烏魯木齊都統、庫倫辦事大臣等等滿蒙旗將，加強轄區邊防，認眞操練，興辦屯墾。第七道分寄各省，整頓地丁、漕糧、鹽課、關稅，充裕餉源；同時嚴飭將應解款項，限期解清。

最後一道是指示東三省的防務。龍興之地，特關緊要，這道廷寄對吉林將軍銘安的指示，特別詳細；而吳大澂以三品卿銜，赴吉林為銘安幫辦軍務，在李鴻藻保薦給恭王，剛才面奏奉准以後，此刻亦敘入寄銘安的廷寄之中。

除了吳大澂以外，慈禧太后很重視鮑超。從多隆河一役，劉銘傳恩將仇報，冒功而誣控友軍『失期』，害得鮑超憂憤攻心，舊創大發；這幾年一直在他老家夔州新起的大宅中休養。慈禧太后和恭王都知道他的委屈，怕他前嫌未釋，不肯出山，所以在寄給四川總督丁寶楨，『傳旨飭令來京陛見』的廷寄中，特別寫明：『現在時事艱難，需才孔亟，務當懔遵諭旨，迅速來京，不准推諉遲延。』

此外還有一道很重要的明發上諭：

> 諭內閣，前因時事多艱，需才孔亟，疊經諭令各直省督撫，保薦人才，以備任使。惟恐奇材異能之士，伏處尚多，該督撫等，聞見難周，尚未盡登薦牘，必須周諮博訪，以廣搜羅。著大學士六部九卿各直省將軍督撫，暨曾任統兵大臣彭玉麟、楊岳斌，加意訪求，其有器識閎遠，通達治體；爲守兼優，長於吏事，以及才略過人，足任將帥；驍勇善戰，足備偏裨；熟悉中外交涉事宜，通曉各國語言文字；善制船械，精通算學，足供器使；並諳練水師事宜者，無論文武兩途，已仕未仕，均著各舉所知，出具切實考語，秉公保薦。不得徒採虛名，濫竽充數；亦不得以無人可保，一奏塞責，庶幾人材輩出，緩急可資，以副朝廷延攬人才至意。將此通諭知之！

這道上諭充滿了『聞鼙鼓而思將士』的意味，徵召鮑超，便是明徵；加以籌議邊防的八道廷寄，內容不免洩漏，因此人心振奮，都在談論，這一次『非跟老毛子好好幹一場不可了』！

當然，最起勁的是張之洞、張佩綸這班人，不獨吳大澂的被重用，足爲清流張目；更重要的是，主戰的政見佔了上風，李鴻藻一出，聲勢不凡，將沈桂芬壓得黯然無光。沈桂芬確是憔悴了。李鴻藻的『威風』，固然使得氣量褊狹的『吳江相國』，寢食難安，然而亦不盡出於私心；練兵籌餉，廣羅人才，這樣大張旗鼓的搞法，在他看來，是禍非福；總有一天弄得決裂到不可收拾的地步。然而主戰派正在風頭上，清流的囂張，猶在其次；慈禧太后力主備戰，不信能夠和平了結的態度，才是他最感到焦灼的。

『上頭爲甚麼如此強硬。』他困惑地問寶鋆，『莫非眞是肝火旺的緣故？』

『肝火旺也還罷了；還有人在火上加油，才是最不可解之事！』

『誰啊？』沈桂芬問：『是五爺跟七爺？』

『五爺的話，上頭未見得聽；七爺的話，也得先看看對不對，再作道理。只有一個人的話，說一是一，說二是二。』

『那是誰？』

『你想呢？』寶鋆反問一句，『誰還能三天兩頭，奉召進宮？』

沈桂芬明白了，指的是榮祿。

榮祿雖在上年十一月間，因爲腰傷復發，不耐勞劇，解除了步軍統領的職司，而寵信未衰；如今李鴻藻復出，表裡相濟，使得沈桂芬更感威脅。眼前固然還有件關於榮祿的案子在兵部，只是要想在這上面做篇文章，搞他個難堪，卻還不容易，只有隱忍著，等待機會。

慈安聽政

機會來得很快；而且是一個意想不到的機會。從處置了籌議邊防一案，慈禧太后心力交瘁，病勢日增。李德立請脈以後，提出警告，說她氣血兩虧，心神悸怯，多由操勞國事，焦憂太甚而來，如果不是擺脫一切，徹底調養，將會釀成『巨禍』。

慈禧太后也知道自己的病不輕，然而要她放手不問國事，卻怎麼樣也不肯鬆這句口。而臣下則又必須『諱疾』，一方面是怕引起她的猜疑，對她本人而諱；一方面因爲慈禧太后是實際上的皇帝，爲安定人心，需對天下而諱。這樣就不便公然奏請免除常朝；只望她自己能夠節勞。

『西邊是頂爭強好勝的，總得有個說得進話去的人，想法兒勸一勸才好。』

恭王亦以寶鋆的看法爲然；但是誰去勸呢？七福晉是見了她姊姊不大說得出話的；七福晉怕碰釘子不肯進宮，而且恭王也不敢冒昧。最後，讓寶鋆想出來一個人：居孀的榮壽公主。

慈禧太后本就愛重榮壽公主，在她居孀以後，更有一份不易解釋的歉意，因爲是她作的主，將榮壽公主指配給了體質虛弱的符珍，結果害了她一輩子。爲此，格外另眼相看，就說錯了話也不要緊；而且榮壽公主沉著機警，善於析理，也不至於說錯話。

於是榮壽公主啣命入宮；一到就表示要住下侍疾。她也眞的親嘗湯藥，夜深不寐；只要慈禧太后一張眼，或者問一聲，她總是很快出現在病榻前，眞正是孝順女兒的樣子。

二月初一從養心殿回宮，慈禧太后幾乎連走下軟轎的氣力都沒有。榮壽公主覺得不能不開口了。

『佛爺！』她憂容滿面地，『女兒有句話，不知道該說不該說？』

『奇怪吧！』慈禧太后憐愛地責備：『幾時不讓妳說話來著？』

『那，女兒就說了。佛爺，打明兒起，好好歇著成不成？這麼冷的天，天不亮上養心殿；好人也得受病，何況聖躬不安？』

『唉！』慈禧太后搖搖頭，『我何嘗不想歇著？妳說，「那邊」是能拿大主意的人嗎？』

『要拿主意，這麼安安穩穩歇著，還不是照拿？』

『這話倒也是。』

『本來就是嘛！』榮壽公主接著便又勸說，邊防正在部署；曾紀澤方由英赴俄，對俄交涉在停頓之中，眼前並無大事，正好養安。

慈禧太后笑了，『照妳這麼說，我這個病倒生得是時候了，』她又感歎地，『真是，害病都得挑挑時候！』

『原是神靈庇護。國家大事，千斤重擔，都在皇額娘一個人身上。』榮壽公主又說：『過一兩個月，曾紀澤到了俄國京城，開議那時候要請訓，皇額娘早就萬安了，有精神對付老毛子了。』

這句話說得慈禧太后不斷點頭，『把「那邊」請來吧！』她說。

慈安太后卻真是老實，聽慈禧太后一說，先自一楞，便有些手足無措之感；『我怕我一個人不成吧！』她遲疑著問。

『沒有甚麼不成！這多年下來了，難道說還有甚麼看不清楚，聽不明白的？』慈禧太后又指著榮壽公主說：『有她阿瑪在那裡，錯也錯不到哪兒去。再說，我還是可以幫著妳看摺子，拿主意。』

這樣鼓勵著壯慈安太后的膽，她總算放了些心。但是，第二天跟軍機見面，仍難免怯場；因而率直說道：『慈禧太后身子欠安，只好我一個人來料理。六爺，我可有點兒摸不清頭緒，該當怎麼辦的怎麼辦！錯了甚麼，漏了甚麼，你們可要早說。』

『是！』恭王答道：『辦事原有常規，臣等不敢欺罔。』接著便將一疊交議的奏摺，捧上御案。

第一件案子便麻煩。這一案是鄧承修接得家鄉的來信，參劾廣州府知府馮端本，招權納賄，庇惡營私，情節甚多。原來是交由已調兩江的兩廣總督劉坤一跟廣東巡撫裕寬查辦；此刻要議的，便是劉坤一跟裕寬的覆奏。

由於被參的情節，有實有不實；督撫查辦的結果，有同有不同；加上案外生案，牽涉到一個曾經做過知縣的廣州府紳士，因而慈安太后茫然無主，將一疊奏摺翻來翻去，找不到恭王所說的鄧承修的原奏。

『不行！六爺，你來看看，是哪一件？』

於是恭王只好走近御案，將原件找了出來；上面有慈禧太后的御筆。是『查辦』二字。

『對了，查辦！怎麼說啊？』

恭王有啼笑皆非之感，講了半天，慈安太后似乎一個字也沒有聽進去，從頭來問『怎麼說』；難道再不憚煩地講一遍？

這算是件小事；小事這麼耽誤工夫，大事如何料理？恭王便籠統答一句：『鄧承修參的也不全是沒影兒的事，馮端本確有點兒不對，臣請旨交部議處。』

『好吧，交部議處。』

在慈禧太后片言可決的事，到了慈安太后那裡，平空耗費了好些工夫；恭王一看這情形，覺得不必這樣費事，便另換了一種辦法，每一案說明簡單案由，然後再提辦法，或者『交部議處』，或者『下該部知道』、或者『依議』、或者『准奏』。果然，這一下便快得多了；二十幾件奏摺，不到一個時辰，便都已打發。

一退了朝，慈安太后如釋重負，回到鍾粹宮不住長長地舒氣；有這一番經驗，她才衷心地服了慈禧太后，暗暗自語：『看人挑擔不吃力，眞虧她！』

當然，熟能生巧，慢慢摸得清頭緒了，也就能夠自作裁決了。沈桂芬每日見面，發言雖少，卻比平日格外用心，看看時機已到，將榮祿的那件案子翻了出來。

這件案子，還是榮祿奉旨辦理慈禧太后普陀峪『萬年吉地』的時候發生的。陵工一向是好差使，但責任也特重，絲毫出不得錯；只是那時的榮祿正在風頭上，不免馬虎——有個被革了職的知縣馬河圖，謀求陵差；照例不可，而榮祿用了他當『監修』，爲人參了一本。有慈禧太后在，這件案子被壓了下來；此刻舊事重提，沈桂芬跟兵部的另一個尚書，翁同龢的拜把兄弟，當過弘德殿諳達的廣壽商議，擬定了榮祿的處分。

議定罪名，向來是有律依律、無律比附；這比附上就大有伸縮的餘地，如果比照長官失察的罪名，不過罰薪的處分，而沈桂芬擬的是『比照提督總兵徇情濫舉匪人例』。這是極重的罪名，提督、總兵奉命征剿土匪，受有賄賂，不剿而撫，保舉匪人充任官職，結果復叛，就像當年苗沛霖的那種情形，則此保舉的武官，丟腦袋亦不算意外。

罪名雖重，擬的處分卻輕，『降二級調用』；而輕中有重：『不准抵銷』。罪名有時不怕重，哪怕革職；只要有機會，一道恩旨，開復處分，就可無事；如果『降級』而不得用『加級』之功抵過，那就非降官不可。沈桂芬是想了好久，才想出這麼一招『綿裡針』來治榮祿。

不僅如此，他還特地在摺尾聲明：『此係察議，可否改爲降一級調用，請旨辦理。』意思還是爲榮祿乞恩。

『怎麼叫「察議」？』慈安太后問。

『這是明載在大清會典上的。』恭王答道：『看情節輕重，斟量處分，叫作「察議」。按律治罪，就是「議處」。』

『提督、總兵徇情濫舉匪人，是很重的罪！』

『是。』

『這麼說，是擬得輕了？』

恭王一時答不上來。是輕是重，他肚子裡明白；榮祿一向走醇王的門路，他當然無所用其庇護；但私交也很不錯，似乎又該替他說話。就這躊躇之時，寶鋆越次答奏了。

『是。』他說：『回母后皇太后的話，這個處分，按大清律來說，是很輕的了。』

『既然已擬得輕了，就不用再改。』慈安太后很熟練地說：『依兵部原議。』

上諭未發，榮祿就已得到消息，『哼！』他憤憤地說：『別樣都還罷了，摺尾的聲明，不是貓哭耗子？我不領他這個情。』接著便請幕友擬奏摺『謝恩』；同時請病假，意思是不想再補降兩級的缺，當過從一品的尚書，再補上個從二品的缺，面子上未免難看。

這個要求當然能夠如願。事實上也解除了恭王的一個難題，因爲文職正二品的缺極少；武職的正二品則是很多，像步軍統領所屬的左右翼總兵就是，但這是榮祿十年前的舊職，自然不便再派。此外則各省駐防將軍屬下，專管一城的都統，亦是正二品；榮祿既在病中，不便外放，就能放也嫌委屈。所以他的奏摺一上，交吏部議覆時，恭王把它截留了下來，擱置在軍機處，根本不辦。

榮祿那裡，當然有好些人去慰問，翁同龢便是其中之一；然而空言無補實際，榮祿決定韜光養晦，等機會報仇。

慈禧太后的病，爲了失眠和飲食無味這兩種徵象，始終去不掉，成了纏綿之疾，時好時壞；但就是好的時候，也是『多言則倦、多食則滯』，就算想問政事，也是力不從心。

大政事只有兩件，一件是對俄交涉，一件是籌議邊防和海防。備戰求和，則和戰在未定之際；曾紀澤雖遠在英國，對於廷議紛紜、舉棋不定的情形，知道得很清楚。大計不決，交涉一定無功；因而他在倫敦，遲遲其行，只是與總理衙門函電往還，反覆討論，要先定出一個交涉的宗旨來，方願起程。

和戰大計則不但朝中爭得很厲害；督撫中亦分成兩派。主戰的勢孤而氣壯，那幾乎就是左宗棠一個人；主和的則人多而情虛，因爲主和便好像是退縮、懦怯，一定挨罵，因此爲頭的李鴻章，只能跟恭王密函商酌；兩江總督劉坤一奉召入覲，過天津時曾有一番密談，決定諫勸持重，理由是海防不足恃，萬不可開釁。他們一方面分別上奏，請寬減崇厚的罪名，以爲轉圜之計；一方面由李鴻章側面鼓勵英國公使威妥瑪出面調停中俄糾紛。

主和派漸漸佔了上風，在翁同龢的全力游說之下，連一向態度最激烈的醇王，也改變了主意，不主張遽爾決裂。同時，在籍養病的郭嵩燾，也上了一個奏摺，洋洋數千言，分析對俄交涉的事理，主張遣派專使實地調查；伊犁盡可暫緩收回。崇厚的罪名，應當符合萬國公法的規定。而且很不客氣地說：『廷臣主戰乃一隅之見。』

由於郭嵩燾的精通洋務，他的意見，自然受人重視，因而主和派的聲勢越振。原來主戰的高談闊論，主和的曲曲調停，有各行其是，不相爲謀之勢；此刻則以開議無法再緩，而崇厚的能否免死，便成了和戰大計中的一個關鍵。就在這時候，鮑超奉召入京：他的出處，又是和戰大計的一個表徵。因而主戰主和雙方，無不注視慈安太后召見鮑超，作何表示？

鮑超還是第一次進京。當然也是第一次謁見慈安太后。在天津便由李鴻章一再教導，如何行禮、如何奏對，一再演習，所以召見的儀注，絲毫不誤；入門磕頭，請安謝恩，然後跪著等候垂詢。

慈安太后先問了路上的情形，然後照例問百姓：『四川的百姓，日子過得好不好？』

『賢臣丁寶楨，操守好廉潔的。』鮑超用濃重的川東口音答道，『百姓安堵如常。』

『沿途百姓呢？看過去還平安？』

『仰賴天恩。百姓平安。』

『今年年成好不好？』

『沿路看年成都不壞。「小春」都收起了。』

慈安太后略停一停又問：『你在路上走了幾天？』

鮑超詫異，這話剛才問旅途的情形，已經答奏過了；何以又問？他總以為問過例行的關切民瘼的話，總要提到對俄的軍務部署，打點著一肚子的話；一時還沒有機會陳述，只好將說過的話再說一遍：『坐輪船坐了十幾天，沿途吃藥，水陸都耽擱了，走了一個多月才到天津。』

『沿途吃藥？』慈安太后問道：『你身子有哪些不爽快？』

這一問，算是接上了話題，鮑超精神抖擻地答道：『奴才在家鄉，接到各處來信，說的不同，有說古北口已經開仗，俄國兵船到了天津，京城吃緊；奴才恨不得插翅飛來。故而奉到聖旨，連夜請人起稿，奏報起程日期，好教朝廷放心。奴才一面又連夜修起書信，給各省舊部，叫他們到湖北水陸方便的地方住到起，聽奴才的信息。奴才另外又請人寫奏摺，請旨招募勇丁。奴才心想，等奏摺批下來再作道理，時候就晚了；所以奴才迎著上來，免得一來一往，多費工夫。奴才晝夜籌劃，睡不得幾個時辰；奴才的小婆子勸奴才歇歇。奴才心想，國事這樣子緊急，臣子哪忍心偷閒？因此上，肺家受了寒，咳嗽得厲害了，牽動舊傷。』

『噢，你沿途在哪幾處服藥？』

『在宜昌服了五劑。到天津，李鴻章看奴才的氣色不好，留住在他那裡，又服了好幾劑。』

『你是要緊的人，服藥要謹愼。』慈安太后有些詞窮似地，接著，便問了句：『你覺得哪裡的醫生好？』

『都平常。』

『到底哪個醫生靠得住些？』

鮑超不明白，慈安太后爲何要打破沙鍋問到底？想了想答道：『李鴻章薦的醫生，藥倒還覺得平和。』

慈安太后點點頭，換了個話題：『你是跟著曾國藩打仗？』

這何消問得？然而不能不答：『奴才原是跟著向榮出師廣西，追賊追到湖南，曾國藩調奴才管帶水師，隨同楊岳斌將江面肅清；後來胡林翼調奴才統帶陸路，招募霆軍各營，隨同曾國藩打仗。』

『你打過好多仗？』

『太多了，記不清了！』鮑超答說：『水面陸路，總有幾百仗。』

『你好聲望！』

天語褒獎，應當謝恩，鮑超磕個頭說：『奴才毫無能爲。』

『我知道很吃了些苦。』

『當效犬馬之勞。』

說到這裡，又沒有話了；而起用宿將，鄭重其事，似乎也不能像外放官員例行召見那樣，問幾句話就了事。於是，慈安太后又回到鮑超的病情上來。

『你身上的傷痕，還牽動不牽動？咳嗽好些了沒有？』

『是好些了。』

『既然李鴻章薦的醫生還好，還是要用李鴻章的醫生。』

『是！』鮑超掉了一句文：『謹遵慈諭。』

慈安太后想了想，問到李鴻章：『你跟李鴻章是至好？』

如何談得到至好？鮑超的病，就是因為李鴻章抹煞良心，袒護劉銘傳而來。只是這些恩怨，不便直奏，只將慈安太后的話，改動了一個字：『奴才跟李鴻章是多年「舊」好。』

『他的體子怎麼樣？還好吧？』慈安太后問：『飲食好不好？』

『李鴻章曾邀奴才吃過飯；他一頓吃得兩中碗飯，胃口要得。太后可以放心。』

『你也要當心！總要叫醫生替你好生看。』

『是！』

又沒有話了，慈安太后是真的想不出話了，只好點點頭說：『你跪跪吧！』

鮑超知道，這是召見完畢的表示，隨即跪安退出；心裡既覺得輕鬆，又覺得遺憾——輕鬆的是，慈安太后極好對付，絲毫沒有天顏初對，戰戰兢兢的感覺；遺憾的是自己預備了多少天，有一肚子如何募勇，如何佈防的話，完全無用，眞正白糟蹋了！

慈安太后召見鮑超的經過，當天便有能在慈禧太后面前說話的太監，當作笑話去說給她病中遣悶。除了那句『小婆子』觸犯忌諱，萬不能出口以外；鮑超的鄉音，和自稱『奴才』，都被詫爲奇事。漢人稱臣，旗人稱奴才，是開國至今，相沿了兩百年的規矩；慈禧太后不明白鮑超是受了誰的教，還是他有意自附於旗下，所以口稱奴才。然而，她所認爲的笑話，倒還不在鮑超身上，而是慈安太后的話。

『妳看，』她對榮壽公主說：『妳東佛爺倒是怎麼回事啊？鮑超千里迢迢來陛見，也該問問他，對時局有甚麼看法；如果用他，他想怎麼樣效力？怎麼絮絮叨叨，跟個三家村的老婆子似地，盡說些無味的廢話。』

『東佛爺，阿彌陀佛的人！』榮壽公主說：『想問也無從問起。』

『這樣子，怎麼能擔當大事？』慈禧太后嘆口氣：『唉！這個病，困住了我。』

『皇額娘！可千萬不能心煩。』榮壽公主警告著說：『要不然，藥可是白吃了。』

慈禧太后搖搖頭：『怎麼能不煩？沈桂芬說是懊惱成病了！辦事要論細心穩重，還是他。軍機上少這麼一個人，恐怕更玩兒不開了。』

榮壽公主極知分寸，論到國政，她不肯隨便說話，所以默然不答。

如果是別人這樣不接話碴兒，縱非不敬，也會被慈禧太后認作不識抬舉，失去恩寵；但對榮壽公主卻是例外，不但不惱，反覺得她穩重識大體，所以不再談論國事，只等慈安太后來了，再作道理。

整整三個月以來，慈安太后照例從養心殿退了朝，就到長春宮，將召見軍機及部院大臣，或者入覲督撫的情形，說與慈禧太后聽。當然，不僅僅是讓她知有其事；主要的是跟她討主意。

『六爺跟我說，鮑超這趟進京，興頭得不得了；看樣子是指望著放個總督——。』

『怪不得！』慈禧太后失聲說道：『那麼巴結；自稱「奴才」。』

『是啊，我也奇怪！原當他在旗，問六爺；六爺說不是，武將不懂規矩。六爺又說：現在沒有總督的缺，意思是不能讓鮑超當總督。』

『有缺也不行！』慈禧太后說：『他們軍功起家的這一夥，楊岳斌當過總督，雖是行伍出身，到底唸過書；鮑超西瓜大的字，認不得一擔，怎麼能當總督？』

『我也這麼想，鮑超是好戰將，不如叫他督辦軍務。』

『那不成了欽差大臣了嗎？更不行了！』慈禧太后直截了當地說：『他當過提督，還叫他當提督；不是要募勇嗎？他是湘軍出身，叫他到湖南去好了。』

三言兩語就定了鮑超的出處；慈安太后細想一想，果然，放鮑超去當湖南提督，是人地相宜，再也適當不過的安排。偏偏自己就想不到，實在不能不心服。

『我知道了，明兒跟六爺說。』慈安太后接下來又談一件大事，『左宗棠上了一個摺子，說新疆要派一個總督、一個巡撫；總督駐烏魯木齊，巡撫駐阿克魯，請朝廷先派定了人，讓他們去創辦行省。』

『現在不是時候！』

『六爺也這麼說。伊犁還沒有收復，只能擱一擱再說；這個摺子也不發抄，免得影響人心。』

『很好！』慈禧太后點點頭，深表嘉許。

『六爺又談了一件事，說接到肅州的信，左宗棠出嘉峪關到哈密去了。帶了一樣東西，』慈安太后說：『妳再也想不到的，是一口棺木。』

聽得這話，慈禧太后深爲注意，一雙半閉著的眼，倏然大張，睫毛閃閃地望著慈安太后問：『眞有這話？』

『想來不假。六爺說：左宗棠忠勇可嘉。不過……』

『不過怎麼樣？』慈禧太后搶著問。

『不過有傷國體。』

『哼！』慈禧太后搖搖頭；身子往後一仰，是大不以爲然而不願指責恭王的神氣。

『左宗棠今年快七十了。』慈安太后有惻然之色：『這麼熱的天，又在西北水草不生的地方；抬著棺木去拚老命！想想，唉，眞是！』

慈禧太后不作聲，靜靜地靠在軟椅上，兩手交叉在胸前，雙眼一眨一眨地，竟似無視於慈安太后在她面前。

這神情像是有甚麼大疑難待決似地，慈安太后惴惴不安地問：『妳在想甚麼呀？』

慈禧太后緩緩地轉過眼來，眼中感喟無限，『他們爺兒倆，總是想跟洋人拚一拚，好好見個勝仗，才能挺起腰板來舒口氣。這個願心，不知道哪一天才能了？』

慈安太后默然半晌，方始說了句：『打仗也得要有人。』

『人不是沒有。人心不齊！左宗棠要打，李鴻章不肯打；李鴻藻要打，沈桂芬不肯打；老七要打，老六不肯打。』慈禧太后又說：『咱們倆不也是嗎？』

『我沒有主意。』慈安太后又說：『不過，即便打仗，總得要有點兒把握才行。就算有人，就算人心齊了，也得要有錢，北洋買兩條鐵甲船，就得二百萬銀子，怎麼得了？』

提到錢上面，慈禧太后便有一種說不出的困惑，談海防、談邊防，動輒上千萬銀子的事；她也總是聽從軍機的調度，說給多少就是多少。但是，平日說得天花亂墜；一旦有事，又總是困難重重。錢都花到哪裡去了呢？左宗棠西征，一年六七百萬銀子的軍餉，到底也還落個『抬棺木拚老命』的報答；此外就算不清那盤帳了。

她在想，古語說的是：『天子富有四海』；而太后則是『以天下養』；當初修園，大小臣工，無不力諫，說話在道理上，不能不聽，其實全不是那回事！要花大家花，要揮霍大家揮霍，無論如何以垂簾的太后來說，總該與眾不同，『與其別人來花，不如我自己來花！』她這樣在想；然而她也還是不明白，自己的想法是不是對？

爲了兩件大事，或者說只是一件大事：是和是戰？慈安太后終於知難而退，不能不請慈禧太后來跟『六爺』及軍機大臣當面商議。

第一件事是爲了崇厚定死罪一案，說話的人越來越多，李鴻章、劉坤一這一北一南，領袖疆吏的兩總督，固然早有建議，宜乎赦減，現在則連曾紀澤亦隱然表示，赦免崇厚的罪名，爲對俄國有和平了結的誠意的起碼表示。同時據李鴻章奏報，英國公使威妥瑪及法國新任公使寶海，亦都要求，唯有赦崇厚的罪，方有和平了結的可能。

如果不願和平了結，自然是不惜一戰；但眞如慈安太后所說的：打仗要人要錢。要人還可以仔細搜羅；要錢則非各省盡力不可。但是河南巡撫涂宗瀛和江蘇巡撫吳元炳，都上奏表明，又要京餉，又要協餉，又要籌撥海防經費，實在是勢難兼顧。由此可見，都是跟李鴻章一鼻孔出氣；朝廷如果一定要開仗，連江蘇這樣富庶的地方，都無法額外解款，那麼一旦決裂，後援不繼，豈非自速其敗？

和既不甘，戰則難敵；慈禧太后應慈安太后要求，扶病出臨，接見軍機，要徹底定一和戰大計。國事棘手，竟至慈禧太后扶病臨朝，恭王首先就表示臣職有虧，慚愧惶恐，無地自容。接著便根據各方的報告，以及報紙的記載，分析俄國的動向，一面增兵守伊犁納林河；一面派出兵艦巡弋吉林沿海一帶。陸路猶可一戰；海防空虛，萬難抵擋，因此，目前總需設法促成和局。

『海防籌辦了不只一兩年！』慈禧太后問道：『當初是怎麼定的議？你們自己說吧！』

海防之議，定於光緒元年四月，以兩江總督沈葆楨、直隸總督李鴻章，分別督辦南北洋海防事宜；由總理衙門與戶部會商奏定，年撥『海防專款』四百萬銀子，由粵海關洋稅四成，江海關洋稅兩成，以及稅源最靠得住的江浙兩省釐金中撥出。恭王奏明了當初原議的辦法；便又陳述這五六年來籌辦的情形。

『海防專款雖說每年有四百萬銀子，收解並不足額；西征的軍費每年六七百萬，借洋債支應，由粵、江兩海關的洋稅作擔保，按年拔還。江浙兩省的釐金，有時移作別項緊要之用，亦都奏准在案。所以，海防專款撥給兩洋的，每年每處不過數十萬銀子，購辦砲船，派遣留洋學生等等，都在這筆專款之內，陸續開支。』恭王停了一下又說：『即使款項有著，購辦鐵甲兵船，操練純熟，亦非好幾年的工夫不可。北洋為京畿門戶，比南洋更重，有李鴻章在那裡主持，部署比較周密；南洋則重在製造、訓練，防務更為空虛。臣等不是敢推諉，實在是這幾年專心經營西北，海防尚難兼顧。自兩位皇太后垂簾以來，十幾年間削平髮匪、捻子、回亂；元氣大傷，國力未充，於今不得不委屈一時，力圖振興。』

『「委屈一時」自無不可，只怕「力圖振興」四個字，又是空話！』

慈禧太后的聲音雖然平靜，但語氣中的責備甚嚴，恭王大感侷促，唯有低頭垂手，表示惶恐。

『唉！』慈禧太后嘆口氣；由於精神不濟，無力辯駁，想了好一會，這樣交代：『崇厚的罪名，是大家公擬的；不能由我們姊妹赦減。雖說權操自上，也不能不顧公意。』說到這裡，因爲氣喘，不能不停下來。

『是！』恭王已了解慈禧太后的意思，料知還得費一番周章，不如自己見機，所以接著便說：『臣請旨，議減崇厚的罪名，仍交王大臣六部九卿會議覆奏。』

『醇親王也該參與。』慈禧太后又說：『張之洞很明白事理，也叫他到會。』

『是。』恭王加上一句：『到會以備諮商。』

這是特意確定張之洞在會中的身分，不是參加會議，只備顧問。慈禧太后點點頭，認可了恭王的意見。

於是隔了兩天內閣會議，由大學士全慶主持，事先備好一個摺稿，派人朗聲宣讀，是拿外間的議論作爲減罪的理由，完全是針對著俄國及各國公使做文章，說『近聞外間議論，頗以中國將崇厚問罪，有關俄國顏面，此則大非朝廷本意。』

接著便聲明與俄國和好多年，不失友誼。崇厚的錯處是不將中國必不可行之事，向俄國詳細說明；現在以中國之法，治崇厚之罪，本與俄國不相干，但恐遠道傳聞失實，引起誤會，所以法外施恩，免除崇厚死罪，由曾紀澤知照俄國；這就是中國對俄國和好的證據。

此外，醇王又單獨上一奏摺，也主張崇厚暫免死罪，仍予監禁，等到條約議妥，再行加恩。他的意思是：你們俄國人當崇厚是朋友，幫他說話；果眞如此，則要救崇厚的命，就該和平訂約。否則，崇厚仍難免一死，你們就是不夠朋友！

兩個摺子到了慈禧太后那裡，唯有依從；兩摺合而爲一，頒發了一道上諭，崇厚到秋決的時候，就可以不死了。

博訪名醫

這是慈禧太后深感拂逆的一件事，自於病體不宜；加上恭王福晉病歿，妯娌之情，固增傷感，而將人比己，生怕自己也一病不起。就由於這些憂傷莫釋，於是略見好轉的病症，突然翻覆，不能下床了。

御醫李德立請脈，開出來的脈案是：『氣血兩虧，心脾未復，營分不調，腰腿時熱，早晚痰帶血絲，食少氣短。』近支親貴在內奏事處看了方子，無不憂心忡忡，當天都遣福晉進宮視疾。

『養病，養病，總要靜養！』慈禧太后對坐在病榻前面的慈安太后說：『這個亂糟糟的局面，教我怎麼靜得下心來？』

慈安太后拙於言詞，不知如何勸慰，只著急地說：『總得想個辦法才好。我看李德立不行！』

正好寶廷有個奏摺，建議降旨各省，博訪名醫，舉薦來京。先怕這一來風聲太大，引起外間猜疑，影響局勢；此刻實在顧不得了，慈安太后徵得了慈禧太后的同意，發了一道五百里加緊的廷寄，密諭各省督撫：

諭軍機大臣等：現在慈禧端佑康頤昭豫莊誠皇太后聖躬欠安，已逾數月。疊經太醫院，進方調理，尚未大安；外省講求岐黃，脈理精細者，諒不乏人，著該府尹督撫等，詳細延訪，如有眞知其人醫理可靠者，無論官紳士民，即派員伴送來京，由內務大臣，率同太醫院堂官詳加察看，奏明請旨。其江蘇等省咨送之人，即乘坐輪船來京，以期迅速。

徵醫的密旨一下，自然是近在京畿的李鴻章，首先奉詔，保薦前任山東濟東道薛福辰；接著是山西巡撫曾國荃，保薦現任山西陽曲縣知縣汪守正；江蘇巡撫吳元炳，保薦常州名醫馬文植。等湖廣總督李瀚章、湖北巡撫彭祖賢的覆奏一到，保薦的亦是薛福辰。

於是降旨立召；薛福辰在六月二十三，皇帝萬壽之前到京。因爲諭旨中有『由內務府大臣、率同太醫院堂官詳加察看』的話，所以伴送人員直接將薛福辰領到內務府，由總管內務府大臣，慈禧太后同族的恩承接待。

薛福辰是三品服色，上堂一看；四品服色的李德立高坐堂上，心裡便很不是味道。恩承倒還客氣，口稱『撫屛先生』，爲他們彼此引見。李德立『同行相妒』；薛福辰自覺委屈，兩人心裡都不是味道，但官場禮節自然要顧，所以都還含笑招呼。

『撫屛先生是無錫世家。』恩承對李德立說：『醫道高明，想來你總聽說過？』

李德立自然聽說過；早在十幾年前就知其名——薛福辰是薛福成的胞兄；咸豐五年順天鄉試中的

舉人，名次很高，差一點就是解元，但第二年春闈極不得意，竟致榜上無名。

那時東南血戰方酣，回不得家鄉；他父親薛曉帆在湖南當州縣，道路艱難，一動不如一靜，便捐了個郎中，分發工部，一面等著補缺，一面等著下科會試。不久丁憂，而且禍不單行，薛福辰千里奔喪之際，忽然得到消息，無錫淪陷，老母倉皇避難吉凶莫卜，於是喪事粗了，又間關跋涉，在揚州府屬的寶應縣尋著了老母；安頓家事，重復進京，在工部候補。

補缺甚難，因爲捐官的花樣越來越多；爲了籌措軍餉，想出各種名目來號召，往往今天是最優先的班次，到了明天就落後了，要保持優先，便又得加捐；捐官幾乎成了騙局。薛福辰沒有錢來加捐，就只能跟李慈銘一樣，坐等補缺，每月分幾兩『印結銀子』，苦苦度日。

日子雖苦，閒工夫卻多的是，薛福辰就在這時候開始涉獵醫書；他的秉性，用心極專，一事不當於心，窮思極研，廢寢忘食，非要將疑團剖解，看個明明白白不可。因此，五、六年下來，各家醫書，無不精讀，融會貫通，成了無師自通的名醫。

看看補官無望，科場蹭蹬，薛福辰以世交而入湖廣總督李瀚章幕府；督撫每年總有幾次『保案』，加上一個名字，美言幾句，很容易地由郎中改爲知府，分發山東。

這時的山東巡撫是丁寶楨，而薛福辰的幼弟福保，又在丁寶楨的幕府，以此淵源，升官就容易了，先以河工的勞績，升爲道員，接著便補了實缺，放爲濟東泰武臨道。光緒初年老母病故，照例丁憂守制，三年服滿進京；就在這時候補缺不得，預備歸隱的時候，得到這麼一個意外的機緣。

這篇履歷，李德立是在李鴻章的原奏中看到過的；雖說他是舉人的底子，當過實缺的道台，但此刻以醫士的身分被薦，而且有先加考查的上諭，則當仁不讓，無需客氣。

於是，李德立儼然以考官的身分，『請教』醫道。一番盤詰，知難而退，因爲他懂的，薛福辰都懂；薛福辰懂的，他就不完全懂了。

恩承雖不懂醫，眉高眼低是看得出來的。被問的人從容陳詞，反是發問人的，語氣遲疑，彷彿該問不該問都沒有把握似地，則此兩人的腹笥深淺，不問可知。

『高明之至。』恩承拱拱手打斷了他們的話，轉臉又問李德立，『你看，是不是今天就請脈？』

『無需亟亟。』李德立說，『西聖的病情，總要先跟薛觀察說一說明白。』

於是，李德立與薛福辰又在內務府談慈禧太后的病情。不知是李德立有意『藏私』，還是功夫不到；他只能說出症狀，卻說不出病名。薛福辰頗爲困惑，便直截了當地要求閱讀慈禧太后得病至今的全部脈案。

『脈案在內奏事處。明兒請脈，你當面跟上頭要好了。』

薛福辰也打聽過太醫請脈的規矩，脈案照例用黃紙謄清呈閱；太醫院存有底稿，不肯公開而以內奏事處推託，顯見得是故意留難。這樣子猜忌，就沒有甚麼好談的了。薛福辰便問明了第二天進宮的時刻，仍由伴送的委員陪著，回到西河沿客棧休息。

這位委員姓胡，是個候補知縣；爲人善於交際，人頭很熟，李鴻章特地派他照料，曾經當面囑咐：『內廷的差使不好當。此去小錢不要省；內務府跟太醫院的人要好好敷衍；宮裡的太監更不能得罪。看病是薛觀察的事，招呼應酬是你的事。有甚麼爲難之處，可以跟王大人求教。』所以一回客棧，便打聽晤談的經過。

『哼！』薛福辰冷笑，『眞正可氣！他們當我來搶他們的飯碗；處處敵視，豈有此理！明天看請脈情形怎麼說，如果他們從中搗鬼，我得請你回去稟告中堂，這差使我幹不了。』

『撫公、撫公！』胡知縣急忙相勸，『你老千萬忍耐，我去設法疏通。這是天字第一號的病號，撫公究心此道二十年，有這樣一個盡展平生所學的機會，豈可輕易錯過？』

這句話打動了薛福辰的心，默然不語，意思是首肯了。胡知縣安撫了他，還得有一番奔走：找著內務府的朋友，送過去三個紅封袋，內有銀票，一個大的一千兩，另外兩個小的都是二百兩。小的送內務府在內廷照料的人，和宮裡的太監、蘇拉；大的一個孝敬長春宮總管李蓮英。

第二天一早，胡知縣陪著薛福辰到宮門口，已有人在迎接；將薛福辰帶入內務府朝房，只見李德立之外，還有兩個四、五品服色的官員在，彼此請教，才知道也是太醫，一個是莊守和，一個是李德昌。

接著，恩承也到了，步履匆促地說：『走吧！上頭叫起了。』

於是恩承領頭帶路，薛福辰是三品道員，無需客氣，緊跟在後頭，依次是李德立等人，沿著西二長街牆根陰涼之處，直往長春宮走去。

薛福辰是第一次進入深宮，也是第一次謁見太后；自不免戰戰兢兢，而且六月廿幾的天氣，雖說是早晨八點鐘，暑氣也很厲害了，一件實地紗的袍子，汗已濕透；心粗氣浮，如何能靜心診脈？想想茲事體大，便顧不得冒昧，搶上兩步向恩承說道：『恩大人，可否稍微歇一歇，容我定下心來再請脈？』

『這——，』恩承遲疑著答道：『這可不能從命了，上頭在等著。』

薛福辰無奈，只好自己盡力調勻呼吸；跟著進了長春宮。

『這位就是薛老爺嗎？』有個太監迎了上來，指著薛福辰向恩承問。

等恩承證實無誤，那太監便將薛福辰延入殿側小屋；恩承也跟著在一起。未及坐定，竹簾一掀，進來一個身材高大的太監，昂首闊步，恩承先自含笑相迎。薛福辰當然猜得到，這就是人稱『皮硝李』的李蓮英。

『恩大人好！』李蓮英招呼著；做出要請安的樣子。

『蓮英！』恩承急忙扶住，乘勢握著他的手問：『今兒個怎麼樣？』

『今兒精神還不錯；聽說李中堂薦的人到了，問了好幾遍了。』接著，便又問：『這位就是薛老爺吧？』

『是的。』薛福辰答應著，『我是薛福辰。』

『薛老爺，你請過來，我有兩句話跟你請教。』

將薛福辰拉到一邊，他悄然關照，說話要小心，如有所見，需識忌諱。又說是李鴻章薦來的人，他會格外照應，叫薛福辰不必害怕。

薛福辰人雖耿直，對於京裡的情形，大致了解；知道這不止於是一千兩紅包的力量，必是李鴻章另外走了路子，他才會說這樣的『體己話』。有此有力的奧援，無需顧慮李德立從中搗鬼，心裡寬鬆得多了。

經過這一陣折衝，等於作了一番好好的休息；薛福辰的心已定了下來，隨著恩承進見。行過了禮，跪著等候問話。

『你的醫道，是跟人學的，還是自己看書，看會的？』慈禧太后的聲音很低。

『臣也曾請教過好些名醫。不過，』薛福辰答道：『還是自己體會得來的多。』

『醫家有好些個派別，你是學的哪一派啊？』

『臣最初佩服黃元御——這個人是山東人，他因為誤於庸醫，壞了一隻眼睛，發憤學醫，自視甚高，確有真知灼見。他為人看病，主張扶陽抑陰，培補元氣。』

『喔，』慈禧太后問道：『你看過婦科沒有？』

『看過很多。』薛福辰答道：『臣在京，在湖北，在山東服官，親友家內眷有病，都請臣看。』

『這麼說，你的經驗多。』慈禧太后欣然說道：『你替我仔細看看脈，該怎麼治就怎麼治，用不著忌諱。』

『是！』

慈禧太后似乎還要問甚麼，讓李蓮英攔住了，『佛爺歇歇，多說話勞神。』他屈一膝，將雙手往上平舉，虛虛作個捧物的姿態，『讓薛福辰請脈吧！』

於是慈禧太后將右手一抬，李蓮英雙手托著，拿她的手擱在茶几上，下墊黃緞小枕，上覆一方黃綢，然後向薛福辰努嘴示意。

薛福辰磕一個頭起身，低頭疾行數步，跪著替慈禧太后按脈，按了右手按左手；按罷磕頭說道：『臣斗膽！瞻視玉色。』

慈禧太后沒有聽懂，問李蓮英：『他說甚麼？』

李蓮英也沒有聽懂，不過他會猜，『薛福辰想瞧瞧佛爺的氣色！』他說。

『喔，可以！』慈禧太后又說：『把那邊窗簾打開。』

薛福辰聽這一說，便又磕一個頭，等站起身來，東面的窗簾已經掀起，慈禧太后的臉色，可以看得非常清楚。

於是薛福辰抬頭望去，但見慈禧太后面色萎黃，眼圈發青；她生來是一張長隆臉，由於消瘦之故，顴骨顯得更高，加上她那一雙炯炯雙目，特顯威嚴。薛福辰不由得就將頭低了下去，不敢逼視。

『你看我，到底是甚麼病啊？』

『望、聞、問、切』四字，薛福辰已有了三個字，雖然聽聞不眞，但只憑自己三隻指頭，一雙眼睛，便已十得八九，慈禧太后是經過一次嚴重的血崩，而下藥未能對症，虛弱到了極點。幸虧遇著自己，及今而治，還可挽回；否則仍舊由那些太醫『頭痛醫頭，腳痛醫腳』，診察既不能深究病根，下藥又沒有一定宗旨，就非成不治之症不可了。

只是血崩有各種原因，而李德立始終未提『崩漏』二字，不知其中有何忌諱？再想起李蓮英的警告，便越發不敢說眞話；略想一想答道：『皇太后的病在肝脾。肝熱，膽亦熱，所以夜不安眠；脾不運行則胃逆，所以胃口不開。』

『你說得倒也有點兒道理。』慈禧太后問道：『該怎麼治呢？』

『以降逆和中爲主。』薛福辰怕慈禧太后不明白這四個字的意思，改了一種說法，『總要健脾止嘔，能讓皇太后開胃才好。』

『說得不錯，』慈禧太后深爲嘉許：『吃甚麼，吐甚麼，可眞受不了。你下去開方子吧！』

於是李德立等人，接著請脈；薛福辰便被引到內務府朝房去寫脈案、開方子。他凝神靜思，用了半夏、乾薑、川椒、龍眼、益智五味藥、以竹葉爲引。寫完由筆帖式用黃紙謄清，立刻裝入黃匣，進呈御覽。

隔了有半個時辰，只見恩承攜著黃匣走了來；一見面就問：『薛老爺，你這個方子，跟你跟上頭回奏的話，不相符啊！』

『喔！』薛福辰有些緊張，『請恩大人明示，如何不符？』

『你說皇太后肝熱，膽也熱；怎麼用的熱藥？川椒、乾薑，多熱的藥！』

原來如此！薛福辰放心了；從容答道：『薑的效用至廣，可以調和諸藥，古方中宣通補劑，幾乎都用薑，跟半夏合用，是止嘔首要之劑，川椒能通三焦，引正氣，導熱下行。而且有竹葉作引子，更不要緊。』

儘管他說得頭頭是道，恩承只是搖頭，『薛老爺！』他放低了聲音說：『你初次在內廷當差，只怕還不懂這裡的規矩；藥好藥壞是另一回事，不能明著落褒貶。這個方子有人說太熱，你楞說不要緊；服下去出了別的毛病，誰擔得起責任？』

薛福辰明白了，是李德立他們在搗鬼；因而平靜地問道：『那麼，請恩大人的示，該怎麼辦啊？』

『上頭交代，跟三位太醫合定一張方子；回頭你們好好斟酌吧！李卓軒他們，也快下來了。』

等李德立退了下來，對薛福辰又是一副神態；連聲稱讚『高明』。這也許是眞的覺得他高明；也許是因爲慈禧太后對他嘉許之故；薛福辰無從明瞭，只能謙虛一番。

談到方子，李德立說道：『上頭交代，薑椒必不可用。不知道撫屛先生有何卓見？』

『自以培補元氣爲主。當務之急，則在健脾。』薛福辰說：『今日初診，我亦不敢執持成見。』

李德立不置可否，轉問莊守和、李德昌：『健脾之說，兩公看，怎麼樣？』

莊守和比較誠懇，點頭稱是；李德昌資格還淺，不敢有所議論。於是健脾的宗旨算是定下來了。

『既然如此，以「四君子湯」加半夏，如何？』

李德立這幾個月爲慈禧太后下藥，一直以四君子湯爲主。薛福辰懂得他的用意，一則是要表示他用藥不誤；二則是半夏見功，則四君子湯連帶可以沾光。好在這是一服很王道的藥，與培補元氣的治法，並不相悖；只要略微改一下就行了。

於是他說：『很好，很好。不過，人參還以暫時不用爲宜。』

於是開了白朮、茯苓、炙甘草、半夏四味藥。等送了上去；有太監來傳旨：賜飯一桌。由恩承相陪，一面吃，一面談值班的辦法。

『內廷的章程，薛老爺怕還不盡明瞭。』恩承說道：『聖躬不豫，除非是極輕極輕的病，不然就要在內廷值宿，隨時聽傳請脈。如今除了三位太醫以外，外省舉薦到京的還只有薛老爺一位；如何輪值，請各位自己商量，暫時定個章程。等各省的人都來了，再作道理。』

薛福辰心想，就算兩個人一班，隔日輪值，用藥前後不符，如何得能收功？既已奉召，自然要殫精竭力，方不負舉主的盛意。因而毫不遲疑地答道：『皇太后的病症不輕；爲臣子者，豈敢偷閒？我日夜侍候就是了！』

『好！薛老爺，眞有你的。』恩承翹大拇指；然後又問李德立：『三位如何？』

李德立酸味衝腦，脫口答道：『撫屏先生這樣子巴結，我們更不敢偷懶了！自然也是日夜侍候。』

『那就這麼定規了。吃完飯，我派人跟薛老爺回去取行李。』

飯罷各散，李德立趕到御藥房去監視煎藥；薛福辰出宮回客棧。剛一坐定，恩承帶著內務府的筆帖式和兩名蘇拉，坐一輛大車趕到了。

相見禮畢，恩承將他拉到一邊，含著微笑，悄然說道：『薛老爺，恭喜，恭喜！』

『喔！』薛福辰不知怎麼回答。

『一來是李中堂的面子，二來是李總管的照應，上頭很誇獎你，說你忠心！不過，』恩承放出極懇切的神色，『李中堂有信給我，我拿你當自己人；內廷當差，總以謙和爲貴，也別太掃了李卓軒他們的面子。』

這自是一番好意，但薛福辰稱謝之餘，不免懊惱；自覺滿腹經綸，未見展佈，如今以『方技』邀恩，已深感委屈，誰知還要再屈己從人，想想實在無趣。

過不了幾天，又有個薦舉來京的到了。此人是山西巡撫曾國荃應詔所保，名叫汪守正，字子常，杭州人。汪家以經營典業起家，號稱『汪百萬』；在乾隆年間，汪氏振綺堂，與寧波范氏天一閣，爲海內知名的浙西浙東兩大藏書家。

汪家最有名的一位人物叫汪遠孫，字小米；承乾嘉的流風餘韻，廣接賓客，喜歡刻書，他自己也有好幾種關於考訂古史的著作。這個汪守正就是汪小米的胞姪，捐班知縣出身，分發河南，補了實缺，頗見才幹；以後調到山西，爲曾國荃所賞識，由簡縣虞鄉調補一等大縣平遙；接著又調陽曲，是太原府的首縣，也是山西全省的首縣。

當首縣的眞正是做官，不會做的，苦不堪言；明朝末年有個陽曲縣令叫宋權，常說：『前生不善，今生知縣；前生作惡，知縣附郭；惡貫滿盈，附郭省城』，縣官與上官同城，叫作附郭；附郭省城的首縣，等於督撫、將軍、監司的『帳房』兼『管家』，婚喪喜慶，送往迎來，都由首縣辦差。侍候貴人的顏色，不是件容易的事，出力出錢之外，還要受氣，所以說『惡貫滿盈，附郭省城』。

但長袖善舞，會得做官的，當首縣卻是件極有興頭的事，因而又有首十字令：

一日紅；二日圓融；三日路路通；四日認識古董；五日不怕大虧空；六日圍棋馬將中中；七日梨園子弟勤供奉；八日衣服整齊言語從容；九日主恩憲德常稱頌；十日座上客常滿樽中酒不空。

汪守正便是十字俱備，外加醫理精通，是山西全省第一能員。如今由曾國荃舉薦爲慈禧太后看病，是飛黃騰達，千載一時的機會。他早已盤算過，病看得好，一定升官；看不好，不如自己知趣辭官，反正回任是絕不可能的了，所以奉召入京時，盡室而行，行李輜重，相當可觀。

到了京師崇文門，照例驗關徵稅；旁人聽說是山西來的『汪大老爺』，不免訝異，山西連年大旱，汪守正的宦囊何以如此豐富？有人說他辦賑發了大財；也有人說他本來是富家，無足爲奇。不論如何，那番鮮衣怒馬的氣派，洋洋自得的神態，與薛福辰不可同日而語，卻是眾目昭彰的事實。

進了城先到宮門遞摺請安；接著便是與薛福辰同樣待遇，在內務府受李德立的『考校』，預備第二天進宮請脈。

退出宮來，回到客棧，汪守正打點禮物，分頭拜客，曾國荃替他寫了十幾封信，分託京中大老照應，一時也拜不完，只好先揀要緊的人去拜。此外還有兩個要緊人，也是非拜不可的，一個是李德立，一個是薛福辰。

一打聽，李、薛二人都在內廷値宿，這天是見不到了。汪守正無奈，只好打聽到李德立的寓所，派人投帖致意，同時送上一只紅封袋，外寫『冰敬』，內裝銀票二百兩。

非常意外地，等跟班投了帖回到客棧，李家跟著就送來四樣菜；然後李德立來拜。相見寒暄，彼此都極親熱，汪守正特意致歉，說是由於他在內廷値宿，所以不曾親自拜訪，十分失禮。

『不敢，不敢！』李德立拱手答道：『內廷値宿，亦有放回家的日子；今天正好輪著兄弟歇工。幸會之至。』

『眞是幸會！二十年來，久仰「李太醫」的大名，識荊之願，一旦得償，眞正快慰平生，無論如何要好好請教。』

於是汪守正留他便酌。一則是看在二百兩銀子的份上；再則有心結納，好對抗薛福辰，所以李德立欣然不辭。燈前把酒，談得相當投機。

這一談自然要談到慈禧太后的病。李德立對薛福辰有意賣關子。在汪守正面前，卻無保留；然而他所知亦實在有限，並不比薛福辰憑一雙眼睛，三隻指頭察覺所得來得多。

而在汪守正，獲益已經不淺，此刻所要明瞭的，是薛福辰如何下藥？

『說起來亦算別創一格，那位撫屏先生用的竟是薑椒；又說出自古方，連西聖自己都認爲不妥，終究另擬了方子。』

等他把薛福辰初次請脈所擬的兩張方子，以及這幾天仍以健脾益氣的治法爲主的情形一說，汪守正便已了然，薛福辰確是高明；同時也料準了薛福辰必已知道慈禧太后的病根，只是脈案上不肯說破而已。

『撫屏先生最初學的是黃坤載，不過能入能出，博究諸家，能得其平。』汪守正又說：『其學大致宗東垣，自然以溫補爲主。』

這是汪守正的老實話。李東垣是金、元四大家之一，他是河北富家子弟，所交都是嗜欲逸樂的貴介，起居不時，飲食失調，往往傷於脾胃，所以發明補中益氣，升陽散火的醫道，成爲『溫補』一派，而所重特在脾家。慈禧太后纏綿久病，氣血兩虧；從健脾入手，使得飲食能夠漸歸正常，培元益氣，崩漏自然可以止住，是極好的治法。

因此，汪守正打定了主意，自己要跟薛福辰合作，才能見功。不過李德立對他不滿之意，溢於言表；自己的打算，絕不可洩漏。爲了希望此人不掣肘，還得好好下一番敷衍的功夫。

這一夜自是盡歡而散。第二天一早進宮，在內務府朝房會齊；見著了薛福辰，他恐怕李德立猜疑，不敢過分親熱。一經請脈，越覺薛福辰入手便正，只是健脾以外，還須潤肺，同時也覺得人參未嘗不可用，因而開了一劑以人參、麥冬爲主，與溫補差相彷彿的甘潤之劑。

方子呈上，所得的『恩典』與薛福辰一樣，賜飯一桌，由恩承陪著吃完；然後搬行李入內廷値宿——是內務府的空屋，與薛福辰同一院子，南北相望。

行客拜坐客，汪守正只送了幾部醫書，但都是極精的版本。最名貴的是一部明版的《本草綱目》，刻印於萬曆年間，是李時珍這部名著的初刊本；原是汪守正行蹤所至，不離左右的，此時毅然割愛了。

薛福辰不肯收受，無奈汪守正意思誠懇，卻之不恭；收是收下來了，覺得老大過意不去，想有所補報，只以身在客邊，無從措辦，唯有不斷稱謝。當然，有此一番結交，自有一見如故之感。

到得夜深，薛福辰一個人在燈下打圍棋譜；汪守正卻又不速而至。這次是專門來談慈禧太后的病情的。

『薛先生！』他年紀比薛福辰大，但稱謂很謙恭，『上頭既然忌諱崩漏的字樣，總得安上一個病名。』他說：『有人問起來，聖躬如何不安，到底甚麼病？莫非也像那班太醫，支吾其詞？』

『說得是！』薛福辰沉吟了一會答道：『病呢，也可以算是「骨蒸」。』

汪守正點點頭：『這一說就對了！我也覺得可以說成骨蒸。得薛先生一言，就算鑑定了。』

『子常兄，你太謙虛了。』薛福辰微感不安。

『實在是要請薛先生指點提攜。』

『指點』也許是客氣話；『提攜』則薛福辰心甘情願，因此，第二天奉旨會診，合擬方子，薛福辰便支持汪守正的看法，仍舊用了人參、麥冬這幾味藥。

備戰求和

曾紀澤是六月廿四到俄國京城聖彼得堡的，接連打來三個電報；第三個是報告會見俄國『外務部尚書』格爾思的經過。格爾思表示『條約改議，外國尚有之；罪使從古未有。』態度是『面冷言橫』。因此，曾紀澤奏請將『崇厚罪名寬免，爲轉圜第一步』；說是『雖干清議不敢辭』。

這句話自是指李鴻藻和那班清流而言。主戰一派在躁進的張之洞策動之下，花樣百出；寶廷剛剛上了一個摺子，說是『外患漸迫，請召知兵重臣左宗棠入朝，籌劃方略，以濟危難』，使得恭王相當頭痛；現在接到曾紀澤的電報，他雖有『干清議而不敢辭』的勇氣，恭王卻不肯貿然代崇厚乞恩，只拿曾紀澤的電報面奏取旨。

慈安太后也作不了主。於是恭王建議，請兩宮太后『同賜召對』；事實上也只有此一法，慈安太后便到長春宮跟慈禧太后去商議。

『別的倒沒有甚麼，就怕累著了妳；又怕妳生氣。』慈安太后說：『妳自己瞧著辦吧，能支持得住，跟大家見見面也好。』

『不要緊！』慈禧太后毫不猶豫地答說：『這兩天吃的藥，倒彷彿很對勁；那一會兒的工夫，怎麼會支持不住？』

這是半年之中，慈禧太后第二次跟軍機大臣見面；距離上一次視朝，也有兩個月了。瞻視御容，消瘦得令人吃驚；七月初的天氣，她卻穿的是緞子夾袍，宮女扶上御座，氣喘不止，好久才能回答群臣的問安。

『李鴻章、曾國荃薦的大夫都不錯。』她用很微弱的聲音說：『人還虛得很，不過舒服得多了。』

『國家多事之秋，全靠兩位皇太后決大疑、定大計，臣等才好遵循。』恭王很虔誠地說：『仰賴祖宗在天之靈庇佑聖躬，早日康復，才是宗社臣民之福。』

『你們急，我也急！偏偏又不是一服藥、兩服藥治得好的病。你們辦事，總要當我天天跟你們見面一樣，實心實力，和衷共濟，大局才能對付得過去。』

聲音極輕，而話中的分量很重，尤其是那一句『當我天天跟你們見面一樣』，彷彿指責，見慈安太后老實好說話，有甚麼欺罔的情形似地。然而這亦無從辯白，只能這樣答說：『國事如此，臣等絕不敢有絲毫偷閒、敷衍塞責的心思。』

『原要這樣子。』慈禧太后接著便提到曾紀澤的請求：『崇厚定罪，當初原說等曾紀澤到了俄國以後再議。既然俄國接待我國的使臣，而且，說條約還可以改議。是這樣，崇厚殺不殺，就沒有要緊了。就不殺崇厚，放他出來，他還能逃到外國嗎？就把他放出來好了！』

聽得這話，恭王如釋重負，但不宜多說任何一句話，只平靜地答一聲是。

『我也不想打仗，不過也要和得下來才行。把崇厚放了，是小事；一放崇厚，大家以爲朝廷怎麼樣委屈都可以，決計打不起來，就此把各處防務都擱下了；白忙半天，一旦有事，仍舊受人欺侮，那可是件大事。』

『防務自然還是加緊辦理。』恭王答道：『各國使臣跟新聞紙上都說，俄國兵船在八、九月間打算封我遼海，除了已奉旨派曾國荃督辦山海關一帶海防事宜以外，臣等公議，想派鮑超帶領在兩湖招募的勇丁一萬人，剋日坐船北上，在山海關與京城之間，擇要駐紮，一則備邊，二則保護京畿。這樣子辦，是不是妥當？就今天請兩位皇太后定下主意。』

『鮑超是勇將。他跟曾國荃自然合得來；就怕他跟李鴻章面和心不和。』

『這一層，不煩聖慮。他們是出生入死的老弟兄；何況國事如此，不至於還鬧意氣。』

『那好！』慈禧太后又說：『餉要給鮑超籌足。』

『是。』恭王答道：『新募這一軍，開拔之前，由湖北在部撥邊防經費項下照撥；到防以後，戶部另外給他籌餉。』

『左宗棠呢？』慈禧太后問到寶廷的奏摺，『他到底在西北多年，讓他到京裡來當差，這個主意也不錯。不過，他來了讓他幹甚麼；在西北，又找誰替他？這些，你們都想過沒有？』

恭王自然想過，也跟大家談過。主戰一派自是極力贊成此議，以爲左宗棠入參大計，足以增加聲勢；而主和一派居然亦眾口一詞，說寶廷的主意很高，這就另有文章了。

左宗棠在西北，雖非『將在外君命有所不受』，但以專閫之寄，調兵遣將，拿局勢搞得劍拔弩張，軍機處無從遙制，也頭痛得很；如今內調入京，明爲尊崇，其實羈縻，和戰之計，反倒容易控制。至於左宗棠到京，派甚麼差使；以及西北軍務由誰接替？當然也有安排。

『回聖母皇太后的話，左宗棠原爲東閣大學士，將來到京，是不是派在軍機上行走？另外請旨。至於新疆軍務，自以左宗棠保薦爲宜。』

『嗯。』慈禧太后點點頭；覺得有些支持不住，便即問道：『還有甚麼事要談？』

『張之洞有個摺子論海防；牽涉的事項甚多。』說到這裡，恭王特意停了下來，要看慈禧太后是何表示，再作道理。

『那還是你們談吧！』慈禧太后說道：『張之洞倒是肯用心，肯爲朝廷出力的人。』

就這一句話，便等於已作了裁決，凡有所奏，應該盡量採納；因而恭王答應著說：『臣等仰體聖意，拿原摺逐款商量停當，奏聞取旨。請聖母皇太后先回宮吧！』

於是慈禧太后先離座回長春宮。接著便送進來一個黃匣子，裡面是經她裁定的兩案，寫旨呈閱。

第一道是明發上諭：

諭內閣：前有旨將崇厚暫免斬監候罪名，仍行監禁；諭令曾紀澤將應議條約，妥慎辦理。茲據總理各國事務衙門，接到曾紀澤電報，現在商辦一切，懇爲代奏施恩等語。崇厚著加恩即行開釋。

一看，慈禧太后便皺起了眉；這道上諭，含混籠統，語意不清，『商辦一切』與『代奏施恩』有何關係；『施恩』是要施甚麼恩？都不明白，本想動硃筆替它改正，但精神不濟，只好算了；撂下看第二道。

第二道是廷寄：

左宗棠現已行抵哈密，關外軍務諒經佈置周詳，現在時事孔亟，俄人意在啓釁，正需老於兵事之大臣以備朝廷顧問，左宗棠著來京陛見。一面愼舉賢員，堪以督辦關外一切事宜者，奏明請旨，俾資接替。此外帶兵各員中，有才略過人，堪膺艱鉅；秉性忠勇，緩急足恃者，並著臚列保薦，用備任使。將此由五百里諭令知之。

這道廷寄，沒有甚麼地方要改；隨即發了下去。於是李蓮英面奏：『該請脈了。』

『不必五個人一起上來。』慈禧太后忽然說道：『就傳薛福辰、汪守正好了。等我好好問一問他們。』

薛、汪兩人已取得信任，同時也頗蒙優遇，慈禧太后特賜矮凳子，讓他們在御前坐著談；這是宣力有年的高齡大臣都未能得到的恩典。

長春閒話

慈禧太后特意摒隔太醫，只召薛、汪，是有意要跟他們談談，一則破悶，二則是采風問俗，想了解民間疾苦，更想了解官吏賢愚。

這方面，汪守正就比薛福辰大見才具了；應答奏對，十分稱旨。問到山西的官吏，他總是揚善隱惡，歸結於頌揚聖明，十分動聽。

『閻敬銘在山西怎麼樣？』慈禧太后問道：『他在山西辦賑，經手的款子很不少；是不是很清廉啊？』

『是，』汪守正答說：『閻敬銘督辦山西賑務，老百姓拿他比做包龍圖。曾國荃常常在臣面前誇獎他，說為人臣者，總要像閻敬銘這樣子清廉刻苦，實心辦事，方不負朝廷識拔。閻敬銘也常跟臣說，秦晉大旱，皇太后垂念備至，在國庫萬分支絀之際，一次次撥出大批款子放賑；如果我輩在裡面侵漁分文，試問如何上答皇太后天高地厚之恩。』

『眞是這樣子嗎？』慈禧太后問道：『有人說他在山西，趁荒年地價賤，買了許多良田；又特為搬家到山西。這話又是打哪兒來的呢？』

『閻敬銘在山西辦賑，極其認眞，眞正涓滴歸公；難免得罪了人；造謠糟蹋他，也是有的。至於搬家到山西，是因為他的原籍朝邑，靠近黃河，地勢太低，每每鬧水，所以搬到解州運城，這也是好早的事了。』

『唉！』慈禧太后感慨地，『可見得做個清官也不容易。朝廷自然要保全清官，就怕聽不見眞話。你們見到甚麼，聽到甚麼，總要本著良心老實說才好。』

『是！』薛、汪二人同聲回答。

『閻敬銘的性情是不是很耿直？』

『是。他忠心耿耿，正直無私。』

就這樣談著，慈禧太后慢慢浮起了記憶，首先是記起閻敬銘的相貌，又矮又小，而且兩隻眼睛一高一低；但慈禧太后還記得胡林翼保他總辦東征糧台時，奏摺中有句考語：『閻敬銘氣貌不颺，而心揚萬夫。』不由得又生了感慨。

『眞正人不可貌相！像閻敬銘這樣的人，居然也能辦大事。』慈禧太后又想起一件事，『說他在湖北的時候，跟總督抬槓，楞要殺總督的貼身小廝，汪守正，你可知道這件事？』

『臣聽說過——。』

總督是說官文；所謂『貼身小廝』就是官文的變童，名叫張玉。官文寵他出了格，命他帶領督署衛隊；每次軍功保案，都替他加上一個名字，一直保到從二品的副將。

張玉入夜爲總督侍寢；白天帶著衛隊，橫衝直撞，胡作非爲，當湖北藩司的閻敬銘，早就看他不入眼了。照例，藩司必加督署或者撫署的營務處總辦銜頭，爲的是好節制武將；而張玉自以爲二品大將，又倚仗官文的勢力，根本不把藩司放在眼裡，這就越發傷了閻敬銘的威信，要找機會辦他。

有一天機會來了。張玉帶領親兵數人，闖入民居，姦殺了人家的一個閨女。

這家的父兄，當然進城報案，哭訴伸冤；江夏縣和武昌府都感到棘手，將案子拖延著不辦。不久，閻敬銘得知其事，勃然大怒，立刻傳轎『上院』，向總督要兇手。

張玉當然也知道闖了大禍，閻敬銘一定放不過他，所以早就在官文面前，自陳無狀，要求庇護。因此，當閻敬銘求見時，官文派戈什哈答：『中堂病了，不能見客。請閻大人先回衙門，等中堂病好了，再過來奉請。』

『我有緊要公事，非見中堂不可。如果有病要避風，我就在上房裡見，也是一樣。』

戈什哈無奈，進上房據實稟報；結果仍是不見，也仍是拿病來作推託。

閻敬銘料事深刻，已防備到有此一著，早就想好了對策，因而若無其事地說：『既然如此，中堂的病，總有好的時候；好了自然要傳見，我就在這裡待命好了。』說到這裡，轉臉吩咐跟班：『取我的鋪蓋來！總督衙門的司道官廳，就是我藩司的行署；有公事送到這裡來看。』

於是跟班眞的取了鋪蓋，就在司道官廳的匟床上鋪好，供閻敬銘安息。先以爲他一時負氣，到明天自覺不成體統，會悄然而去，因而官文置之不理；哪知完全不是這回事，閻敬銘在那裡一住就是三天。他秉性儉樸，起居極能刻苦，所以住在那裡，絲毫沒有不便的樣子。

這一下轟動了湖北的官場，認作曠古未有的奇事；都要借故來看個究竟，總督衙門眞的成了藩司的行署。官文大窘，先是請臬司和本衙門的幕友勸駕，閻敬銘拒絕不從。最後只好請出巡撫和武昌府知府來了。

湖北巡撫叫嚴樹森，武昌知府叫李宗壽；官文請出這兩個人來，主要的是因爲他們也都是陝西人，希望動以鄉情。當嚴、李受命調解時，官文自己躲在屏風後面聽；只聽見作調人的，譬喻百端，被調解的堅持不可，從一大早講到午炮聲起，嚴樹森舌敝唇焦，臉色非常難看——看樣子，作調人的也要跟閻敬銘翻臉了。

『大人！』閻敬銘始終是這麼一句話：『不殺張玉，我絕不回衙門。』

『太難了！』嚴樹森大有拂袖而起的模樣。

官文見此光景，硬一硬頭皮，從屏風後面踏了出來；『丹初！』他說：『賞我一個面子！』接著，雙膝著地，直挺挺地跪在閻敬銘面前。

他避開一步，回身揚面，裝作不曾看見，這一下，嚴樹森有話好說了，『丹初，』他用責備的語氣說：『你太過分了！中堂自屈如此，難道你還不能網開一面？』

於是閻敬銘不得不扶起官文，同時說道：『中堂依我兩件事，我就不殺張玉。』

『依，依！』官文一疊連聲地說：『只要不殺張玉，甚麼事都好辦。』

『第一、張玉立刻斥退。』

『可以。我馬上下條子。』

『第二、張玉立刻遞解回籍，不准片刻逗留。』

提到這個條件，官文面有難色，只爲斷袖餘桃之愛，難以割捨；然而那也只是瞬息間事。想起閻敬銘的峻厲，盤踞督署，三日不去，自己萬般無奈的窘迫光景，頓覺心悸，不暇細思地答說：『都依，都依。來呀！』

其時堂上堂下，材官衞士，肅然林立；只見督撫並坐，神色將順，而矮小如侏儒的閻敬銘，侃侃而談，心雄萬夫。對這奇異的景象，無不瞠目結舌，看得呆了，因而對官文的喊聲，一時茫然；息了一下，才暴雷似地答出一聲：『喳！』

『張副將在哪裡？』

張『副將』就在屏風後面，心驚膽戰地走了出來，一張臉上又青、又紅、又白；忸怩萬狀地站在那裡，似乎連兩隻手都不知道放在何處好？

『給閻大人磕頭！』官文吩咐，『謝閻大人不殺之恩！』

『是！』張玉向閻敬銘面前一跪：『閻大人……』

他還只叫得這一聲，閻敬銘已經翻臉，大聲喊道：『來人！』

『喳！』應聲上堂的是藩司衙門的差役。

『拿這姓張的拉下去打；打四十！立刻發遣。』

張玉神色大變，只看著官文；官文卻不敢再求情了，微微轉臉，避開了張玉的視線，接著便起身退入上房。

於是當堂重責四十板；傳了江夏知縣來，即時派解差將張玉押送出境。等處理完畢，閻敬銘求見官文，長揖請罪。

『算了，算了！』官文索性付之泰然，『也怪不得你。』

口頭是如此說，心裡卻另有打算。官文很服從人，前有胡林翼，後有胡林翼所提拔的這個閻敬銘，不但幫自己封侯拜相，而且靠他們坐享富貴，所以此時雖覺閻敬銘可畏，卻沒有絲毫報復的念頭；反倒密保他『才堪大用』，接替內調的譚廷襄，署理山東巡撫。

聽罷汪守正所談的故事，慈禧太后對閻敬銘大感興趣——多少日子來，她有這樣一個感覺，恭王越來越怕事，越來越軟弱，當年的英氣、銳氣，似乎已蕩然無存，一味圓融，近似鄉愿。朝中負實責的大臣，不是像沈桂芬那樣遷就實際，務求平穩；就是像李鴻藻那樣硜硜然近乎迂腐，太不講實際。現在正需要像閻敬銘這樣一個精明強幹，實事求是而有操守的人，來改換風氣。不過閻敬銘一直稱病，也不知是眞是假？眼前還沒有精神來振飭綱紀；且先擱著再說。

又過了些日子，各省所薦的醫生，紛紛到京；最有名的是一個江蘇常州的秀才，名叫馬文植，號培之。他的祖父是名醫，馬文植家學淵源，聲名極盛；然而他的運氣沒有薛福辰、汪守正來得好，因爲慈禧太后經過薛、汪的診治，病勢大見好轉，便不容易顯他的本事；請脈以後，主張以潤肺爲主。

慈禧太后原有痰中帶血的症象，所以這個甘潤的治法，與薛、汪的溫補，相得益彰，病情大見好轉；慈禧太后也興致勃勃地，打算苦中作樂，好好過個中秋。

午門風波

逢年過節，對於懿親近臣，照例有文綺食物的賞賜；慈禧太后一向喜歡料理這些瑣屑細務，養病無事，也正好以此作消遣，所以親自檢點，交代首領太監劉玉祥，分頭派送。

賞醇王府七福晉的是八盒食物，派了個十五歲的小太監李三順，帶領兩名蘇拉，挑著食盒出宮。太監出宮辦事，照規制不能走正門；李三順年輕不識輕重，領著蘇拉直奔午門東左門。

『站住！』一個守門的護軍，名叫玉林的大聲喝阻。

李三順嚇一大跳，心裡有氣，便揚著臉問：『幹嘛？』

『你懂規矩不懂？』

『甚麼規矩？』

『這裡是你能走的地方嗎？』

『奇怪了！』李三順受了呵斥，自覺臉上掛不住，便抬出大帽子來：『我奉西佛爺懿旨，出宮辦事，爲甚麼不能走這兒？』

『辦甚麼事？』

『你管不著！』

這一下，將玉林惹惱了，『你打我這兒走，就得歸我管！』他往裡揮手，『回去，回去。這兒不能走！』

『哼！』李三順冷笑一聲，奪門便闖。

玉林自然放不過他，一把拉住；李三順便待翻臉。正拉拉扯扯，不得開交時，另外走來兩名護軍，一個叫祥福，一個叫忠和，倒是一番排解的好意。

『住手，住手！』祥福勸開兩人，看著食盒問李三順：『這是甚麼？』

『西佛爺賞七福晉的東西。』

『你在宮裡當差幾年了？』

『你問它幹嘛？』

李三順是盛氣凌人的樣子，祥福的語氣卻很和緩，『我怕你年輕還不懂規矩，你不能走午門；就算能走，也得「照門」。』祥福將手一伸，『條子呢？』

太監攜帶任何物件出宮，必須先報敬事房，知照門禁放行，稱為『照門』；祥福所要的是放行的條子，而李三順拿不出來。

不但拿不出來，而且蠻橫無理，『甚麼條子？沒有！』李三順瞪著眼說：『要條子跟西佛爺要去。』

這一來連祥福都忍不住了，剛要申斥，忠和走上來將李三順一推，臉卻衝著祥福，『這小子不說人話，理他幹甚麼？』他說：『不准他走就是了。』

『我偏要走！』李三順應聲而答，往外直衝。

於是三個人一起動手，揪住了他；李三順索性亂抓亂打，玉林和忠和要還手，祥福大聲喝道：『打不得！』

玉林與忠和醒悟了，一打便是禍事——若是李三順身上有了傷，便百口難辯；『官司』非輸不可。

這一鬧驚動了護軍統領岳林，親自趕到午門；到時只見護軍營的章京和派在午門的『司鑰長』正在排解。李三順年紀雖小，人卻刁蠻，看出護軍有所顧忌，越發狐假虎威，挺胸凸肚地站在那裡，非要出宮不可。

岳林很生氣，也很爲難，李三順算不了甚麼，只爲慈禧太后惹不起。照規矩就該將李三順捆起來，送到敬事房去處分，爲了是慈禧太后宮裡的人，不便那麼辦；可也不能放李三順出宮，因爲這一來便是毀了多少年來的規制，不但以後各宮太監都可任意出入，門禁有如虛設；更怕領侍衛內大臣查究，或者言官上摺參劾，是異常嚴重的罪名。

因此，唯一的處置就是折衷辦理，不放李三順出宮，可也不難爲他，只用好話將他勸回去。『大家都是當差，你也想想我們的難處。』受命去勸解的司鑰長立祥，跟李三順說好話：『你一定要由這兒出宮，也行；不過你得先跑一趟，取敬事房「照門」的條子來。』

『我不去！』李三順答得極快：『西佛爺只叫我趕緊送到七爺府，沒有叫我取甚麼條子。甚麼「照門」？我不懂！』

立祥大怒，但硬忍住了，只寒著臉問：『你講理不講理啊？』

『你們人多，我跟誰去講理？哼，反正總有講理的地方！』

這是意指在慈禧太后面前講理。動輒拿大帽子壓人，實在可惡；立祥也報以冷笑，『我勸你知趣一點兒。』他說：『公事公辦，誰的理長，誰的理短，你到底不是三歲小孩，總該有個數吧！』

語言一冷，便顯得不大好惹；李三順心一橫，決定耍賴，向兩名蘇拉喝道：『挑起擔子走！』大家都當他知難而退了，誰知他竟是往外硬闖，蘇拉看他如此，自然也跟著他，等玉林迎頭一攔，李三順便有意斜著一倒，往食盒上撞了去；撞翻了食盒，裡面由小而大一疊九個月餅，的溜溜滾得滿地。

『好，好！』李三順跳起身來，裝得氣急敗壞地，『你們打我不要緊，打壞了御賜的東西，看你們怎麼交代？』說完，回身疾走。

包括護軍統領岳林在內，無不一楞，想不到李三順有此陰險奸刁的一著！等會過意來，岳林跳腳吼道：『壞了，壞了！趕快把他攔回來。』

李三順似乎算到他們會攔他；早已跑得遠遠地，過金水橋，進貞度門，繞弘義閣，從右翼門直奔長春宮去見首領太監劉玉祥。

劉玉祥是個沒主意的人，聽信了李三順的片面之詞，一一照奏，說李三順奉旨送食物，午門護軍要開盒檢查；李三順怕一開盒，灰沙沾污了食物，出言攔阻。護軍蠻不講理，不但動手打了李三順，而且還打壞了食物。請懿旨發落。

這一來自然又惹動了慈禧太后的肝火，怒不可遏；一疊連聲地說：『反了，反了！』一直積鬱在心裡的怒火，就此如燎原一般，無可遏制；當天請脈便大不對了。慈禧太后肝火太旺，甚至不肯服藥，口口聲聲『不想再活了』。

從未見她如此盛怒過，連榮壽公主那樣沉著的人，都不免有些著慌；倒是李蓮英有主意，一言不發到鍾粹宮求見慈安太后，甚麼話都不說，只說好歹要讓慈禧太后息怒。

息怒先要出氣；出氣就得辦人。慈安太后百般勸慰，答應嚴辦護軍——護軍統領岳林也知道惹了禍事，自己先作處置，一面看管玉林，一面上奏自劾，說是『太監不服攔阻，與兵丁互相口角，請將兵丁交部審辦，並自請議處。』

哪知不上這個摺子還好，一上更惹慈禧太后不滿，指岳林是避重就輕，意圖狡賴，罪無可逭。摺子發到軍機，恭王連連嘆氣；國事如此，偏偏還惹出這些意外麻煩。慈禧太后病中盛怒，何處去講理，說不得只好屈法了。

於是，軍機承旨，擬發上諭，說岳林所奏『情節不符。禁門重地，原應嚴密盤查；若太監賫送物件，並不詳細問明，輒行毆打，亦屬不成事體。著總管內務府大臣，會同刑部，提集護軍玉林等，嚴行審訊。護軍統領岳林，章京隆昌、司鑰長立祥，著一併先行交部議處。』

上諭中雖是『會同刑部』的字樣，其實是刑部主審；內務府大臣恩承，親自將玉林、祥福、忠和三名護軍解送刑部，當面向潘祖蔭傳達慈安太后的意思，『禍首』要辦成死罪。

『說實話，我不懂律例；辦死罪也要會得辦才行。老兄知道的，刑部有「八大聖人」；這一案照例歸「朝審」，正是「八大聖人」該管。我一定宣達懿旨；不過，該當何罪？要問他們。』

所謂『八大聖人』是指『總辦秋審處』的四坐辦、四提調，主管秋決，稱爲秋審；又主管直送刑部訊辦的罪犯，稱爲朝審。這八個人是從各司選出來的頂兒尖兒，律例精通，身分矜重；辦案論法不論人，哪一部的司官都沒有他們來得神氣，所以稱爲『八大聖人』。

等把『八大聖人』請了來，潘祖蔭宣明懿旨，徵詢意見。其中資格最老的一位『聖人』，名叫剛毅，字子良，鑲藍旗人，筆帖式出身，在部多年，已經定了外放廣東潮嘉惠道，還未到任；此時由他發言答覆。

『交部就該依法。太后要殺這三個護軍，自己降旨好了。本部不敢與聞。』

『那麼，』潘祖蔭問道：『可以辦個甚麼罪名呢？』

『根本無罪。』剛毅說道：『大人執掌秋曹，總要以皋陶自期才好。』

此言一出，他的同官，無不皺眉，不但語氣不似下屬對上官；而且『陶』字唸成本音便算是讀了白字——剛毅常有這種笑話，潘祖蔭倒也不以為意；只這樣答道：『這是欽案，而且西聖震怒，我實在為難。剛子翁期我以虞舜的刑官，眞正慚愧。』

再問其他七人，答語大同而小異，總而言之，無論如何羅織，也援引不上一條能處死的律例。同時還隱約表示，這一案不能只審護軍，不審太監。

潘祖蔭不願也不能強人所難，端茶送客以後，繞室彷徨，不由得想到一個人。

這個人是浙江湖州人，名叫沈家本；雖是所謂『貲郎』——捐班分發刑部的額外郎中，卻是年輕好學，在《周禮》這部書上，很有些功夫；這部書專講春秋戰國的典章制度，沈家本用它來與後世律例比較，每有新義發明。

潘祖蔭以愛才著名，尤其敬重沈家本想要昌明法學的志氣。古人雖有『讀破萬卷不讀律，致君堯舜知何術』的話，但中國讀書人牢不可破的積習，還是輕視法學，以為這是刀筆小吏之事，不屑以吏為師。沈家本曾經為潘祖蔭指出過，紀曉嵐主纂《四庫全書》，政書類法令這一部門，僅收法學著作兩部，存目亦僅收五部：指紀曉嵐的按語中『刑爲盛世所不能廢，而亦盛世所不尙』這兩句話，大謬不然；盛世不尙刑法，則玩法瀆職的弊案，接踵而至，何來清明之治？紀曉嵐是極通達的人，如何說出這樣不通的話來？禮察他的用心，或者因爲高宗好用恩威，行法嚴峻，因而以此爲規諫；但就事論事，刑爲『盛世所不尙』這句話，以詞害義，實在誤人不淺。

沈家本的志向是想直承秦始皇焚書以前的『法家』，所以他的精於律例，與『八大聖人』又不同。八大聖人是精於當世之律，以實用爲主；沈家本則從周禮以下，細研歷代的法典，每天上衙門，在律例館丹鉛不去手，作校勘，作箋註，十分用功。潘祖蔭心想，當世之律既然用不上；不知道古時候的律例，有沒有可以融通的地方？不妨找沈家本來談談。

『子惇兄，』潘祖蔭對他所用的稱呼，特顯親切敬重，『我有件事想請教。西聖於國家的關係極重，如今盛怒不解，則恐病情反覆；要解她的盛怒，非殺無辜之人不可。殺一人而利天下，雖然屈法，似乎可以取諒於世。不知以往數千年，有這樣的例子沒有？』

『這是英雄的作爲，卻爲法家所不許。』沈家本毫不含糊地答說：『法不爲一人而屈。大人不必問；就有這樣的成例，也是不足爲訓的惡例。』

話很耿直，潘祖蔭卻不以爲忤，想了想說：『律例由人創始……』

『大人！』沈家本很快地打斷他的話，『創此惡例，關係甚大；大人要愛惜千秋萬世的聲名。』

說到這一點，最能打動潘祖蔭的心；雖表沉默，卻是不斷在點頭。

『大人！』沈家本又說：『致君堯舜，全在依法力爭，請大人想一想張釋之。』

潘祖蔭瞿然動容；同時在心裡默誦《史記》〈張釋之傳〉。

西宮雷霆

先是默唸，唸到張釋之拜『廷尉』——漢朝的『刑部尚書』，便出聲了：『其後，拜釋之廷尉。頃之，上行出中渭橋，有一人從橋下走出，乘輿馬驚；於是使騎捕屬之廷尉。釋之治問，曰：「縣人來，聞蹕匿橋下，久之以爲行已過，即出；見乘輿車騎即走耳！」廷尉奏：「當一人犯蹕，當罰金。」文帝怒曰：「此人親驚吾馬。吾馬賴柔和；令他馬固不敗傷我乎？而廷尉乃當之罰金！」釋之曰：「法者，天子所與天下公共也！今法如此而更重之，是法不信於民也！且方其時，上使立誅之則已；今既下廷尉——廷尉天下之平也，一傾而天下用法，皆爲輕重，民安所措其手足？唯陛下察之。」良久，上曰：「廷尉當是也！」』唸到這裡，潘祖蔭輕擊几案，慨然說道：『我就拿這個典故覆奏。勉學張釋之；但願上頭能有漢文之仁。』

『是。』沈家本顯得很興奮，忍不住還要說兩句：『大人請再想下文。』

他是說〈張釋之傳〉的下文，是敘他所治的另一案：有人盜了供在漢高帝廟中的一隻玉環，張釋之照『竊宗廟服御』的罪，判處死刑。文帝意有未足，要滅此人的族。於是張釋之提出這樣一個疑問：盜宗廟的玉環要滅族；倘有人盜陵，還有甚麼比滅族更嚴的刑罰可用？這就是說：護軍與太監因口角而鬥毆這樣的小事，竟要處死；則護軍犯了更重的罪過，又當如何？

『聽君一言，開我茅塞。』潘祖蔭心悅誠服地拱著手說：『高明之至！』

未進長春宮，便覺兆頭不好；既進長春宮，越覺得吉少凶多，但見太監連大聲說話都不敢，稍有響動，立時色變——潘祖蔭眞沒有想到，太后的寢宮，是這樣一片森羅殿似的氣象。

揭開門簾，肅靜無聲，暗影中約略分辨得出慈禧太后的樣子，他不敢平視細看，望著御座磕頭請安，等候問話。

『你是哪一年進的南書房？』

不曾想到問的是這麼一句！莫非要撤南書房行走的差使？這樣想著，有些心亂，答得便慢了。

『皇太后在問，』李蓮英提示了一遍，『哪年進的南書房？』

『臣，』潘祖蔭定一定神，答道：『臣是咸豐六年十一月，奉旨以翰林侍讀在南書房行走。算起來二十五年了。』

『有幾個人在內廷當差當了二十五年的？』

這是提醒他要知恩，潘祖蔭趕緊碰頭：『臣蒙文宗顯皇帝、穆宗毅皇帝、兩宮皇太后特達之知，歷事三朝，受恩深重，粉身難報。』

『哼！』慈禧太后冷笑，『倒說得好聽。我再問你，你得過甚麼處分？』

這一問，越使得潘祖蔭惶恐，只好一面回憶，一面奏答。

『臣於同治十二年，扈蹕東陵，遺失戶部行印，部議革職留任。同年十二月以磨勘處分，奉旨降二級調用；十三年正月奉旨賞給翰林院編修，仍在南書房行走。同年六月奉旨開復侍郎任內處分，以三品京堂候補。這都是出於先帝天高地厚之恩。』

『你眼睛裡沒有我，哪裡還有先帝？』慈禧太后的聲音漸漸高了，『你知道不知道，抗旨該當何罪？』

『臣不敢！』潘祖蔭又說：『臣愚昧，眞不知聖母皇太后指的甚麼？』

就這句話惹惱了慈禧太后，『你還跟我裝傻！』她拍著茶几，厲聲斥責：『你還有點良心沒有？』

由此開始痛罵潘祖蔭，也不知她是哪裡來的氣；像村婦撒潑一般，完全失去了皇太后尊貴的身分。貴公子出身的潘祖蔭，又是少年得志，幾曾受過這樣的凌辱？尤其使他覺得委屈的是，不但挨了罵不能回嘴，而且還得連連賠罪磕頭，口口聲聲：『聖母皇太后息怒！』

一半是罵得累了，一半是李蓮英的解勸，慈禧太后終於住口；將刑部的覆奏揉成一團，劈面向潘祖蔭摔了去，然後起身走了。

潘祖蔭幾乎走不穩路，踉踉蹌蹌退出長春宮；臉色慘白，像害了一場大病。出宮上車，不回私第，直到刑部，將那『八大聖人』找了來，細說經過；說到傷心的地方，忍不住失聲長號。

『八大聖人』面面相覷，都覺得不是味道；看來是非屈法不能過關，但要處死刑則萬萬不能。哭過一場，潘祖蔭的心情比較開朗了，『現在也不必隨便改議。』他拭一拭眼淚說：『且拖著再說。』

這一拖拖了十天，慈禧太后倒不曾再提起；她的病勢又反覆了，沒有精神來過問此事，甚至連對俄交涉也管不下來。

由於崇厚的開釋，劍拔弩張的局勢，稍微緩和了些；曾紀澤已經跟俄國開議改約，這一下發議論的又多了。內容複雜，可議之事本多，而況有張之洞的榜樣在，不事抨擊，只論時事；不管隔靴搔癢也好，紙上談兵也好，只要洋洋灑灑，言之成理，長篇大論地唬得住人，便有好處。這樣便宜的事，何樂不爲？因而一下子來了十幾個摺子；每個摺子都有兩三千字，慈安太后拿到手裡，便覺得心頭沉重得透不過氣來。

『怎麼辦呢？』她問慈禧太后，『我是辦不了，妳又辦不動。找幾個人來幫著看摺子吧？』

慈禧太后沉吟了一會，慢吞吞地說：『按規矩，有軍機在，用不著另外找人。不過，軍機上那幾個人，也就是這麼回事了，再使不出甚麼著兒；另外找幾個人也好。』

『找誰呢？』慈安太后說：『老五、老七。老六似乎也不能不在裡頭；再添上一個翁師傅好了。』

『有弘德殿，就不能沒有南書房。』慈禧太后緊接著說：『拿潘祖蔭也添上。』

於是八月底降旨派惇、恭、醇三王及翁同龢、潘祖蔭公同閱看對俄交涉的摺件；並且指定南書房爲看摺之處。這道上諭，對潘祖蔭是一種安慰，見得簾眷未衰；而對翁同龢則是一種鼓舞，當差越發要巴結，進軍機的日子不遠了。

就在三王兩大臣公同看摺的那一天起，各宮各殿開始拆遮陽的天篷；拆到長春宮發現一件奇事，屋頂上有好些黑色粉末，另外還有許多一擦即燃的『洋取燈』。內務府的工匠不敢隱瞞，將這些東西取了下來，據實報告監工的司員。

屋頂何來如許引火之物？那黑色粉末又是甚麼？內務府的司員也不敢擅作處置，將長春宮的大總管李蓮英請了來，照樣陳訴，同時請示處理辦法。

『這是甚麼玩意？』李蓮英大爲疑惑，指著黑色粉末說：『先得弄弄清楚。有誰識貨？』

『我知道。』有個太監說：『是火藥。』

『甚麼？』李蓮英的臉都嚇黃了；倉皇四顧，然後沉下臉來叱斥：『你別胡說！』

那名太監還要申辯；便有懂得李蓮英用意的人，悄悄拉了他一把，不讓他開口。

『你別聽他的！』李蓮英對內務府的司員說：『甚麼火藥，胡說八道！你告訴你帶來的人，不准在外頭瞎說；不然，鬧出事來，吃不了你兜著走！』

那名司員當然知道這件事關係重大，諾諾連聲地答應著，自去告誡工匠，千萬不可將這話說出去。在宮裡，李蓮英找了首領太監劉玉祥來，有一番詰問。

『你看看，誰幹的好事？簡直不要命了！』

劉玉祥也慌了手腳，『李大叔，』他說：『這個責任我可擔不起；請你老跟佛爺回……』

一句話沒說完，李蓮英一口唾沫吐在他臉上：『呸！你簡直糊塗到家了。這能跟佛爺回嗎？嚇著了，你有幾個腦袋？』

劉玉祥一聽這話，是要瞞著上頭：那不是大事化小，小事化無了嗎？所以雖挨了一口唾沫，臉上卻綻開了笑容，自己打著自己的頭說：『李大叔教訓得是！我糊塗。』

『查還是要查！』李蓮英不勝憂慮地，『到底這東西是從哪兒來的？打算幹甚麼？』

問到這一層，劉玉祥怎麼敢說？有火藥、有引火之物，當然是要炸房子；炸房子幹甚麼？不是要謀害皇太后嗎？這是大逆不道的事，一追究起來，凡有守護、『坐更』之責的太監，一個都脫不得干係。辦起罪來，至少也得充軍。

越想越害怕，劉玉祥的兩條腿瑟瑟發抖，『李大叔，李大叔！』他說：『謝天謝地，發覺得早。

我看，查也無用；只有以後好好兒當心。』

『怎麼叫「查也無用」？當然要查；暗地裡查！』李蓮英說：『還有件事，誰要是在佛爺面前多句嘴；我就著落在他身上問火藥來源。』

等劉玉祥一走，李蓮英發了半天的楞；事情是壓下來了，但千斤重擔都在自己一個人肩上，萬一讓慈禧太后發覺其事，追究責任，說一句：『這樣的大事，你何敢瞞著？莫非你要包庇叛逆？』

轉念到此，驚出一身冷汗。自己是一片赤忱，怕慈禧病中受驚，大爲不宜；只是事情不發作便罷，一發作無可辯解，苦心白費，還是小事，『包庇叛逆』這個罪名，豈是可以開得玩笑的？

他在想，這件事無論如何得要找個有擔當的人說一說，一來討個眼前的主意；二來爲將來安排個見證，自己的一片苦心，才不至於被埋沒。

照規矩應該找內務府大臣，但李蓮英不甚情願；在他心目中，內務府大臣算不了甚麼，有幾個還要看自己的臉色，如何甘心倒過來去跟他們討主意？

靜靜想了一會，決定去找領侍衛內大臣——宮中宿衛，本由領侍衛內大臣分地段負責；出了這樣駭人聽聞的事，原也該讓他們去處置。這樣想停當了，立即到王公朝房找著該管的伯彥訥謨詁，悄悄地細訴此事。

『有這樣子的怪事！』伯彥訥謨詁嘆口氣：『眞是麻煩不打一處來！那洋取燈兒呢？我看看。』

李蓮英做事細心，隨身帶著一包火藥、一包洋取燈。火藥不容易驗出甚麼來；洋取燈卻是一望便知新舊。

『你看這梗子，還挺白的；梗子上的「紅頭」，也是好好的。』伯彥訥謨詁說：『擱在那兒，還不過幾天的工夫；不然，雨淋日晒，早就不成樣子了。』

李蓮英答道：『王爺說得是。』

『這事兒，你該去查！絕不是外頭人幹的。』伯彥訥謨詁說：『十之八九是李三順幹的。可惡！他這樣子「栽贓」陷害護軍。』

他的意思是指李三順爲了想嫁禍護軍，故意『栽贓』，追究起來好辦護軍門禁不嚴的罪。李蓮英也覺得有此可能，卻不得不爲太監辯白。

『他們不敢。尤其是李三順，一個毛孩子；絕不敢這麼大膽。』

『哼！毛孩子！』伯彥訥謨詁冷笑，『這年頭人心大變，甚麼十惡不赦的人都有。蓮英，我可告訴你，我要奏請嚴辦。』

『王爺，』李蓮英提醒他說：『這件事鬧開來，可不容易收場。』

伯彥訥謨詁沉吟不語，爲此掀起大獄，確是不容易收場；因而問道：『你的意思呢？就此壓了下來？』

這話在李蓮英就不敢應承了，『我原是跟王爺回明了，大主意要王爺拿。』他又說：『西佛爺這幾天脾氣不好，王爺瞧著辦吧！』

伯彥訥謨詁又躊躇了，這幾天他也有煩惱；怕惹慈禧太后格外生氣，不能不好好想一想。

伯王的煩惱是，無端惹出一場命案；在神機營鬧成很大的糾紛——以蒙古親王之尊，就算殺一無辜，也不是甚麼了不起的事，只爲其中牽涉到醇王，事情就麻煩了。

伯王典兵

從光緒入承大統，醇王以皇帝本生父的地位，未便再擔任任何差使；所兼各職，分別另簡王公接替。醇王所有的職司中，最重要的是『管理神機營事務』，派由伯彥訥謨詁繼任。但當時的上諭中拖上一個尾巴：『醇親王辦理多年，經武整軍，著有成效，仍將應辦事宜，隨時會商。』所以醇王與神機營的關係不斷；伯王大受到牽制。兩王本是兒女親家，醇王的長女由慈禧太后指婚給伯王的長子那爾蘇；而兩親家竟因公事傷害了私誼，有些面和心不和的模樣。

神機營的官兵，樂於親近醇王，也是由於伯王治軍較嚴的緣故；視事的第一天，他就表示：『我奉旨當這個差使，一定要把神機營整頓起來。當年祖宗入關，神機營的士兵，能夠站在馬上放箭；如今，你們看是甚麼樣子？倘或再不整頓，更不知道會怎麼樣的糟！』

『王爺，』有人勸他：『不必多事吧！這是再不能整頓的了。』

伯王不信，銳意改革；無奈積習太深，那些不長進的官兵，又以醇王為護符，所以辦事越來越棘手。日久疲頑，伯王的那番雄心壯志，也早就拋入汪洋大海了；不過他的稟性峻急，遇到看不順眼的情形，依舊會雷厲風行地嚴辦。

這年南苑秋操，發覺火器營少了一門炮；深入追究，才發覺是一夥士兵，居然將火炮鎚碎，當廢鐵賣了給鐵匠店。如此荒唐之事，自然為伯王所不能容忍，下令首犯治罪，從犯開革。

從犯中有個驍騎校名叫富哈，他的母親是醇王府洗衣房的嬤嬤，頗得七福晉的信任；富哈因有所恃，平時在營裡就常幹不法的勾當。開革以後，便端出醇王府的招牌，請人向伯王要求收回成命；或者另外補上一個名字。伯王嚴詞拒絕，毫無情商的餘地。

於是富哈乘伯王閱操的時候去求見；侍衛見他神色不善，抓住了先搜身，果然搜出一把極鋒利的小刀；其意何居，大成疑問，嚴刑審訊之下，支吾其詞，看起來是有行刺的意思。

神機營的士兵行刺長官，說出去駭人聽聞；所以伯王上奏，只說『富哈挾刃尋死，請即正法，抑交刑部，請旨辦理。』同時，由軍機大臣面奏眞相；建議按軍法從事，而且不必明發上諭。慈禧太后當然照准；富哈在當天就被處死了。

到了第二天一大早，伯王府開出大門來，發現台階上躺著兩個婦人，年紀大的那個，已經氣絕；年紀輕的那個，奄奄一息，找了兵馬司的官員來，灌救無效，延到天亮也一命嗚呼了。

這一老一少兩個婦人，便是富哈的一母一妻。服毒自盡在伯王府的門前，自是怨無所洩，走上這樣至愚的絕路；如果『仇家』是平民百姓，這一下便可以害得對方家破人亡，無奈是王公府第，除了爲伯王帶來不痛快以外，不會惹上甚麼官司，兩條人命，算是白白葬送。

富哈家裡還有人，他的嬸母也在醇王府服役；便請見七福晉，跪地哭訴。七福晉遇到這種麻煩，不知如何應付，只有告訴丈夫。

醇王當然也知道了這件事；早有神機營常奔走醇王府的人，來加枝添葉地細訴經過，說伯王御下如何嚴刻。神機營不同其他營伍，本就不服蒙古親王來管轄；如今忍無可忍，唯有請醇王作主。

所謂『作主』，意思是仍舊請醇王來管。從中俄交涉開始，邊防緊急，言官就不斷建言，說應該聯絡蒙古，鞏固邊陲；醇王認爲『這都不過是給伯彥訥謨詁開路』，每逢兩宮太后提到，總是極力反對。但神機營是自己一手所培植，兵權落到他人手裡，老覺得於心不甘。早年爲要避嫌疑，不便過問朝政，自然也不便去抓神機營的權；最近奉旨參預大計，倘或對俄交涉決裂，拱衛京師的重任，捨我其誰？這樣，就得先把神機營拿回來，才有憑藉；因此，決定借這個機會，攻掉他的親家伯彥訥謨詁。

由此大處去看，富哈母妻之死，便有一篇文章好做。只是不論怎麼樣，談不到替她婆媳倆『報仇』；除卻交代帳房，好好替她們辦後事，同時多賞幾兩銀子，作為富哈家孤兒的教養之資以外，不能向伯王有所理論。

伯王也知道，他的兒女親家對他不滿；而且也聽到神機營有請醇王復起的打算，只是暗中較勁的事，不便公然談論，所以煩惱在心裡。現在又遇見李蓮英來訴說這麼一件荒謬怪案，越覺揪心。『你說得也對，「西佛爺這幾天脾氣不好」，病中也不宜受驚。』他改變了原先激動的態度，『咱們分開來辦，內裡歸你維持，好好兒查一查；外頭歸我——說實話，我也還不知道怎麼辦，得跟六爺商量一下。看他怎麼說，咱們隨時商議。』

李蓮英就怕案子鬧大，不可收場；但一手硬壓，卻又擔不起責任，現在聽伯王有『隨時商議』的話，便不會貿然出奏，頗為滿意，因而連聲答道：『是，是！我遵王爺的吩咐，上緊去查；王爺有甚麼話，務必請賞個信。為來為去為西佛爺聖體不安，不能再讓上頭煩心。』

話是不錯，不過伯王也怕御史糾彈，不敢馬虎；當時便到軍機去跟恭王討主意。

恭王也正有煩惱，煩惱是由他的長子載澂替他帶來的。

這煩惱已非一日，從穆宗賓天以後，誰要提起『澂貝子』，恭王便會冒火。他不願見這個不肖之子；而載澂也正好躲著他父親；同時反因為恭王的見棄，更加胡作非為，成了京城裡的第一號惡少。

因此，茶坊酒肆、戲園妓館，提起『澂貝勒』，無人不知。澂貝勒有好些外室，也生下好些子女；便有人幾次勸恭王，說都是天潢貴胄，也是他的親骨血，勸他收歸府邸。恭王執意不允，只說：『讓他們姓覺羅禪好了。』宗室與人私生的子女，不歸入內務府的冊籍，也不能姓覺羅，別起一姓，叫作覺羅禪，又叫作覺羅察。

在載澂的外室中，最得寵的是『奎大奶奶』；她原有丈夫，是個『不入八分』的鎮國公，名叫兆奎。兆奎闇懦無能，凡事都由奎大奶奶出頭料理；因而養成喜歡趕熱鬧的性情，尤其喜歡趕廟會，逢三土地廟、逢四花兒市、逢五逢六白塔寺、逢七逢八護國寺、逢九逢十隆福寺，一定可以看見花枝招展的奎大奶奶，左手捏一塊鮮豔非凡的手絹，右手扶在丫頭的肩上，踩著花盆底，風擺楊柳似地，到處跟人打招呼。

這年六月初一，右安門外十里草橋地方的碧霞元君廟，一年一度的廟市。京城裡碧霞元君廟最多，俗稱娘娘廟；娘娘廟進香，稱爲『朝頂』，按方位不同，分爲南頂、北頂、東頂、西頂，而草橋這一處，則稱爲中頂，花木最盛；其中有一家茶社，招牌『小有餘芳』，本是人家的園林，逢春開市，十分幽雅，是達官貴人初夏逛中頂必到之地。

這天的奎大奶奶，娘娘廟燒過香，便來『小有餘芳』閒坐；臨軒當風，解開旗袍領子上的衣紐，正拿著手絹，在輕輕擦汗；只見走進來一班一式藍布大褂、白細布褂褲、薄底快靴的俊僕，有的抱著細蓆、有的拿著茶具、有的捧著衣包、有的提著食盒，昂然直入。最後進來的是一個二十四五歲的少年，梳一根油鬆大辮，面白如玉，星目炯炯，生就兩道斜飛入鬢的長眉，越顯得神采飛揚；只是看到身上，奎大奶奶不由得皺眉驚異，那少年穿的是一件黑綢長衫，從上到下，繡滿了彩蝶，何止上百？

『誰呀！』她在心裡思量，『看樣子必是公子哥兒，怎麼打扮得這麼「匪氣」？』那『匪氣』的貴公子，惹得滿座側目，他卻毫不在乎，在居中一張大桌子旁邊坐定，那雙色眼肆無忌憚地掃視著年輕婦女，卻是一瞥即過，直到發覺奎大奶奶才盯住了不放。

奎大奶奶被他看得心頭亂跳；見他的視線彷彿是在自己脖子上，這才意會到還敞著領口，露出雪白一段頸項，倒像是有意賣弄風流似地。這樣自念著，不由得臉一紅，趕緊回過臉去，將領子的衣紐繫上。

『大奶奶！』

奎大奶奶回頭一看，正是那少年帶來的一名跟班，笑嘻嘻地在哈腰為禮。

『大奶奶！我家大爺有請！』

奎大奶奶既驚且怒，『誰認識你家大爺？』接著加上一聲冷笑，依舊把臉扭了過去。

『大奶奶，妳是最體恤下人的，務必賞我一個臉兒！』那俊僕依舊含著笑，哈著腰，『我要請不動大奶奶，我家大爺一定說我不會辦事，輕則罵、重則打，碰得不巧，還會攆我出府。一家八張嘴，怎麼得了？大奶奶，妳就行行好，點個頭吧！』

奎大奶奶又好氣、又好笑；可也有些得意有些窘。只是說到頭來，眾目睽睽之下，不能不顧面子，便虎著臉呵斥：『你倒是仗誰家的勢？大青白日的，就敢這麼跟人囉嗦？』

『是，是！大奶奶別動氣。』那人倒退兩步，連連躬身，『大奶奶真不肯賞面子，不敢勉強。府上在哪兒？賞個地址；改日到府上跟大奶奶磕頭賠罪。』

奎大奶奶揚著臉不理，一雙鳳眼卻斜斜地瞟了過去，見那衣服匪氣的大爺，似笑非笑地，也是一雙眼儘自盯著這面；看樣子是女人面上知情識趣，肯做低服小的人。這樣想著，無端地臉上一陣發熱；本來太緊了一點的領口，越覺卡得難受，一伸手要去解衣紐，意會到大庭廣眾之間，不宜如此，便把剛抬起的手，又放了下來；一不小心，卻又打翻了茶碗，更覺不好意思，自己跟自己發恨：是怎麼了？喪魂落魄的！

這樣在心裡自語著，賭氣要回家；回頭想招呼跑堂的算帳，只見那一主數僕正離座而去，倒有些沒來由的悵然若失之感。

『小雲啊！』她懶洋洋地說：『看車伕在哪兒，咱們回家。』

『大奶奶，』小雲有些不願，『不說要看「跑飛車」嗎？』

『今兒不看了。也不準定有。』

『有！』小雲斬釘截鐵地說：『一定有！』

『咦！我不知道，妳倒知道？』

『剛才有人進來跟那面那位大爺說，說是車子預備好了，請那位大爺下場玩兒。不就是跑飛車嗎？』

這一說說得奎大奶奶改了主意，安坐著不動。只是那位大爺倒是甚麼人？若是大買賣人家的子弟，不敢這麼跋扈；王公大臣家的少爺，又何至於有那麼一身打扮？莫非是哪個戲班子裡的名角？如果是，必是唱武生，或是唱刀馬旦的，不然不敢下場跑飛車。

越想越多，越想越納悶，也越想越有趣，奎大奶奶便招招手將跑堂的喊了過來。

『剛才，那面穿一身好匪氣的衣服的，倒是誰啊？』

『他！大奶奶，妳是說穿一件百蝶繡花大褂兒的那位大爺嗎？』

『是啊！』

『大奶奶，妳恐怕不大出門，連這位大爺都不知道？』跑堂的說：『他就是澂貝勒，澂大爺。』

『澂貝勒！』奎大奶奶沒有見過聽說過，『你是說六王爺府裡的澂貝勒？怪道，誰有那麼飛揚浮躁的樣兒！』

一句話未完，只聽有人說：『來了，來了！』接著便聽車走雷聲，塵頭大起。

奎大奶奶帶著小雲，也在隔著竹籬笆向東凝望，滾滾黃塵中，駿馬拉著輕車，飛馳而來；長鞭『刷啦，刷啦』，沒命地打在馬股上，馬也是沒命地往前奔，行人紛紛走避，那一片急迫驚險的景象，著實驚心動魄。

香車美人

七八輛飛車，轉眼將到面前，小雲眼尖，指著第一輛車說道：『不就是那位大爺嗎？』

果然是澂貝勒，御一匹神駿非凡的黑馬，配著他那身黑衣服，格外顯眼；那輛輕車也漆成黑色，但車簷懸的是深紅絲線的流蘇。前後左右鑲十三方玻璃；奎大奶奶知道，這就是這種車子名叫『十三太保』的由來。

當然，車也好，馬也好，總不及對人來得注目——跑飛車不只講究快，更得講究穩；坐在車轅上的澂貝勒，手執轠轡，控制自如，腰板挺得筆直，上身不動，辮梢不搖，那模樣眞是『帥』極了。

雖是那樣風馳電掣，澂貝勒依然保持從容閒逸的神態，左顧右盼之間發現了奎大奶奶，立刻拋過來一個甜甜的笑容，微微頷首，作爲招呼。

於是，好些看熱鬧的人，轉臉來看奎大奶奶，使得她又窘又得意，心裡是說不出的那種無可捉摸的好過的滋味。

車過了，人也散了；她卻戀戀不捨地，自己都不知道爲甚麼還要留在『小有餘芳』？

『大奶奶該回家了吧！』

『嗯。』奎大奶奶懶洋洋地站起身來，付了茶錢，扶著小雲的肩走了出去。

一出門，迎面就看見澂貝勒那名俊僕，搶上來請個安說：『大奶奶，我家大爺關照，送大奶奶回府；車在這兒侍候著。』

手指處，只見一輛極華麗的後檔車，停在柳蔭下；車伕掀起了車圍，在等著她上車。奎大奶奶遇見這樣突兀的事，一時竟不知如何應付了。

『大奶奶府上，不是在東直門大街金太監胡同嗎？』

『咦！』奎大奶奶不由得問：『你怎麼知道？』

『府上也是大宅門，怎麼會不知道。請上車吧！』

有此一番對答，奎大奶奶撤去了心中的藩籬，帶著小雲上車；車走如飛，一進了城，七彎八繞，讓她迷失了方向，等下車一看，卻不是自己家裡。

『這是甚麼地方？』

『大奶奶，妳進去一看，就知道了。』

這些地方錯不得一步；奎大奶奶如果執意不肯往裡走，自然無事，這一進去，就再也出不來。澂貝勒人物俊俏，起居豪奢，奎大奶奶居然就安之若素了。

那鎮國公兆奎，丟了老婆，自然著急，向步軍統領衙門和大興、宛平兩縣報案尋查，久無消息；直到三個月後，查封一家戲園，方始發現。

是康熙十年定下的禁例，『內城永行禁止開設戲館』，但日久頑生，開了抓、抓了開，隔多少年便要這樣來一回；那一次也是巡城御史指揮兵馬司官員和差役，封禁東城一家戲園，有個兵馬司副指揮認識奎大奶奶，發覺她也在座聽戲。

再一細看，憬然而悟，悚然而驚，知道兆奎的老婆是丟定了；因爲當奎大奶奶起身走避時，有四個壯漢前後夾護，那兵馬司副指揮也認得他們，是恭王府的護衛。常隨澂貝勒一起出入的。

不論如何，形跡總是敗露了。不過兵馬司雖歸巡城御史管轄，卻不敢將此事貿然呈報，怕巡城御史參上一本，事情鬧大，跟澂貝勒結了怨，不是件當耍的事。

公事只能私辦，兵馬司正副指揮登門拜訪，還見不著澂貝勒，由管事的接談；婉轉訴明來意，希望私下說和，讓鎮國公兆奎自己來銷了案，免得懸案不決，彼此不便。

和是可以，爲了讓兆奎另娶一房妻子，拿幾百兩銀子出來，不算回事；就怕這一來授人以柄，一狀告到宗人府，是惇王在當宗令，必定會有嚴峻的處置——載澂甚麼人都不怕，就是畏懼他這位五伯父；所以聽得管事的報告，面有憂色。

『唉！』他嘆口氣，埋怨奎大奶奶，『我早就說過，妳少出去，果然就惹了禍了！』

『哼！』奎大奶奶氣鼓鼓地說：『三個月的工夫，就去了一趟前門，趕了兩趟廟會，連今天算上，包裡歸堆才四回，還算多嗎？甚麼「惹了禍了」，這像你澂大爺說的話嗎？』

『妳不懂，只要跟宗人府沾不上邊，我就不怕，妳不知道我們那位五大爺的倔脾氣！嗐，夠瞧的。』

『那麼，你說怎麼辦呢？』

『依我說，』澂貝勒想了想答道：『先回去住兩天，把妳那口子敷衍好了，隨後再想辦法。』

『哼！你倒說得好。』奎大奶奶臉色突然變得嚴重了，『你想就此把我扔掉，可沒有那麼容易！別人怕你澂貝勒，我可不在乎；要不信你就走著瞧！』

『妳想到哪兒去了？犯得上說這話嗎？』

她也知道澂貝勒少不得她，想想事已如此，眞也得有個了局；不然，老躲著不能出門，成了個黑人，絕非善策。

這樣想著，便毅然決然地說道：『你能不能想辦法，給兆奎弄個差使？』

『這倒可以。弄個甚麼差使？』

『總得副都統甚麼的。』

『好辦！』澂貝勒會意了，『就這麼著，我給他弄個駐防的副都統，調虎離山。』

『你又瞎說八道了。』奎大奶奶恃寵，說話毫無忌憚，『哪有宗室公爵放出去的？這也不去管它了。你再給我一千兩銀子，我自己去料理。』

帶著一千兩銀票以及澂貝勒的諾言，奎大奶奶帶著小雲，當天就回了東直門大街金太監胡同；兆奎家的人，無不驚奇，爭相問詢，何以忽然失蹤？奎大奶奶只答一句：『意想不到的事。』再也不肯多說。大家再問小雲；小雲受了告誡，儘自搖頭不答。

那奎大奶奶卻是聲色不動，彷彿回娘家住了一陣子回來似的，找了管家來問家務，哪處的房租繳了沒有，哪處莊子上的收成如何；又嗔怪到了九月還不拆天篷，家裡雜亂無章。一頓排揎完了，再問家下使用人等，誰的媳婦坐月子了沒有；誰的老人身子可好？依舊是平日恩威並用，精明強幹，讓全家上下心悅誠服的當家人派頭。

形容憔悴的兆奎，不知她是怎麼回事，也插不進嘴去問話；好不容易等她發落完畢，屋裡只剩下一個小雲，他才問道：『妳到底在甚麼地方？說到中頂娘娘廟燒香，一去就沒了影兒。家裡鬧得天覆地翻，四處八方找，竟連半點消息都沒有；從沒有聽說過的怪事，偏教我遇上了。』

『我也是身不由己，都是爲了你；連通個消息都不能夠。你急，我比你更急。』說著，使個眼色，讓小雲避了出去。

『怎麼呢？』兆奎更加納悶，『我眞鬧糊塗了，妳是陷在甚麼地方，這麼嚴緊，連通消息都不能；今天可怎麼又回來了呢？妳說，那是甚麼地方；京城裡有這麼無法無天的地方，那還得了！』

兆奎的憂急氣憤，憋了三個月之久，這時開始激動；奎大奶奶不等他大發作，趕緊攔著他說：『你先別急！事情也不是壞事。』

『不是壞事，那能是好事嗎？』

『那就看你自己了。』奎大奶奶說：『你得沉住氣。反正我人已經回來了，甚麼話都好說。』

這句話很容易動聽，兆奎不由得就伸手要拉住她；甚麼都是假的，一朵花似的老婆，重入懷抱，可是最實惠的事。然而奎大奶奶已經變心了，連碰都不讓他碰，手一縮，身子一閃，微微呵斥：『別鬧！』

兆奎怕老婆，不明她的用心，只當厭煩他動手動腳，便乖乖地也縮住了手。

奎大奶奶卻又不即言語，向窗外望了望，看清了沒有聽差老媽子在偷聽，然後才說：『是禍是福都在你自己。你是想弄個好差使當；還是願意住宗人府的空房子？』

兆奎一聽嚇一大跳——宗室覺羅犯罪，由宗人府審問，判處徒刑則圈禁在宗人府空屋；判處充軍則是鎖禁在宗人府空屋，而且都要打一頓屁股。兆奎結結巴巴地問道：『甚麼案子犯了？』

『多了！只說兩件，一件私和人命；一件霸佔民田。都讓人抓住了把柄；苦主都預備在那裡了！』

兆奎心亂如麻，好半晌才能心神稍定，從頭細思，覺得不可解之處甚多。這兩件案子，如果要發作，自是有人告了狀，或是都察院、或是步軍統領衙門，或是大興、宛平兩縣；不管告到哪個衙門，必定行文宗人府追究，那就一定要通知本人到案，何以自己竟一無所知？她的所謂『讓人抓住了把柄』，這個『人』又是誰呢？

『你要問這個人？你惹不起他，我也惹不起他。爲了你，苦了我！』說著，奎大奶奶很快地用手絹去擦眼，好像是在拭淚，其實是使勁揉紅了眼圈，裝作哭了的樣子。

兆奎反倒有些疼她了，同時也急於想知其人，便帶著著急的神態說：『妳說呀！是誰？』

『澂貝勒。』

『是他呀！』兆奎倒抽一口冷氣。

『不是他還有誰？誰還有那麼大膽；把我扣在那兒，日夜派人看守，三個月不放回家？』

三個月！兆奎在心裡叨念著，心裡說不出的那種吞下了一粒老鼠屎似地不好受的滋味；這三個月，難道還能清白無事？一面想，一面去看他的妻子的肚腹——奎大奶奶愛俏，旗袍一向裁剪得很稱身，此時看上去彷彿中間微微鼓著，大概已有小貝勒在肚子裡了。

一時意亂如麻，焦躁不安；奎大奶奶看他不接話，當然也無法再往下說，坐下來，背著身子又去揉眼睛。

『那麼，』兆奎終於問出一句話來，『可又怎麼放妳出來的呢？』

『我天天跟他鬧，要回家。昨天鬧得兇了，他才說：大家都是愛面子的人，別惹得我撕破臉，可就不好收場了。兆奎幹的事，我跟妳說過；三河縣姓馬的老頭兒，長辛店姓黃的寡婦，我都派人找了來了。妳回去教兆奎心裡放明白些；這還不是革爵的事。』

這是奎大奶奶編出來的一套話，澂貝勒哪知道兆奎強買了馬家的一塊田；又在長辛店私和過黃家的命案？只覺得這兩件案子，若有澂貝勒出頭，自己必走下風；所以聽她這一說，臉色大變。

奎大奶奶本就摸準了她丈夫的性情，這番話是對症下藥；偷覷一眼，見已生效，便接著將編好的下半段話說了出來。

未說之前，先嘆口氣，將眼皮垂著，是無可奈何的神情：『唉！叫人拿住了短處，有甚麼辦法？早知有今日，當初我也不幫著你做那些事了。禍是我惹的，只好我認。我說：霸佔民地、私和命案都是我幹的，跟兆奎無干，你要治，治我好了。你猜他怎麼說？他說：我也不治妳，我買一幢房子，讓妳住著，仍舊做妳的奎大奶奶。反正兆奎也不會要妳了！我送他一千銀子，買個妾；再替他弄個駐防的副都統，或是荊州、或是杭州、或是福州，帶著新姨奶奶，高高興興去上他的任。這樣子，兩全其美，不傷面子，不挺好的嗎？』

好倒是好，就是『不傷面子』這四個字，只怕做不到。但如果一口拒絕，還是傷了面子；人家都已看準了自己不會再要失節的妻子，而自己居然肯重收覆水，這張臉怎麼見人？說來說去，勢力不敵，又有短處在人家手裡，只好隨人擺佈。想一想只好認了。

『好吧！』他一跺腳說：『眼不見爲淨。我就躲開你們；妳跟他去說，我要廣州。』

奎大奶奶一看事情已妥，再無留戀；將銀票塞到兆奎手裡，低聲說道：『我趁早跟他去說。』接著便回自己臥房，除了一個首飾箱，甚麼都不帶；旋即扶著小雲，嬝嬝出門。兆奎在窗子裡望著，自己都分辨不出是何感覺？

豪門家醜

雖是夫婦密語，總歸隔牆有耳，兆奎家的『奇聞』，很快地傳播在親友之間，有的罵，有的笑，有的覺得兆奎可憐；也有的認爲奎大奶奶嫁了兆奎是委屈，難怪有這樣的結果。見仁見智，議論紛紜，卻無非背後論人是非，在兆奎面前都有忌諱；以前還有人向他表示關切：『奎大奶奶總有個下落啊！』如今則連這句話都不提了。

唯一的例外是兆奎的胞弟兆潤。弟兄倆一母所生，性情卻有天淵之別，兆奎庸懦怕事；兆潤卻得著風，便是雨，最喜生事，在宗室中一向被認爲沒出息的無賴，仗著他是『三等鎭國將軍』的『黃帶子』，設局詐騙，包庇娼賭，無所不爲，聽說有此奇聞怪事，豈肯默然無語？

兆奎一見他這個弟弟，頭就疼了；一來絕無好事，有錢借錢，不借就自己動手，小件的擺飾，總要撈一兩樣走，所以兆奎家的聽差老媽，聽說『二爺』來了，都是寸步不離地侍候著。

『今兒個你們不用掇著我，二爺我今兒富裕得很！』兆潤掏出一把票子，往桌上一摔，『你們把大爺給請出來，我們哥倆要講幾句你們不能聽的正經話。』

『是！二爺。』

聽差知趣，進去通知了兆奎，然後都退了出去；卻都躲在窗外牆角，倒要聽聽這位二爺說的甚麼正經話？

『大哥，』兆潤問道：『聽說大嫂回來了？』

『唉！』兆奎亂搖著手，『別提了。你算是體恤我吧！別問這檔子事。』

『我怎麼能不問？咱們家能讓人這麼欺侮？你不在乎，我的臉往哪兒擱？算輩份，載澂是姪子，霸佔嬸娘，出在大清律例哪一條？你襲了爵，就得保家聲。得有句話……』

『老二，老二！』兆奎急得不知如何是好，『別嚷嚷，行不行？』

『你也太弱了，大哥！連說都說不得一聲？』

『不是說不得。這件事，實在是……』兆奎壓低了聲音很吃力地說：『實在是叫沒有轍！君子不吃眼前虧，慢慢來想辦法。』

『何用慢慢兒想？辦法多得是，文的，武的全有。走！』兆潤一把拉著他的手臂往外拖。

『走？到哪兒去？你別胡鬧。』

『上宗人府。』

一句話未說完，兆奎已掙脫了手臂，趕緊退後幾步，與兆潤隔著桌子，並且作了個防他來抓的戒備姿態。

『老二，沒有用！這是甚麼世界？勢力敵不過人家，只有認了。再說，那麼賤的女人，你也不用再叫她大嫂了。』說著，兆奎搖搖頭，將臉轉了過去，不勝痛心疾首地。

『大哥，』兆潤臉色很難看了，『你是怎麼回事？你到底爲甚麼？總有個緣故吧！你說說。不說清楚了，我可要照我的辦法。』

『這，』兆奎驚惶而茫然地問：『你是甚麼辦法？』

『喏！這個。』兆潤從靴頁子裡拔出一把明晃晃七八寸長、繫著紅綢子的攮子，往桌上一拋。

兆奎大驚失色，『老二，』他結結巴巴地說：『你可千萬動不得！』

『誰說動不得？看我唱一齣「獅子樓」你瞧瞧。』

兆奎又急又氣，兆潤自擬於武松，而拿他比作武大郎；眞正不成話！但平時就見了他兄弟怕；此時自覺理短情虛，更不知如何應付，急得只是搓手。

於是他家得力的管家老僕郝順不能不露面了，『二爺！』他躬身說道：『開飯了！有話，喝著酒跟大爺慢慢聊吧！』

這是緩兵之計。兆潤也知道，每次需索不遂，連奎大奶奶都駕馭不住，快要翻臉時，總是郝順出面轉圜；有了他，話就好說了。

『好吧！』兆潤將攮子插回靴中；一收劍拔弩張的神態，彷彿無可無不可地說：『先吃飯再說。』

這時未到開飯的時候，郝順關照廚子，胡亂弄了幾個冷碟，燙上一壺酒；卻只設一副杯筷，兆潤自然要發話了。

『大爺呢？』

『大爺頭疼，不能陪你。』郝順陪笑說道：『二爺有話，吩咐我也是一樣。』

兆潤沉吟不答，儘自一大口一大口地喝酒；因爲這天他的所欲不小，說話便需格外愼重。

『二爺，』郝順勸道：『大爺遭了這檔子窩囊事，眞正是叫「啞吧夢見親娘，說不出的苦」。二爺總得體諒他才好。』

『哼，』兆潤憤憤地捽著酒杯，『就爲了大爺窩囊，才有這樣窩囊的事。不用他出頭，我替他去挺，該殺該剮都有我，他還怕甚麼？一個勁攔著，我不知道他安的甚麼心？』

『那也無非大爺膽小。如果他能看著二爺闖出大禍來不管；那叫甚麼同胞手足？』

『同胞手足？』兆潤撇撇嘴，『他哪裡當我同胞手足？外面說的話，可難聽了。』

『外面怎麼說？』郝順很謹愼地問。

『怎麼說，你會不知道？』

『我眞的不知道。』

『那就告訴你聽吧！』兆潤眼望著郝順，一個字一個字地說了出來：『說他賣老婆！』

『啊！』郝順作出訝異萬分的神色，『這是打哪兒說起？』

『你不信是不是？』兆潤有意詐他一詐，『說的人有憑有據，大奶奶帶回來三千兩一張銀票，大柵欄恆泰錢莊的票子。』

兆潤知道是一千兩，故意加了兩千，是指望著套出郝順一句話來：『沒有那麼多。』這就好緊追著往下問了。誰知郝順心機深沉，不上他的當，只搖著頭說：『沒影兒的事！』

『沒影兒的事？照這麼說，大奶奶就白白讓人霸佔了？』兆潤接著又問：『她忽然回家，可又爲了甚麼？』

『這，』郝順陪笑道：『我們當下人的，就不知道了！』

『就是這話囉！好些事你不知道；非得跟大爺自己談不可。好了，反正我的主意拿定了；門風要緊，我不能看著不管。』

說著，站起身來要走；郝順自然不能放他走，好說歹說地將他留了下來，自己進上房去跟兆奎討主意。

『我哪有甚麼主意？』兆奎哭喪著臉說：『我一見他，腦袋就跟笆斗那麼大。』

郝順是他的心腹，無事不參與，也無話不可說，但不論如何，辦事需奉主人之名以行，所以這時便先替兆奎拿宗旨。

『這件事，大爺得抱定宗旨，無論如何鬆不得口，一則名聲不好聽，再則，二爺的口氣不小。不過也得給他一個指望；一等放了缺，上任的時節，給他撂下幾百銀子倒可以。大爺，你說是不？』

『對！你就想法子，跟他這麼去說。』

這話實在也很難說。郝順在想，『二爺』大概只知銀票其一；還不知有放缺其二，一說反倒洩底。有這麼大的好處，他更是不依不饒了。

想了又想，只有這樣措詞：『二爺，你先請沉住氣。事情當然不能就這麼算完；不過做事總要穩得住，對頭太不好惹，一步錯不得。反正有個十天半個月的工夫，一定能讓二爺好好兒消氣。』

照郝順的想法，有澂貝勒那麼硬的靠山，說放個副都統，還不是一句話的事；有十天半個月的工夫，見了上諭，一切便都好辦。因而這樣許下兆潤。

兆潤不知其中有此曲折，只是一向信任郝順，既然他說能讓自己『好好兒消氣』；顧念以後還少不得有託他的事，便賣個交情給他。

『好吧，衝你，我就等個十天半個月。』

半個月過去，音信毫無。奎大奶奶倒是把話帶到了；載澂卻辦不通。這件事他只有去求寶鋆，爲了志在必成，他特意說是『已經答應了人家了！』

『我的大爺，你眞是少不更事！駐防的副都統，又是廣州，能說換就換嗎？』寶鋆大搖其頭：『兆奎是出了名的無用。這話，我怎麼跟你阿瑪去說？』

『我不管！』載澂撒賴似地說：『你去想辦法。』

『辦法倒有，我把你的事兒，和盤托出；你肯挨頓揍，兆奎的副都統就當上了。』

這叫甚麼辦法？載澂自然不肯；寶鋆被磨不過，答應試一試，但哪一天能成功卻不知道。

『只好等吧！』奎大奶奶聽說了經過，也只好這樣萬般無奈地表示。

又等了半個月，這天奎大奶奶正打算帶著小雲上前門外去聽戲；只見院子裡閃進來一個人，高聲喊道：『大嫂！』接著便請了個雙安。

『啊！』奎大奶奶倒有些忸怩了，『二弟，是你！』

『是的。』兆潤神色自若地說：『特地來給大嫂請安。』

『不敢當，不敢當！』奎大奶奶不能不以禮相待，『請屋裡坐。小雲，拿茶，拿煙。』

於是兆潤從從容容地進入堂屋，坐下來先打量四周，古董字畫，窗簾椅披，色色精緻，便讚一聲：『眞是好地方！』

奎大奶奶矜持地微笑著；心裡在打主意，如何早早將這位不速之客送走。

兆潤的話卻還未完，接著又說了：『怪不得大嫂不想回家了。』

這句話不中聽，奎大奶奶只能裝作沒聽見，心裡卻更覺得他是早走早好，因而開門見山地問：『二弟，有甚麼事嗎？』

『沒有，沒有！只是老沒有見大嫂，怪惦念的；特爲來看看。』

『多謝你惦著。』她又追一句：『二弟要是有事，請說吧！自己人不用客氣。』

最後這句話是假以詞色的表示，兆潤就不必惺惺作態了，苦著臉說：『還不就是那一個字嗎？』

『哪個字？』

『窮！』兆潤又說：『弟媳婦又病了；小三出疹子；小四掉在門前溝裡，差點兒淹死。唉，倒楣事兒不打一處來。』

『噢！』奎大奶奶慢吞吞地說：『我手裡也不富裕。不過，二弟老遠的來，我也不能讓你空手回去。』說著，便將手裡的手巾包解了開來，裡面有兩張銀票，一張十兩，一張五兩；本想拿五兩的給他，不道兆潤先就說在前面。

『多謝大嫂，不用全給；只給我十兩吧！』

奎大奶奶又好氣、又好笑，心裡在說：倒眞以爲自己挺不錯的，全給！然而那張五兩頭卻拿不出手了。

由此開端，隔不了三五天，兆潤便得來一趟；他也眞肯破工夫守伺，總是等載澂不在家的時候來。護衛因爲未奉主人之命，也沒有聽奎大奶奶說甚麼，不便攔他；所以他每次都能找著『大嫂』，伸出手來，也總有著落，不過錢數越來越少，當然也是可想而知的事。

漸漸地，奎大奶奶不能忍耐了；終於有一天發作，『你倒是有完沒有完！我是欠你的，還是該你的？』她厲聲質問。

『就是大嫂說的，自己人嘛！』兆潤涎著臉說：『大嫂，妳哪兒不花個幾兩銀子？就算行好吧！』

『好了！這是最後一回！』奎大奶奶將一張二兩的銀票摔在地上。

兆潤還是撿了走，而且過不了三天還是上門。這一次護衛不放他進去了。

『找誰？』

『咦！』兆潤裝出詫異的神色，『怎麼，不認識我了？老馬！』

『誰認識你？嘚，嘚，你趁早請。』

兆潤一時面子上下不來，既不能低聲下氣跟他們說好話，便只有硬往裡闖。這一下自然大起衝突，好幾個人圍了上來攔截；其中一個出手快，扠住兆潤的脖子往外一送，只見他踉踉蹌蹌往後倒退，卻仍立腳不住，仰面躺了下來。

如果他肯忍氣吞聲，起身一走，自然無事；但以兆潤的性情，不肯吃這個虧，存著撒賴的打算，希望驚動奎大奶奶，好乞憐訛詐，便站起來跳腳嚷道：『你們仗勢欺人。我跟你們拚了！』

這一聲喊，惹惱了載澂的那些護衛。在王府當差的，最忌『仗勢欺人』這句話，所以這一下是犯了眾怒；領頭的是個六品藍翎侍衛，名叫札哈什，曾在善撲營當差多年，擅長教門的彈腿和查拳，這時出腿一彈，將個正在揎拳捋臂的兆潤，掃出一丈開外，結結實實地摔在地上。

這一次兆潤賴在地上不肯起來了，『打死人囉！救命啊！』極聲高喊。

『這小子作死！』札哈什咬著牙說：『把他弄進去。』

於是上來三四個人，掩住他的嘴，將他拖了進去；在馬號裡拿他狠揍了一頓。揍完了問他：『服不服？』

怎麼能服？自然不服；但不服只在心裡，口頭上可再不敢逞強了，『服了！服了！』他說：『你們放我回去吧！』

『當然放你。誰還留你住下？』札哈什說：『可有一件，你以後還來不來？』

『不來了！再也不來了。』

『好。我諒你也不敢再來了。你走吧！』

開了馬號門，將兆潤攆了出來。他只覺渾身骨節，無一處不痠痛；於是一瘸一拐地先去找個相熟的傷科王大夫。

『二爺，你這傷怎麼來的？是吃了行家的虧；皮肉不破，內傷很重，可得小心！』

『死不了！』兆潤獰笑著，『你先替我治傷，再替我開傷單。這場官司打定了。』

王大夫替他貼了好幾張膏藥，又開了內服的方子；然後為他開傷單，依照兆潤的意思，當然說得格外重些。

回到家卻不肯休息，買了『盒子菜』，烙了餅，把他一幫好朋友請了來；不說跟奎大奶奶索詐，只說無端受那班護衛的欺侮。向大家問計，如何報仇雪恨？

『澂貝勒還不算不講理的人，應該跟他說一說；他總有句話。』有人這樣獻議。

『他能有甚麼話？還不是護著他那班狗腿子！我非得要那班狗腿子吃點苦頭，不能解恨。』兆潤問道：『咱們滿洲的那班都老爺，也該替我說說話吧？』

『來頭太大。誰敢碰？』

『潤二哥，』兆潤的一個拜把兄弟說：『你如果眞想出氣，得找一個人；準管用。』

『誰呀？』

『五爺。』這是指惇王。

『對！』兆潤拍桌起身，頓時便有揚眉吐氣的樣子，『這就找對了。』

如果是想在載澂身上出一口氣，只有請惇王來出頭；當然，能不能直接跟他說得上話，或者他會不會一時懶得管此閒事，都還成疑問。但要顧慮的，卻還不在此。

『老二，』兆潤的一個遠房堂兄叫兆啓的說：『你別一個勁的顧前不顧後，第一，得罪了六爺，犯不上；再說句老實話，你也得罪不起。第二，這件事到底是家醜，不宜外揚。』

前半段話，兆潤倒還聽得進去；聽得後半段，兆潤便又動了肝火，『照你這麼說，我就一忍了事？』他又發他大哥的牢騷，『我們那位奎大爺，才知道甚麼叫家醜！如果我要替他出頭理論，他能挺起腰來，做個男子漢、大丈夫的樣兒，我又何至於吃那麼大的虧？』

在旁人看，家醜不家醜的話，實在不值得一提，因爲家醜能夠瞞得住，才談得到不宜外揚；如今『澂貝勒霸佔了兆奎的老婆』這句話，到處都能聽得到，已經外揚了，卻默爾以息，反倒更令人誹薄。要顧慮的是不宜得罪恭王；誠如兆啓所說的，兆潤也得罪不起。

『三個人抬不過一個理字去！六爺挺講理的，也並不護短，澂貝勒的事，他是不知道；知道了不能不管。照我看，最好先跟他申訴；他如果護短不問，就是他的理虧。那時候再請五爺出頭，他也就不能記你的恨了！』

說這話的，是兆潤的一個好朋友，在內務府當差，名叫玉廣，爲人深沉，言不輕發；一發則必爲大家所推服。此時提出這樣的一個折衷的辦法，包括兆潤本人在內，無不認爲妥當之至。

於是就煩玉廣動筆，寫了一張稟啓，從奎大奶奶失蹤談起，一直敘到護衛圍毆。第二天一早，請兆啓到恭王府投遞。

恭王府的門上，一看嚇一跳；儘管澂大爺在外荒唐胡搞，還沒有誰敢來告狀。這張稟啓當然不敢貿然往裡投遞，直接送到載澂那裡。

載澂很懊惱，但卻不願責備札哈什；想跟奎大奶奶商量，卻又因爲替兆奎謀取副都統的缺，不曾成功，難以啓齒，一時無計可施，便把這張稟啓壓了下來。

惇王行法

一壓壓了半個月。而兆潤天天在家守著，以爲恭王必會派人來跟他接頭，或是撫慰，或是詢問；誰知石沉大海，看來眞的是護短而藐視，心裡越覺憤恨。於是又去找玉廣，另寫了一張稟啓，半夜裡就等在東斜街惇親王府；等到惇王在五更天坐轎上朝，攔在轎前跪下，將稟啓遞了上去。

奎大奶奶的事，惇王早有所聞；只是抓不著證據，無法追問。這時看了兆潤的稟啓，勃然大怒；

在朝中不便跟恭王談；下了朝，直接來到大翔鳳胡同鑑園坐等。

等恭王回府，一見惇王坐在那裡生氣，不免詫異，但亦不便先問，只是親切地招呼著；老弟兄窗前茗坐閒話，看上去倒是悠閒得很。

也不過隨意閒談了幾句，惇王還未及道明來意，聽差來報，總理衙門的章京來謁見；恭王一問，是送來一通曾紀澤的奏摺——往來指示及奏覆，一直都用電報，往往語焉不詳；這道奏摺是由水路遞到。由於奉有諭旨，凡是對俄交涉的摺件，交惇王、恭王、醇王及翁同龢、潘祖蔭公同閱看，所以總理衙門的章京接到奏摺，先送來請恭王過目。

爲了尊禮兄長，恭王拿著摺子先不拆封，回進來向惇王說：『曾劼剛來的摺子，大概這些日子交涉的詳情，都寫在上頭了。五哥，』他將摺子遞了過去：『你先看吧！』

這些地方，惇王頗有自知之明；照他看：『辦洋務找老六，談軍務找老七』；他自己以親貴之長，則約束宗親，維持紀綱，責無旁貸，所以不接摺子。

『不必！你看好了。』

於是恭王拆封，厚甸甸的摺子，共有十四頁之多；定神細看了一下，然後唸給惇王聽：

臣於七月二十三日，因俄國遣使進京議事，當經專摺奏明在案。八月十三日接奉電旨：『著遵疊電與商。以維大局。』次日又接電旨：『俄事日迫，能照前旨爭重讓輕，固妙；否則就彼「不強中國概允」一語，力爭幾條，即爲轉圜地步。總以在俄定爲要。』各等因，欽此。臣即於是日往晤署外部尚書熱梅尼，請其追回布策，在俄商議。其時俄君正在黑海，熱梅尼允爲電奏，布策遂召回俄。

『原來是這麼召回的！』惇王插了句嘴；他是指俄國駐華公使布策被召回國一事，『曾劼剛到底比崇地山高明多了。』

恭王點點頭，接著往下唸：

嗣此往返晤商，反覆辯論，疊經電報總理衙門，隨時恭呈御覽。欽奉迭次議旨，令臣據理相持，剛柔互用，多爭一分，即少受一分之害。聖訓周詳，莫名感悚。臣目擊時艱，統籌中外之安危，細察事機之得失，敢不勉竭駑庸，以期妥善。無如上年條約、章程、專條等件，業經前出使大臣崇厚蓋印畫押，雖未奉御筆批准，而俄人則視為已得之權利。

『這也是實話。』惇王又插話，『崇地山這件事，辦得糊塗到了極點。沈經笙總說他好，我就不明白，好在哪兒？按規矩說，沈經笙保薦他，也該連帶處分；到現在沒有人說話，太便宜他了。』

這又是讓恭王無從置答的話，停了一下，繼續唸道：

臣奉旨來俄商量更改，較之崇厚初來議約情形，難易迥殊，已在聖明洞鑑之中。俄廷諸臣，多方堅執，不肯就我範圍。自布策回俄後，向臣詢及改約之意，臣即按七月十九日致外部照會大意，分條繕具節略付之。布策不置可否，但允奏明俄君。

『七月十九的照會，我記不得了，說些甚麼？』惇王問說。

說的是崇厚所議原約，必須修改之處，大致『償款』可以商量；『通商』亦可從權；『分界』則不能讓步。恭王看他連這些都記不得，那就無需再跟他多說；而且看曾紀澤的摺子，所敘的交涉經過，都早由電報中奏明，這個奏摺，無非詳細補敘一番，別無需要裁決批覆之事，便說了句：『都是些說過的事，沒有甚麼要緊！』接著便把奏摺放下了。

『我這兒倒有件要緊的東西。你看吧！』惇王將兆潤的稟帖交了出去。

恭王先不在意，看不到幾行，勃然色變；及至看完，見他嘴唇發白，手在打顫。氣成這個樣子，惇王倒反覺不忍。

『這些事，我都不知道。』恭王的聲音嘶啞低沉，『不過也在意料之中。』說著，便掉下淚來。

惇王不知道怎麼說了，來時懷著一團盛怒，打算責備恭王教子不嚴，要逼著他有所處置。此時卻不忍再說這話；然而不說又如何呢？難道仍舊讓載澂這樣荒唐？

『五哥，』恭王很痛苦地，『虎毒不食子！小澂又是無母之人。我只有請五哥替我管教，越嚴厲越好。』

這話聽來突兀，細想一想也就容易明白。恭王福晉生前最寵長子；他念著伉儷之情，雖恨極了這個劣子，卻下不了嚴責的手段，所以要假手於人。既然如此，自己倒要狠得下心腸才好。

『「玉不琢，不成器」，如今不好好管，將來害他一輩子。』惇王說道：『我看只有一個辦法，把他關在書房裡，拿他的心收一收。』

『是！請五哥就這麼辦。』

惇王點點頭，又問：『兆奎的那個女人，當然把她送回去；不過……』他說不下去了，只是大搖其頭。

實在是件尷尬的事，奎大奶奶也是朝廷的命婦，就這樣子納諸外室，苟且多時而又送了回去，這話該怎麼說？若是兆奎拒而不納，又該怎麼辦？

『唉！』恭王長嘆，『做的事太對不起人，太混帳！看人家怎麼說吧？』

意思是兆奎若有甚麼要求，只要辦得到，一定接受。惇王心想，也只有託人去關說，善了此事；

兆奎懦弱無用，只要兆潤不再從中鼓動，大概可以大事化小，小事化無。

『好吧，我替你料理。』

『謝謝五哥！』恭王起身請了個安。

『我先替你辦這件事。』惇王也站起身來，『小澂一回來，你就別讓他再出去了；送信給我，等我來問他。』

也就是惇王剛走，載澂回府來了。一到就聽說其事，嚇得趕緊要溜，但已不及；恭王早安下了人，將他截住，送入上房。

『阿瑪！』

剛喊得一聲，恭王抓起一隻成化窯的青花花瓶，劈面砸了過來；載澂喜歡練武，身手矯捷，稍微一讓，就躲了過去。

世家大族子弟受責，都謹守一條古訓：『大杖則走，小杖則受』。看『阿瑪』盛怒之下，多半會用『大杖』，但載澂不敢走；直挺挺地雙膝跪下。

恭王卻不看他，扭轉臉去大聲喊道：『來人哪！』

窗外走廊上，院子裡，掩掩閃閃地好些護衛聽差，這時卻只有極少數能到得了『王爺』面前的人應聲，而進屋聽命的，又只有一個人，管王府下人的參領善福；他是跟恭王一起長大，出入相隨已四十年的心腹。

『把他綑起來！』恭王喝道：『送宗人府。』

這又不是用家法來處置了，送宗人府是用國法治罪；即令有人從中轉圜，但國法到底是國法，不能收發由心。善福看事情不但鬧大，而且要鬧僵，所以『撲托』一聲，跪了下來。

他還不曾開口，恭王又是大吼：『怎麼？你又要維護他？』

『奴才不是敢於維護大爺。』善福答道：『福晉臨終以前交代，說是大爺年輕不懂事；王爺怎麼責罰他都可以，就別鬧出去，教人看笑話。福晉的遺囑，奴才不敢不稟告。』

『哼！』恭王重重地冷笑，『你還以爲別人看不見咱們家的笑話？』

善福不作聲，只是磕了個頭。

『去啊！』恭王跺腳，『都是你們護著他，縱容得他成了這個樣子。』

『王爺息怒。』善福勸道：『一送宗人府，就得出奏，驚動了宮裡，怕不合適。聽說西佛爺這幾天剛好了一點兒，惹得西佛爺生了氣；怕有人說閒話。』

『說甚麼閒話？』

『無非是說王爺不該惹西佛爺生氣、添病。』

這是莫須有的揣測之詞，但此時無法辯這個理，恭王只是指著載澂的鼻子，細數他的種種頑劣。越說越氣，走上去就踹了一腳；氣猶未息，又摔茶碗、摔果碟子，口口聲聲：『叫他去死！早死早好！』

於是善福一聲招呼，屋子外面的王府官屬、下人，都走了進來，黑壓壓地跪了一地，替載澂求情。最後有人在窗外通報：『大奶奶來了！』

進來的是載澂的妻子，臉兒黃黃地，眼圈紅紅地；一進來便跪在載澂身旁，低著頭說：『總是兒子媳婦不孝，惹阿瑪生氣；請阿瑪責罰。』

『起來，起來！與妳不相干。』恭王對兒媳是有歉意的，跺腳嘆息：『他一點兒不顧妳，妳還替他求情。不太傻了嗎？』

載澂的妻子，擦一擦眼睛答道：『奶奶在日常叫我勸大爺收收心；兒子媳婦沒有聽奶奶的話，都是兒子媳婦不好，阿瑪別罰他，只罰我好了。』

『唉！妳這些話，說的全不通……』

『回王爺的話，』善福乘勢勸道：『以奴才的意思，把大爺交了給大奶奶；大爺如果不聽勸，那時再請王爺家法處置。』

『那有甚麼用？』恭王向兒媳說道：『妳先起來。』

一面說，一面管自己走了進去。旗人家的規矩大，『老爺子』沒有話，載澂還是得跪著；澂大奶奶雖可起身，但丈夫如此，便得陪著跪在那裡——這時候就要『仰仗』善福了。

當然，這是用不著載澂開口的；善福很快地跟在恭王身後，到了那間庋藏端硯碑帖，題名『石海』的書齋，他用惴惴然帶著謹慎試探的聲音問道：『讓大爺起來吧？』

恭王不作聲，坐下來皺著眉只是眨眼；好久，用怨恨的聲音說道：『你們當然早就知道了，怎麼早不告訴我？』

『怕惹王爺生氣，誰也不敢多嘴。』善福又說：『奴才也苦苦勸過大爺；大爺說：人不能沒有良心。』

『這，』恭王詫異：『這叫甚麼話？』

『那位奎公爺，窩囊得很，奎大奶奶嫁了他也委屈；自願跟我們大爺。就爲了這一點兒情分，大爺不忍心把她送回去。』

恭王有些啼笑皆非，『這叫甚麼有良心？』他忍不住申斥：『就因爲你們附和他這些個歪理，才把他慣成這個樣子。如今五爺都說了話了；這下好，看你們還能怎麼迴護他？』

『回王爺的話，』善福踏上一步，低聲說道：『與其讓人家來管，不如咱們自己來處置。』

『怎麼個處置？』

『不說讓大爺收收心嗎？奴才的意思，不如把槐蔭書屋收拾出來，讓大爺好好兒唸一唸書？』

『哼，他還能唸書？』

雖在冷笑，意思卻是活動了，於是善福緊接著勸了一句：『就這麼辦吧？』

恭王想了一下，很快地說：『把槐蔭書房安上鐵門；鎖上了拿鑰匙給我。』

『不必那麼費事吧？』善福微微陪笑著，『派人看守也就是了。』

『不行！』恭王斷然拒絕；同時提出警告：『你們可別打甚麼歪主意！以爲過幾天，就可以把他弄出來。起碼得鎖他個一年半載，讓他好好兒想一想，他自己有多可惡？』

善福深知恭王的性情，到此地步，多說無用；便退了出來，扶起載澂，說了預備將他禁閉在書房裡的話，又安慰他：『大爺，你可別心煩。等過了這一陣子，包在我身上，把大爺給弄了出來。』

載澂不答，掉頭就走；回到自己書齋，悶頭大睡。善福便找了府裡的『司匠』來，在槐蔭書屋的月洞門上，安上一道鐵柵門，另開一道小門，供下人進出；然後由澂大奶奶安排衾枕臥具，日用雜物，又派定了四名小廝，帶著載澂養的一隻猴子兩條狗，陪他一起『閉門思過』。一日三餐，另外兩頓點心，亦都由澂大奶奶親自料理，派丫頭送到書房。載澂一年到頭無事忙，難得有此『機會』落個清閒，倒也能安之若素；唯一縈懷的，只是不放心奎大奶奶。

『奎大奶奶倒眞有志氣。』有人隔著鐵柵門告訴他說：『她說甚麼也不肯回家；願意守著大爺。』這對載澂來說是安慰，卻益添悵惘；同時也起了『破壁飛去』之想。但善福和他的親信，卻很冷靜地看出來，奎大奶奶的一片癡情，對載澂的處境，有害無益。

『大爺，』善福問他：『你想不想出去？』

『廢話！』

『我也知道大爺想出去。天天替大爺想辦法，想來想去想不通；只爲有個人擋著路。』

『誰啊？』載澂不解，『怎麼擋著我的路？』

『奎大奶奶。』善福答道：『她不肯回家，大爺就出不去。』

這道理是不難明白的。兆潤那面，惇王已派了人跟他接頭，許了他一些好處，可以無事；但奎大奶奶不肯回家，事情就不能算了結。即令他家寧甘委屈，忍氣吞聲，而恭王不願載澂有這樣一處外室，就只好仍舊把他關在書房裡。

解釋完了，善福提出要求：『大爺，請你親筆寫幾個字，我跟她去說。不用多話，只要她體諒就行了。』

載澂猶豫著，一方面覺得善福的話有理；一方面又覺得這樣做會傷奎大奶奶的心，內心彷徨，委決不下，只是大步蹀躞著。

『大爺，』善福低聲說道：『眼前好歹先顧了自己再說。』

這一下提醒了載澂，原是權宜之計；只要出了槐蔭書屋，依舊可以衹營香巢，雙宿雙飛。九城之大，何處不可以藏身？只要自己行蹤檢點，不愁敗露。

於是，載澂欣然同意，親筆寫了一封信，大致是說，受嚴父督責，復以格於實情；奎大奶奶如果不肯回家，事不得解。務必請她體諒，不要堅持己見；等他恢復了自由之身，自然可以再謀團聚。信是寫得很好，但善福另有打算；說『眼前好歹先顧了自己』，是騙載澂的話——善福倒是耿耿忠心，不但要解他的近憂，而且也爲他作了遠慮，一了百了，不容他再跟奎大奶奶藕斷絲連。

香消玉殞

『奎大奶奶，妳也得爲我們大爺想一想。妳害得他還不夠嗎？如果說，妳眞的能跟我們大爺過一輩子，倒還有可說；無奈那是辦不到的事。妳別只顧妳自己癡心妄想了！請回去吧！這麼賴著不走，害了大爺，也害了妳自己，何苦？再跟妳說句實話，咱們大爺是絕不會再要妳了；爲妳，惹了那麼大一場禍，妳想想他還敢招惹妳嗎？就敢，王爺不許，也是枉然。』

這番話說得太重了。善福只是要把她激走、氣走，所以措詞不留餘地；他沒有想到奎大奶奶受得了、受不了？

於是，等善福一走，奎大奶奶流著眼淚，檢點載澂送她的首飾玩物。小雲見她神色有異，不免害怕；怯怯地來探問究竟。

『大奶奶，』她問：『妳這是幹嘛呀？是不是拾奪拾奪東西要回家了？』

『哪兒是我的家？我回到哪兒去？』奎大奶奶容顏慘淡地嘆口氣，『咳！叫我還有甚麼臉見人？』

這是說無顏見兆奎的家人。小雲也知人事了，自然能了解奎大奶奶的處境；設身處地替她想一想，不明不白地離了夫家，如今又不明不白地投奔了去，即使全家上上下下都不說，自己走到人面前，總覺得欠下人家甚麼，抬不起頭來。這當然不能回去。

但是，澂大爺家可不要她了，小雲在想，何不回娘家呢？這樣轉著念頭，不由得就問了出來。

奎大奶奶嘆口氣，欲言又止；因爲這話跟小雲更說不明白。娘家在四川，路遠迢迢且不說；做下這種丟臉的事，父兄不諒，嫂子譏訕，唯一能諒解的親娘，卻早就故世了。回娘家的滋味，怕比回夫家更難消受。

『唉，妳不懂。』她搖搖頭，『妳睡去吧，別來煩我。』

聽這麼說，小雲不敢再打攪，管自己睡下。一覺醒來，已是五更；旗人家都起得早，怕自己失聰，耽誤了侍候大奶奶起身，慌慌張張趕了去，推開門一看，嚇得魂靈出竅，奎大奶奶的身子懸在床欄杆上。

『不得了啦！』

厲聲一喊，驚動了護衛僕婦，紛紛趕來，只見小雲面無人色，然後放聲大哭；一隻手只朝裡指——等把奎大奶奶解了下來，身子已經既冷且僵了。

『出這麼個紕漏！』善福跌腳，『這下越發鬧大了！』

這件事還不敢告訴恭王。善福自知闖了禍；一急倒急出一個主意，到馬號裡去挑了一匹快馬，騎上了直奔宗人府找左司理事官麟俊。

宗人府分左右二司，分掌左右翼宗室、覺羅的譜牒，登錄子女嫡庶；生卒婚嫁；官謚名爵；審核承襲次序，權力甚大。兆奎屬於正白旗，歸左司該管；這就是善福要來找麟俊的緣故。

聽罷究竟，麟俊口中『嘖、嘖』出聲，『我早就知道要出新聞。府裡的事，我們不敢管；兆奎自己又不言語，我們更樂得不管。如今，』他搖搖頭，『出了人命就麻煩了，只怕想管又管不了啦！』

『我也知道麻煩。』善福請個安：『四爺，全在你身上了。等辦妥了，我再跟王爺去回。』

一聽這話，麟俊精神一振；料理了這場麻煩，恭王一定見情。別人要想找這麼個巴結的機會還找不到；自己爲何反倒往外推？

於是他拍著胸脯說：『好吧，誰叫咱們交情夠呢？都在我身上了。』

善福大喜，『四爺，』他問：『我這兒該怎麼辦吶？』

『你那兒就不用管了。』麟俊又說：『只把那個小ㄚ頭帶走，好好兒敷衍著；省得她多話。』

善福會意，這是裝糊塗的辦法，只把小雲帶走，一問三不知；麟俊就好從中耍手腕了。

果然，麟俊另有一套手腕；首先拜訪兆奎，第一句話就是：『聽說奎大奶奶回娘家去了。奎公爺，你怎麼不派人來報一下兒啊？』

兆奎嘆口氣：『哪裡回娘家了？她娘家在四川。』

『那麼上哪兒去了呢？』

奎大奶奶的行蹤，教做丈夫的，如何說得出口？兆奎人又老實，不善支吾，脹紅了臉，好半天才答了句：『我們家的那一檔子醜事，麟四哥，你還不知道啊？』

『不知道啊！』麟俊裝得極像，加重了語氣說：『我眞不知道。』

『這麼件事，你都不知道！』兆奎遲疑了一會，喚來在廊上侍候的郝順，『你把大奶奶的事跟麟四爺說一說。』

來的郝順不厭其詳地細說；麟俊裝模作樣地細聽。一面聽，一面還有許多皺眉搖頭的做作。

『這事情可怪了！』麟俊向兆奎說：『按規矩不至於；聽說六爺把澂貝勒關了在書房裡……』

『就是爲這件事。』

『噢！這一說，六爺倒是挺明白的人。』

『是啊，我也不怪六爺。』

兆奎有此表示，麟俊先放了一半心；定定神，又做出不勝困惑的神氣，然後才慢吞吞地說：『奎公爺，看起來倒有點像眞的了。』

『甚麼？』

『有人來報，東城有人上了吊，說是府上的奎大奶奶……』

一語未完，兆奎睜大了眼搶著問：『是她？』

『我也不相信，特意來問一聲。如今聽管家一說，倒像是眞的了。』

兆奎坐了下來，半晌不語，臉上的表情很複雜，又像傷心、又像開心；最後點點頭說：『死了也好，死了乾淨！』

『是啊！』麟俊緊接著說：『府上的名聲要緊，像這樣的事，千萬不宜張揚。如今，咱們就商量替奎大奶奶料理後事吧。』

『這可得費你的心了，反正沒有拿屍首往家裡抬的！再說，又是這麼個人。』

『是！當然得我來料理，奎公爺怎麼說怎麼好；我一定遵辦。不過——照例，得請奎公爺寫張紙報一下兒。』

『可以！』兆奎便喊：『郝順。』

將郝順喊了進來，說知究竟。郝順便有遲疑的樣子；但很快地恢復了常態，向麟俊問道：『請四爺示下，該怎麼報法？』

『就說暴病而亡好了。』

『是！』郝順答道：『四爺請先回。我們辦好了公事，馬上送到司裡去。』

麟俊十分滿意，也十分得意，想不到這麼一件大事，如此輕易了結；急著要去表功，便不暇細想，匆匆告辭而去。

『大爺！這怎麼能報？』郝順是大不以爲然的神情。

『怎麼不能報？』

『一報不太便宜了他們了嗎？』

兆奎恍然大悟。『啊，我倒沒有想到。』他問：『那麼，剛才你怎麼答應他了呢？』

郝順覺得這位大爺老實無用得可憐了，連這麼一條緩兵之計都不懂。當時如果詞色稍顯不馴，麟俊一定會逼著寫那張『報喪條』，尋常州縣衙門，尚且『一字入公門，九牛拔不轉』，何況麟俊的來意就是爲了想替澂貝勒卸責；拿到那張報喪條，便是替澂貝勒開脫了罪過，只怕言語馬上就不同了。

經過他這番解釋，兆奎才徹底醒悟。但是，自己這方面雖是理由十足，而對方卻實在碰不起，想想還是眞不知道如何應付？

『大爺！』郝順忍不住要說：『這件事還非請二爺來出頭不可。我看，把二爺請了來再說吧！』

用不著派人去請，兆潤已經得到消息趕了來了。一到先聽郝順講了麟俊來訪的經過，然後兄弟倆有一番不足為外人道的話要談。

『大哥，』兆潤倒還冷靜，『這件事可大可小，先得看你的意思。』

兆奎怎麼拿得出主意！同時他也不知道事情鬧大了是怎麼個樣子？所以只是吸著氣，無從回答。

『本旗很有些人不平。大哥若是沒有句話，沒有一番舉動，以後咱們一家人都會抬不起頭。』

『原是丟人丟到家了。』兆奎哭喪著臉說：『本來答應我放個副都統，我說要到廣州，也答應了。誰知道一直沒有消息。如今，當然也不用再談了。』

兆潤深為訝異，同時也深為不滿；原來當初還有這樣一番折衝！『怪不得，』他用埋怨兼譏訕的語氣說：『大哥肯那樣子委屈，敢情還有這麼大的好處！可又怎麼點水不漏，連我都瞞著呢？雖說我不成材，到底也還認識幾個人，幫大哥打聽打聽消息也是好的。現在，竹籃子撈水一場空！』

最後一句話，將兆奎挑撥得有了氣性，『不能算完！』他提高了聲音說：『咱們得算這筆帳。』

『大哥肯出頭就好辦了。眼前就有個人，肯替咱們打抱不平。』

『誰啊？』

『德三哥。』

兆潤口中的『德三哥』，名叫德紀，跟他們同屬正白旗；蔭生出身，由部員改授御史。為人任俠負氣，早對載澂不滿，想動本參劾；就有人勸他，說帷薄醜事，外人難以究詰，兆奎自己都不講話，何用旁人出頭？律例並無『指姦』的明文，所以不能以為『風聞言事』，就可以毫無顧忌。此摺一上，必是降旨著載澂跟兆奎『明白回奏』；如果兆奎窩囊，跟載澂取得妥協，或是家醜不願外揚，覆奏並無其事，則參劾的結果，反落個處分，何苦來哉？

德紀經過冷靜考慮，認爲這話極有道理，聽從了忠告。但如今情勢不同了，奎大奶奶上弔自盡是事實；不是死在她自己家，也是事實。然則何以至此？其中有何冤屈？當御史的自然應該奏請追究。

談到這裡，在一旁侍立靜聽的郝順卻忍不住了，走上前來，插嘴說道：『二爺，那些都老爺可惹不得。一上了摺子，對咱們只有壞處，沒有好處。大爺，二爺請想，第一，奉旨查辦，說起來，咱們家少了那麼一位正主兒，不言不語，也有錯處；第二，一等奉了旨，凡事聽朝廷的意思，沒有咱們的主意；第三，雖說都老爺動本，與咱們無干，到底是結了怨。六爺爲這件事，也挺生氣的，不能怪六爺，咱們跟他結怨犯不上。再說……』說到這裡，郝順停了下來。

一直從容陳詞，忽然住口不語，自是有礙口的話；兆奎不想追問，兆潤卻不肯放過，『怎麼不往下說？』他催促著，『你的見識挺不錯，講吧！』

郝順受了鼓勵，越覺如骨鯁在喉，踏上兩步，放低聲音說：『論起來，前半截兒是人家錯；後半截兒是大奶奶的錯，人家已經肯放人了，大奶奶不肯回家；如今出了這件事，外頭人的批評，一定很難聽。』

『怎麼難聽呢？』

『我不敢說。』

『嗐！』兆潤有些不耐煩，『事情擠到這個地方，還有甚麼好忌諱的？』

『那，那我就說。』郝順嚥了口唾沫，『外頭人一定這麼說：不能怪人家，是奎大奶奶自願的。你只看，她寧死不肯回家，平常日子纏住澂貝勒的那一份勁頭兒，也就可想而知了。』

這番話說得兆奎抬不起頭，兆潤卻是連連點頭，並且虛心求教：『那麼，你來出個主意，該怎麼辦？』

『不還就請五爺作主嗎？』

惇王派人跟兆潤談判，願意給他好處，這件事是瞞著兆奎主僕的；郝順只知道二爺到惇王那裡告過狀，且有效驗，所以作此建議。兆潤心想，這倒也是個辦法；不過有了好處，便得先給兆奎，似乎又不大願意。

『大爺，』郝順又向主人勸告，『這檔子事，只有請二爺出頭才合適。大爺上哪兒躲一躲吧？』

最後那句話，在兆奎覺得很動聽；同時也被提醒了，如今奎大奶奶自盡的消息，知道的人還少，等一傳開來，少不得有至親好友，登門慰問，而問既不可，慰亦難言，主客都會覺得尷尬萬分，不如趁早躲開的好。

『對了，我可眞有點兒受不了啦！我得找地方養病。』兆奎家的墓園在香山：『我上香山去住一陣子。這兒，你跟二爺商量著辦吧！』

於是郝順跟兆潤密議，第一件事，得把奎大奶奶留下的東西，接收過來；因爲這是可想而知的，載澂揮金如土，而奎大奶奶又得寵，自然替她置辦了不少首飾。

有了這個打算，事情就一定得和平了結，否則不能接收遺物。因此，決定分頭辦事，郝順跟麟俊去接頭，預備辦喪事；兆潤去告狀，寫了稟帖，第二天一早在惇王府前，攔著轎子遞了上去。

轎中昏暗，無法看清字跡，所以兆潤的稟帖，到了朝房才看。惇王深爲詫異，他竟還不知有奎大奶奶自盡這麼回事；身爲宗令，論公事亦不容他袖手，當時便找了左司理事官麟俊來問話。

『這件事鬧出來不好看，我已經安排好了。』麟俊很輕鬆地回答。

『我沒有問你怎麼安排。』惇王問道：『兆奎的女人，到底爲甚麼上吊？』

『爲了捨不得澂貝勒；六王爺又非讓她回家不可，她不肯，只好一索子走了絕路。』

『照你這麼說，治家太嚴倒不好！』

一看惇王沉著臉，麟俊才發覺自己說話，欠於檢點，無形中彷彿在說恭王逼死了奎大奶奶；同時做父親的人的惇王，自然會不高興。

於是他很機警地說：『六王爺跟王爺不同，王爺治家一向有法度，就是嚴一點兒，大家知道王爺的脾氣，都是格外小心，背後不會有怨言；六王爺平時不大管，忽然一下子雷厲風行，奎大奶奶必以爲存心跟她過不去，一個想不開，上了吊了。這也是有的。』

這番解釋，言之成理；而且無形中爲惇王戴上一頂高帽子。所以他點點頭表示滿意，接著又問：『你是怎麼安排的呢？』

『由奎公家報個喪，他家自己找地方辦喪事，澂貝勒送了一萬銀子的奠儀。』

『哼！』惇王頗爲鄙薄，心直口快，便說了出來：『兆奎算是賣老婆賣了一萬銀子。』

『賣老婆』是實，卻不止一萬銀子——由麟俊居間，善福跟郝順談判了一夜，到黎明時分，兆潤去遞稟帖那時，才達成和解的協議：奎大奶奶的首飾衣物都歸兆奎家，另外送一萬銀子；而實際上只得一半，另外一半歸麟俊和善福分。奎大奶奶的遺物值兩三萬兩銀子；所以兆奎也算發了一筆財。

『你看看！既然安排好了，怎麼又來這麼一張東西？』

接過惇王交下來的，兆潤的稟帖，麟俊略看一看，便即說道：『沒事，沒事。王爺交給我好了；我退回給他去。』

兆奎家倒是沒事了；但節外生枝，那位『都老爺』德紀受了醇王這邊的人的鼓動，打算跟恭王『碰一碰』。恭王知道了這回事，正在煩惱；因而伯彥訥謨詁跟他一談長春宮天棚發現火藥的事，他毫不考慮地說：『必是那班太監玩兒的花樣；只有從他們身上嚴追，一定可以追究個水落石出！』

禁宮奇聞

於是內務府通知敬事房；敬事房的總管不敢作主，得要跟李蓮英去商量。

『內務府來說，看六爺的意思，事情怕要鬧開來；說是長春宮，外人進不去，要辦就得先從裡頭辦起。勸咱們自己辦。』

『不就在辦嗎？好吧，』李蓮英說：『咱們就辦個樣子給他們看看。』

於是祕密查訪，找到一個有嫌疑的小太監來拷問。

被拷問的這個小太監，與案情無關，只爲多言賈禍。他喜歡多嘴發議論，好幾次說過，這是李三順爲了陷害護軍所想出來的花樣。這話不獨是他，大家都這樣相信；就連李蓮英亦不例外。但太監總得幫太監，光憑他不知親疏遠近，自己人壞自己人的事這一點，就該受罰；況且這是何等大事？李蓮英一再告誡，不准隨便胡說，怕傳到慈禧太后耳朵裡，興起大獄；而此人不受約束，可恨極了。

爲了儆眾、也爲了立威，李蓮英正好趁此機會嚴厲地辦一辦。問那小太監要李三順如何設計陷害；天棚上放火藥和洋取燈，是親眼所見，還是得諸傳聞；如是傳聞，聽誰所說？

這些話如何能有確實答供；沒有便拖到空屋子裡去打，一連幾天把那人折磨得不成人形。同時，李蓮英派出人去跟內務府大臣恩承說，宮裡照恭王的意思，正在嚴加追究，但眞相實在不明；被拷問的人，熬刑不過，信口開河；凡是在內廷當過差的，都有被咬一口的可能。這一下，案子便鬧大了。又說，火藥一定是外頭人放的；坐更守夜的太監，固然脫不得干係，宮門上也難逃責任。

聽得這一說，恩承自然擔心，因爲內廷當差，能入寢宮的，就只有內務府承應雜差的人；案子一鬧大了，諸多不便。因此，急急忙忙跟伯彥訥謨詁去商量，約了寶鋆一起去見恭王，要求將這一案，不了了之。

說得使恭王轉變了原意的是寶鋆，他以史爲鑑，談到明朝末年宮內的疑案，由於處置不善，言官紛紛上奏，有所論列。持正論的，固然不少；藉此題目，黨同伐異的也大有其人。因此風波迭起，壞了大局。如今這一案要鬧開來，光是『慈禧太后寢宮發現火藥』這句話，就駭人聽聞，足以震撼人心，動搖國本。爲今之計，除了加意防範之外，以無所動作爲宜。

『這話倒也是。不過，宮裡太監也太不成話了。得要定個章程，切切實實整頓一下兒。』恭王又說：『李三順那一案，也催一催刑部，想辦法趕緊結了它！』

寶鋆和恩承秉承恭王的意志，分頭去辦。李三順一案，早就定讞，奉旨再行訊問，意思是嫌刑部擬罪太輕；而『八大聖人』則以爲已擬得太重，堅持不肯改判，所以接到恭王的催促，仍照原擬罪名覆奏，定的罪名是：『玉林從重發往吉林充當苦差；祥福從重發往駐防當差；覺羅忠和從重折圈三年；並將岳林請旨交部議處。』

這個覆奏一上，慈安太后不敢拿給慈禧太后看，因爲堅持原奏，毫無更改，這不是太后駁刑部，竟是刑部駁太后了。擬罪擬得對不對先不說；僅是這一點，就會使慈禧太后大動肝火，於病體大非所宜。

『刑部原樣兒端了上來，似乎也不像話。』慈安太后召見恭王說：『原摺子退回去，讓潘祖蔭重新擬吧！』

『回母后皇太后的話，潘祖蔭也作不了司員的主。』

『這是怎麼說？』慈安太后大爲詫異，『堂官作不了司官的主？』

『是。刑部跟別地方不一樣。秋審處的司官，按大清律例辦案，說一是一，說二是二。引例不符，可以駁；引例引對了，誰也不能駁。』恭王自覺措詞太硬，便又把話拉了回來；『駁是可以駁，想來母后皇太后也不忍。』

慈安太后默然。殿廷召對，這就算極尷尬的場面；恭王要談一件別的事，解消僵局，輕而易舉，但刑部覆奏的這一案，便即擱置，夜長則夢多，不如趁此機會作個了斷，所以也保持沉默。

這沉默就等於逼著慈安太后開口，她嘆口氣，用近乎告饒的語氣說：『唉！誰讓她病了呢？好歹照她的意思定罪吧！』

『她』是指慈禧太后；要照『她』的意思，那天午門值班，跟李三順發生糾紛的護軍都該處死。恭王心想，就算刑部肯奉詔定擬，自己亦需有所爭辯，因爲剛才的話說得太率直，不能馬上就改口。

於是他答應一聲：『是！』從御案上取回刑部原奏，略想一想說道：『臣宣懿旨，讓刑部重擬。不過，原奏定擬各人罪名，特加「從重」字樣；請母后皇太后、聖母皇太后明鑑。』

『我知道了。』慈安太后點點頭說：『我總勸她；能勸得她聽最好。』

就在第二天——十一月初八，發生了一件比長春宮天棚上發現火藥還要怪的怪事。是近午時分，月華門長街，來了個穿了青布面老羊皮襖的中年漢子，迤邐而南，一路東張西望，居然沒有遇到一個人。

一走走到綏祉門，往左一拐，一步一探地慢慢摸了進去，走得乏了，坐在體元殿的西配殿台階上，取下掖著黑布腰帶上的旱煙袋，用『洋取燈』燃著吸。大概是抽煙太急，嗆了嗓子，咳個不住，而且大口大口的濃痰往階前吐。

西配殿隔著一道牆，就是慈禧太后起坐之處——經過薛福辰和汪守正的悉心診治，病勢大有起色，已可隨意行動；這時正在傳膳，聽得有人敢如此大聲咳嗽，深爲詫異。侍奉的太監亦多把臉都嚇黃了，趕緊奔了過去，查看究竟。

『蓮英呢？』慈禧太后很生氣地：『這還成個規矩嗎？』

等把李蓮英找到，那不知名的中年漢子已被抓住；慈禧太后由榮壽公主陪著，在玻璃窗裡面看太監詢問那人。

『姓甚麼？』

『我姓張。』

『叫甚麼名字？』

『叫劉振生。』

『怎麼又姓劉？』首領太監劉玉祥問：『你是幹甚麼的？』

『我是太監。』

『這是個瘋子！』隨著這一聲大喝，李蓮英大踏步走上前來，伸手就打；他的身軀高大，臂長掌寬，這一下打在那人臉上，頓時就立腳不住，仰面倒下，口吐白沫，口中『嗬嗬』地不知咕嚕些甚麼。

李蓮英那一喝是個提示，關照大家將此人當瘋子看待；然而一半也像實情，看他語言顛倒，神智不清的樣子，就不瘋也是個白癡。

『綑起來！』

於是取來繩子，將這個到底不知姓張還是姓劉的白癡，橫七豎八地胡亂縛住，先抬了出去，摔在牆角再說。

『佛爺受驚了！奴才該死。』李蓮英伏地請罪；『碰、碰』磕著響頭。

受驚倒不曾受驚，生的氣卻不小，『太不成事體了，』慈禧太后很嚴厲地說：『一定得查清楚，這到底是個甚麼人？怎麼進宮來的？來幹甚麼？你起來，快去辦。』

李蓮英答應著，起身出殿，先找劉玉祥等人來商議；彼此亦都詫異，宮禁森嚴，此人何由而入？

『當然是由西花園角門進來的。』劉玉祥說：『這件事，可不能怪護軍。』

西花園在大內西北角，名為花園，已經荒廢；它的南面本是明朝玄極寶殿的原址，有一道角門，封閉了多年，從安德海打開以後，便成了太監私自出入的捷徑。按照此人出現的方位來看，劉玉祥的揣測是對的。不過，進一步探究，仍有疑問。

『可也得先進了神武門，才能進角門，沒有人帶，他能進神武門嗎？』

李蓮英這一問，便等於提供了答案——從李三順一案發生，護軍把守宮門，特別當心；像這樣一個鄉愚打扮的人，無論如何是混不進來的。但是護軍把門雖嚴，對太監卻以李三順的前車之鑑，格外客氣；所以若有太監帶領，甚麼人都可以混得進來。

『我看這裡頭有人搗鬼！』李蓮英神色凝重，『咱們自己先得查一查。火藥的案子是壓下去了，這檔子怪事已經「通天」！壓不下去的；送到愼刑司一問，甚麼都會抖露，那時候咱們可就站不住腳了。』

『是啊！』劉玉祥說：『要查，就得先問那瘋子。只怕瘋瘋顚顚，問不出個名堂來。』

『不能嚇他，一嚇神智就更不清了。我不能問，他見了我一定害怕。』李蓮英略想一想說：『找崔玉貴吧，他的花招兒多，讓他去問。』

於是找了管長春宮小廚房的首領太監崔玉貴來，說知究竟，崔玉貴滿口應承，一定可以把眞相問明白，不過，他說：『我得用我的辦法，李大叔，你可別管我。』

『我不管你。你只要能問明白了，用甚麼辦法都可以。』

崔玉貴的辦法是，不拿那人當犯人，第一步先解了縛；第二步到小廚房取來些食物，當款待好朋友似地，和顏悅色陪著食用。一面吃，一面閒談；很快地盤出了眞相。那人本名叫作劉振生，不瘋不癡卻有些傻，外號就叫『劉大傻』。

劉振生的語言，雖然凌亂顚倒，但異中求同，眞相大致可以了解。他住在西城豬尾巴胡同馬家大院，同院住著個在宮裡當差的蘇拉，姓魏，行四；每次回家，總是誇耀宮裡如何富貴繁華。劉振生便常常表示，住在『天子腳下』，又有位在天子身邊的芳鄰，此生此世，總得到宮裡去見識一番，才不枉人間走一遭。

於是有一天——不久以前的一天，魏四跟劉振生說，如果眞的想進宮去逛逛，他可以帶路。只是第一，要膽大；第二，要聽他的話。

劉大傻不知天高地厚，一諾無辭，但魏四當時並未帶他進宮；直到昨天回家，才跟他約好，這天上午進宮，領入神武門，迤邐往西，繞過一帶假山，指著一道角門教他往南走；又教了他一套話，假說姓張，『從天上來』；『來放火』之類，都是魏四的教導。

聽完崔玉貴的報告，李蓮英切齒罵道：『這個該死的魏四，就該千刀萬剮。』他問：『那魏四叫甚麼名字？』

『他哪知道？只管人家叫「魏四哥」。』崔玉貴說：『只拿簿子來查一查，看有個住在豬尾巴胡同，姓魏的蘇拉就是了。』

『言之有理。』李蓮英即時派人到敬事房去查花名冊。

查到住在豬尾巴胡同，姓魏的蘇拉名叫魏豐，派在御花園當差；李蓮英便會同敬事房總管『移樽就教』，在御花園找了間空屋子坐定，將魏豐傳喚了來。

『你想死想活？』李蓮英第一句話就這樣問；聲音平靜，但臉上卻蘊含著殺氣。

魏豐倒也膽大沉著，陪笑問道：『李大爺，你說甚麼，我不大明白？』

『送你到愼刑司，你就明白了。』李蓮英有些不耐煩，『我沒有工夫跟你蘑菇！你想活呢，把你幹的好事，一字不准瞞，都說出來，我給你盤纏，到哪兒躲一躲；你想死呢，我也給你一個痛快，馬上我就上去回明了，一頓板子送你回姥姥家。我再說一句，我沒有工夫跟你磨；你只要支吾一下兒，我拍腿就走！』說著，便站起身來。魏豐這才感到事態嚴重，只好實說，是受了一批年輕好事的太監，包括李三順在內的教唆；有意騙劉振生進宮，爲的是好坐實了護軍失職的罪名。

李蓮英言而有信，果然給了他五兩銀子，讓他避到京東原籍；然後在敬事房的冊籍上記下一筆：『蘇拉魏豐自八月初五起准假十日。』同時將劉振生送到內務府愼刑司去審問。

那裡的官員自然不會像崔玉貴那樣，好言好語哄著他吐露眞相；疾言厲色之下，嚇得劉振生越發傻了，滿口胡說，不知所云。內務府司官卻又不敢動刑，怕刑傷過重，一命嗚呼，擔不起這個干係；只好覆奏，說這劉振生形似瘋顚，口供不明，但闌入宮禁，案情重大，請旨交刑部審訊。

覆奏未達御前，慈禧太后已將李蓮英喚來，問過案情。李蓮英將魏豐遣走，原意是隔斷線索，不使事態擴大，但卻並無嫁禍護軍之意；因爲魏豐的請假，到底是『倒塡年月』的假把戲，瞞上瞞不住下，如果硬說護軍門禁不嚴，可能護軍會據實陳奏當時的情形，而魏豐當天是在宮內，亦有許多人見過，一手遮不住所有的耳目，破綻畢露，反見得作僞情虛。因而回答得含含糊糊，留下好些彌縫的餘地。

『這是個瘋子，不知道怎麼混進來的？』他說：『奴才在想，總有甚麼人一時疏忽，無意之間把這個瘋子帶了進來。這也不能專怪哪一個人；如果各處值班太監都能實心辦事，處處留意，這個瘋子怎麼樣也到不了裡頭。奴才首先就該自請處分。』

『與你不相干。』慈禧太后說：『第一關是神武門的護軍；再就是各處值班的人，都該罰。』

『是。』李蓮英乘機攬權，但不便明奏，『奴才請旨，宮內各處，應該好好兒稽查整頓；絕不能再生這些事故。萬一眞的驚了聖駕，奴才死無葬身之地。』

慈禧太后深深點頭：『就派你！切切實實查一查，有不稱職的，馬上就換。』

『奴才不敢推辭。不過，奴才斗膽，請佛爺當面諭知敬事房總管太監；奴才好放手辦事。』

『我知道。』慈禧太后又將內務府的覆奏交了給他：『你到東邊去說，說我的意思，派軍機跟內務府，會同刑部審問。』

李蓮英當即到鍾粹宮面陳其事。慈安太后自然照辦；第二天面諭軍機。於是劉振生便由內務府移送刑部；刑部尙書潘祖蔭大爲頭痛，午門的案子未了，神武門又出了亂子，依然是牽涉到護軍與太監，亦依然是棘手之事。

但秋審處的司官，卻欣然色喜，認爲天賜良機，可了午門一案；因爲闌入宮禁，竟到了太后寢宮，這瘋子自是必死無疑，而守門護軍與太監，只要不是有意謀逆，則亦不過斥革軍流的罪名；但案情的輕重，與午門一案，大不相同，兩相對照，午門一案定罪已嫌過分，慈禧太后如果明理，就絕不會再作苛求。

潘祖蔭一聽這話，大有道理，愁懷一去，親自先提劉振生訊問；陪審司官都是好手，問話都在關節上，所以不多片刻，便已眞相大明，攜著口供單到恭王府去請示。

『奉旨會審，請六爺的示下，軍機上是派哪一位？部裡好發通知。』

『讓佩蘅去吧！』恭王拿著口供單，卻並不看，問潘祖蔭說：『是太監想害護軍不是？』

潘祖蔭笑了，『凡事瞞不過六爺。』他說：『有個姓魏的蘇拉，把這個瘋子騙了進來闖禍。』

『那得追！由你那裡直接行文，跟敬事房要人。』

『刑部跟宮裡從無公文往來，還是得行文內務府。』

『那也可以。』恭王特意叮囑：『措詞要嚴厲。』

等潘祖蔭回部，說與屬下，承辦司員手段老到，將行文內務府，要姓魏的蘇拉到案一事，擱在一邊；先傳訊當日神武門値班護軍，多方研求，確證不誤，才通知內務府，詳細載明魏蘇拉的年歲相貌，指出他是案中極有關係的要犯，『請即日押送刑部，歸案嚴訊。』

刑部辦此案的經過，李蓮英不斷在打聽；同時也知道恭王主張嚴辦，看來這一案要想照原來的辦法搪塞，不易辦到，如果魏豐被逮到案，審明實情，則有意作僞袒護的用意何在？頗難分辯；所以他又在敬事房的檔籍上改動了一下，註明魏豐是出事當日，請假出宮。這樣就比較接近事實，即有破綻，也易於彌補。

於是等內務府轉來公事，敬事房便照此申覆，辦好公文拿給李蓮英看時，他卻又有顧慮。

『咱們做事不能顧前不顧後。』他問：『這封公事，到了刑部，想想看，人家會怎麼辦？』

『自然是抓魏豐到案。』劉玉祥說：『如果是刑部行文到直隸總督衙門，一層層轉下去，還得有些日子；就怕軍機上直接通知步軍統領衙門派人到京東，那可一抓就著。』

『就是這話囉，我看魏豐是逃不掉了！與其將來等他有了口供，再來要人，倒不如咱們先送幾個去。』

『這話說得是。』劉玉祥說：『軍機奉旨，派的寶中堂會審，這個老頭兒好說話；大事化小，總有幾分把握。』

『我正就是這個主意。就這麼辦吧！』

於是根據崔玉貴在劉振生那裡哄出來的眞話，將教唆過魏豐的太監中，找了幾個平日辦事不力的，直接移送刑部；公文當然也改過了，自己爲自己渲染了一番，說是如何細心查究，追出根由，但對誑騙劉振生進宮的原因，卻一再申言，是那些太監愚昧糊塗的戲謔，『並無他意。』

送出公事，李蓮英親自去看參與會審的內務府大臣恩承，話中表示投鼠忌器，此案如果辦得過嚴，牽連太廣，生怕人心震駭；同時太監們惶惶不安，或許亦會激出其他事故，希望恩承向寶鋆進言，速速了結。

太監在統屬上歸內務府管，所以恩承就爲本身的利害，也得聽從李蓮英的話；向寶鋆一提，頗以爲然。在刑部，正好依律從輕，有助於了結午門一案，因而亦欣然同意，等將魏豐逮捕到案，問了兩堂，便即奏覆結案。

這一案共分爲三起來結，第一起是當日神武門値班的護軍統領載鶴，交部嚴議；該班章京及兵丁革斥。第二起是魏豐及教唆他騙劉振生進宮，還有劉振生所經各處値班失察的太監，依照罪名輕重，分別摘頂、罰銀、斥革、責打、發遣等處分。這兩起奉懿旨裁決後，當日執行，發遣的由護軍立即押解出宮。

第三起專爲處置劉振生一個人，以『素患瘋疾，混入宮禁，語言狂悖，實屬罪無可逭』的罪名，被判處了『絞立決』；在刑部大獄內，一條繩子，三收三放，冤冤枉枉送了一條命。

於是刑部接著處理午門一案，依舊照原來的擬議覆奏——這已經是瘋子混入長春宮的二十天以後；慈禧太后在這二十天中，病症又減了好些；所以親自御殿裁決。

『我眞不明白，』她悻悻然地說：『刑部爲甚麼這麼固執？』

『刑部依律辦理。請聖母皇太后明鑑。』恭王替刑部說好話，『刑部司員盡心推求，既不敢枉法，更不敢忤旨；處境很難。』

『這是護軍抗旨，不能拿一般的情形作比。』慈禧太后問道：『以前總有抗旨的例，讓他們查出來看。』

恭王答應著，立即通知刑部查例；這一案先擱一擱，商議其他政務。很快地，刑部有了答覆：『抗旨無例，照違制例』；抗就是違。

違制除非情節重大，譬如領軍出征，不遵指授的方略，以致貽誤戎機，損兵折將，自然難逃一死；或者像崇厚那樣，擅作主張，喪地辱國，亦有取死之道。如像這一案的午門護軍那樣，是絕沒有死罪的。

由於恭王及軍機大臣力爭，刑部的覆奏，懸而未決；退朝之後，慈禧太后大爲不樂，一口氣憋不住，派李蓮英傳諭，召見刑部及內務府的堂官。

『你們擬得太輕了。』慈禧太后面色凜然，『一定要加重！趕快重擬覆奏。』

慈禧太后不按規制辦事，潘祖蔭和恩承等人，卻不敢貿然奉詔，隨即趕到軍機處向恭王請示。如果硬頂回去，必又是一場軒然大波，恭王跟寶鋆、沈桂芬、李鴻藻商量，決定採取比較緩和的辦法；直接由刑部、內務府奉旨覆奏，軍機處暫不介入，保留發言的餘地。

刑部的司官，堅持如故；但覆奏的語氣，卻很委婉，同時特呈律例一冊，將有關的條文案例，分別註明。到了第二天，慈禧太后召見軍機，不再堅持護軍必須處死，但罪名是加重了；恭王看爭到這個結果，已非易事，因而承旨擬發上諭，說午門護軍毆打太監一案，刑部所擬：

自係照例辦理。惟此次李三順賚送賞件，於該護軍等盤查攔阻，業經告知奉有懿旨，仍敢抗違不遵，藐玩已極，若非格外嚴辦，不足以示懲儆。玉林、祥福均著革去護軍，銷除本身旗檔，發往黑龍江充當苦差，遇赦不赦；忠和著革去護軍，改爲圈禁五年，均著照擬枷號加責。護軍統領岳林，著再交部嚴加議處。至禁門理宜嚴肅，嗣後仍著實力稽查，不得因玉林抗違獲罪，稍形懈弛。懍之！

錚言迴天

上諭一發，清流大譁，忠於職守的充軍；放棄職守，容瘋子混進宮的，不過斥革爲民，天下豈有這樣顚倒的是非？陳寶琛決定上疏力爭；張佩綸得知這個消息，告訴了張之洞，他當然不會放棄這個可有所表現的機會，立刻去訪陳寶琛。

張之洞率直陳述來意，是聽到了張佩綸的話，特來求證，『我也想上個摺子，作爲同聲之應。』他問，『不知意下如何？』

『自然好囉！建言的人越多，越有力量。』

『不過，』張之洞實副其名，『世事洞明皆學問』，特意叮囑：『此事只可求注意門禁，裁抑宦官之言，祈望太后自悟，不必爲護軍乞恩。否則，太后盛怒之下，一激反而無益有損。』

『是了。』陳寶琛說：『當如尊意。』

『那就各自起草，明天換著看。』

『不必了，早上爲妙，各自遞吧！』

於是當晚各自在燈下起諫草，陳寶琛的筆下快，振筆疾書，寫的是：

前因午門護軍毆打太監事，下刑部內務府審辦，未幾遂有劉振生擅入宮內之事，當將神武門護軍兵丁斥革。昨者午門案結，朝廷既重科護軍毆打違抗之罪，復諭以禁門理宜嚴肅，仍當實力稽查。聖慮周詳，曷勝欽服。臣維護軍以稽查門禁爲職，關防內使出入，律有專條。此次刑部議譴玉林等，謂其不應於禁地鬥毆，非謂其不應稽查太監也。諭旨從而加重者，謂其不應藐抗懿旨，亦非謂其不應稽查太監也。雖然，藐抗之罪，成於毆打，毆打之釁，起於稽查，神武門兵丁失察擅入之瘋犯，罪止於斥革；午門兵丁因稽查出入之太監，以致犯宮內忿爭之律，冒抗違懿旨之愆，除名戍邊，罪且不赦，人情孰不願市恩而遠怨？其於畏禍，孰不願避重而就輕？雖諭旨已有『不得因玉林等藐抗獲罪稍形鬆弛』之言，而申以具文，先以峻罰，兵丁有何深識？勢必懲於前失；與其以生事得罪而上干天怒，不如隱忍寬縱，見好太監。即使事發，亦不過削籍爲民，此後凡遇太監出入，但據口稱奉有中旨，概即放行，再不敢詳細盤查，以別其眞僞，是有護軍與無護軍同，有門禁與無門禁同！

寫到最後一個字，手眞有些痠了，陳寶琛將筆一擲，揉揉手，在火爐上烘了一會，就手倒了一杯『濃、熱、滿』的武夷茶喝。在茶煙飄漾中，細讀已寫下的一段，自覺筆勢如群山起伏，連綿不斷而一氣呵成，說理極其酣暢，而文氣不矜不伐，頗爲動聽。

於是乘著文興，提筆再寫，由天棚藏火藥之事，說到太監『豈盡馴良』？歷引嘉慶年間『林清事變』，太監引賊入內等故實；再轉到前明閹寺之禍，以及本朝裁抑宦官的家法，然後提出他的看法：

臣愚以爲此案在皇上之仁孝，不得不格外嚴辦，以尊懿旨；而在皇太后之寬大，必且格外施恩，以抑宦官。

這一揚一抑，自覺情理周洽，立言有體；陳寶琛欣欣然地，相當得意。

這就該結束了，陳寶琛略一思索，便就約束太監，恪遵定制著眼，又寫了兩三百字，歸結於『使天下臣民知重治兵丁非爲毆打太監，亦非偏聽太監赴愬之詞，則群疑釋然，彌彰宸斷之公允。』寫完細看，卻又困惑，自覺總有不夠圓滿之感。

凝神細想，發現了自己的毛病，這篇文章，只論黑白，未辨是非；是非原要對照來看的，這一案護軍是而太監非，奏摺中雖已大致說明白，但實如未說，因爲護軍依舊判了重刑，則是者非而非者是。這一點是非說而不爭，無非怵於威權，畏懼得禍；陳寶琛內心自慚，決定不聽張之洞的話，要爲護軍乞恩。

這不必修改原摺，只要加一個『附片』就可以了；但這篇『翻案』的文章，立言更需得體，措詞更應婉轉，必得一箭中鵠。不然，小事不見聽，大事就更難講話了。

因此，他彷徨徹夜，直到窗紙上顯現曙色，方始定了腹稿，呵凍捉筆，寫了下來：

再臣細思此案護軍罪名，自係皇上爲尊崇懿旨起見，格外從嚴，然一時讀詔書者，無不惶駭。蓋旗人『銷檔』，必其犯姦盜詐僞之事者也；『遇赦不赦』，必其犯十惡強盜謀故殺人之事者也。今揪人成傷，情罪本輕；即違制之罪，亦非常赦所不原，且圈禁五年，在覺羅亦爲極重。此案本緣稽查攔打太監而起，臣恐播之四方，傳之萬世，不知此事始末，益滋疑義。

臣職司記注有補闕拾遺之責，理應抗疏瀝陳，而徘徊數日，欲言復止，則以時事方艱，我慈安皇太后旰食不遑；我慈禧皇太后聖躬未豫，不願以迂戇激烈之詞，干冒宸嚴，以激成君父之過舉。然再四思維，我皇太后垂簾以來，法祖勤民，虛懷納諫，實千古所僅見，而於制馭宦寺，尤極嚴明，臣幸遇聖明，若竟曠職辜恩，取容緘默，坐聽天下後世，執此細故以疑議聖德，不獨無以對我皇太后皇上，問心先無以自安，不得已附片密陳。

寫到這裡，陳寶琛如釋重負；立言最難的就是這一大段，因爲抗疏則必指陳缺失，措詞太軟則不夠力量；太硬則易激起反感。一開頭用『自係皇上爲尊崇懿旨起見』的字樣，先撇開慈禧太后，入手是正確；以下就容易說了：

伏乞皇太后鑑臣愚悃，宮中幾暇，深念此案罪名，有無過當；如蒙特降懿旨，格外施恩，使天下臣民，知藐視抗玩之兵丁，皇上因尊崇懿旨而嚴懲之於前；皇太后因繩家法，防流弊而曲宥之於後，則如天之仁，愈足以快人心而光聖德。

正文只簡單扼要幾句話，就說明白了；但就像做八股文一樣，『八比』既完，應該總會前文，詠歎數句，另外附兩『小比』在後面，才是氣度從容，理趣完整的好文章。陳寶琛這樣想著，決定用兩個慈禧太后能懂的典故，補足文氣，兼以諷諭。

這不難找，只要將許彭壽、潘祖蔭所編纂，專爲兩宮太后初度垂簾進講之用的《治平寶鑑》，拿來翻一下就可著筆。

陳寶琛原就想到了漢文帝和薄太后的故事，一翻《治平寶鑑》，果然有此題材，便文不加點地接著寫：

昔漢文帝欲誅驚犯乘輿之人，卒從廷尉張釋之罰金之議；又欲族盜高廟玉環者，釋之執法奏當，文帝與太后言之，卒從廷尉，至今傳爲盛德之事。臣徬徨輾轉，而卒不敢不言，不忍不言者，豈有惜於二三兵丁之放流幽繫哉？實願我皇太后光前毖後，垂休稱於無窮也。區區之愚，伏祈聖鑑。

寫完已倦得無力再看一遍，擲筆上床，睡到午間起來，不忙漱洗，先推敲原稿，自覺相當動聽，如果慈禧太后成見不深，則天意一定可迴，就怕病中肝火特旺，那就再委婉亦不會見聽。

爲了躊躇難決，陳寶琛想到不妨跟張之洞商量一下，於是寫了封信，附上原稿，專差送達；註明『鵠候回玉』。結果，原稿退了回來；帶回口信：『張老爺說，另外有信給老爺。』

陳寶琛明白，張之洞必得先請示李鴻藻，所以不即答覆。到了半夜裡，陳家上下都已熄燈上床；起居無節的張之洞才派聽差敲門來送信，拆開一看，只有一行字：

附子一片，請勿入藥。

這是隱語，知者自解。陳寶琛頗有悵然若失之感；徹夜考慮，不知這片『附子』要投不要投？想來想去，只有取決於張佩綸。

張佩綸是常相過從的，沒有三天不見面的時候；這天上午來訪，陳寶琛將原稿跟張之洞的覆信，都拿了給他看。

讀到『皇上因尊崇懿旨而嚴懲之於前；皇太后因繩家法、防流弊而曲宥之於後，則如天之仁，愈足以快人心而彰聖德』，張佩綸擊節稱賞；看完說道：『精義不用可惜！』

一言而決，陳寶琛決定附片併遞；但張佩綸還有話。

『不妨打聽一下，西聖近日意緒如何？如果肝火不旺，則「附子入藥」，必可奏功。』

『是！』陳寶琛更加快慰，『我的意思，跟世叔正同。』陳寶琛科名比張佩綸早，但因張佩綸的姪子張人駿，跟陳寶琛是同年，所以他一向用『世叔』這個尊稱。

於是又談到慈禧太后的病情。馬文植因爲用藥與薛、汪不同；而太監又需索得很厲害，不堪其擾，已告退回常州原籍。目前完全由薛福辰主治，頗得寵信，經常有珍物賞賜；而且御筆賜了一塊匾額：『職業修明』。同時已由內務府另外在東城找了一處大宅，供薛福辰居住。張佩綸跟他相當熟，自告奮勇為陳寶琛去打聽消息。

到了薛福辰那裡，張佩綸直道來意，是要打聽慈禧太后，這幾日病情如何，肝火可旺？薛福辰為人伉直豪爽，也不問他打聽這些是為了甚麼原因；檢出最新的脈案底稿來給他看，上面寫的是：『日常申酉發熱，今日晨間亦熱，頭眩足軟。今交節氣，似有微感。』方子用的是：人參、茯苓、白朮、附子、鱉甲、元參、麥冬、阿膠。

『依然是大補的方子？』

『是的。』答得更簡單。

『岐黃一道，我是門外漢。』張佩綸說：『俗語有「虛不受補」的話，如今能夠進補，且為大補，自是好徵兆？』

『也可以這麼說。』

『多謝見教！』張佩綸拱拱手，起身告辭。

看這樣子，慈禧太后諸症皆去，已入調養期間；一旦潮熱停止，便距痊癒之期不遠。既然如此，便不必再費躊躇了；陳寶琛第二天便將摺子遞了上去。

張之洞得到消息，內心頗為不悅，跟人發牢騷：『他朋友的規勸，尚且不聽；如何又能期望上頭納他的諫勸？』陳寶琛聽了，一笑置之。

接著，張之洞也遞了他的摺子；第二天在朝房遇見陳寶琛，問起消息——照規矩，當日遞摺，當日便有回音，而陳寶琛那個摺子，卻無下文。

『如石投水！』他這樣答覆張之洞。

張之洞的摺子也是如此，如石投水，毫無蹤影；怕的是一定要留中了。

『留中』不錯，但並不是『不發』；慈禧太后眞的如陳寶琛所奏勸的，『宮中幾暇，深念此案罪名，有無過當？』在細細考慮其事。

陳寶琛的話，自然使她感動；而更多的是欣賞。如果照他的話做，中外交口稱頌，慈禧太后聖明賢德，那不也是件很快意的事嗎？

同時她也想到制裁太監的必要，張之洞奏摺中有幾句話，說得觸目驚心，她已能背得出來了：夫嘉慶年間林清之變，則太監爲內應矣！本年秋間，有天棚搜出火藥之案，則太監失於覺察矣！劉振生擅入宮禁，則太監從無一人舉發矣！然則太監等當差之是否謹愼小心；所言之是否忠實可信？聖明在上，豈待臣言！萬一此後太監等竟有私自出入，動託上命；甚至關係政務，亦復信口媒孽，充其流弊所至，豈不可爲寒心哉？

這些話是不錯的，安德海就是一個榜樣。李蓮英倒還謹愼，但此外難保沒有人不步安德海的後塵。這樣一再思考，她漸漸地心平氣和了。

於是她先將陳寶琛和張之洞的摺子發了下去；接著便與慈安太后一起御殿，召見軍機，第一句話便是提到午門一案。

『午門護軍打太監那件案子，照刑部原議好了。』慈禧太后特爲又說：『不用加重！』

恭王自是欣然奉詔。回到軍機處，首先就找陳寶琛、張之洞的原奏來看；兩疏裁抑宦官，整肅門禁的命意相同，但張之洞的摺子，又不及陳寶琛的來得鞭辟入裡，精警動人。恭王看一段讚一段，口中嘖嘖出聲，從未見他對人家的文字，這樣子傾倒過。

看完了，他將陳寶琛的摺子，重重地拂了兩下，『噗、噗』作聲，『這才眞是奏疏。』他對李鴻藻和王文韶說：『我們旗下都老爺上的摺子，簡直是笑柄！』

李王兩人都明白，是指前兩天一個滿洲御史上書言事，爭的是定興縣買賣落花生的秤規。這種瑣屑細務，居然上瀆天聽，實在是笑話。

『是！』兩人同聲答應；但內心的感觸和表面的態度都不同。

李鴻藻也是力爭這一案的，有此結果，自感欣慰，但還不足以言得意；得意的是，兩張——張之洞和張佩綸，承自己的意志，有所行動。陳寶琛雖少往還，而清流聲氣相通，亦無形中在自己的控御指揮之下。陳寶琛和張之洞的奏疏一發抄，天下傳誦，必享大名；而往深裡追究，則知隱操清議，自有宗主，所以內心興奮，臉上像飛了金似地，好生得意。

王文韶則正好相反。他的地位還不能與李鴻藻相匹敵，而是爲沈桂芬擔心；從崇厚失職辱國，連累舉主，沈桂芬就一直抬不起頭來。眼看清流咄咄逼人，當然不是滋味；但清流放言高論，鋒芒畢露，還不過令人感得刺心，而於實際政務的影響，畢竟輕微。如今可不同了，慈禧太后震怒，遷延數月，王公不能爭、大臣不敢爭的午門一案，竟憑清流的兩篇文章，可以迴天，這太可怕了！

南北之爭，由來已久；這一年來，兩派針鋒相對，大致互持不下，還可相安無事。此刻則『一葉落而知天下秋，』南不勝北，是再也無法諱言的一件事。清流搏擊，向不給人留餘地，賀壽慈被攻落職；崇厚被攻幾乎性命不保；董恂被攻不能不告老；萬青藜被攻亦丟了官，此外閩浙總督何璟、湖廣總督李瀚章都被劾獲譴，等而下之，更不必談。氣燄已經那樣高張，再有此力足迴天的表徵，看來是要動沈桂芬的手了。

沈桂芬一垮，王文韶很清楚，就是自己的冰山已倒；不能不引爲深憂。同時他爲沈桂芬擔心的，還不止於權勢地位；而是他的身體——沈桂芬入秋以來，一直纏綿病榻；他的氣量又狹，病中見到這種清流的氣勢，必定大感刺激。倒要好好去安慰他一番才是。

因此下朝以後，直接就坐車到沈家。沈桂芬臥室中只有一個小火爐；窗子雖裱糊過不久，但房子不好，且又舊了，處處縫隙，寒氣侵人。這樣的地方，何能養病？王文韶的心裡，越發難過。

『這麼早來，必是有甚麼要緊事？』擁衾而坐的沈桂芬，喘著氣問。

這一下提醒了王文韶，自悔失計，將這件事看得太嚴重，反更易引起沈桂芬的疑慮。因此，他急忙答道：『沒事、沒事。順路來看一看。』

接著王文韶便坐在床前，問起沈桂芬的病情；一面說話，一面隨手拿起茶几上的書來看，卻是幾本邸抄，便又放下。

『夔石！』沈桂芬突地憤然作色，『你看十一月廿七的那道上諭！甚麼「鐵漢」？』

王文韶楞了一下，旋即想起，他不滿的是『翰林四諫』中的鄧承修。此人專好搏擊，字『鐵香』，所以有『鐵漢』的外號。鄧承修最近所彈劾的是戶部右侍郎長敘；措詞固然嚴刻，但聽沈桂芬的語氣，似乎鄙夷不屑，卻不解其故；便檢出十一月廿七日的上諭來看：

鄧承修奏：本月十三日爲聖祖仁皇帝忌辰，朝廷素服，薄海同遵。風聞戶部侍郎長敘，以是日嫁第二女與署山西巡撫布政司葆亨之子爲婚，公然發帖，賓客滿門，鼓樂喧闐。伏念功令：遇國忌之日，雖在山陬海澨，停止鼓樂，奚論婚娶？今長敘、葆亨，俱以二品大員世受國恩，內躋卿貳，外任封疆，而藐法妄爲一至於此！使其知而故爲，則罪不容誅；使其不知而爲之，如此昏瞶糊塗，豈能臨民治事乎？查長敘爲前任陝甘總督裕泰之子，現任廣州將軍長善之弟，累世高官，連姻帝室。葆亨仰蒙特簡，累任撫藩，而公犯不韙，哆然無忌，此而可忍，孰不可忍？臣聞國之爲治，賴有紀綱，紀綱不張，何以爲國？長敘、葆亨姻親僚友，多屬顯官；而俱視爲固然，無有一人知其干犯，爲之救正者。昧君父之大義。忘覆幬之深恩，情跡雖殊，悉欺則一。夫以聖祖之深仁厚澤，百世不忘，皇上方降服弛縣，宮廷祇肅，而近在輦轂之下，貴戚之家，伐鼓撞鐘，肆筵肅客；公卿百僚，稱賀爭先，此實中外之駭聞，搢紳所未有。若非明正紀綱，從嚴治罪，則陵夷胡底等語，本月十三日係屬忌辰，戶部右侍郎長敘之女，於是日出嫁護理山西巡撫布政司葆亨之子，實屬有干功令。長敘、葆亨，均著交部嚴加議處。

部議的結果是革職，一時忘卻忌諱，竟致丟官，自是過苛；王文韶想起陳、張的奏摺，不免憂心，『上頭也太縱容這班人了！』他說：『此輩過於質直任性，總要想個法子，壓一壓他們的氣燄才好。』

『哼！』沈桂芬冷笑，『你以爲只是質直任性？奸詐得很呢！劾長敘就劾長敘，何苦又牽出長樂初？又是甚麼「連姻帝室」，連心泉貝子都中了冷箭。這種鬼蜮行逕，算甚麼鐵漢？』

這一說，王文韶才明白——長樂初就是長善，是長敘的胞兄；奕謨字心泉，是長善的女婿。鄧承修把他們無端牽涉在裡面，用心確有疑問。

『長樂初總算賢者，在廣州力倡文教；以駐防將軍肯作偃武修文之舉，難道還對不起鄧承修他們廣東人？』

『是的。』王文韶說：『鄧鐵香的筆鋒，原可以不必掃及長樂初的。或者另有嫌隙亦未可知。』

『甚麼嫌隙？無非長樂初打點京官的炭敬，拿鄧都老爺一例看待而已。』

原來是長善對鄧承修的炭敬送少了！沈桂芬說此話，自然有根據；怪不得看不起鄧承修。王文韶怕事，不敢仔細打聽，唯唯地敷衍著。

就在這時候，聽差送進一封信來；王文韶偷看了一眼，那筆大氣磅礡的顏字，一望而知是翁同龢的手筆。心念一動，怕信裡是提到陳、張兩摺的結果；便不肯落在翁同龢後面。

『老師，』王文韶是沈桂芬在咸豐元年當浙江鄉試考官所取中的門生，『午門一案結了，仍照刑部原奏。李蘭蓀大爲得意；陳伯潛、張香濤的兩個摺子，居然拿上頭說動了。』

一聽這話，沈桂芬一楞，然後拆閱翁同龢的信；將信看完，臉色非常難看，彷彿猝受打擊，無所措手的神氣。

好半天，他恨恨地說：『走著看吧！』

『老師亦犯不著跟他生閒氣。』王文韶勸道：『上結主知，全在實心實力，光是鶩聲氣，浮而不實，到頭來無非自取其敗。』

『看人挑擔不吃力；那些大言不慚的傢伙，幾時讓他們自己嘗嘗味道就知道了。』

『是啊，可笑的是吳清卿，書生籌邊，煞有介事。俄事總算可以和平了結，不然不知道會狼狽成甚麼樣子？』

『哼！』沈桂芬又冷笑了，『照他們這樣子囂張，紙上談兵，放言無忌，搞成一股虛驕之氣；總有一天，國事讓他們敗壞得不可收拾。』

『所以，這就全靠老師中流砥柱了。朝廷少不得老師，千萬珍攝。凡事放開些，不必過於操心。』

『我也看開了。』沈桂芬忽作豁達語，『只等身子稍微好些，我也要求田問舍，略作菟裘之計。』

『是。老師也太自苦了。』王文韶看著那個小煤爐，不勝感歎地，『誰想得到，相府寒儉如此！』

由此開始，說了好些無關國計的閒話。沈桂芬以臘八粥饗客；王文韶自奉不儉，但頗善於做作，將一大碗配料不甚講究的臘八粥，津津有味地吃得一乾二淨，方始告辭。

辭出沈家，在車中回憶剛才跟沈桂芬的談話，想起長敘；同爲戶部侍郎，而榮枯不同，急景凋年，謫居寂寞，應該去探望一番。再說，長敘眼前雖倒楣，而『連姻帝室』，跟恭王亦有淵源，終有復起大用的一日；趁這時候也應該燒燒冷灶。

主意打定，轉道長敘寓處——他跟他姪子志銳同住；志銳是新科翰林，而王文韶是本科殿試的讀卷官，論起來是師生。老師拜門生，照規矩是『硬進硬出』，所以志銳雖不在家；長敘仍舊很客氣地開中門迎接。

但一到書房，卻以通家至好，就熟不拘禮了；長敘的兩個小女兒，一個七歲、一個五歲，依依客座之間，十分可愛。

長敘倒是很瀟灑，絕口不提獲譴丟官的事。歲末懷人，談起許多故舊；特別是長善在廣州將軍署，闢題『壺園』的後苑，結文社所延的那班名士，番禺的施鼎芬、廣西賀縣的于式枚，都已跟志銳一樣，點了翰林名，獨有江西萍鄉的文廷式，至今還不曾中舉。

『此君我亦久聞他的大名。』王文韶問道：『比於晦若、梁星海如何？』

『文芸閣才氣猶在此二人以上。可惜場屋蹭蹬，同治十二年曾應北闈未售。以後就在家兄署中作客。』長敘又加了一句：『大器晚成！』

『如今呢，依然是在令兄署中？』

『在南昌。』

『何不招之北來？』王文韶有感於李鴻藻的作風，亦頗想羅致才俊，作爲羽翼，所以這樣試探著問。

『文芸閣賦性不羈，要看他的興致。後年鄉試，大致還是應北闈；說不定作了夔翁的門生。』

『不會，不會。』王文韶搖搖頭，『我對考差的興致，不如翁叔平來得濃；順天鄉試的主考，絕不會放我。』

長敘也知道不大會放他，因爲他不是翰林；說文廷式可能會作他的門生，原是一句恭維的話，說過也就算了。

但王文韶的想法卻又不同，『有機會，倒很想見見此君。』他說：『如果他不嫌棄，以師弟相稱，亦未始不可。』

這是想文廷式拜他的門，長敘自然表示願意促成其事——這是很渺茫的一件事，總要到後年鄉試，文廷式願赴北闈，到了京裡再說；而王文韶卻諄諄叮囑，顯得很認眞地。

淚落吳江

轉眼到了年底。由於曾紀澤的對俄交涉，辦得很好，不但可以和平了結，並且爭回不少利權；慈禧太后的病勢亦一天比一天減輕，因而上上下下都覺得這個年應該過得很有勁。

除夕那天一早，王公大臣爲皇帝辭歲；在保和殿行完了禮，紛紛各散。軍機大臣在一年之中，只有這一天才算是清閒無事；王文韶早早回家，換了便衣，預備帶著小兒子上琉璃廠去逛逛，忽然有人來送報喪條，沈桂芬死了。

『怎麼？』王文韶大爲詫異，『昨天還好好的。雖說久病，也不至於一下子就故世啊！』

『是十點鐘發的病，氣喘不止；等大夫一到，還來不及診脈，一口氣就不來了。』

『那麼，』王文韶問沈家的長班，『臨終有沒有話？』

『沒有。』沈家長班又說：『大少爺交代，務必請王大人就過去一趟；有好些大事，要跟王大人討主意。』

『好，我就去。』

王文韶匆匆趕到沈家，已有沈家的好些親友得到信息，趕來探望；其中自然有翁同龢。

『有遺摺沒有？』

『沒有。』沈桂芬的兒子沈文燾跪在地上哭著說：『做夢也想不到的事。』

『世兄請起來。』王文韶雙手相扶，『尊翁任勞任怨，種種委屈，上頭跟恭王、寶中堂都知道的；

李蘭蓀亦是方正君子，一定眷念舊誼，這恤典上頭，請世兄放心，我們必要力爭，總要教尊翁能夠瞑目。』

『是！』孝子又磕個頭說，『先父寒素自持，後事還不知道怎麼來辦？』

『這你也請放心，儘管用了去，不必太省儉。尊翁最後一件大事，總要辦得風光些，儘管用，儘管用，教兵部報銷好了。』

翁同龢到底還有些書生的味道，不以王文韶的慷公家之慨為然；同時也愛惜沈桂芬的清譽，忍不住要說話：『尊翁一生，清愼勤三字，可當之無愧。身為宰輔，飾終之典自然不可馬虎；但宜乎酌中，庶幾稱尊翁的平生。』

『說得是，說得是！』王文韶十分見機，馬上又改口了，『身後風光，原不在踵事增華上頭。總之，恤典第一，後事其次；總要生者能安，死者方安。府上以後還要過日子，喪事實在不宜靡費。』

沈文燾聽他的話，前後有些不符，也知道這位老世交人最圓滑；聽口氣此刻就已在為李鴻藻說話，將來是不是可以倚靠，大成疑問。只是眼前除他跟翁同龢以外，沒有甚麼人可託；因而只好多磕兩個頭，別無話說。

經紀喪事，自有兵部司官和軍機章京；王文韶跟翁同龢商量，只有一件事，立刻要辦，那就是遞遺摺。這件事大有講究，先要定個宗旨，是講身後之名，還是講眼前利害？如是後者，則絕不能忤旨，只需表示一片惓惓忠愛之忱，以邀得兩宮太后的垂念。

照翁同龢的意見，沈桂芬生前為中俄交涉受謗，遺疏中應該有所辯解；但王文韶以為談此事的是非，會得罪許多人，大可不必。論關係，沈桂芬既是王文韶的老師，又是他的舉主；翁同龢不便堅持己見，所以結果是王文韶擬的稿子，純用頌聖和受恩深重、來生以報的老套；翁同龢爲他略作潤飾，隨即找人抄好，派專差遞到內奏事處。

但是，這一通遺疏兩宮太后看不到；凡遇年節慶典，遞摺要講忌諱，這些奏報大臣病故之類的摺子，都要暫時壓一壓。不過軍機大臣出缺，當然要立即上聞，所以王文韶關照軍機章京，口頭通知李蓮英，託他面奏兩宮太后。

慈禧太后病中得此消息，大爲傷感，跟慈安太后談起沈桂芬平日謹愼當差，遇事能穩得住的許多好處；倒很替他灑了些眼淚。

第二天是光緒七年元旦。皇帝受了群臣朝賀；又率領群臣到慈寧宮朝賀太后。例行的儀典完畢，兩宮太后照常辦事，但只召見惇、恭、醇三王，商議曾紀澤從俄國打回來的電報——算是一個好消息，談判已久的，廢止崇厚所訂的條約，另立新約一事，俄國正式同意了。

曾紀澤與俄國所議定的草約一共二十條；另有陸路通商章程十七款。恭王爲兩宮太后指陳，曾紀澤爭回的好處，共有七項，最主要的是將伊犁南面的要隘，特克斯河流域一帶，廣二百餘里，長四百里的一大片疆土，爭歸版圖；伊犁西面邊界，也不照崇厚的原議，由雙方指派『分界大臣』酌中勘定新界。此外通商口子三處，只開嘉峪關一地，取消西安、漢中；蘇俄商船可到松花江伯都訥一事作罷；蘇俄領事僅設吐魯蕃一處；天山南北路俄商貿易，原定『均不納稅』，改爲『暫不納稅』。比較崇厚的原約，國家的利權確是大大地挽回了。

『不過，賠款要加了。原來是五百萬銀盧布，現在要加四百萬。俄國人的理由是，伊犁南境代爲看守，花費甚巨。這也是實情。』

『九百萬銀盧布，合咱們的錢，該是多少？』慈安太后問。

『總在五百萬銀子上下。』

『唉，五百萬銀子！』慈安太后嘆口氣說：『哪裡來？』

『這已經很好了。』慈禧太后趕緊說道：『爭回的利權，十個五百萬也不止。如果開仗，軍費浩繁，更不得了。』

這話使得恭王和醇王，都大爲詫異；慈禧太后一向有不惜一戰的決心，此刻卻又充分表示了不願兵戎相見的意思，在恭王覺得是一大安慰，所以立即接口：『太后聖明。當初臣與寶鋆、沈桂芬反覆商議，總覺得以和爲貴。曾紀澤不辱所命，不愧名臣之後；等事定了，臣請懿旨，優予褒獎。』

『那當然。』慈禧太后惻然說道：『倒想不到沈桂芬故去了！他今年多大？』

『六十四。』

『這幾年總算虧他。爲崇厚的事，他也是有苦說不出；憑良心說，崇厚當過三口通商大臣，又到過法國，閱歷很深。跟洋人更不是第一次打交道，誰想得到他這樣子糊塗無用。』慈禧一口氣說到這裡，有些氣喘；喝了一口薛福辰處方的藥茶，要言不煩地說：『你們替他好好料理後事，恤典從優。』

『是！』恭王說道：『沈家定在明天半夜裡大殮，自然要賜奠；是派誰去，請懿旨。』

『總是他們小哥兒們幾個，你們商量著辦。總得一個貝勒，或者就讓載漪去好了。』

『是！』惇王站起身答應，因爲載漪是惇王的次子。

『沈桂芬空下來的那幾個差缺呢？』慈安太后問。

這是應該召見軍機商量的大事；有惇王和醇王在座，不宜談論。慈禧太后和恭王都懂這層道理；但卻不便說破，也不能不敷衍，所以恭王避重就輕，不提沈桂芬兵部尚書、協辦大學士的本職和軍機大臣的要差，只提翰林院掌院學士和管理國子監事務，兩個不甚相干的差使。

『如今在作育人材上，肯留心的是翁同龢，不過他的資格還淺，還不到掌院的時候；臣的意思先派他管理國子監。』

『好！』慈禧太后桴鼓相應地說：『別的差缺，慢慢商量吧！』

左侯入京

第二天宮中『吃肉』；軍機大臣開年第一次聚會，直廬治公，只有一件事，就是商議沈桂芬的身後之事。因爲慈禧太后已指示恤典從優，所以王文韶親自動筆擬的恩詔，極其堂皇：

協辦大學士兵部尚書沈桂芬，清慎忠勤，老成端恪，由翰林洊升卿貳，外任封疆；同治年間入參機務，擢任正卿。朕御極後，重加倚任，晉協綸扉，辦理一切事宜，均能殫心竭力，勞瘁不辭。前因偶患微痾，賞假調理，遽聞溘逝，震悼殊深！著賞給陀羅經被，派貝勒載漪帶領侍衛十員，即日前往奠醊；加恩晉贈太子太傅，照大學士例賜恤，入祀賢良祠；任內一切處分，悉予開復；賞銀二千兩治喪，由廣儲司發給應得恤典，該衙門察例具奏。靈柩回籍時，著沿途地方官妥爲照料。伊子沈文燾著賞給舉人，准其一體會試；伊孫沈錫珪，著賞給郎中，俟及歲時帶領引見，以示篤念藎臣之至意。

身後哀榮，最可貴的是『入祀賢良祠』；其次是『易名』——賜諡照例由內閣擬呈圈定；但軍機亦可提出意見。自嘉慶以來，宰輔賜諡，第一個字照例用『文』字；內閣擬呈沈桂芬的諡是文清、文勤、文端、文恪。咨送到軍機處，大家都覺得擬得並不高明。『清、勤二字，不足以盡沈經笙的生平。』寶鋆大發議論：『端字雖好，但經笙不是理學一路的人物，所以並非美諡；恪字更不必談了。』

文恪亦非美諡，而且不是宰輔之諡；恭王認為沈桂芬最不可及的長處是有定力，因而主張用『文定』。這也不是頂好的諡稱；從順治以來，諡『文定』的一共八個人，並沒有甚麼名臣。但用『定』字諡沈桂芬，不能不說是很恰當；因而寶鋆和王文韶，亦無可為死者再爭。

接下來便要分配沈桂芬所留下來的差缺，管理國子監事務，已決定派翁同龢；掌院學士由於寶鋆的推薦，派了不是翰林出身的董恂；國史館正總裁派了潘祖蔭。兵部尚書則順理成章地補上了李鴻藻——他從服闕復起，只是以『前工部尚書』的職銜回軍機，並在總理各國事務衙門行走；以後由於吏部尚書萬青藜兼管順天府府尹，照例不常到部，算是出差，才派了李鴻藻兼署。但這是很勉強的處置辦法；所以一有尚書缺出，必定得補李鴻藻。

協辦大學士的缺；照例該吏部尚書萬青藜補，只是他的物望不佳，恭王心裡有數，只要提名萬青藜當協辦，清流一定會不滿，彈章一上，那就可能連他的尚書都當不成。愛之適足以害之，則多一事不如少一事，將這個缺為李鴻藻留著。

還剩下軍機大臣一個要職，恭王跟寶鋆已經商量過了，決定留下來給一個人：左宗棠。

左宗棠奉召入覲，直到上年十二月才從蘭州動身；沿途逗留，走了一個多月，在正月二十六，方始到京。儀從煊赫，儼然凱旋班師的模樣。

一到京仍舊住在賢良寺，照例宮門請安；軍機處和兵部都派了人在照料，請安摺子即時批了下來，第二天一早召見。然後分謁諸王，最後才到恭王的鑑園——這是恭王預先關照好了的，最後到他那裡，便好留了下來，接受款宴。宴會極其隆重。陪客是惇、醇兩王、御前大臣及軍機大臣，還有一個就是潘祖蔭。

這一陣子，慈禧太后的病情又反覆了，因而御殿垂簾的，只有慈安太后。爲了優禮勳臣，慈安太后特命太監扶掖左宗棠進殿；行完了禮，慈安太后第一句話是問他的年紀。

『臣今年七十歲。』

『七十古來稀。身子倒健旺！』慈安太后問道：『你是哪一天動身的？』

『臣是上年七月間，在哈密奉到上諭，召臣入覲。那時因爲部署未定……』

於是左宗棠從保薦劉錦棠督辦新疆軍務說起，如何奏請，如何奉准，如何等劉錦棠到了哈密，在十月間方能啓行入關；又如何在蘭州作了必要的部署，再由蘭州動身進京，沿途百姓如何攀轅相留，滔滔不絕，聽得慈安太后想插句嘴都不能。

『如今是派楊昌濬護理陝甘總督。他的才具怎麼樣？』

『楊昌濬的才具是好的。前在浙江巡撫任內，很做了些事；後來因爲楊乃武一案革職，經臣奏保，蒙天恩起用，越知惕厲。請太后放心。』

『那好！』慈安太后問道：『劉錦棠跟楊昌濬，一個在新疆，一個在甘肅；是各辦各的事呢，還是合起來辦事？』

『是各辦各的事，不過有事互相照應。』左宗棠答道：『以前新疆軍務，跟陝甘軍政民事，歸臣一個人辦理，軍餉政費，臣可以相機調度。如今劉錦棠、楊昌濬各有專責，各項經費，應該劃分清楚；臣這幾個月，就是辦這件事。』

『那裡一年要用多少款子？』

『關外各營餉項、各項經費，每年要三百七十多萬；關內要兩百一十多萬。各省及海關協餉，只有五百萬兩，不敷八十多萬，只有相其緩急，節省著用。以後各省協餉，歸楊昌濬主持，六成撥解關外；四成留給陝甘。這個章程，是奏報過的。』

『喔。』慈安太后轉臉問恭王：『有這個摺子嗎？』

『是！』恭王答道：『面奏過的。』

慈安太后想了好一會才想起：『是的，有這回事。』她再問左宗棠：『現在俄國的交涉總算辦成了……』

『是！』左宗棠不等慈安太后話完，便搶著說：『臣過天津，跟李鴻章見面，才知道詳細情形。曾紀澤的交涉還算是辦得好。』

『你跟曾國藩是至好，他有這麼一個好兒子，想來你也替曾國藩高興？』

『是！』左宗棠答道：『臣與曾國藩論公事，意見不合；論私交，臣與曾國藩共過患難，交情不同。』

『現在國事都靠你們幾個老成人，大家總要和好，凡事商量著辦，拿大局撐住。』

這是慈安太后暗示他要跟李鴻章和衷共濟；而左宗棠與李鴻章不和，由來已非一日；近幾年來，論邊防、論洋務，跟李鴻章針鋒相對，措詞尖刻的奏疏很多，但朝廷常採納李鴻章的獻議，而對左宗棠，則持敷衍的態度，所以他的牢騷很多，這時聽慈安太后提起，正好當面告個『御狀』。

恭王已防到他有此一著，自不會容他開口；召見的時候也不少了，便搶在前面奏道：『左宗棠剛剛到京，旅途勞苦，請母后皇太后格外體恤。』

『喔，喔！』慈安太后會意，隨即說道：『左宗棠，你路上辛苦了，回去好好息著吧！』

於是左宗棠跪安退出，到軍機處、南書房打了個轉；恭王派他的轎子，將左宗棠送回行館。然後跟寶鋆、李鴻藻等人商量，預備保薦左宗棠進軍機；決定第二天面奏取旨。

第二天是沈桂芬開弔的日子。春雪霏微，彤雲陰黯，益增悽愴；但靈堂內的氣氛，卻大不相同，因爲左宗棠很早就到了，一直坐著不走，大談他經略西陲的得意之事。到了十點多鐘，退值的軍機大臣，絡繹來弔；李鴻藻和王文韶連袂而至，形跡相當親密，很引人注目。因爲從沈桂芬一死，王文韶彷彿繼承衣鉢，成爲南派的首腦，跟李鴻藻是處在敵對的地位。如今看來，南北兩派，大有攜手和好的模樣，這自然令人驚異，也令人感到安慰。

靈前行完了禮，李鴻藻轉身向左宗棠道賀：『恭喜、恭喜！上諭已經下來了！』接著取出一張字條，遞給左宗棠。

那是上諭的底稿：『奉旨：大學士左宗棠著管理兵部，在軍機大臣上行走，並著在總理各國事務衙門行走。』

這一下弔客們紛紛向左宗棠道賀；正亂哄哄在周旋之際；廊下樂聲又起，執帖的高呼：『寶中堂到！』

寶鋆一到，不及在靈堂行禮，先遞了一張綵箋給左宗棠，口中說道：『急就章，請指教。』那幅綵箋寫的是一首詩，題目叫作〈贈左侯〉：

七十年華熊豹姿，侯封定遠漢官儀。盈胄浩氣吞雲夢，蓋代威名鎮月氐；司馬臥龍應合傳，湘江衡岳共爭奇。紫薇花省欣映袂，領取英謀絕妙姿。

『紫薇花省』不是指內閣，是指軍機處；『英謀』雖有，卻非『絕妙』——左宗棠第一天入値，大家就頭痛了。

『李少荃這個摺子，近乎紙上談兵。我爲諸公一述往事。』左宗棠撇開正題，滔滔不絕地大談他在陝甘用兵之妙；恭王等人插不進嘴去，只能耐心靜聽。天天如此，一個奏摺議了十天，還沒有結果，恭王實在不耐煩了。這個奏摺是李鴻章所上，籌議山海關的防務；恭王心想，中俄交涉已可和平了結，山海關的防務，已可暫緩，而且駐紮山海關的曾國荃亦已接替左宗棠的遺缺，當了陝甘總督，李鴻章的奏摺，不議亦不要緊。

因此，恭王吩咐軍機章京，將原摺歸檔。第二天左宗棠到軍機處，對議而未決的案子，尙無下文，竟亦不問；一坐下來便大罵甘肅臬司史念祖。

史念祖字繩之，江蘇溧陽人；是乾隆年間名臣史貽直之後。此人聰明絕頂，但不大喜歡讀書，二十歲上捐了一個通判，在安徽巡撫英翰軍中當差。此人工於應酬，講究飲饌服飾；史念祖又年輕英爽，所以極受『旗下大爺』出身的英翰的賞識；每次軍功保案都有他的份，年未三十就做到直隸臬司，但年少氣盛，不知怎麼得罪了言官，奏劾他『不堪方面』。像這樣的彈章，照例下督撫察覆；直隸總督是曾國藩，認爲史念祖雖有才幹，尙少歷練，宜乎暫緩任事，於是被開缺成了閒員。

光緒初年，由於董恂的援引，史念祖放了甘肅臬司；左宗棠也是愛才的人，對他亦頗稱許。但史念祖少年得意，不免驕慢；其時他折節讀書，已寫得一手極好的古文，越發視督撫將相如無物。左宗棠一直以諸葛武侯自命；好諛惡直，戰功亦多誇誇其詞；史念祖在人背後常有譏評，不但形諸口頭，而且見諸筆墨，日子一久，爲左宗棠知道了，大爲不悅；便借一件公事，說他『避事取巧，應候查參』。

這時左宗棠剛要從蘭州起程入京，史念祖心想，入覲之日，兩宮太后當然會問到陝甘的吏治，左宗棠只要說一聲：『史念祖性近浮滑，不堪其任』；用不著具摺，就會毀了自己的前程。因而要搶先進京活動；正好三年之期，可以奏請陛見，於是具摺請總督代奏。左宗棠只當他去活動調任；而且照例奏請，亦不便攔阻，就爲他代奏，自然照准。

於是史念祖兼程北上，等左宗棠到京，他已經事畢出都；在山西等候消息——他看得很準；左宗棠雖想提拔楊昌濬，打算保薦他由護理總督而眞除，而朝廷未見得會准；到京走董恂的門路一打聽，果然，陝甘總督已經內定由曾國荃接任。史念祖在山西等候消息，就是爲了好等著侍候新任總督。不久，曾國荃的新命一下；史念祖也仍舊回任當他的甘肅臬司。得意之餘，在太原寫了一封信給左宗棠，表面是報告行蹤，字裡行間卻流露出『奉旨回任，其奈我何』的意思。左宗棠這一氣自然不小；上了個摺子，指史念祖種種不端，請旨飭『護督』楊昌濬查案，據實參劾。

左宗棠的這個奏摺，已經遞了上去，並且已經發交軍機核議。恭王正爲此在爲難，所以聽了左宗棠的話，心存警惕，將寶鋆找到一邊去商議。

『史念祖是奉旨回任的，而且剛剛陛見過，如果不中用，朝廷當面察問，早該知道；現在又准了他的摺子，交楊昌濬查參，這像話嗎？』

寶鋆本來對左宗棠極其仰慕，但此時已非贈詩推崇的心情；不過十幾天的工夫，發覺左宗棠天生是合不來群的人，心目中只有自己，並無同僚，印象大壞。因而附和恭王的看法，連連點頭。

『這當然要駁……』

『當然要駁！』寶鋆搶過來說：『也挫挫他的驕慢之氣。』

『我話還沒有完。』恭王說道：『駁是要駁，但又不宜掃他的面子。你看怎麼辦？』

寶鋆想了一會答道：『辦法倒是有一個；不過，又開一惡例。』

『怎麼呢？』

『只有把他這個摺子「淹」了。』

所謂『淹』了，就是請太后將奏摺『留中不發』；這是明朝留下來的最壞的一種制度，如果君上動輒『留中』，則諫勸不納，實情不明，國事非敗壞不可。恭王當年制抑慈禧太后擴張權力，所用的手法之一，就是力爭奏摺需發交軍機處；現在自請『留中』，豈非開一惡例。

可是他的英銳之氣，消磨得也差不多了！想了一會，嘆口氣說：『就這麼辦吧。』

『那麼，先「遞牌子」？』

『好！』

軍機每日常例召見，只由太監傳喚；單獨請見，才遞『綠頭籤』。慈安太后當然即時『叫起』；上去三言兩語說好了，才召其他軍機大臣全班進見。

軍機獨重首輔，是左宗棠所知道的；所以在班裡倒也不敢越次奏對。他心裡在想，提到自己這個奏摺，當然要問詳情；那時再將史念祖種種貪墨狡猾的情形，細細面奏，說不定即時降旨，革職查辦。

正在這樣想著，已經談到了；『史念祖這個案子，』慈安太后說道：『擺著再看一看。』

『是！』恭王很快地答應一聲；隨即領頭跪安，全班退出——不但左宗棠的摺子被『淹』了；連他的話亦被『淹』掉了。

而他自己還不明白，回到軍機處問寶鋆：『佩公，我那個摺子，如何著落？』

『這當然是「留中」了。上頭是因爲你的面子，不便處置，只好這麼辦。不然，你想，史念祖是奉旨回任的……嘿，嘿！』寶鋆乾笑了兩聲，損了他一句：『侯爺，你也得替朝廷留點面子啊！』

左宗棠默然。到了七十歲才知道，督撫權重，只是在封疆上；到了朝裡，便全不是這麼一回事。

於是，他第二天便帶著人去看京畿的水利了。

這也是左宗棠預定要辦的兩件大事之一。第一件是訓練旗兵；早在他從蘭州起程以前，就有個奏摺，要帶親軍步營馬隊兩千餘人入關，先駐紮張家口，聽候調遣，移營近畿，一則拱衛京師；再則代爲訓練旗兵。

王侯交歡

這所謂旗兵，指明是健銳營、火器營，因爲神機營已復由醇王親自管理，有專設的練兵人員，左宗棠不敢冒昧越俎。就是健銳、火器各營，他奏摺中亦先大大地恭維了一番，說是『八旗禁旅，拱衛神京，居重馭輕，有嚴有翼』；又說健銳、火器各營，『尤稱精練，材武之彥，多出其中，宿將名臣，指不勝屈』，但『承平日久，習成驕逸』，所以要『時加淬厲』。他的訓練辦法是：挑選十幾歲以上，三十歲以下，無頂帶的兵丁三千餘人，分爲十營，由他的親軍哨官管帶；騎兵則與他的親軍馬隊，間雜編組，平時勤加操練，遇事隨隊出仗。

這個建議，不曾批准，因爲八旗禁旅，由漢人管帶，是前所未有之事；但亦不便公然拒絕，只批的是：『另有旨。』便一直拖著。此刻卻是不能再拖了，這批人馬，已由左宗棠的部將王德榜、劉璈、以及他的營務處總辦王詩正率領，開到了張家口。

入朝以後的左宗棠，已經了解；八旗禁軍掌握在醇王手裡，訓練旗兵一事，要想實現，必須取得醇王的支持，這不是一時可以有成議的事；不妨先辦另一件大事。

這第二件大事，是左宗棠進京旅途中所作的決定。他由『太行八陘』的井陘入河北，過正定北上；沿途經順天府屬的房山、良鄉各處，發現水利不修，行旅艱難，與他道光十三年初次會試入都，以及同治七年剿捻軍行所見，大不相同，因而想到，可用軍工濬河開溝——左宗棠經營西北，原是採取西漢各將在邊境屯墾的遺規；所部官兵，對於興修水利，富有經驗，所以經過一番視察，回京立刻便擬稿上奏。

奏摺的事由，叫作『擬調隨帶各營，駐紮畿郊，商辦教練旗兵，興修水利』。他也知道，這番舉動，醇王那裡固須好好下一番功夫；而建議興修畿輔水利，等於指責直隸總督與順天府尹失職，管理順天府的萬青藜，可以不拿他放在眼裡，而看李鴻章，則成事不足，敗事有餘，不能不預加防備，便在摺尾聲明：『如蒙諭旨允行，臣惟當隨時與醇親王及直隸督臣、順天府尹詳爲籌議，或同時並舉；或先後舉行，斷不敢固執成見。』至於移駐近畿，應該劃定防區，建築營壘，左宗棠亦特地建議：『應請敕交醇親王籌度，應於何地駐紮？』

這個奏摺是由慈禧太后裁決的：『著神機營王大臣，會同妥議具奏。』也就是聽憑醇王作主；所以左宗棠一退了朝，立即去拜訪醇王。

醇王好武，對於左宗棠原有傾心結納之意；但清朝的家法，親貴與大臣不能隨意交往，如今是有公事商談，名正言順，給了醇王一個極好的機會，自然不肯放過，降階相迎，禮遇優隆。

登堂入室，重新見禮，醇王請左宗棠『升匟』，並且推他上坐。國家體制所關，做客人的不敢僭越，坐了下首。

由於事先經過幕友切勸，左宗棠總算有所警惕，不曾大談西征的得意之事。在醇王推崇之下，謙虛了一番，隨即談入正題。

『八旗禁軍，身分不同；王爺帶兵，又是恩多於威，長此以往，不免長其驕佚之氣。不瞞王爺說，士兵總要習於勞苦，才能有用。我在西北這幾年，戰無不克，都得力於平時不讓部下遊手好閒。譬如說……』左宗棠突然頓住，警覺到自己這一『譬如』將會談不完；所以嚥了口唾沫，很吃力地勒住話頭；再加上一句：『王爺恕我直言。』

『說得是，說得是。』醇王很誠懇地答道：『從前文博川也是這麼說。同治初年，他帶神機營到奉天剿馬賊，打得很好；班師回京，只見神機營的官兵，一個個曬得漆黑，可是精神飽滿，跟在京大不相同。我很詫異，問他是何道理？他另有一番心得，說京城裡太繁華，不是練兵的地方。我想這道理也對，無奈我辦不到。』

『是！』左宗棠答道：『親藩儀制尊貴，王爺也不能經常帶兵到近畿宿營操練；再者，禁軍拱衛京畿，又不宜遠調。話說回來，神機營是王爺親自率領，一手培養，畢竟不同。我的意思，先從健銳、火營各營著手，練好了再挑到神機營來當差，讓王爺有得力的人好用。』

『這個打算很好。不過健銳、火器、護軍各營，年輕力壯的，差不多也都挑到神機營來操練了。』

左宗棠愕然。他對禁軍的規制，原未深考；只知道神機營等於醇王的親軍，不知道其他各營亦有官兵挑入神機營操練。這一來剩下老弱殘兵，還挑選些甚麼？

醇王卻又是一番心思，眞的相信左宗棠練兵，有化朽腐爲神奇的本領，期望他能將老弱殘兵，練成勁旅，所以接下來便以虛心求教的語氣說道：『季高，你哪天有空？我請你去看看操。』

聽得這一說，左宗棠大爲得意。神機營出操，只請皇帝校閱，漢大臣從未看過操；醇王的邀請，眞正是殊榮了。

『王爺所命，某何敢辭？』左宗棠拱手答道：『王爺定了日子，請賞個信。』

『好的。我馬上叫他們預備。』說著，立即找來王府護衛，傳諭神機營左右翼長；預備南苑出操。接著，又談了些八旗禁軍的裝備、駐地。提到左宗棠駐紮在張家口的親軍，移駐畿郊，要分配防區的話；醇王表示一時無從答覆，要問明了情形，再遵諭旨，召集會議，方能決定。

說到這裡，聽差進屋回說：『預備好了。』

是『西法攝影』預備好了。醇王一時高興，要合影留念；特地從護國寺大街找來照相館的好手，這時佈置停當，來請醇王和左宗棠去照相。

照相的地點是在『頤壽堂』外；屏門緊閉，門外正中陳設了兩椅一几；花盆痰盂，色色俱備。醇王特地換了公服，與左宗棠合照了一張相。

鄭重將事地照完了相，醇王就在頤壽堂設宴款待左宗棠；一個是掬誠傾心，一個是刻意籠絡，當然談得投機異常。

左宗棠慣用英雄欺人的手段，見有醇王的撐腰，便預備大幹一番；原來已在天津和保定設立了『軍裝所』，接運從上海採辦來的軍械，轉輸西北，現在又要練旗兵、興水利，沒有顆大印在手裡，公事要請有關衙門代遞，縛手縛腳，深感不便，因而親自動手擬了個奏摺：

> 臣前於正月二十七日到京陛見，二十九日欽奉恩旨：『大學士左宗棠著管理兵部，在軍機大臣上行走；並著在總理各國事務衙門行走。欽此！』天恩優渥，感悚莫名；惟臣上年檄調馬步隊伍，駐紮張家口聽調，及分設天津、保定軍裝所，均經奏明在案。所有該各營局文稟，應行批札，一切公務及分致各處信件，勢難停擱。而甘肅、新疆餉事，專盼各省及海關協解，向由臣經理，尚有經手未完事件。茲雖職任攸分，遇行應行咨劄各件，仍難諉謝。應否由臣單銜借用兵部印封發遞，俾免延誤之處，伏候皇太后皇上聖鑑訓示施行。

這個奏摺，表面看來，只是借兵部印封的小事，其實是雖已交卸了陝甘總督，而仍舊要管陝甘的事，成了『太上總督』。慈安太后不明究竟，召見軍機時，當著左宗棠的面，准如所請。於是左宗棠便像建牙開府一樣，用兵部的印封，指揮楊昌濬及劉錦棠，彷彿仍是陝甘總督。

元戎閱操

神機營看操一舉，醇王倒是頗爲認眞，一再關照左右翼長：『人家是乾隆以來，拓疆開土的名將，帶過幾十萬兵，非比等閒。如今請他來看操，別讓他說得咱們一個子兒不值，務必要振刷精神，擺個好樣兒給他看。』

震於左宗棠的威名，左右翼長亦不敢怠慢，下令預行操練，檢查服裝槍械，比春秋兩季，皇帝大閱，還要鄭重。因爲皇帝看操，無非看一個表面，只要前面隊伍服裝鮮明，儀表雄壯，再選一些好手射箭打槍，能中紅心，就可獲得上賞。左宗棠是帶過幾十萬兵的人，這套花樣瞞不過他；而且醇王已經說過，左宗棠可能會親自到各營視察，處處都需小心，便越發認眞了。

神機營的那些兵丁，是舒服慣了的；爲了伯彥訥謨詁比較嚴厲，才設法攻掉他，請醇王回來。不想忽然有這番折騰，自是怨聲載道：『磨嘴皮子』挖苦左宗棠來出氣。

到了看操那天，左宗棠由醇王親自相陪，坐轎到了南苑。出轎上演武台，但見他戴副極大的墨晶眼鏡，傲然兀立，一副目中無人的神態，更令神機營的兵丁不滿。

『看他，』有個人小聲跟他同伴說：『不像騾子帶個眼罩？就管他叫左騾子好了。』

左宗棠在南苑盤桓了一整天，看陣法、看火器、看校射。他是有意折磨神機營的兵丁，用意在讓醇王知道，隊伍出征，行軍佈陣，如何勞苦，遠非安居京師的禁軍可比。

到得看完收隊，已將天黑；神機營不曾打算宿營，而趕回城去，已自不及，臨時紮營住宿，搞得手忙腳亂，越發怨聲載道。隨他一起去看操的營務處總理王詩正，帶了一萬兩銀票在身上；這時便找個機會，悄悄問道：『大帥，該犒賞吧？』

左宗棠也像曾國荃一樣，治軍揮金如土。這次從蘭州到京師，沿路迎送護衛的兵丁，皆得厚犒；特別是一入直隸境界，對李鴻章派來護送的親軍，一賞便是上千銀子。照道理說，應邀看操，這個面子不小；就爲敬重醇王起見，也該大大地犒賞。可是左宗棠卻大搖其頭。

『神機營是禁軍，除了天子以外，誰也不敢犒軍。不必，不必！』

他的想法並不錯，如果眞個發銀犒賞，說不定就會有言官參劾；問一句：以臣下而犒禁軍，意欲何爲？這是雍正、乾隆年間，極可能引起莫大的麻煩。無奈神機營的兵丁並不明白這些大道理，只當左宗棠小氣，因而提起『左騾子』就罵。

就爲了神機營對左宗棠深爲不滿，所以醇王的態度也改變了；王大臣會議的那天，他的神色很冷漠，而左宗棠卻沒有看出來，依舊興高采烈地，大談訓練旗兵的章程。

『八旗還有養育閒散的兵丁，我想請王爺主持，挑選五千人，編立成營。我那裡挑幾百人來當管帶、弁目。總期在一年以內，練成勁旅。』左宗棠加重了語氣說：『這是我有把握的事。』

大家都看著醇王，等他發言；而他卻不開口，恭王只好催問了：『老七，你看怎麼樣？』

『只怕沒有那麼多人可挑。』

左宗棠接口說道：『就少一點也行。』

『少一點就沒有意思了。』

左宗棠愕然，這才看出醇王並不熱心。當然，寶鋆是早就聽說了的，旗兵不歡迎『左騾子』，這時便很機警地迎合醇王的意思，向左宗棠問道：『季翁，如果練五千人，一年得要多少銀子，可有預算？』

『算過的。』左宗棠答道：『兵丁行裝、器械、帳房、操演所用的彈藥、看操的獎賞，以及加給的口糧，一年總得三十萬銀子。』

『這就很難了！』寶鋆一直以大學士管戶部，談到錢，他最會『哭窮』，便將中俄交涉以來，備戰的耗費，報了一大篇帳，最後說道：『如今中俄新約，已經簽訂畫押，馬上就要照約行事；賠俄國人那一大筆兵費，還不知道從何而出？賠款一日不交，俄國人一天不撤。季翁，你想想看？』

左宗棠無以爲答，只是坐在那裡大口舒氣，彷彿鬱悶難宣似地。

見此光景，恭王覺得到了該結束的時候，便用徵詢的語氣，看著左宗棠說道：『我看，只好暫時緩一緩了？』

不緩又如何？左宗棠心有不甘而不能不表示同意；接下來又問：『然則興修畿輔水利一事呢？』

『這自然要借重大力。』恭王又向寶鋆說：『這是一件有關民生的大事，戶部得要想辦法，籌一筆款子出來。』

『是。我一定讓他們想辦法籌撥。』寶鋆滿口應承。

經此一番撫慰，左宗棠的興致才又提了起來，『我們一樣一樣談。』他說：『既然練旗兵暫緩，就不必要那麼多人。馬隊不宜幹河工，請王爺的示，是不是撤回甘肅？』

『對了！撤回甘肅好了。』

『步兵亦不必那麼多。左右兩營，可以裁撤一營；不過兵勇資遣，營官得要設法安插。』

『這要看你的意思。』恭王問道：『季高，你想裁哪一營？』

左宗棠想了一下答道：『裁右營。』

『右營督帶不是劉璈嗎？』

『是的。』左宗棠說：『劉璈在我那裡多年，很立了些戰功；要請王爺給他一個好缺。』

『他是甚麼身分？』

『是二品頂戴的即用道，分發在甘肅。不過甘肅現在沒有道缺。』

恭王點點頭說：『我讓吏部查一查再說，照你的意思，給他一個好缺就是了。』

『我替劉璈謝謝王爺的栽培。』左宗棠轉臉看著醇王說：『修治畿輔水利，也還得請七王爺主持。』

醇王知道，這是左宗棠用他作擋箭牌，來對付李鴻章可能會有的掣肘；是件吃力不討好的事，不過他一向自負任事之勇，所以亦不肯推辭，慨然答道：『事情你去辦，有麻煩來找我。』

『我不敢替七王爺惹麻煩。只是做事容易做人難，畿輔水利，與他處不同……』

於是左宗棠又開始大發議論，說近畿多『王莊』，濬河開溝，處處會有糾紛，必得醇王出面，才得免除阻撓。

『開濬只有解凍以後、合凍之前的幾個月，可以施工；如果夏秋之際，雨水太多，山洪漲發，還得停工，算起來沒有多少日子可用，如果阻撓一多，完工無日，坐耗錢糧，關係不輕。』左宗棠加重語氣說道：『所以不論任何阻撓，都得靠七王爺鼎力，非把它打通不可。』

聽他說得嚴重，醇王倒不敢貿然應承了，『你說，』他問：『有些甚麼阻撓？』

『別的阻撓，倒還好辦；最麻煩的是，有些人講風水，明明應該取直的河道，偏偏要求迂迴繞越。』左宗棠停了一下又說：『從前直隸總督于成龍，爲了保護他的祖墳，沿河別開水道，貽患至今，可爲前車之鑑。』

提到輿地風水，醇王不由得便想到，最近由劉銘傳的一通奏疏所引起的爭議——當中俄交涉緊張之時，朝命召宿將入覲，鮑超最先到京；而劉銘傳卻遲遲其行，直到上年秋天，方始北上。經過保定時，與李鴻章有好幾日的盤桓；剪燭長談，認爲自強之道，關鍵在於建造鐵路。李鴻章當時正在籌劃開辦南北洋電報；也覺得建造鐵路與電報相輔並行，功效更好，因而力贊其成，並且由他幕府中熟悉洋務的文案委員，代爲擬摺具奏。

奏摺中首先陳述『鐵路之利，於漕務、賑務、商務、礦務、釐捐、行旅者，不可殫述；而於用兵尤不可緩』。因爲第一，中國幅員遼闊，『畫疆而守，則防不勝防；馳逐往來，則鞭長莫及，惟鐵路一開，則東西南北，呼吸相通，視敵所趨，相機策應，雖萬里之遙，數日可至；百萬之眾，一呼而集。』

其次：『兵合則強，分則弱。以中國十八省計之，兵非不多，餉非不足，然此疆彼界，各具一心，遇有兵端，自顧不暇，徵餉調兵，無力承應。若鐵路告成，則聲勢聯絡，血脈貫通，裁兵節餉，併成勁旅；防邊防海，轉運槍砲，朝發夕至。駐防之兵，即可爲游擊之旅，十八省合爲一氣，一兵可抵十數兵之用。將來兵權餉權，俱在朝廷，內重外輕，不爲疆臣所牽制矣。』

劉銘傳認爲中國的要路有南北兩條，南路又分爲二：一條是由清江浦經山東，一條是由漢口經河南，都抵達京師。北路則由京師東通奉天，西到甘肅，如果不能同時並舉，可以借洋債先修清江浦經山東到京城這一條，與南北洋電報，互爲表裡。

這個奏摺，相當動聽，尤其是『兵權餉權，俱在朝廷，內重外輕，不爲疆臣所牽制』這兩句話，雖是李鴻章借劉銘傳之口，對左宗棠放的冷箭；而在朝廷，卻實在是搔著了癢處。因此，朝旨命直隸總督李鴻章，兩江總督劉坤一，『悉心籌商，妥議具奏』。

南北洋的意見，大不相同，劉坤一反對，而李鴻章自然贊成，覆奏說建造鐵路，對於國計、軍政、京畿、民生、轉運、郵政、礦務、招商、輪船、行旅等等，都有莫大的好處。但『借用洋債，外人於鐵路把持侵佔；與妨害國用諸端，亦不可不防。』當然，這是對左宗棠借用洋債，乘機會作變相的攻擊。

儘管劉銘傳的原摺、李鴻章的覆奏，多方申述建造鐵路『其利甚溥』，而在京裡卻很難找得到同調；言官合疏卻說得一無是處，有『三大弊』；『九不利』；『五害』，主要的就因爲開鐵路便得挖斷不知多少家祖墳上的來龍去脈，風水所關，便是禍福所繫，所以極力反對。

醇王意會到此，心存警惕，很勉強地答應了下來。左宗棠卻是處事敏捷，很快地便調集了王德榜所督帶的左營親軍，先就動起手來；地方官也都知道他難惹，少不得盡力支援。

左宗棠雖於經世實用之學，無所不窺，但到底不是治河的專才；名爲『自出相度機宜』，其實並不曾深究，因陋就簡，沒有幾天就讓人看出來，他是近乎空疏鋪張的性情，因而朝士譏評，隨處可以聽到。

收復伊犁

中俄交涉，和平了結，伊犁復歸版圖；朝中重見一片昇平的氣象，但是，慈安太后卻是心力交瘁，厭倦視朝了。

『這一年多，我眞是累了。』她微微咳嗽著對恭王和軍機大臣說：『如今總算平平安安地；都靠大家同心協力，才有這麼個結果。眞正不容易！』

『這是上託兩位皇太后公溥慈祥之德。』恭王答道：『俄事雖已了結，新疆的善後事宜，還很麻煩；臣等惟有悉心籌劃，請旨施行。聖母皇太后聖躬不豫，至今還在調養；朝中大政，全靠母后皇太后主持於上，臣等才能稟承。聖躬關係甚重，千萬珍攝。』

『我知道。』慈安太后停了一下，強打精神，垂詢新疆的善後事宜，『我現在不擔心別的，只擔心俄國人反覆；將來伊犁交回，咱們是怎麼個接收？』

『自然是派兵接收，等新約訂成，還有許多細節，由總理衙門另外與俄國使臣磋商。』

『派兵接收，只怕又會生出事故；總要規定得明明白白，讓俄國人沒有話說。』慈安太后又說：『你們看看，是不是找劉錦棠到京裡來，問問他們，可有甚麼難處？預先替他們想辦法。還有，以前左宗棠奏過，新疆該設行省，我記得當時定規，等伊犁收回再議。如今該怎麼辦呢？』

『是。』恭王答道，『也還早。等收回伊犁，再議不遲。』

『那也得問問劉錦棠他們。』慈安太后吩咐，『你們去商量，是找劉錦棠，還是找張曜進京來談？』

回到軍機處商議，決定召劉錦棠的副手，以廣東陸路提督幫辦新疆軍務的張曜進京；這是左宗棠的建議，因爲將來率軍接收伊犁的，必是張曜，一面要問他有何『難處』；一面指示機宜，亦以直接告訴張曜爲宜。

『張朗齋此人，關於他的生平，有許多有趣的傳說。』寶鋆興味盎然地問左宗棠：『到底那些傳說，是眞是假？』

『我不知道是怎麼一個傳聞？』

傳聞中說：張曜少年殺人，亡命河南固始。那時河南鬧捻子，民間多結團自保；張曜勇武能馭眾，被推爲首腦，都叫他『張大哥』。

咸豐末年，捻匪張總愚進撲固始，情勢危急。縣令姓蒯有個女兒，是美人也是才女，鍾愛異常；蒯大老爺心裡在想：城池一破，自己是地方官，守土有責，自然與城共存亡；家人亦必不能倖免。與其這樣白死，不如死中求生，覓一條出路。於是親筆寫了一道告示，貼在十字路口；這通告示，轟動了整個固始城，津津樂道，竟似忘了身在危城，朝不保夕。

告示的內容很簡單，只說有能守得住固始城的，縣令以愛女許配此人爲妻。這個獎賞，重於千金；但卻沒有『勇夫』敢學毛遂的自薦，都說：『這分豔福，只有讓張大哥去享。』

在弟兄們慫恿之下，張曜也就躍躍欲試了。蒯縣令原也知道有這麼一個人，相見之下，看他相貌魁偉，先就有了信心。問到破敵之計，覺得張曜的話更有道理。

張曜以爲敵眾我寡，非出奇兵，不能獲勝。他表示只需三百人，即可奏功；但這三百人，需個個精壯，不能有一弱者。蒯縣令便讓他自己挑了三百人，大碗酒、大塊肉，好好地犒勞了一頓，親自送他們出城擊敵。

張曜揀隱蔽之處埋伏好了；三更時分，奇襲敵營，奔走如風，銳不可當。城內是早就約定好了的；蒯縣令調派守軍民伕，多備鼓角號炮。一見前方有了行動，城上便大張聲勢，吶喊助威。捻匪倉卒應變，不知官軍有多少；無心戀戰，紛紛潰退。

其時正好僧格林沁率領他的有名的蒙古馬隊，星夜馳援；數里之外，就望見火光中，官軍往來馳逐，威風八面，大爲驚奇。等捻匪敗走，親自馳馬來詢問究竟；張曜略陳經過，僧王大爲高興；奏保張曜當知縣，同時出面作大媒，爲他迎娶了蒯小姐。

蒯小姐是名副其實的『掌印夫人』。她不但美而多才，並且精於吏事；張曜是不識字的，所以一切公文，全由夫人處理。外人卻不知道，都說『張大老爺是文武全才』。上官亦以張曜爲能員，所以官運亨通，扶搖直上，沒有幾年就當到了河南藩司。

於是有個御史劉毓楠，不知爲甚麼與張曜過不去？奏劾他『目不識丁』。原摺下河南巡撫查察屬實；一字不識，如何能掌理一省民政財務？照例由文改武，調派爲南陽鎮總兵。

這是很丟面子的事，張曜既怒且憤，但無可奈何；只能拜夫人爲老師，像蒙童那樣，從『認字號』開始讀書。年紀長了，自然是悟性好、記性不好；背書背不出，『老師』往往大發嬌嗔，有時罵得人下不了台，而張曜甘之如飴。

『我看過他的尺牘。』談到這裡，寶鋆舉了實例：『書法楚楚可觀，顏之骨、米之肉；倒覺得比彭雪琴的一味粗豪，猶勝一籌。』

『這是佩翁的獎飾。』左宗棠笑道：『張朗齋僱內是不錯，不過外間的傳聞，未免失實。』

『正爲失實，所以請教。』

『其實，我亦不甚了了；他的籍貫就弄不清楚，先是浙江上虞，改隸大興，又改隸杭州，而世居吳江同里鎮……』

同里是出名富庶的魚米之鄉，賭風極盛；張曜年輕的時候，便日夜在賭場中討生活，有一次耍無賴，爲他一個姓陳的親戚批頰痛斥。張曜大爲悔恨；年輕好面子，這一來自覺在同里無臉見人，遠走河南，投奔他的姑夫，固始知縣蒯賀蓀。

蒯賀蓀也知道這個內姪，少年無賴，不堪委任；而且目不識丁亦無用處。不過天下每一個縣衙門，都有這類『官親』，處置之道，無非每天兩頓大鍋飯，每月幾兩銀子的零用；張曜就是這樣在他姑夫那裡吃閒飯。

麻煩的是閒飯吃不飽。張曜生來魁梧，閒來無事玩石鎖、仙人擔練膂力，所以食量甚大，飯桌上風捲殘雲似地，害得別人常常吃白飯；廚子對他更加厭惡。張曜自覺無趣，只好節食；在衙門裡吃了飯，再到外面食攤上去找補。這一來，每月幾兩銀子的零用，自然不夠，連剃頭洗澡的錢都沒有，蓬頭垢面，衣衫襤褸，蒯賀蓀見了就罵；這碗閒飯，著實難吃。

其時捻匪初起，但聲勢甚盛；當地士紳會齊了去見蒯賀蓀，願意湊出錢來招募鄉兵以自保。這是各地通行的辦法；蒯賀蓀當然接納，招募了三百人。但要派一名管帶，卻無人應命，因爲人數既少，又無訓練，絕不能抵擋越『捻』越大，越『捻』越緊的捻匪。

張曜倒有躍躍欲試之意，但深知他姑夫輕視他；不敢貿然開口。最後，眞的找不到人了，他才硬著頭皮自告奮勇，蒯賀蓀沒有選擇的餘地，便將三百人交了給他。

就這天黃昏，快馬來報，大股捻匪已撲向固始。蒯賀蓀大起驚慌，計無所出；張曜卻沉著得很，認爲這三百人不能守城，要埋伏在城外，教捻匪不知虛實，一驚而走，才保得住固始。

蒯賀蓀覺得他的話也有道理，便讓他帶隊出城。這一夜奇襲敵壘，便如傳聞中所說的，恰好遇到僧王；激賞之下，以朝廷授權，便宜行事，給了張曜一個五品頂帶。以後蒯賀蓀調職，張曜便接他姑夫的遺缺；當了固始知縣。他開始讀書，確是在由河南藩司改任爲南陽鎮總兵以後，不過另延文士爲師，卻不是他夫人的學生。

『倒是有件事，眞可以看出張朗齋的性情。』左宗棠說道：『劉毓楠當安徽鳳穎道，被劾落職；回河南祥符老家，貧無聊賴，居然跟張朗齋通殷勤。諸位猜張朗齋作何態度？』

『自然是不報。』寶鋆答說。

『不然。』李鴻藻說：『貽以千金。』

『是的。』左宗棠點點頭，『每年如此。最妙的是，每次給劉毓楠的信上，都鈐一方小印，四個字：「目不識丁」。』

『這不是揶揄。』李鴻藻大爲讚歎，『是感念劉毓楠栽成之德。胸襟如此，眞正可愛。』

『這倒跟樊燮的事相像。』

寶鋆所指的樊燮，也是個總兵，當年也是因爲目不識丁爲湖南巡撫駱秉章所嚴劾；而實在是在駱秉章幕中獨斷獨行的左宗棠的主意。樊燮罷官，回到湖北恩施老家，憤不能平；延名師教他的兒子樊增祥讀書，說是『不中進士就不是我的兒子。』果然，樊增祥刻苦力學，光緒三年成進士、點翰林，不負老父的期望。

『說起來也是我一激之力。只不知樊雲門可有張朗齋的雅量？』說著，左宗棠掀髯大笑。

由於張曜有這些傳奇的故事，益令人想見他一見；所以當時便作了決定，接受左宗棠的意見，由軍機擬旨，召張曜到京，面授機宜。然後各自散去。

左宗棠這時已在京城裡置了一所住宅，並且接來了眷屬。第一個通家之好是於他有恩的潘祖蔭，常有往來，這天也是潘祖蔭請客，所以由軍機處散出來，逕赴潘家去赴午宴——潘祖蔭富於收藏，特別是金石碑版；宴罷一一爲左宗棠指點。其實有許多關中出土的商周鼎彝，還是左宗棠送他的；此時聽潘祖蔭細述源流，考證得明明白白，頗有寶劍贈與烈士之感，因而主人得意，客人更得意。

就在興盡將告辭的時候，聽差來報：『涂大人來拜！』

『涂大人』是指河南巡撫涂宗瀛，安徽六合人，舉人出身，替曾國藩辦過糧台，跟左宗棠也算熟人；但跟潘祖蔭素無淵源，這次奉召入覲，在禮貌上已拜訪過一次，這第二次來拜，就可以不見了。

『擋駕！』

『回老爺的話，涂大人說來辭行，還有事要談。』

潘祖蔭有些爲難，有貴客在此，不能不陪；如邀左宗棠一起相見，又怕他會當著曾國藩的舊部大罵曾國藩，未免尷尬。

左宗棠看出他的難處，而且人也倦了，便即說道：『涂朗軒也是舊識，前幾天我們剛見過面，暢談往事。此刻我就不必見他了。』

於是潘祖蔭吩咐聽差，將涂宗瀛先請到花廳裡坐；然後開中門送客，看左宗棠上了轎，才回進來會涂宗瀛。

照例寒暄過後，涂宗瀛才道明來意，是特爲來談一件案子。

捕快作賊

河南多盜，捉盜賊要靠捕快；所以盜賊一多，捕快也多，大縣列名『隸籍』的，竟有上千人之多。其實，正如俗語所說的『捕快賊出身』；白天坐在『班房』裡的捕快，正就是黑夜裡明火執仗的強盜。

全河南最有名的一個捕快，是南陽府鎮平縣的胡體安；此人就是一個坐地分贓的大強盜。自己當然不出手，也不在本地做案；是指派徒子徒孫劫人於數百里外。由於手段狡猾，而且聲氣廣通，所以很少出事；如果案子鬧得太大，追得太急，胡體安還有最後一著：以重金買出貧民來『頂兇』。

有一次胡體安的黨羽，在光州搶了一個姓趙的布商；此人是當地巨富，被劫以後，照例報案，也照例不會有何結果。於是姓趙的自己雇人在私下偵查；查出來是胡體安主謀指使。姓趙的便親自上省，走了巡撫衙門文案委員的門路；直接向巡撫涂宗瀛呈控。發交臬司衙門審問。苦主指證歷歷，毫無可疑，於是涂宗瀛下令，指名拘捕胡體安。

密札由巡撫衙門下達臬司，然後由道而府，由府而縣，層層照行，到了鎮平知縣手裡，拆閱之下，大驚失色。

鎮平知縣是個山東人，名叫馬翥，三甲進士出身，『榜下即用』，抽籤分發河南；論州縣補缺的班次，新科進士是『老虎班』，遇缺即補，所以到省稟見的第三天，藩司衙門就『掛牌』委署鎭平知縣。到任不過半個月，就遇見這麼一件有關『考成』的盜案；主犯竟是本縣的捕快，如何交代得過去？即使逮捕歸案，失察的處分，必不可免。

『老夫子，』他向刑名師爺說：『你看看，眞正該我倒楣，本縣的捕快，竟遠到光州作案；上峰指名查拿，足見重視。請老夫子連夜辦公事，拿這個胡體安，押解上去。』

『慢來，東翁！』姓毛的刑名師爺慢條斯理地答道：『這個胡體安，還不知道在哪裡呢！』

『怎麼？』馬翥愕然，『不是本縣的捕快嗎？』

『名爲捕快，其實也許是地痞、流氓；或者是充眼線的，掛個名而已。』毛師爺又說：『東翁剛剛通籍，又剛剛到任，對河南的情形，諒來還不熟悉。喏，是這麼回事……。』

等毛師爺略略談了河南多盜所以多捕快的緣故；馬翥更加著慌，『照此看來，這胡體安能不能緝捕歸案，猶在未定之天。』他說：『密札上限期只有十天，怎麼辦呢？』

『事情是有點棘手，不過東翁不必著急。等我來想辦法。』

於是毛師爺從床頭箱子裡取出一個小本子，背著馬翥翻了半天——這是個不肯讓任何人寓目的『祕本』，裡面記載著各種辦刑案所必須的資料，其中之一就是捕快的名冊，姓名年籍，是『承襲』還是新補；新補則來歷如何？查到胡體安，下面註明：『劉學太保薦。』

『不要緊。等我找個人來問問。』

『找誰？』馬翥問道。

『也是本縣的捕快，劉學太。這是個眞捕快。』

於是到班房裡傳喚捕快劉學太；磕罷了頭，劉學太只向毛師爺問說：『師大老爺，有甚麼吩咐？』

『你的麻煩來了！』毛師爺向窗外窺探的人喝道：『都替我出去！關門。』

幕友的規矩，都是獨住一院；食宿辦公，皆在一起，關防十分嚴密。劉學太見他如此處置，知道眞正有了麻煩，臉色頓時就變了。

『你保薦過幾個名字？』

這是指保薦捕快，劉學太一時也記不清，想到就說，一共報了五個名字，其中沒有胡體安。

『不對吧！』毛師爺問道：『有個胡體安呢？』

『胡體安！』劉學太嚇一大跳，『保這個人的，多著呢！不止我一個。』

『我只找你一個！』毛師爺揚一揚他的『祕本』，又加一句：『我只著落在你身上。』

『師大老爺明鑑，』劉學太跪了下來，『胡體安是本縣一霸，極難惹的；如果風聲透露，一定抓不到了。師大老爺既然著落在我身上，我一定想法子抓人來，公事上好有交代；大老爺的前程可以保住，不過……』

聽他欲言又止，自然有條件要談；毛師爺問道：『你還有甚麼話，儘管說。』

『請大老爺體恤，第一、限期寬些；第二、我的家小不動，免得打草驚蛇。』

『家小不動』，是請求免予扣押他的眷屬——差役奉命辦案，爲加重壓力，原有這樣的辦法；如果扣押了劉學太的家屬，可能胡體安會起疑心，所以說是『免得打草驚蛇』。這要求合乎情理，毛師爺允許了他。

『不動你的家小，可以。不過，限期不能寬，因爲上面的限期也緊得很。我給你三天限；第四天沒有人來，可別怪我無情，要請你老娘來吃牢飯了。』

劉學太跟胡體安是有往來的，他在光州那件案子，劉學太亦略有所聞。抓他倒不難，『逃得了和尚逃不了廟』；胡體安在鎮平的產業甚多，絕不會走，軟騙硬逼，總可以把他弄到手。但這一來便結成了生死冤仇，人家黨羽眾多，而且都是亡命之徒；自己絕不能去惹這場殺身之禍。

想來想去，只有照自己最初的想法——當跟毛師爺答話時，說『一定想法子抓人來，公事上好有交代』，便是暗示：總有一個『主犯』就是。如今只有跟胡體安自己去商量，弄個『主犯』來歸案。『胡老大，』他屏人密告：『光州那件案子犯了，指名要你的人；著落在我身上。你說怎麼辦吧？』

胡體安先驚後笑：『老劉，你是跟我開玩笑？自己弟兄，有話好說，何必來這套？』

『這你就不對了！我當你自己人，才來老實告訴你，請你自己想辦法；你倒疑心，我在你身上玩甚麼花樣，這不太冤屈人？你不想想，保薦你的是我；我把你弄了進去，於我有甚麼好處？』

最後一句話，說得很透徹；胡體安原是一種試探，探明眞情，隨即改容相謝：『老劉，老劉，我跟你說笑話的。你這樣維護我，我豈有不明白的道理。來，來，我跟你好好討教。』

引入密室，一榻橫陳；兩個人隔著鴉片煙燈，悄悄計議，決定了弄一個『頂兇』去搪塞的步驟。第一件大事，當然是在毛師爺那裡送一筆重禮。

禮送進去，毛師爺收下了；這就表示毛師爺已有所默喻，於是在胡體安家抓了個人到『班房』；這個人是個十五歲的孩子，名叫王樹汶，是胡體安家廚房裡當雜差的小廝。

『先把他吊起來！』劉學太喝道：『問他，叫甚麼名字？』

吊起來一問，王樹汶哭著說道：『我叫王樹汶。』

『甚麼王樹汶？替我打，著實打！』

『不是，不是。』王樹汶大喊，『我叫胡體安。』

『好了，好了！放下來，放下來！』劉學太作出那種驚嚇了小孩，心懷歉疚而又找不出適當的話來撫慰的神情，『早說你是胡某人，不就用不著吃苦頭了嗎？』

於是旁邊的人一擁而上，七手八腳把弔著的王樹汶放了下來，替他揉膀子的揉膀子，擦眼淚的擦眼淚，服侍得倒是好周到。

『小鬼該餓了；弄頓好的給他吃！』

縣衙前的小吃攤子最多；不一會就送來了一碟子滷驢肉，一大碗酸辣湯，一盤洋麵饃饃，熱氣騰騰，香味撲鼻，但是眼淚汪汪的王樹汶卻只是搖頭。

『吃啊！』有個年紀跟王樹汶差不多的小皂隸，老氣橫秋地說：『男子漢、大丈夫，一人做事一人當；幹嘛弄出這等樣？』

一語未畢，臉上著了一巴掌；『去你娘的！』劉學太惱他『一人做事一人當』這句話說得不合時宜，瞪眼罵道：『這裡沒有你的話！你他媽的少開口，沒有人當你啞巴。』

等那小皂隸捂著臉，嘟著嘴避到一邊；王樹汶怯怯地問道：『劉大爺，你說的話算不算數？是不是騙我？』

『我怎麼騙你？哪句話不算數？』

『就是，就是「沒有死罪」那句話。』

『當然囉，怎麼會有死罪？』劉學太在他旁邊的凳子上坐了下來，拉住他的手；用懇切得恨不能挖出心來給他看的神情說：『你倒想想，如果不是上頭都說好了，憑你這樣兒，混充得過去嗎？你雖只十五歲，很懂事了；總也聽說過「頂兇」是怎麼回事？現在是爲了敷衍公事，不能不裝個樣子；你儘管放心大膽，上頭怎麼問，你怎麼答，包你無事。』

『會不會打屁股？』

『這就在你自己囉！』劉學太將身子一仰，『你老老實實招供，不惹縣大老爺生氣，他憑甚麼打你？』

王樹汶想了一下，點點頭；拿起一個饅頭，掰開一塊，放在嘴裡，慢慢咀嚼著。

『不過有句話，我先關照你，你別怕！』劉學太很從容地說：『公事有公事的樣子，儘管暗底下都說好了，場面上要裝得像；照道理說，這種案子要釘鐐，不要緊的，一切有我。』

這一下，王樹汶倒了胃口；含著一口食物，怔怔地望著劉學太，疑懼滿面。

『跟你說過了，只是裝樣子；到了監獄裡，我馬上替你卸掉。總之一句話：你相信我劉大叔，放心就是。』

『劉大叔，』王樹汶問道：『你說沒有死罪；那麼，是甚麼罪呢？』

『至多三年的牢獄之災。在監獄裡，讓你睡高舖，一天兩頓，這樣的白麵饃饃管你個夠；準包三年下來，把你養得白白胖胖的，連你自己都認不得你自己了。』劉學太放低了聲音又說：『三年一滿，不是許了你了嗎？兩頃地、五十兩銀子；娶個老婆，雇兩個長工，小子，你時來運轉，馬上就成家立業了！』說著，便使勁在他背上拍了一巴掌，是替他高興得忘形的神氣。

王樹汶的臉色漸漸開朗了，然而就像黃梅天氣那樣，陽光從雲端裡漏了一下，旋又消失，依然陰霾滿天；『我不相信有那麼好的事！』他搖搖頭。

『誰騙你？誰騙你就天誅地滅。』劉學太煞有介事地，『明天就讓那面寫契給你；五十兩銀子替你存在裕豐源，摺子交給你自己收著。這總行了吧？』裕豐源是鎭平縣唯一的一家山西票號。

『眞的？』

『當然是眞的。我不賭過咒了嗎？』

終於，王樹汶點點頭；重新開始喝湯吃饅頭。劉學太便又叮囑了一番話，將他穩住了方始離座，走到間壁屋子。

『我看見了。』刑房張書辦大搖其頭，『怎麼弄這麼一個孩子來？也要搪塞得過去才行啊！』

怎麼會搪塞不過去？劉學太知道，張書辦一肚子的詭計；死的也能說成活的，何況有個教好了口供的人在那裡？他這樣表示，當然是有作用的；爲求痛快，不如自己知趣。

『老胡讓我捎了信來，』他低聲說道：『有筆孝敬，馬上替張二叔你存到裕豐源去。』接著便伸了兩個指頭。

『二百？』

『嗯。』

『這麼件案子……』

『這是先表微意。』劉學太搶著說：『事情弄好了，還有這個數。』他又伸了三個指頭。

張書辦想了一下，很認眞地說：『也罷了！不過話說在頭裡，我是淨得。』

『自然，自然。毛師爺那裡另外已經有了。』

『我上去說。倘或他有話下來，你得告訴老胡，讓他找補。』

『那當然，反正不讓你爲難就是。』

毛師爺倒沒有說甚麼，也許已經滿足；也許等案子到了緊要之處，另有需索。張書辦心想，反正有話在先，歸劉學太自己去打點，這時就不必談錢，只談人好了。

『人是太瘦小了一點，不過講話倒還老練，能充得過去；而且也不盡是混充。』

『這怎麼說？』毛師爺問道：『這傢伙也是一起下手的？』

『下手的是老胡的姪子；他也跟了去的，不過並不知情。』張書辦說：『總扯得上一點邊，也不完全是冤屈。一切都靠師爺了。』

『等我想想。』毛師爺在想，馬翥有些書獃子的味道；又是很深的近視眼，若是坐堂問案時，弄得黑黝黝地讓他看不清楚，這一案可以混得過去。不過，由縣而府，由府而道，一直到省裡，都要打點好了，才得無事。

『老胡知道。』劉學太這樣回答他，『已經有預備了。』

『那行。』

於是毛師爺派人將馬翥請了來；一見面就說：『恭喜東翁，正兇已經抓到了。』

『彼此，彼此！』馬翥笑容滿面地答道：『全是仰仗老夫子的大力。』

接著便談到案情——這些盜案重犯，往往先由刑房書辦問一遍，做成『節略』，敘述案情梗概；這份節略是早就做好了的，馬翥接到手裡，看不了兩三行便停了下來，臉現訝異之色。

『想不到這個盜魁，這麼年輕，才二十一歲！』

『「以貌取人，失之子羽。」審案子宜乎虛己以聽；東翁切莫先存成見。』

『說得是，說得是！』馬翥受教；等將節略看完，便要傳諭升堂。

『東翁！』毛師爺攔阻他說：『此時還不宜提審！』

『噢！』馬翥問道：『莫非有甚麼說法？』

『胡體安能在千里以外作案，黨羽自然不少；此刻提審，不禁百姓旁觀，倘或有那無法無天的在公堂鬧事，雖無大礙，究於東翁官威有損。』

『是，是！』馬翥心誠悅服地請教：『那麼，老夫子看，以甚麼時候爲宜？』

盜案、風化案，或者涉於機密，有所關礙的案子，原可以便衣在花廳提審；馬翥十年寒窗，初爲民牧，既不諳世故，更不懂做官，毛師爺便是欺他這一點，一本正經地說道：『明日早堂，越早越好。一則，清靜；再則，要弄成陰森森的樣子，教犯人想到，上有鬼神，不可欺誑，自然照實作供。』

馬翥自然嘉納其言，傳話下去；第二天早堂問案。

冒名頂替

第二天曙色初透，公堂便已侍候好了；馬翥也是半夜裡就被喚醒，漱洗飽餐，然後換上公服坐等。到鐘打六下；刑房張書辦到簽押房窗外稟報：『請大老爺升堂。』

由上房過二廳、到大堂，在暖閣中升了座，只見正前方一塊灰濛濛的天，正飄著毛毛細雨，還有風，吹得公案上一盞紅色牛角罩的燭台，光暈搖曳，連文牘都不甚看得清楚。此外的光亮，便只有正簷前兩盞用三腳竹架支著，『鎮平縣正堂馬』的字樣猶新的大燈籠；照出站班的皀隸，肅然無聲地分列兩旁，手裡不是拿著竹板，便是刑具。

『都侍候好了！』張書辦在馬翥身邊關照；同時將個紅布面的卷宗一揭。

於是馬翥用硃筆在名單上一點，口中吩咐：『帶胡體安！』

值堂的皀隸大聲應著：『喳！』接著到簷前宣示：『奉堂諭：帶胡體安。』

劉學太已經在西角門外等候了半天；這時便拍著王樹汶的肩膀，安慰子姪似地說：『不要怕、不要怕！一切有我。縣大老爺是書獃子，最好說話；你答供得乾淨俐落，他一定高興。』

王樹汶深深吸了口氣，重重地點著頭說：『我知道。』

『好，上去吧！』

於是鐵索鋃鐺，就像變把戲牽出一頭猴子似地，將王樹汶牽到堂上跪倒；爲了要做出強盜的氣派，他依照劉學太的教導，昂起了頭，極力裝成滿不在乎的神態。

『稟報大老爺，』劉學太屈一膝大聲說道：『奉堂諭，帶到盜犯胡體安一名。』

馬翥向下望去，影綽綽一個瘦瘦小小的孩子，不免驚奇；但以毛師爺的先入之言，並未想到這個孩子不像強盜，只感歎著人心不古，這樣的年輕人，居然也會行劫。

端詳了一會，他開口問道：『你叫甚麼名字？』

『小的叫胡體安。』

聽他這樣回答，劉學太和值堂的張書辦都鬆了口氣；即令王樹汶不致臨時變卦，卻怕他驚慌失措，無意間露出眞相，現在聽他語氣平靜從容，自是極大的安慰。

『你今年多大？』

『今年二十一歲。』

『二十一幾，』馬翥搖搖頭，『倒看不出。』

『小的生日小，臘月二十五日。』

馬翥沒有理他的話，看著案卷問道：『光州趙家的搶案，是不是你做的？』

『是的。』

『你好大膽！』馬翥的聲音提高了，『你知道不知道，搶劫是甚麼罪名？』

『大老爺開恩。』王樹汶磕了個頭說：『小的實在叫沒法。這幾年河南大旱，沒有得吃的；小的上有七十多歲的老的要奉養……』

『慢點！』馬翥捉住漏洞，急忙問道：『你今年才二十一歲，倒有個七十多歲的父親，這話怎麼說？』

漏洞捉得太快了些，如說有個七十多歲的老娘，便難辯解；七十多歲的父親卻無足爲奇，王樹汶原就能說會道，加以縣大老爺果然如劉學太所說的『好說話』，心裡不太畏懼，更能從容圓謊：『小的是小的父親的老來子。』

『你娘多大？』

『我娘今年整五十。』

『那還罷了。』馬翥停了一下，接上原來的話頭：『雖說飢寒起盜心，到底不可恕；你年紀輕輕，甚麼事不可以做，為甚麼要做強盜？』

『小的原在前任大老爺手裡補上了一個名字；有名無糧，是空的。』王樹汶又說：『小的不敢在本地做案。請大老爺開恩。』

『你做案自然不止一個人，同夥呢？是哪些人，從實招來。』

『一共五個人。』王樹汶隨意報了四個名字；連他自己是五個。

『這四個人住在哪裡？』

『小的不知道。』

『胡說！』馬翥拍著桌子呵斥，『你們同夥做案，怎麼會不知道他們住在哪裡？』

『大老爺，不是小的敢欺大老爺，實在因為這四個人，都是無家無業的混混；平時不是住在土地廟，就是人家屋簷下蹲一夜。等小的被抓住；那四個人想來是聽見風聲，逃得乾乾淨淨了。』

聽這話，似乎有理；馬翥便喊：『張書辦！』

『有！』張書辦在公案旁邊打了個扦，站起身來等候問話。

『這個強盜同案的還有四名犯人，要抓到才是。』

『是！』張書辦先答應這一聲，顧住了馬翥的官威；然後才踏上兩步，低聲說道：『回大老爺的話，這是另外一案，與本案無關；書辦的意思，不必多事。』

『這就不對了！同是一案，怎麼說是另外一案？』

『大老爺明鑑，本縣辦的不是盜案；光州出的案子，沒有報到本縣，與本縣無干。』

『那麼，你說，我們辦的這件案子，叫甚麼名堂？』

『本縣只不過奉上台公事，指名逮捕胡體安；抓到胡體安，公事就可以交代了。』

『啊，啊！』馬翥恍然大悟；這案情上是有些分別，光州出的搶案，並未向鎮平縣來報，實在不必越俎代庖去細問；上面叫抓胡體安，抓住胡體安往上送就是。不過，他又有疑問：『胡體安已供了這四個人，上面不是要著落在本縣逮捕歸案嗎？』

這一下，張書辦就不能再明說了，湊上去附著馬翥的耳朵說道：『大老爺，供詞好改的；這四個人居無定處，不在本縣，就與本縣無干。』

『對！』馬翥用極低的聲音問：『怎麼改法？』

『改爲胡體安親供：路經某處，糾合不知名無賴四人，夥同行劫。』

『行嗎？』馬翥懷疑；『好像太滑頭了。』

『這種事很多，俗語說的「見財起意」，就是這個樣。河南這幾年大旱，飢寒起盜心，不相識的連手「打桿子」的案子，書辦那裡總有幾十件。』

『好，好！依你。』馬翥便不再多問了；擺一擺手說：『先押下去。回頭再問。』

王樹汶被押了下去，仍舊在班房裡坐；也仍舊由劉學太陪著，叫小徒弟到衙門前面照牆下的小吃攤上弄來一大碗牛肉泡饃供他點飢。雙手銬著，不便持箸，又替他開掉了手銬。

吃到一半，張書辦走了來，將劉學太喚出去，囑咐了幾句；他便回進來對王樹汶說：『兄弟，還要過一堂，畫供。那四個人，你只說是路上遇見的，談起來都是衣食不周，飢寒交迫，沒奈何結夥去搶人家。不知道人家的姓名；也不知道那是甚麼地方。這一來，罪名就會輕得多。』

聽說『罪名會輕得多』，王樹汶自然樂從。於是等他畫了供，打疊文卷，備文呈送南陽府；南陽府的刑幕跟毛師爺是拜把兄弟，自然照轉不誤。到了臬司衙門，卻沒有這樣順利了；臬幕是刑名老手，燈下細閱全卷，疑義甚多，一條一條都用箋紙簽註了，預備陳明『東翁』加以痛駁。

這是公事公辦的作法；私底下卻另有一套。天下幕友，浙江紹興人居多，通稱『紹興師爺』；尤其是刑名，精於律例以外，並有師承祕傳的心法，一案入手，先定宗旨，要救甚麼人？所以紀曉嵐戲稱此輩爲『四救先生』；四救中最重要的一救是：『救生不救死』。說起來是體上天好生之德，多積陰功爲兒孫造福；其實，『救死』則無非昭雪冤抑，雖可揚名，不見得有實惠；救生則犯人家屬，必然盡力所及，花錢買命。如果遇到富家子殺人的命案，若能設法開脫，那就予取予求，吃著不盡了。

當然，這非上下聯手不可；因此，幕友貴乎廣通聲氣，自成系統，不然有天大的本事亦行不通。也因此，學幕貴乎師承；先從州縣著手，有了基礎，然後再投『憲幕』，學刑名的便拜臬司衙門的刑名老夫子爲師。這樣經過一兩年，出而應聘，則從州縣到省，整個辦案程序，無不了然，叫作『能得其全』；同時，老師既在『憲幕』，當然處處照應，事無扞格，州縣必定爭相禮聘。而學生報答老師的，則是提取束修的幾分之一，按月孝敬；臬司衙門的刑名師爺和藩司衙門的錢穀師爺，如果能在某一省待上三、五年，羽翼滿佈，坐享其成，可致巨富。

河南臬署的這個張師爺，卻是應聘未久，正在『打天下』；遇見這件案子，當然不肯輕易放過。同時，心裡也很惱鎭平縣的毛師爺，這樣一件破綻百出的盜劫重案，竟因自恃與府幕是拜把兄弟，可以順利過關；便不將憲幕放在眼裡，連招呼都不打一個，豈不可恨？

然而，這些毛病倘或一一簽出，直陳『東翁』，以後要自我轉圜就很難，也就沒有戲好唱了；如果託出人來向毛某示意，則又爲人所輕，而且也知道姓毛的手段厲害，怕爲他捏住索賄的把柄，反受挾制。必得想個表面不著痕跡，暗中能教姓毛的曉得厲害的辦法，才能讓他自己來登門求教。

這個辦法不難想。張師爺親筆擬了一道公文，提醒南陽府注意限期。刑名有『審限』，凡是各省盜劫案件，自破案到結案，限期四個月，州縣限兩個月解直隸州或府；直隸州或府限二十天解臬司衙門；臬司衙門限二十天解督撫；督撫限二十天咨題刑部，違限參處。這些規定雖載明在『刑部則例』中，但早成具文；誤了限期，隨意找個理由，聲明一筆就可以了。如今臬司衙門忽然重申審限，足見重視；也等於警告南陽府和鎭平縣，這件案子絕不會如府縣所呈報的那樣，循例照轉；而在臬司那裡，將會重新開審，追根問底。

這一下，毛師爺才知道臬幕張師爺不是好惹的人物，一面趕緊派劉學太用騾車將王樹汶解到府裡；一面託人向張師爺關照：『多多包涵。』

受託的是毛師爺的小同鄉，跟張師爺也是熟人的一個候補知縣；結果碰了個軟釘子，張師爺表示要等人犯解到，臬司審過再說；能幫忙一定幫忙，幫不上忙，也就無法。

這話說如不說。中間人傳到毛師爺那裡，才知道空口說白話，無濟於事；便老老實實再託中間人去探詢，到底要甚麼條件，才能幫忙包涵？

張師爺只提出一個條件，要毛師爺拜他的門。論資格年齡，彼此相仿；對毛師爺來說，這個條件未免委屈。但從利害上來打算，能結成這重關係，不但眼前的困境可解，以後還有許多照應，也未始不是好事。因此，他很痛快地答應了下來。

於是經過中間人的安排，毛師爺專程上省，借了朋友家行拜師大典；在紅氈條上跪了下去，恭恭敬敬磕過三個頭，獻上大紅全帖及一封贄敬，是一百兩一張的銀票。

張師爺爲了打天下，恩威並用。毛師爺給他磕頭，他高坐堂皇，受之不辭；那封贄敬卻是『璧謝』。不但不收贄敬，還贈了學生一份重禮，是關外帶來的一件大毛皮統子和一枝老山人參。那件盜案，當然也順利過關；由署理臬司麟椿，申詳撫院，咨題刑部。

臨刑鳴冤

原擬的罪是『斬監候』；秋審處的總辦趙舒翹認爲罪重擬輕，根據律例改定爲『斬立決』。用『釘封文書』發回河南；委了個剛剛到省的大挑知縣陸惺監斬。

於是一大早將王樹汶提堂，驗明正身；王樹汶還不知道自己要綁赴市曹，只當複審，依然報明自己的姓名是胡體安。等到上綁，才知不妙，想喊冤枉時，『痲核桃』已塞到嘴裡，開不得口了。就這樣押上騾車，鳴鑼喝道，前往鬧市處斬。車過城隍廟，拉車的騾子不知怎麼受了驚；突然不由正道，斜穿横出，直奔城隍廟，一時秩序大亂。陸惺也停了轎，等候騾車；而那頭騾子，怎麼樣鞭打也不肯出來。

這一陣折騰，王樹汶的『痲核桃』從嘴裡落了下來；這是千載一時的良機，便使足吃奶的氣力，高聲喊道：『冤枉！』

其聲淒厲，令人毛骨悚然。陸惺心裡本就厭惡，一到差，別樣差使沒有幹過，卻先奉委監斬；這時聽得犯人嗚冤，加以騾車無緣無故闖入城隍廟，立刻認定冥冥之中，必有鬼神示警，所以等差役和車伕，好不容易將騾車弄出來以後，他卻吩咐：『不到刑場了！』

『甚麼？』承辦的差人，從未遇見過這種事，只當自己聽錯了，特意再問一句：『請大老爺再說一遍。』

『不到刑場了。到臬台衙門。』

這一下才聽清楚。差役奉令行事，轉道臬署；陸惺派人到門上投手本，聲明有緊要公事，必須面稟臬司。

麟椿已經得報，認為陸惺胡鬧；加上張師爺危言恫嚇，越發不悅。所以接見陸惺時，鐵青著臉，一言不發。

『回大人的話，此案必有冤情。』陸惺將城隍廟所發生的意外經過，說了一遍。

『胡說！』麟椿放下臉來申斥，『你知道你自己幹的是多荒唐的事！奉旨正法的人，你無故延誤，還有膽子跟本司來說？趕快去！』

『回大人的話，實在不是無故。人命至重，既死不能復生；看這罪犯，是一小孩，不像殺人越貨的強盜，還請大人重新審問。』

麟椿怒不可遏，而又有些氣得說不出話的神情；胸前起伏了好久，忽然很冷靜地問道：『陸大令，我倒要請教，你究竟要幹甚麼？』

『只為了事有可疑，請大人明斷。』

『莫非你受了犯人家屬的重賄，有意找個事故想替他翻案不成？』

陸惺駭然，而且也氣惱不止，但不能不平心靜氣分辯，『大人這話從何而來，竊所不喻。』他說：『我到省不久，胡體安一案還未聽說過；直到奉委監斬，今天一早提堂驗明正身，才知道犯人是甚麼樣子。大人如何這樣子猜測？』

『哼！』麟椿冷笑，『你的行爲太離奇了，教人不能不疑心。你是舉人，想來筆下有自知之明，春闈無望，才就了大挑一途；相貌、言語能夠讓王公大臣看中，挑上了你，也不是一件容易的事；初入仕途，就該小心謹慎，好好當差。這樣子胡鬧，你是自毀前程。』

說著端一端茶碗；廊下聽差，隨即高喊：『送客！』麟椿卻連最起碼的，哈一哈腰送客的姿態都沒有，站起身來就轉入屏風後面了。

『大人、大人！』

陸惺還想追進去，卻讓聽差擋住了，『陸大老爺，』那聽差提醒他說：『官場的規矩要緊。』

陸惺無奈，只有回出臬司衙門；全副『出紅差』的『導子』都擺在衙前，惹了無數老百姓圍觀。聽騾車中卻無聲息；陸惺便問：『犯人怎麼樣？』

『犯人不喊冤了。』

『那，那，』陸惺異常吃力地說：『那就上刑場！』

到了刑場，地保已經設下公案；陸惺下轎升座，眼看差役將『胡體安』從騾車裡弄了出來，軟不郎當地癱成一團，好不容易將他扶得跪倒；突然間，犯人又喊出一聲來：『冤枉！』

他先是被打昏了過去；此時好一陣播弄，加以冷風一吹，回過氣來，身上便似有了筋骨撐持，喊出這一聲，看熱鬧的老百姓無不詫異，四周頓見騷動。

『冤枉啊！』王樹汶厲聲極喊，『我哪裡是胡體安？他們答應我沒有死罪的，怎麼又要我的命？』

執役的差人，一擁而上，有人踢他有人罵，有人還想去掩他的嘴，卻都讓陸惺喝住了。

『住手！』他大聲吩咐：『將犯人帶上來。』

這一下，四周的百姓都往裡擠；那些差役個個變色，怕因此激出民變，於是有個花白鬍子的刑房書辦，趕緊上前向陸惺關照：『大老爺，莫在這裡審！』

陸惺被提醒了，他是極明事理，懂得分寸的人；自己是監斬官，遇到這樣的事，唯有停刑請示，倘或擅自審問，便是推翻定讞，也就等於違旨，這罪名絕不會輕，因而感激地向那刑房書辦答道：『言之有理。將犯人押回去再說！』

押到哪裡？陸惺是候補知縣，並無衙門；如果是尋常犯人，可以寄押首縣，這一案奇峰突起，詭譎之至，首縣怕事，必不肯代爲寄押。臬司衙門則更不必談，因此，當刑房書辦問到這一層時，陸惺不由得發楞。

然而人群洶湧，雖不敢大聲喧嚷，卻是議論紛紛，有如鼎沸之勢；再有好看熱鬧的，拚命從人群後面向前擠，刑場的圈子越縮越小，再下去就會維持不住秩序。那白鬍子的刑房書辦，見此光景，不能不越權作緊急措施了。

『奉監斬官諭，』他拉開一條極蒼勁的嗓子喊道：『正法盜犯，臨刑鳴冤；帶到巡撫衙門，秉公處斷。』

巡撫是一省最高長官；而涂宗瀛到底是經曾國藩陶冶過的，且也講講理學，所以雖有嗜財之名，卻不敢公然貪墨，只拿自己所刻印的書，諸如《太極圖說》之類，向屬下推銷。比起李瀚章、李鴻章兄弟的操守，已算甚賢。在河南的官聲還不錯；加以有『秉公處斷』這句話，心懷不服的老百姓一口氣平了下去；讓陸惺安然將王樹汶帶了走。

當然，一路走，一路有老百姓跟著；跟到巡撫衙門，撫標中軍已經得報，生怕百姓聚眾滋事，趕緊調派得力親軍，掮著洋槍，在東西轅門列隊警戒；同時弄了幾塊『高腳牌』，大書『撫署重地，閒人免進』，叫人扛在肩上，巡行轅門之外，阻攔百姓前進。

陸惺當然也下了轎，帶著犯人，步入轅門。一見撫標中軍，三品參將，站在照牆下面，趕緊趨前幾步，請個安說：『大人，我奉命監斬，出了奇事；請大人代稟撫台，我要求見。』

『不敢當，』撫標中軍還了個軍禮，『陸大老爺怎麼弄了這麼多老百姓來，鬧出亂子，這責任恐怕老兄擔不起噢！』

一聽這話，大有責備之意，陸惺趕緊答道：『事出無奈，請大人鼎力維持。百姓無非關切犯人的冤抑，只要撫台下令，秉公重審，百姓絕不敢胡亂鬧事。』

『話是這麼說。百姓一聚集了起來，就難解散了；更怕內有奸人搗亂。陸大老爺你這件事做得大錯特錯；閒話少說，你趕緊自己去稟見撫台，我在這裡彈壓。』

『是，是！』陸惺大踏步進了衙門，遞上手本；門上也知道事態嚴重，不敢刁難，只是絕沒有好臉嘴給他看。冷冷地說一句：『到官廳裡候著！』

等候不到十分鐘，門上來傳話：撫台在花廳接見。到得花廳，涂宗瀛已站在廊上等候，一見面就是埋怨的口吻：『你怎麼多事！搞出這麼個花樣來？』

『卑職該死！』陸惺賭氣，左右開弓打了自己兩個嘴巴，『只為卑職讀過兩句書，良心未泯；該死、該死！』

涂宗瀛倒覺歉然，連忙搖手：『何必如此，何必如此。請進來談！』

陸惺也覺得自己這種負氣的姿態，相當惡劣；因而進了花廳，改容謝罪，然後細談案情經過。

涂宗瀛雖講理學，自然不是醇儒，也深信冥冥中有鬼神之說；所以一面聽，一面不由得就有悚然警惕的神色，認為騾子無端闖入城隍廟，其中大有道理。看起來犯人確負奇冤，不能不替他昭雪。

就在這時候，署理臬司麟椿，趕到了巡撫衙門；不待通報，逕自來到花廳，怒氣沖沖地指著陸惺嚷道：『請大人當機立斷，不嚴劾此人，這一案不能了。』

涂宗瀛賦性平和，『老兄莫動肝火。』他勸慰說：『鬱怒傷肝，非攝身之道。』

『大人，』麟椿氣急敗壞地說，『河南近年多盜，非用重典，不足以保障良善。鐵案如山的事，只憑盜犯臨刑一聲冤枉，便可翻案；此例一開，強盜個個可以逃避國法，成何體統？』

『這一案倒眞是有點怪！城隍顯靈，似乎不能不信。好在眞是眞，假是假；何妨再問一堂！』

『何需再問。這「胡體安」由鎮平縣一層層解上來，前後問過十幾堂，口供始終如一。請問大人，若有冤屈，何以一句口風不露；到命在頃刻之際，才說冤枉，世上哪裡有這種事？』

『這話，倒也在理……』

看涂宗瀛沉吟著大有動搖之意，陸惺當然著急；勢成騎虎，不能不爭，否則自己受處分還是小事，已經將一個人從井裡救了上來，卻又讓人再推了下去，心裡會一輩子不安，也一輩子不甘，因而大聲插嘴：『犯人一直不吐露口風，是因為原有人許了他可以不死。這是件頂兇的案子，再明白不過。』

『就是你明白！』麟椿戟指厲聲：『你說，誰許了他可以不死？你說，你說！』

陸惺連連倒退，卻未爲他這番凌人的盛氣所嚇倒，『是誰許了他不死，要問犯人自己。』他說：『撫台的訓諭極是，眞是眞，假是假，請大人再問一堂。』

『對了！』涂宗瀛接口，『你就在我這裡問。』

麟椿猶覺不願，而撫標中軍卻憂形於色地，特爲來報告巡撫，如果『胡體安』這一案，沒有明確的處置，百姓聚而不散，必致鼓譟滋事，那一來會鬧得不可收拾。所以必須有所安撫。

『不容老兄再猶豫了！』涂宗瀛對麟椿說了這一句，隨即向撫標中軍吩咐，『你跟文案上去商量，立刻出一張告示，秉公重審；百姓不可越軌。』

『是！』

撫標中軍啣命跟文案委員去接頭；立刻出了一張告示，老百姓認爲撫台公平正直，歡頌而散；只有極少數的人，還留下來看熱鬧，爲持槍的親軍一驅而散，巡撫衙門前面，很快地恢復清靜。

但衙門裡面，卻正熱鬧；撫署並不問刑案，一切公堂承應的差人、刑具等等，都要傳首縣來辦差，平空添了好些人。

公堂佈置在巡撫衙門一所跨院。等到麟椿升堂，將王樹汶帶了上來；只聽鐵索鋃鐺，一院肅然，觀審的也有人，是本衙門的官員吏役，都是懂規矩的，所以悄然無聲，但都睜大了眼，要看麟椿如何處理這件棘手的奇聞。

『胡體安，』麟椿一開口便見得他不承認犯人是頂兇，『你爲甚麼臨刑搗亂？可惡極了！你放明白些，死罪已經難逃，再受活罪，是自討苦吃。』

『小人不是胡體安。』王樹汶用哭音說道：『小人沒有做過強盜。』

『你不是胡體安。哼，那，你叫甚麼？』

『小人叫王樹汶。』

『你會寫字不會？』

『小人不會。』王樹汶說：『略略認得幾個字。』

『那你總認得你的名字囉？』

『名字認得。』

於是麟椿取張紙，寫了好幾個音同字不同的『王樹汶』這一個名字；叫犯人辨認。

王樹汶爬在地下，仔細辨認了一遍，抬頭說道：『大老爺……』

『咄！』旁邊的皀隸叱斥，『要叫大人！』

『喔，喔，大人。都不是。』

麟椿原對他有成見，一聽這話，便覺得犯人等於說他連這麼三個字都寫不出來似地，頓時氣往上衝，『混帳東西，』他喝問：『你說你姓哪個王？』

『三畫王。』

『你看，可見得混帳刁惡。頭一個字不是王？』

頭一個名字寫的是『王如聞』；王樹汶哭喪著臉說道：『第二個字不對！是一株樹的樹。』

『你不會再找嗎？』

於是王樹汶再找，終於找到了樹字。但第三個字始終找不出；問他自己又說不上來。堂下無不匿笑，審案連犯人的名字都弄不清楚，眞成了一樁糊塗官司。

可是，麟椿卻畢竟改了口，『王樹汶，』他說：『你連過十幾堂，供的名字都是胡體安，現在又說叫王樹汶，有甚麼證據？』

這話將王樹汶問得發楞，結結巴巴地答道：『小人沒有證據。』

『沒有證據，便是胡說：』麟椿喝道：『替我著實打！好可惡的東西。』說著，一把火籤撒了下來，同時伸了兩個手指：『兩百！』

差役便待將王樹汶拖翻，打兩百板子；值堂的刑房書辦覺得不妥，便踏上兩步，低聲說道：『大人息怒。此刻是借地方問案；一動了刑，犯人哭聲震天，驚動了撫台，諸多不便。』說著，向堂下努一努嘴。

麟椿抬眼看到院子裡，撫署的許多人在觀審，頓時警覺，這一下會落個酷刑逼供的名聲，傳到巡撫耳朵裡，確有『不便』，於是見機而作，收回成命。

『好罷！暫且將這頓板子寄在他狗腿上。』他又問道：『王樹汶，你說沒有證據；難道就沒有一個人知道你叫王樹汶？』

王樹汶這才算弄明白，堂上所說的『證據』是甚麼？急忙答道：『有，有！小人是鄧州西鄉人，那裡都知道小人叫王樹汶。』

『你家裡還有甚麼人？』

『有爹、有娘、有個妹妹。』王樹汶說：『我爹叫王季福。』

『是幹甚麼的？』

『種田。』

麟椿想了想又問：『你是鄧州人，怎麼又跑到了鎮平？』

『是一個胡大爺，經過小人那裡，說小人聰明，給了我爹二兩銀子，帶著小人到鎮平縣。後來，又有個胡大爺……』

『慢著！』麟椿厭煩地，『先一個胡大爺，又有個胡大爺，你簡直胡說。』

『不要叫甚麼胡大爺，』值堂的刑書告誡王樹汶，『你儘管稱他們的名字。先一個胡大爺是誰，後一個胡大爺又是誰？』

『先前那個叫胡廣得，後來一個就是胡體安。』

『你在胡體安家幹甚麼？』

『打雜。』王樹汶說：『有時也在廚房裡幫忙。』

『想你不過胡家一個小廝，怎麼會叫你來頂兇？』麟椿靈機一動，覺得不妨架上他一個罪名：『大概胡體安到光州做案，你也跟了去的！』

『到光州是胡廣得……』王樹汶突然頓住。

『說！』麟椿將公案重重一拍，大聲喝道：『你必是跟了胡廣得一起去做搶案的。快說！』

『我不知道是搶案。』

『那麼，』麟椿不容他喘氣緊接著問，『你知道些甚麼？說實話，不說實話，看我不用夾棍夾你！』

掌刑的皂隸便幫堂上助威，恫嚇犯人，『嘩啦』一聲，將一副夾板，重重摔在王樹汶面前：使得他的臉色大變。

『大人，我實在不知道。那天晚上到了光州，在一處好荒涼的地方，胡廣得脫了袍子，說要去出恭，叫我替他看守衣服包裹；哪知這一出恭，直到四更天才回來，不知他幹甚麼去了。』

『哼！』麟椿連連冷笑，『我說呢，何以不叫別人頂兇，要叫你頂？原來是這個樣。好吧，你再說，是怎麼叫你出頭來頂的？』

這話就長了。王樹汶倒也機警，並未將劉學太的名字牽出來；麟椿也沒有細問，將他長篇大論的一套經過錄了供，便退了堂。王樹汶收監，他自己回衙門。

現在要考慮如何覆命了。往來蹀躞，始終拿不定主意——他沒有去請教張師爺，因爲對這位幕友，已失去信心；但張師爺卻不能不問，特地來見麟椿，勸他當夜就去見撫台，面稟案情；看撫台的意思再作道理。

『已經瞞不住了，不如早早回覆。東翁，』張師爺強作鎭靜，『不會有甚麼大了不得的事。』

麟椿接納了他的建議，當即『上院』，面陳複審經過。

『這一案不難水落石出。』涂宗瀛說道：『只要通知鄧州朱知州，將王季福找來，讓他們父子對質，眞假自知。』

麟椿當然也知道這是正辦，但本心不願意這麼做，所以自己不提這個辦法；既然巡撫如此交代，而且事理極明，無可推諉，只能答應一聲：『是！』

『不過，老兄要留神。』涂宗瀛提醒他說，『這一案要辦就要辦得乾淨。想那胡體安既然能買人頂兇，自然也會幹出別的花樣來。倘或事機不密，或者手腳太慢，讓他搶了先著，將那個王季福弄得不知去向，成了一件疑案；無法定讞，我跟老兄的前程，豈不都斷送在這胡體安身上？』

這幾句話說得麟椿悚然而驚；言外的警告，十分明白，涂宗瀛為了保自己的前程，絕不肯擔待責任。如果自己辦事遲延，抓不到王季福驗不出眞相，則涂宗瀛提示在先，便可振振有詞地指名嚴參；倒是自己的前程，要斷送在胡體安身上。

因此，他惶恐答應著，退出撫署，不顧張師爺的阻攔，逼著辦了公事，通知『南汝光道』轉飭南陽知照，令下鄧州知州，逮捕王季福，解送到省，以便跟王樹汶對質。

明鏡高懸

公事是專差送達的，由於規定了限期，每一層都不敢延誤；第五天就到了鄧州知州朱光第手裡。此人籍隸浙江湖州，字杏簪；幕友出身，敬仰他的一個同鄉先輩——乾隆年間的浙江蕭山人汪輝祖；他也是刑名幕友出身，後來中了進士，榜下即用，授職湖南寧遠知縣。那地方漢猺雜處；而且有班外來的『流丐』，強橫不法，是有名難治的地方。汪輝祖一到任，就抓了他們的頭子，關入監獄；其餘徒黨，盡驅出境。同時親筆寫了一張告示，貼在縣衙門前，說是官民一體。官員的責任在聽訟問案；百姓的責任在完糧納賦。官員如果不勤職，咎有難辭；百姓不奉公，則法所不容。特地與百姓約定，十天工夫中，他以七天坐堂問案；兩天徵比糧賦；餘下一天，他親自辦理刑名錢穀的公文，申詳上司。如果百姓完糧納賦沒有麻煩；他就可以省出工夫精力來多管刑名了。

從來地方官辦理公文，多假手幕友；這位縣大老爺與眾不同，而且話說得極誠懇，寧遠百姓，感念他的誠意，完糧納稅，果然十分踴躍，『上下忙』徵賦，用不到一個月就徵足了。

汪輝祖亦言而有信，省出工夫來料理刑名。由於他是刑幕出身，書辦吏役的毛病，無不盡知，因此沒有人敢欺騙他。但是，汪輝祖的幕學，卻又非陳陳相因，憑律例來斷案；律窮例缺，便無所措手，他是腹有詩書的，通以經術，證以古史，有時所作的判決，不合於律例，但必深愜於情理。同時賦性愷悌；每次到非打犯人板子不可的時候，總要先喊受刑的人到公案前面，用極懇切的聲音說：『法不可恕，我不能不打你。身體髮膚，受之父母，不可毀傷；你何苦做這些犯法的事，害得你父母為你丟臉心疼？』

良心未泯的犯人，每每感激涕零，泣不可仰；汪輝祖從小是孤兒，懷念父母，亦常常陪著犯人雪涕。因此，在寧遠不到一年，訟案大減；有時兩造對質，由於理屈的一方在汪輝祖面前悔悟認罪，理直的一方反為理屈的求情。這是朱光第聽訟最嚮往的一種境界。

除此以外，汪輝祖還有許多真正便民的惠政；為民造福最深的一件事，是讓寧遠百姓由淮鹽改食粵鹽。鹽商納稅取得專賣權，行銷地區，有嚴格的規定；寧遠定例食用淮鹽，由兩淮貫下江——長江流過安徽的一段，經江西到湘南九嶷山北的寧遠，千里迢迢，運費越過鹽價不知多少倍？因此，寧遠多吃近在咫尺的廣東私鹽，幾乎家家如此，無足為奇。

但是販私鹽、買私鹽都是犯法的；鹽政衙門專有緝私的營伍，經常派出兵去抓私鹽。俗語說的是『私鹽越禁越好賣』，因為每當緝私的風聲緊急時，鹽價就會大漲；『羊毛出在羊身上』，私鹽販子的損失，到頭來都加在用戶身上。汪輝祖博諮周訪，發覺老百姓並不是想撿便宜，而是兩淮來的官鹽，貴得吃不起；其實，寧遠百姓買私鹽的錢，比廣東百姓買本省官鹽的錢還要出得多。

於是他親自擬了公文，呈請上官，說『私不可縱，而食淡可虞，請改淮引爲粵引』。公文報出，還未得到答覆，他就出了一張告示：民間每戶存鹽不及十斤者暫不罰。這是因爲緝私的兵丁，騷擾過甚；所以作此權宜之計。緝私營因爲他斷了他們的『財路』，大爲憤怒；向總督衙門告了他一狀。湖廣總督是狀元出身，愛才下士的畢沅，不理緝私營的訐告，下令支持汪輝祖的作法，凡是爲了食用而零星購進的粵鹽，一律不禁。

汪輝祖作過兩部書，一部叫作《學治臆說》；一部叫作《佐治藥言》，都是服官遊幕，閱歷有得的眞心話。特別是《佐治藥言》，當朱光第做幕友的時候，就奉爲圭臬；他治獄平直，尤善於治盜，在鄧州極受百姓愛戴。

接到南陽府轉來的公事，朱光第入眼就知道這件案子，非同小可；王樹汶臨刑鳴冤的奇事，已經通省皆知，朱光第心想：胡體安既有那樣的神通，能夠層層打通關節，以假作眞，自然也會知道王樹汶所供的眞情；可能先下手爲強，將王季福騙走藏匿，變成無可對證。或者，本縣的胥吏，亦受了他的囑託，風聲一露；先自通風報信，等自己下令傳王季福到案時，已是慢了一步。

因此，他不動聲色，只傳諭出巡。這是常有之舉，差役都不以爲意；朱光第對鄧州的地理也很熟悉，到了西鄉，在一座關帝廟，召集當地父老談話，垂詢地方情形。談到一半，忽然問道：『有個叫王季福的人，可在這裡？』

『請問大老爺，』有人問道：『不知是哪個王季福？』

『必是問的王老師。』另一個人接口。

原來西鄉有兩個王季福，一個務農，就是王樹汶的父親；一個卻是教蒙童爲生的塾師，在村外土地廟設帳。照理，鄉下凡有紅白喜事，賣田置產，訴訟糾紛，旁及迎神報賽，只要是動到筆，或者與公眾有關，必須出個主意的事，都要請教塾師；而況像這樣縣大老爺下鄉的大舉動，更非由塾師來相陪不可。因此，這個人猜想，必是因爲塾師不曾露面，縣官不解，所以動問。

『回大老爺的話，王老師今天恰好到前村替人看病去了。』先前答話的那人，看一看天色說：『也好回來了，等我馬上派人去看。』

朱光第當然聽懂了，心想，這倒誤會得好，便點點頭說：『如果王老師回來了，便請了來敘話。』然後又裝作好奇似地問道：『另一個王季福是甚麼人？』

『種莊稼的，就住在溪那頭，王家村。是個安分良民。唉！不想……』說到這裡，有人連連咳嗽，那人會意，便不作聲了。

朱光第自也會意；裝傻不響。談過幾句閒話，將手一招；他那心腹跟班便走了來聽候差遣。

『帶幾個人過溪，到王家村去。』朱光第貼著他的耳朵說：『好好找了來；不准用強。』

那跟班應聲：『是！』悄悄退了下去；悄悄帶著差人到王家村去找王季福。

不過半個時辰的工夫，兩個王季福先後都到了；先到的是王老師，是個秀才，長揖不跪，滿口『老公祖』長，『老公祖』短，極其巴結。朱光第也按照敬重衣冠中人的禮數，以『老兄』相稱，相當客氣。

周旋過一陣，遙遙望見一群人迤邐而來，有他的跟班，也有差人；後面跟著大大小小十來個人。這不用說，王樹汶的父親已經找到了；所以才有這班人跟來看熱鬧。

他看到了，旁人當然也看到了；群相驚疑，不知他有何舉動？就在這時候，朱光第突然向王老師問道：『老兄可知道王樹汶其人？』

『王樹汶？』王老師當然知道，只是盜劫重案，又牽連者胡體安，怕多言賈禍，所以搖搖頭說：『上覆老公祖，生員不是本地人，不知道。』

這就露了馬腳，明明知道王樹汶是本地人。朱光第暗中好笑；同時也知道再問是多餘之事，便站起來，預備動身。

『傳轎！』差役大聲一喊。

在場的人，紛紛起立，而且很快地排成班，恭送縣大老爺。朱光第便朗聲說道：『大家聽清楚了，我帶那個王季福回城，絕不會爲難他。他沒有犯法；我只不過傳他去做一個證人，問明白了，大概還要送到省城去認一個人。大家可猜想得到，是去認一個甚麼人？』

於是，或者面面相覷，或者竊竊私議，卻沒有一個人敢開口。

『不要怕！』朱光第鼓勵著說：『儘管說實話。』

『老公祖，』王老師打了一躬，爲他同名同姓的鄉農乞情，『這個王季福，平日安分守己；從未聽說他有爲非作歹的情事。』

『我知道。看樣子是個老實人。』

然而老實人卻做了一件錯事；因爲本來老實怕官，加上情虛心驚，一見了朱光第瑟瑟抖個不住，竟致自己管不住自己，癱倒在地，面色其白如紙，像要虛脫似地。

朱光第從遊幕到服官，經手的刑名案件，傳訊過的犯人證人，不知多少？老實怕官的人也見得多，何至於這般模樣；心裡便有了兩三成底子，要多帶些人走了。

帶的是王家村的地保和王季福的左右鄰居——多少年來的規矩，官府傳人作證或者有所訊問，派個差人去傳喚就是；限期到案，不問此人因此耗時廢業，自貼盤纏，這就叫作『訟累』。朱光第卻格外體恤，傳集王家的鄰居，每人發了一吊制錢，讓他們進城好有食宿之費。

回衙門就開審，卻不提王季福，先傳左鄰，也姓王；『王季福是不是你同族？』他問。

『是。是小人族中弟兄。』

『那麼，王樹汶呢？』朱光第用閒話的口氣問。

『是小人的姪子。』

一下就可以確定王樹汶眞的是王季福的兒子；於是朱光第又問：『你跟王季福是弟兄，又是鄰居，當然常有來往。』

『不是。小人跟王季福不和；平時不來往的。大老爺要問王季福的事，要問王天賜。』

『誰是王天賜？』

『喏，就是他。』

順著他的手指，向廊下一看，原來就是王季福的右鄰；『好，沒有你的事了，你趁早回去吧！』

朱光第打發左鄰傳右鄰：『你叫甚麼名字？』

『小人叫王天賜。』

『王季福是你甚麼人？』

『是共曾祖的弟兄。』王天賜看上去不像鄉下人；講話很從容。

『你們常有往來？』

『是弟兄嘛，又是緊鄰，當然常常往來。』

『那麼，你對王季福家的事，當然很熟悉囉？』

『也知道些。』王天賜說：『不過家家有本難唸的經，有些事，小人也不便問。』

『是哪些事？』

王天賜一楞，只是眨眼，是一時想不起的神情；隔了半晌才說：『回大老爺的話，總是家務事。不知道大老爺要問哪一件？』

『我問他的兒子。』朱光第說：『王樹汶是他的兒子不是？』

『是的。王季福就那麼一個兒子，給了人家了。』

『既是獨子，怎麼捨得給人？』

『這就不曉得了。小人問過他；他只是搖頭嘆氣。小人就不便再問了。』

『王季福家，平時有些甚麼人出入？』朱光第問：『你是他的緊鄰，又常有往來；他家的客人，你自然也有認識的？』

『是的，有些認識，有些不認識。認識的都是本地人。』

『這就是說，不認識的都是外路人。』

『是。』王天賜毫不遲疑地回答。

『有個胡廣得你認不認識？』

『沒有聽說過這個人。』王天賜說：『見了面也許認識。王季福是老實人，平時也不大有人往來。』

『那麼，』朱光第問道：『最近這幾個月怎麼樣？是不是常有陌生人到他家？』

『小人不知道。這一向小人也少到他家去。』

『爲甚麼？』

王天賜口齒伶俐，一直對答如流；但問到這句話，卻遲疑著說不上來。這就很奇怪了，極易回答的話答不出來，是他個人有難言之隱呢；還是關礙王季福不便實說？

朱光第覺得有開導他的必要，便很懇切地說：『王天賜，你不必怕！本縣待你們怎麼樣，你們也都知道，我絕不會拿你無端牽入訟累。這一案與你無關，你有甚麼、說甚麼，講完了，我馬上放你回去。如果你吞吞吐吐不肯說老實話，我要體恤你也辦不到；只有押在那裡，慢慢審問實情。你想想，這不是你自己跟自己過不去嗎？』

王天賜原是明白事理的人，不過他確是關礙著王季福不便實說；所以答應一聲：『是！』想了一下又說：『王季福家的事，一時也說不盡、想不起。不曉得大老爺要我說甚麼？』

察言觀色，朱光第懂了他的意思。要他自己源源本本地細說，怕事後王季福責他出賣弟兄；若是問一句、答一句就不礙了，因爲官威之下，不容不說，是振振有詞的藉口。

於是，他想了想問道：『王樹汶做了人家的頂兇，這件事你總知道？』

『是！』王天賜點點頭，『小人就爲了這一層，所以少到他家去。』

『是怕惹是非？』

『是的。』王天賜低聲答道：『小人本來倒想替王季福出出主意，救他兒子一命；只是……』他嚥了口唾沫，終於說了出來：『有一次看到不三不四的幾個人，在他家談了一整夜。王季福眼淚汪汪，問他又不肯實說；小人心裡便有些害怕，怕不明不白惹禍上身，所以就不大到他家去了。這是句實話；大老爺再問小人別的，小人就不曉得了。』

『很好！我派人送你到客棧住一夜，明天說不定還要問你一問；問完了就放你回去。』

『多謝大老爺體恤小人。不過小人還有句話，要請大老爺恩准。』說著，便磕下頭去。

『你說，能許你的一定許你。』

『想來大老爺要拿小人的話問王季福。請大老爺千萬不要提小人跟他對質。』

『我懂得你的意思。許了你就是。』

於是，王天賜的作證告一段落；朱光第將前後證言，細細想了一遍，對案情大概，已有領悟，然後傳訊王季福。

這個老實人，比剛才鎮靜得多了；因爲朱光第嚴禁胥吏狐假虎威，不時告誡，對任何人犯都要『拿他們當人看』，這便使得初入公門的王季福，減消了好些懼意；再聽他先前作證的那個堂兄弟來告訴他：『大老爺好說話得很；問過三兩句話就放我走了。』便越發將膽壯了起來；雖還有些發抖，卻不似剛見官時那等嚇得癱倒在地。

『王季福！』朱光第首先就安慰他：『我知道你是老實人，受人所逼，沒有法子。我想你也有一肚子苦楚、委屈，巴不得有個可以替你作主的人，能讓你訴訴苦。你說是不是呢？』

聽得這幾句話，王季福雙淚交流；因爲縣官的話，句句打入心坎，是他想說而說不出，『眞正青天大老爺！』他放聲一慟，『小人苦啊！』

『像甚麼樣子？』差人呵斥著，『不許哭！』

『你隨他。』朱光第阻止差人干預，『他心裡的苦楚，非哭出來不可。』

不但哭出來，更要盡情吐露出來。王季福從胡廣得路過，看王樹汶伶俐懂事，願意收用他作個小徒弟開始，一直說到王樹汶被硬當作頂兇，胡體安如何派人向他軟硬兼施，一面威嚇，一面拿銀子塞他的嘴。源源本本，講了一個時辰，方始完畢。

『姓胡的給的銀子，小人埋在匠下面，不敢用。』王季福最後說道：『一共十五兩銀子，分毫不少。』

『那爲甚麼？』朱光第問：『爲甚麼不敢用？』

『這是賣兒子性命的錢！』王季福哭著說道：『務必求青天大老爺替小人作主，救小人兒子一命。』

『這……』朱光第正色說道：『救你兒子，要靠你自己。我拿你解到省裡去，臬台衙門大概會拿王樹汶提堂，讓你們父子對質。那時候你不要怕，有甚麼，說甚麼。你兒子的一條命，就有指望了。』

『是！』王季福連連答應：『小人一定照大老爺的話做。』

到第二天，朱光第又派差人，將那十五兩銀子，起了出來，作爲證物；然後打疊文卷，預備解送王季福上省。而就在這時候，開封陳許道任愷，派專差送了一封信來。

拆信一看，朱光第大爲詫異。任愷居然要求朱光第，不必理會公事，也就是要求朱光第，不必將王季福解送省城；說甚麼『鐵案如山，豈容狡犯翻供？』而實際上，朱光第很明白，任愷是怕案子一反，他也脫不得干係，因而設法要維持原讞。

『請上覆尊上。』朱光第斷然拒絕。『人命大事，我不敢馬虎。王季福已當眾傳來，我亦不能無緣無故放掉他。這件事，我只有得罪了。』

任愷當然也知道朱光第是個『強項令』，一封文書，未見得乖乖聽命；而且過去是他的直屬上司，現在升了官，管轄不同，更不見得能讓他賣帳，所以託了好些人向朱光第苦苦相勸，卻是徒費唇舌，一無效果。

說客也有好有醜。好的聽了朱光第持正不阿的言論，面有慚色，改容表示愧歉，自然心無芥蒂；醜的卻以爲朱光第無事生非，不通世故，過去的上司給面子請他『高抬貴手』，居然不識抬舉，豈不可恨？因而悻悻不免有些不中聽的話。朱光第一笑置之；但躲在屏風後面竊聽的家人，卻大爲不安。

於是他的長子朱祖謀便婉言諫勸——朱祖謀長於文學，拙於言詞；又在嚴父面前，更加訥訥然不能出口，一句『明哲保身』還未說完，便讓朱光第喝住了。

『你「讀聖賢書，所爲何事？」怎麼說出這種話來！而且，我也說過不知多少次，你讀你的書，不准你干預公務，何以又來多事？我看，你回湖州去吧；明年鄉試，也該好好用一番功，莫等到臨陣磨槍。』

河南多盜，朱祖謀自然不放心老父在此煩劇艱險之地。無奈朱光第認爲他在衙門裡，一方面可能會被人利用，慫恿『大少爺』包攬是非，說合官司，像從前餘杭縣知縣劉錫彤，爲了楊乃武一案，受『大少爺』之累，竟至古稀之年，投荒萬里去充軍；一方面又認爲朱祖謀住在衙門裡，所見所聞的是非太多，一定靜不下心來讀書，自誤前途，所以逼著他收拾行李，派老底下人送回湖州上疆山麓的老家去閉門用功。

王季福當然要解送省城。這一案成了鄧州的新聞，茶坊酒肆，無不談論，因而也有許多謠言；朱光第有耳目在探聽，所以這些謠言無不知悉，其中離奇不經的，可以置之不理，但有一個說法，卻不能不引以爲警惕。

這個說法是：王樹汶眞正的身分，只有等王季福解到省城，父子對質，方能水落石出。所以王季福成了全案的關鍵；如果這案一翻，從原審的鎭平知縣到南陽府，南汝光道及河東臬司，都有極大的處分。因此，上下合謀，預備在解送王季福時，中途劫人；搞成死無對證的情勢，這一案方可以維持原審。

胡體安可能會動手劫去王季福，是在朱光第的意料之中；說上下合謀，也就是說有官員庇護胡體安打劫，似乎荒唐，可是，任愷將這一案既然看得如此之重，則此荒唐的傳說，亦不是全無可能。

因此，朱光第特別愼重，起解那天，派了二十名得力的『小隊』，夾護王季福所坐的那輛騾車，沿大道直奔開封府，規定遲行早宿，第一天住南陽府，第二天住葉縣，第三天住許昌，第四天到開封。

一到開封府就不要緊了；押解的典史格外小心，進省城雖已天黑，卻仍舊到首縣祥符縣去投文，要求寄押犯人。

祥符縣的刑書，接過公文一看，寫明的是『解送人證王季福一名』；當時便搖搖頭，將公文退回。

『四老爺，你也是懂規矩的，明明是證人，怎麼說是犯人？牢裡是關罪犯的；不是犯人，怎麼可以收監？莫非眞的王法都不要了！』

縣官稱大老爺；下來是縣丞、主簿；未入流的典吏排到第四位，通稱『四老爺』。四老爺專管監獄，所以那刑書說他『也是懂規矩的』。規矩自然懂，原是有意蒙混；既然混不過去，還有計較。

『那麼，請在貴縣班房裡暫寄一寄。應繳的飯食銀子，我照數奉上。』

如果先就按這個規矩做，沒有辦不通的道理；祥符縣的刑書氣他懂規矩不按規矩做，便冷冷答道：『這要得罪了！這件事我作不得主，要問我們四老爺；天這麼晚了，我哪裡去尋他？相國寺前，多的是客棧，哪裡不好住？』

那典史無奈，到相國寺前找了家客棧住下。第二天一早到臬司衙門投文；吃過虧，學了乖，低聲下氣跟那裡的書辦商量，無論如何要將王季福接收了去。不然住在客棧裡候審，光是護送的那二十個人的食宿，就賠累不起。

總算遇著了好人，臬司衙門書辦幫他忙；辦了一道公事，將王季福發交祥符縣看管——這一管管了十天；臬司衙門才『掛牌』，委派開封府知府王兆蘭，候補知府馬永修覆訊。

到了第二天開審，先提王季福，照例問明姓名、年齡、籍貫；王兆蘭先就提出警告：『強盜不分首從，都是部裡公事一到，就綁出去殺頭的罪名。你要小心，不可以冒認——冒認一個強盜做兒子，是絲毫好處都沒有的；將來追起贓來，有你的苦頭吃。』

公堂認子

王兆蘭的話是在恫嚇，暗示他不可相認，否則必有禍事；然而王季福是老實人，聽不懂他話中的意思，只連連答說：『王樹汶是小人的兒子，錯不了的。』

那就只好讓他們相見了。將王樹汶提上堂來；到底骨肉天性，王樹汶向堂上一望，便撲了過去，父子相擁，嚎啕大哭。

『拉開來！』王兆蘭喝道，『假裝是瞞不了人的！先將王樹汶帶下去。』

差役上前去拉，而王季福怎麼樣也不肯放手；只是禁不住差役人多力大，畢竟拆開了他們父子，隔離審問。

『你說，王樹汶是你兒子，有甚麼證據？』王兆蘭問道：『王樹汶身上有甚麼記認？你說！』

『有的。』王季福一面拭淚，一面答道：『他生下來，背上就有一搭黑記。』

『有多大？』

『有洋錢那麼大小。』

『還有呢？』王兆蘭又問：『還有甚麼記認？』

王季福想了想答道：『肩上有塊疤，是小時候燙傷的。』

『左肩還是右肩？』

這就有些記不清楚了。王季福回想了好半天，才說：『好像是右肩。』

『甚麼好像？』王兆蘭將公案一拍，『你自己親生的兒子，傷疤在甚麼地方都記不清楚嗎？』

這時候王季福才發覺這位知府老爺，遠不如本州的朱大老爺好說話，心裡一著慌，『槍法』就亂了。

『是，是左肩。』

王兆蘭便不再問，戴上老花眼鏡去翻卷宗，翻到一張『屍格』樣的單子，是因爲他們父子即將對質，特意由差役將王樹汶剝光了衣服，細細檢查全身特徵，一一記明；單子上寫著王樹汶肩上確有洋錢那麼大小一塊傷疤，但在右肩，不是左肩。

王季福第一次倒是說對了，一改口改錯，恰好算是讓王兆蘭捏住了把柄，『好大膽！』他瞪著眼喝道：『你是受了誰的指使，胡亂冒充？』

『青天大老爺屈殺了小人！』王季福情急大喊，『王樹汶明明是小人親生的兒子，這哪裡是假得來的？』

『還說不假！你兒子的傷疤，明明不在你說的那個地方，可知是居中有人串供，才露了馬腳。』王兆蘭振振有詞，氣極壯、話極快：『我再問你。這一案全河南都知道了，既然你說王樹汶是你兒子，爲甚麼早不來出頭認子？可知必是冒充！甚麼王樹汶？還是胡體安！』

這一番質問，氣勢如疾風驟雨；王季福心驚膽戰，聽不眞切，自然就瞠目結舌，無詞以對。

『來！』王兆蘭下令：『將這個王季福先押下去，好生看管。案外有案，非同小可；你們要格外當心，不准讓他跟胡體安見面，更不准跟外人見面通消息，免得他們串供。』

開封府的胥吏也沒有想到這件案子，又會反覆，胡體安變王樹汶，王樹汶又變了胡體安。但情形很明白，王知府打算維持原讞。胥吏辦案，全聽官府的意旨；所以這時候對王季福便不客氣了，上來兩個人，反扭著他的手，將他押到班房，嚴密看管。

退了堂，王兆蘭立刻趕到臬司衙門，向麟椿面陳經過；聽完了，麟椿問道：『那麼，照老兄看，這王季福到底跟犯人是不是父子？』

問到這話，王兆蘭頗爲不悅，事情已經明明白白；自己接受意旨，屈法周旋，不想他有意裝傻，彷彿要將辨眞假的責任套到自己頭上似地，這就太不夠味道了。

因此，王兆蘭也就回敬了一句很有分量的話：『那要看大人的意思。』

麟椿默然。愛聽戲的他，不由得想到『審頭刺湯』的轍兒，自己不能像『湯裱褙』認人頭那樣一無顧忌，說眞就眞，說假就假。這一案不妨擺一擺；反正該著急的應該是鎭平知縣馬翥，和前任南陽知府任愷，看他們持何態度，再作道理。

『這件案子撲朔迷離，棘手得很。』麟椿拱拱手說：『老兄多費心，細細推求吧。』

『是！』王兆蘭有些困惑，一時辨不清他是何意思？

回到知府衙門，自然要跟幕友商量——知府本來是個承上啓下，不能有甚麼作爲的職守；但開封府是首府，情形不同，有兩件刑案，頗得臬司衙門毛師爺的包涵，所以這件奉委複審的臨刑鳴冤奇案，照他跟毛師爺互有勾結的幕友建議，還是得多方遮蓋。

『擔子要大家分擔。』王兆蘭說：『我看不能都由我們一手包辦。』

於是他的幕友爲他畫策，首先要請麟椿設法關照會審的候補知府馬永修，能夠呼應連合；其次要由原審的鎭平縣官馬翥，有一番巧妙的辯解；最後要把握住一個宗旨，案情即令有所不明，王樹汶的罪名不錯，他是一起行劫的從犯，依律仍然是斬罪。這一來才可以將未審出王樹汶替胡體安頂兇的過錯，含混過去。

這當然需要一段佈置的時間；而就在這時候，河南巡撫涂宗瀛，奉召入覲。外官到京，照例要拜訪本省的大老和言官；當然也要談到這件案子。河南籍的御史，接到家鄉的來信，對案情的了解，跟涂宗瀛只聽下屬的報告，大不相同；有些性情剛直的，表示要上奏參劾。涂宗瀛是謹飭一路人物，不免有些著慌。不過他自覺對這一案的處理，腳步站得很穩；這一天特地來拜會刑部尚書潘祖蔭，就是要表明他在這件案子上的態度，一秉大公，不偏不倚。這樣先取得了刑部的了解，即令有御史參劾，必定發交刑部議奏，也就不要緊了。

潘祖蔭覺得涂宗瀛能在王樹汶鳴冤之際；下令停刑，這就是重視民命的明證，著實可敬，所以連稱：『是！是！我關照司裡；倘有要爲閬翁剖白之處，一定如命辦理。』

一句話未完，門簾突掀，闖進一個聽差來；有貴客在座，豈可這樣魯莽無禮？正想呵斥，發覺聽差臉上是異常急迫的神氣，便望著他問道：『甚麼事？』

『張蘇拉來了，說有大事要面稟老爺；不等通報，已經闖了進來。』接著，敞開了門簾，讓潘祖蔭自己看。

果然是南書房的張蘇拉，一陣風似地捲了進來，在廊上跟潘祖蔭相遇，一面打扦，一面說道：『請大人趕快進宮吧！』

『怎麼？』潘祖蔭察言觀色，不由得驚疑：『出了甚麼事？』

張蘇拉發覺裡面還有位大官，不知是甚麼人，便有些顧忌，遲疑著欲語又止。

『你來！』潘祖蔭向張蘇拉招招手，自己先下了台階；站在假山旁邊。

『聽說裡頭的情形不好。』張蘇拉走過來，用極低的聲音說：『我是聽內奏事處的人說的；御醫跟薛老爺、汪老爺都趕進宮去了。』

潘祖蔭大驚，『怎麼？』他問，『「西邊」不是說好得多了，怎麼一下子又反覆？』

『不是！』張蘇拉說：『是「東邊」。』

潘祖蔭不相信。慈安太后這天未曾召見軍機，他是知道的；但太監傳諭，只說她因爲傷風，身子不爽。春寒料峭，陰晴不定；傷風的人很多，是不干緊要的小毛病，何至於『情形不好』？

『你一定弄錯了……』

『不！』張蘇拉用極有把握的聲音說：『沒有錯。我親眼得見，御醫進了景運門。』

景運門與隆宗門東西相對，如果是奉召赴慈禧太后所住的長春宮請脈，那就該進隆宗門才對；現在進景運門，當然是到慈安太后所住的鍾粹宮。

『那就奇怪了！』潘祖蔭大爲困惑，『怎麼可能呢？不會的。趕緊去看看是怎麼回事。』

他這樣喃喃自語著，回到了廳裡；涂宗瀛已站在門前等待，一見他便先告辭。潘祖蔭不便洩漏尙待求證的消息，託詞曾紀澤有電報來，要即刻進宮，到南書房去處理；然後又表示了不能留他多談的歉意，方始送客出門。

這時的神態還是從容的；一等客人出了大門，他的腳步便不同了，三腳併作兩步，一面走，一面一疊連聲地吩咐：準備袍褂、套車。走到廳前，發覺張蘇拉還在，方始想起，他送了這麼個緊要消息來，必須重賞；因而又吩咐聽差，到帳房支五兩銀子給張蘇拉。

『你大概是騎了馬來的，趕快回去，在南書房等著。再打聽打聽還有甚麼消息？』

等張蘇拉一走，潘祖蔭跟著也進了宮；下車以後，不到南書房，逕入內奏事處——帝后違和，藥方都在內奏事處；該管的首領太監，一見就說：『潘大人必是來看方子。喏，都在這裡！』

打開黃盒，取出兩通黃面紅裡的藥方。潘祖蔭捧在手中細看，一張方子是皇帝的，咳嗽鼻塞，診斷確是傷風；另一張是慈禧太后的，說『精神漸長，脈亦和緩；夜臥安和』，用的是黨參、鹿茸之類的補藥。

『就是這兩張？』

『是！就是這兩張。』

第一句話問得很含蓄，問不出究竟，就只好點明了。『東太后不是欠安，傳了御醫請脈？』他問：『怎麼沒有方子？』

『是的。』首領太監答道：『我也聽說了；昨天就傷風，傳了薛老爺請脈；以後就沒有發方子下來。』

薛福辰的方子，潘祖蔭昨天就看過了；『感寒傷飲，偶爾違和』，這種小毛病是不請安都可以的。他要看的是薛福辰以後的方子，但這話該如何追問呢？

『不是說，今天又傳了御醫了嗎？』

首領太監還未及回答，御前大臣景壽和軍機大臣王文韶等人也到了，臉上都隱含著驚疑不定的神色。匆匆寒暄過後，也是急著找方子看。

看完了卻都無話，景壽一向沉默寡言；王文韶出名的謹愼小心，言不妄發，所以這樣不說話，無足爲奇。

於是，潘祖蔭將他們延入南書房小坐，這才談到慈安太后聖躬違和的事。景壽是值班的御前大臣，卻並不知道有傳御醫這回事；再問到王文韶，他是照例來看慈禧太后的方子，倒是聽說傳御醫進了景運門，不過又聽說是爲皇帝請脈。

潘祖蔭釋然了。太監喜歡遇事張皇，卻又不敢公然談論，所以每每故作神祕；張蘇拉輕事重報，目的無非獻殷勤邀賞而已。

等景壽跟王文韶一走，他將張蘇拉找了來問道：『有甚麼消息？』

『打聽不出來。』張蘇拉做個無奈的表情，『今天門禁特別嚴，不能亂闖。』

潘祖蔭笑笑不響。小人之心，十分可笑，不必再理他！這樣想著，隨即起身，出宮回家。

到了初更時分，近支親貴、御前大臣、軍機大臣、大學士、六部尙書、內務府大臣，以及內廷行走的毓慶宮師傅、諳達及南書房翰林諸臣的府第，都有在宮內當差，平日熟悉的蘇拉來敲門送信：『宮中出了大事。』

『是東佛爺，還是西佛爺？』潘祖蔭問。

『東佛爺？』送信的是另一個蘇拉；大爲詫異，『怎麼會是東佛爺？』

這一說是慈禧太后了！潘祖蔭問道：『裡面怎麼說？』

『只說出了大事；沒有說是誰「壞」了。』

問不出究竟，只得算了。潘祖蔭帶著素服，匆匆趕進宮去。在顚簸的車子裡，一直在猜測，『大事』到底出在鍾粹宮，還是長春宮？照張蘇拉的消息，似乎是慈安太后；但按情理來說，絕不可能。憑甚麼呢？慈安太后今年才四十五歲；平日淡泊簡靜，知命樂天，是克享天年的樣子，絕不會由於小小的風寒之疾而生不測之禍。

看來還是慈禧太后。他想起十天以前，聽李鴻藻談過，張之洞曾經建議他薦醫，一個是常州孟河的費伯熊；一個是河北的候補道，安徽籍的程春藻，去年冬天李瀚章的老太太病重，就是他看好的。既有此舉，可見得慈禧太后的病勢不輕；大事必是出在長春宮，絕非鍾粹宮。

第一章

這天，鍾粹宮前殿，派充喇嘛的太監在唪經——咸豐元年定下的則例：每年正月十一與二月二十八，有此儀典；這兩天是文宗生母孝全成皇后的忌辰與生日。

孝全成皇后生前住在鍾粹宮。她崩逝的那年，文宗才十歲；以後一直住到十七歲才遷出。慈安太后感念文宗的恩遇；所以當穆宗大婚以前，挑選了鍾粹宮作爲定居之處——她雖沒有見過她的這位婆婆，但敬禮如一，每年遇到正月十一和二月二十八，必定茹素瞻禮，默坐追念。當然，追念的是文宗。

這天——二月二十八，她忽然想到文宗的一件硃筆；摒絕宮女，親自從箱子裡取了出來，展開在燈下。

年深月久，硃諭的字跡，已經泛成黃色，這使得慈安太后入眼更有陌生之感，彷彿第一次看到這道遺詔似地。

雖不是第一次，然而也僅僅是第二次；慈安太后扳著手指數了一下，不由得驚歎：『眞快，整整二十年了。』

二十年前的她，還是皇后的身分；而慈禧太后的封號是懿貴妃——那是咸豐十一年春天的事。

『今天覺得精神很好。』從枯黃中泛出玫瑰般鮮豔的緋色，雙頰顯得異樣觸目的皇帝說，『我要替妳安排一件大事。』

『替我？』皇后不解所謂，只覺得皇帝不宜操勞；爲國家大事是無可奈何，何苦又爲她費精神？所以勸阻他說：『我有甚麼大事要皇上操心？難得一天清閒，好好息著吧！』

『妳別攔我。我要把這件大事辦了，才能安心養病。』皇帝特意又看了看左右，確定沒有太監或宮女在窺探，方用嘶啞低沉，幾乎難以聽得清楚的聲音說：『蘭兒越來越不成樣子了！這一陣子我冷眼旁觀，倒覺得肅順的話不錯。』

蘭兒——懿貴妃的小名——跟肅順不和，是皇后所深知的。在她，覺得蘭兒要爭她應得的一份供養，也是人情之常；而肅順現在是『當家人』，在熱河行宮，名爲『秋狩』，其實是逃難，兵荒馬亂，道路艱難，一切例行進貢、傳辦的物件，都不能照往常那樣送到熱河，所以裁抑妃嬪應得的分例，亦是不得已的措施。但是，肅順的態度不好，卻是可議之事，所以這時聽了皇帝的話便不作聲；表示不以肅順爲然。

而皇帝卻不曾覺察到她的感想，接著他自己的話說：『肅順勸過我不止一次；勸我行鉤弋夫人的故事……』

『甚麼叫「鉤弋夫人」啊？』皇后插嘴問說。

『那是漢武帝的故事；我講給妳聽。』

漢武帝晚年，愛姬相繼下世；後宮寂寞，鬱鬱寡歡，只以巡幸海內，周覽名山大川，作爲排遣。在他五十九歲那年，巡幸經過河間；隨扈的方士中，有人善於『望氣』，說那一帶有一名奇女子。於是武『出帝派郎官』，四處查訪；訪到有個姓趙的女子，生具國色，但曾經生過一場大病，六年方始痊癒。病癒以後，兩隻手握成兩個拳頭，怎麼樣也不能將它打開。

這就是一件奇事了。武帝下令召見，果然眉目如畫，麗質天生；只是兩拳緊握。武帝將她喚到御榻面前，親手去擘她的拳，居然擘開了。

『有這樣的奇事？』皇后深感興趣，而又有些不信。

『這也許是有意安排，爲了聳動聽聞，才到得了御前；那就不去提它了。總之，武帝當時就很中意，回到京裡，拿她封爲婕妤，住在鉤弋宮，所以稱作「鉤弋夫人」。』

『後來呢？』

『後來，』皇帝喘息了一會，用參湯潤一潤喉，接著說道：『後來有了身孕。這就又有件奇事了；懷孕懷了十四個月才生。』

『是男是女？』

皇帝嘆口氣：『如果生的是女兒，倒也罷了。』

這就是說，生的是兒子，但是，『怎麼生了個皇子，倒生壞了呢？』皇后詫異地問。

『我講漢武的家事給妳聽，妳就知道了。』

於是皇帝爲她講了『巫蠱之禍』的故事，漢武帝的佞臣江充，如何逼得太子造反，發生倫常劇變；以及如何牽連昌邑王劉賀，因而也失卻了繼承帝位的資格。

『漢武還有兩個兒子，一個封燕王，一個封廣陵王，大概人才都平常，漢武都不喜歡。倒是他那個小兒子——就是鉤弋夫人生的那一個，名叫弗陵，小名叫鉤弋子；壯得小牛犢子似地，而且極聰明。老年得子，本就寵愛，又因爲大堯也是在娘胎十四個月才生的；如今看這鉤弋子又是天生大器的樣子，所以早就存下了心，要拿皇位傳給小兒子。這話不便明說，也不能老擱在心裡，就叫人畫了一張畫，是周公輔成王的故事；左右的人就猜到了他的心思。當然，誰都不敢說破。』

『那麼，』皇后問道：『鉤弋夫人猜到了皇帝的心思沒有呢？』

『對了！妳這話問到節骨眼兒上來了。』皇帝答道：『鉤弋夫人猜到了漢武的心思沒有，誰也不知道；不過漢武不能不防。有一天在甘泉宮，他無緣無故大發雷霆，拿鉤弋夫人下在獄裡；當天晚上就處死了。』

皇后大驚：『這是爲甚麼？』

『爲甚麼？當時也有敢言的人面奏：既然喜歡鉤弋子；怎麼又拿他生母殺掉？漢武這才說了心裡的話：從古以來，幼主在位，母后年輕掌權，一定驕淫亂政；這就是所謂「女禍」。我現在是拿這個禍根去掉；爲了天下臣民後世，應該沒有人派我不對。』皇帝說到這裡，用鄭重的眼色望著皇后說道：『妳該懂得我的意思了吧？』

皇后悚然而驚；怔怔地眨著眼，好半天才反問一句：『皇上怎麼能狠得下這個心？』

皇帝無可奈何地點點頭：『如果是乾隆爺在今天，一定會那麼做；這位爺爺，事事學漢武，我沒有他那麼英明果斷。不過，肅順的話，我越想越有理。』

『算了吧！咱們大清朝的家法嚴；將來絕不會有甚麼「女禍」——。』說到這裡，皇后突然發覺失言；因爲話中是假定著皇帝將不久於人世，這不觸犯了極大的忌諱？

看到皇后滿臉脹得通紅，皇帝自能了解她心裡的話，『事到今日，何用忌諱？』他慢慢從貼身口袋中，取出一個信封，交了過去：『妳打開來看！』

皇后不肯接；怕是下了一道甚麼讓中宮無法執行的手詔，『請皇上說給我聽吧！』她雙手往懷中一縮。

『妳別怕，妳拿著。』皇帝極嚴肅地說：『這是我爲妳著想，自然也是爲咱們大清朝著想。萬一有那麼一天，妳千萬得有決斷。我也知道，這副千鈞重擔，妳怕挑不起來，不過，我沒有法子；誰讓妳是皇后呢？妳挑不下來也得挑。』

這番鄭重的囑咐，對皇后來說是一種啓發；她總覺得不管皇后還是太后，跟八旗人家的『奶奶』、『太太』並無分別，管的是家務，每天唯一的大事，就是坤寧宮煮肉祀神。現在才知道自己的身分關係著天下；這樣轉念，陡覺雙肩沉重，但同時也激起了勇氣，挺一挺腰，從皇帝手裡將信封接了過來。

『打開來看！』皇帝是鼓勵的語氣，『妳看了我再跟妳說。』

信封沒有封口；皇后抽出裡面的素箋，只見硃筆寫的是：

咸豐十一年三月初五日諭皇后：朕憂勞國事，致攖痼疾，自知大限將至，不得不棄天下臣民，幸而有子，皇祚不絕；雖沖齡繼位，自有忠藎顧命大臣，盡心輔助，朕可無憂。所不能釋然者，懿貴妃既生皇子，異日母以子貴，自不能不尊爲太后；惟朕實不能深信其人，此後如能安分守法則已，否則著爾出示此詔，命廷臣除之。凡我臣子，奉此詔如奉朕面諭，凜遵無違。欽此！

皇后讀到一半，已是淚流滿面；淚珠落在朱紅印文『同道堂』三字上面，益增鮮豔，但亦益增悽惻。

『妳別哭！』皇帝用低沉有力的聲音說：『但願我寫給妳的這張紙，永不見天日。』

『是！』皇后收淚問道：『萬一非這麼不可時，眞不知道該找誰？』

『這話說得不錯。果然非這麼不可時，妳千萬不能大意；要找靠得住的，像肅順，就最靠得住。』

燈下焚詔

回想到這裡，慈安太后有著無窮的感慨；同時也深深困惑，不知當時何以會那麼相信慈禧太后的話？竟幫著她先拿『最靠得住』的肅順除掉。但是，這並沒有錯；肅順那樣子跋扈，縱使不敢謀反，一定壓制著『六爺』不能出頭。這樣，『五爺』跟『七爺』也會不服；不知道彼此不和，會鬧成甚麼樣子？哪裡會有平洪楊、平捻、重新穩住大局的今天！

這自然也是慈禧太后的功勞。平心而論，沒有她就沒有殺肅順、用恭王這一番關係重大的處置。二十年來，雖然她也不免有攬權的時候；但到底不如先帝所顧慮的那麼壞。如今她也快五十了，還能有甚麼是非好生？

這樣想著，覺得先帝的顧慮，竟是可笑的了，反倒是留著這張遺詔，萬一不小心洩漏出去，會引起極大的波瀾；不如毀掉的好。

想是這樣想，卻總覺得有點捨不得。無論如何先帝這番苦心；自己相待的這番誠意，要讓她知道。慈安太后相信『以心換心』；這幾年處處容忍相讓，畢竟也將她感動得以禮相待；既然如此，何不索性再讓她大大地感動一番。

於是，她夜訪長春宮；摒人密談，詳敘始末，最後說道：『我們姊妹相處了這麼多年；還留著這東西幹甚麼？』一面說，一面將那道硃筆遺詔，就著燭火，一焚而滅。

慈禧太后的臉，從來沒有那樣紅過；心，從來沒有那樣亂過，即令沒有任何第三者在旁邊，也不能讓她自免於忸怩萬狀的感覺，除卻極低的一聲『謝謝姊姊』以外，再也想不出還有甚麼話好說。

慈安太后了解她心裡的難過，竟不忍去看她的臉，『我走了！』她站起來轉過臉去說：『東西毀掉了，妳就只當從不曾有過這麼一回事。』

這豈是輕易能夠排遣的？自己一生爭強好勝，偏偏有這麼一個短處在別人手裡！『東西毀掉了』，卻毀不掉人家打心底輕視自己的念頭。畢生相處，天天見面，一見面就會想起心病，無端矮了半截；就像不貞的婦人似地，雖蒙丈夫寬宏大量，不但不追究，而且好言安慰，但自己總不免覺得負疚良深，欠了個永遠補報不完的情；同時還要防著得罪了她，會將這件事抖露出來，於是低聲下氣，刻刻要留心她的喜怒好惡。這日子怎麼過？

一連五、六天，夜不安枕，食不甘味；薛福辰和汪守正請脈，都不免驚疑，脈象中顯示慈禧太后不能收攝心神，以致氣血虧耗，因而當面奏勸，務請靜心調養；同時暗示，如果不納勸諫，則一旦病勢反覆，將有不測之禍。

慈禧太后何嘗不納勸諫？只是心病不但沒有心藥；甚至無人可以與聞她的心病——勉強要找出一個人來，也就只有李蓮英了。

而李蓮英終於與聞了慈禧太后的耿耿難釋，魂牽夢縈的心病；同時也開了一味『心藥』，這味藥必須他親自去找。

乾清宮前東西向的兩座門，一座名爲『日精』，一座名爲『月華』。日精門在東，它的南面密邇上書房，因而專闢一室，供奉至聖先師的木主，太監管它叫『聖人堂』。

緊挨著聖人堂的是御藥房；沿襲明朝的遺制，規模極大，裡面有各種希奇古怪的『藥』——同治朝有一年夏天久旱不雨，軍機大臣汪元方認爲這是『潛龍勿用』的緣故，不妨弄個虎頭扔入西山黑龍潭，激怒懶龍，造成一場『龍虎鬥』，自然興雲佈雨，沛降甘霖；那個虎頭就是在御藥房裡找出來的。

李蓮英所要的那味『藥』，也得在御藥房裡找；他叫那裡的首領太監，搬出塵封已久的檔冊，一頁一頁地細查，終於找到了。還是明朝天啓年間，勢燄薰天的太監魏忠賢備而未用的一味藥。這味藥，他當然不會假手於人，親自入庫檢取；隨手送到了長春宮的小廚房裡。

服了薛福辰所開的藥；眞是其效如神；慈安太后的輕微感冒，到了午後，幾乎就算痊癒了。睡過午覺起身，覺得精神抖擻，興致勃勃，想到院子裡去走走。

『外面有風，還是在屋裡息著吧！』宮女這樣勸她。

『我看看那幾條金魚去。』

慈安太后最愛那些供觀賞的魚，凝視著五色文魚在綠水碧草間，悠閒自在地掉尾迴游，能把大自國事，小自宮闈的一切煩惱，都拋得乾乾淨淨。

因此，各省疆臣，投其所好，常有珍異的魚類進獻；鍾粹宮中，魚缸最多。但慈安太后雖好此道，卻不求甚解；不管是甚麼種類，一概叫作金魚——這天她想看的『金魚』，是黑龍江將軍所進，產於混同江中，通體翠綠，其色如竹的竹魚。

正在與宮女俯視魚缸，指點談笑之際，鍾粹宮的首領太監李玉和走來說道：『回主子的話，長春宮送吃的來，是留下收著；還是過一過目？』

『喔！』慈安太后問道：『甚麼東西？』

『克食。』

『克食』是滿洲話，譯成漢字，本來寫做『克什』，是恩澤之意；因此，凡是御賜臣下的食物，不論肴饌果餌，都叫作克什。卻不知從何時開始，克什寫做克食，專指『餑餑』而言——慈安太后喜愛閒食小吃；午睡起來，正需此物，所以很高興地說：『拿來我看。』

慈禧太后派來送克食的一個太監，名叫崔玉貴；長得很體面，也能說會道，走到慈安太后面前，因爲雙手捧著食盒，只能屈一膝跪下，朗然說道：『奴才崔玉貴跟佛爺請安。奴才主子叫人做了一點兒新樣兒的克食，說是「還不壞」；又說：「東佛爺最愛這一個，可不能偏了她的。」特意叫小廚房加工加料又蒸了一籠，專派奴才送來，請佛爺嚐嚐。奴才主子又說，倘或吃得好，明兒再做了送來。』

慈安太后聽了這番話，高興得眉開眼笑，『眞正難爲你們主子。』她說：『不用說，一定錯不了；我瞧瞧！』

於是李玉和揭開盒蓋，只見明黃五彩的大瓷盤中，盛著十來塊鮮豔無比的玫瑰色蒸糕，松仁和棗泥的香味，撲鼻而來；慈安太后一則爲了表示珍視慈禧太后的情意，再則也實在受不住那色香的誘惑，竟不顧太后應有的體統，親手拈了一塊，站在魚缸旁邊，就吃了起來。

『眞不賴！』慈安太后吃完了那塊蒸糕，吩咐李玉和，『替我好好收著。拿四個銀錁子，兩個賞崔玉貴；兩個讓他帶回去賞他們小廚房。』

等李玉和接過食盒，崔玉貴才雙膝跪倒磕頭：『謝佛爺的賞！』

『你回去跟你主子說，說我很高興。』慈安太后又問：『今天，你們主子怎麼樣？』

『今兒個，光景又好得多了；上午吃了薛福辰的藥，歇了好大一覺。』

『那才好。』慈安太后點點頭，『回去跟你主子說：我也好了。晚上我看她去。』

『喳！』崔玉貴又磕個頭，起身退下。

『早點傳膳吧！』慈安太后興致盎然地對身旁的宮女說：『吃完了，咱們串門子去！』

這是宮女們最高興的事，於是紛紛應聲，預備傳膳。

誰知未曾傳膳，慈安太后就不舒服了，說頭疼得厲害，要躺一會；接著便有手足抽搐的模樣。李玉和大驚失色，一面趕緊通知敬事房傳御醫請脈；一面到長春宮去奏報慈禧太后。

『上頭剛歇下。』李蓮英壓低了聲音問：『甚麼事？』

『東佛爺得了急病。』李玉和結結巴巴地訴說著慈安太后的病情。

『只怕一時中了邪；別大驚小怪的！』李蓮英說：『既然傳了御醫，等請了脈再說，一會兒我給你回就是了。』

等李玉和一走，李蓮英立即去找敬事房的總管太監，神色凜然地表示：慈禧太后大病未癒；如果慈安太后的『小病』再張皇其詞，就會動搖人心，關係極重；務必告誡太監，不准多問多說。否則鬧出事來，誰也擔待不了。

因此，初十這一天，五次召醫；但只有極少數的人，略得風聲，甚至潘祖蔭進了宮，還不知道眞相。

慈安暴崩

到的人不少了，進了景運門，都在乾清門外徘徊；相顧驚愕，不知從何說起？問乾清門的侍衛，只說隱約聽聞有這回事；慈安太后病勢甚危，是不是出了大事，卻不知道。大家都在想：宮門至今未開，或者不要緊。因而心情無不矛盾，既希望宮門早開，打聽個確實消息；卻又唯恐宮門早開，證實了大事已出。

到了兩點鐘，除卻恭王；王公大臣全都到齊，一個個不斷看錶，看到兩點三刻，乾清門旁的內左門和內右門，同時開啓；於是由惇王領頭，穿過內右門，直奔月華門之南的內奏事處。

內奏事處共有十八名太監，首領太監姓祝；官階雖只八品，權柄甚大，一見王公大臣雜沓而至，便站起身來，親自持一盞白紗燈，在階前高聲宣佈：『慈安太后駕崩了！』

這一聲彷彿雷震，大家不由自主地站住腳；然後彷彿突然驚醒了似地，發出嗡嗡的聲音，相顧驚詫，似乎還不能相信眞有其事。

『是，是甚麼時候駕崩的？』惇王問說。

『戌時。』

戌時是前一天晚上八點，而此刻將近清晨三點，相隔七個鐘頭；就算子時通知王公大臣，亦已經過了四個鐘頭。如此大事，何以宮內竟能沉著如此？每一個人心頭都浮起了濃重的疑團。

『這事奇怪啊！』左宗棠突然開口，大聲用湖南話說道：『莫得有鬼吵！』

『爵相，爵相！』王文韶趕緊亂以他語，『請進去看方子吧！』

方子一共五張，都是初十這一天的，早晨一張方子，有『額風，痲甚重』的字樣，用的是祛風鎮痙的要藥天麻和膽南星；午間則只有脈案，並無藥方，脈案上說『神識不清，牙關緊閉』；未時則有兩張脈案，一張說『痰湧氣閉』，並有遺尿情形，另一張說：『雖可灌救，究屬不妥。』

傍晚一張方子，已宣告不救：『六脈將脫，藥石難下。』具名的御醫先是左院判莊守和，以後又加了個不甚知名的周之楨；而一直很紅的李德立，竟不在其列。

『聽說是前天晚上起的病。』左宗棠問道：『該有初九的方子啊？』

『初九的方子沒有發下來。』

『爵相，爵相！』又是王文韶來打岔，『找個地方坐一坐，商量大事要緊。』

『上南書房坐吧！』寶鋆一面說，一面舉步就走。

南書房近在咫尺，大家一坐下來，先脫帽交給各人的聽差『摘纓子』。接著便各就鄰座的人，探詢儀禮；除了惇王以外，只有大學士全慶和協辦大學士靈桂，在道光二十九年遇到過恭慈皇太后之喪，大致還記得：彌留之際，王公大臣已奉召在壽康宮外守候；聽宮中一亂，隨即進宮擗踊哭臨。但是，此刻是不是也趕到鍾粹宮去『奔喪』呢？

每個人心裡都有這樣一個疑問，但同時也都爲自己作了答覆：等一等再看。疑問不只一端：到底甚麼病，何以有癲癇痙攣的現象？照方子看，昨日午間，病勢已極危險；何以不通知王公大臣，而且消息不傳？既崩以後，又爲何相隔四個鐘頭才報喪？此外，初九的方子未曾發下，以及如此重症，不僅未傳召已名滿天下的薛福辰、汪守正請脈，甚至一向在御前當差的李德立，亦未與聞，這不都是在情理上怎麼樣也說不通的事嗎？

到底還是寶鋆久在軍機，經得事多，站在中間向四周小聲交談、嗟歎不絕的部院大臣說道：『趁如今還未成服，有許多公事該當趕辦的要趕辦；該當預備的要預備，請諸公先各回本衙門去交代司官。今天西聖一定會力疾召見軍機，等見了面下來再說。』

於是部院大臣暫時散去；寶鋆與他的同僚回到軍機處去會議，第一件事是即刻派人趕到昌平去通知恭王——恭王福晉上年病故；這時正在昌平下葬。

『眞是想不到的事！』寶鋆用一種戒備的神色說道：『這趟辦理大喪，咱們得要處處小心；別弄出意外麻煩來。』

說著就瞟了左宗棠一眼，意思是警告他『多言賈禍』。左宗棠當然明白，他有許多話想說；此時都硬嚥了下去，捧著個大肚子坐在一旁是生悶氣的樣子。

『照我看，喪事一定會鋪張；山陵大事，又得幾百萬銀子。』他向軍機大臣戶部尙書景廉說道：『秋坪，你得早早籌措。』

『是啊！』景廉搓著手說：『我正在爲此犯愁，一下子哪裡去弄這筆巨數？』

『好在也不是一下子用，只有慢慢兒想法子。』王文韶說：『如今得先拿恭理喪儀的名單擬好；只怕回頭見面，第一件事就是問這個。』

皇太后之喪，恭理喪儀的王公大臣照例派八員，公同擬定的名單是：惇王、恭王、御前大臣貝勒奕劻、額駙景壽、大學士寶鋆、協辦大學士靈桂、禮部尚書恩承，最後一個是漢人，刑部尚書翁同龢以師傅的資格，參與大喪。

接下來便得預備大行皇太后的遺詔和皇帝的哀詔。這是南書房翰林的事；寶鋆特地派人將潘祖蔭請了來商量。

『動筆了沒有？』一見面，他就這樣沒頭沒腦地問。

潘祖蔭楞了一下，才能會意，搖搖頭答道：『甚麼都不清楚，怎麼動筆？』

『這是有套子的，先把一頭一尾預備好；中間敘病情的一段，等見了面，看上頭怎麼吩咐，再補上去，那就快了。』

『也只好如此。』潘祖蔭說：『等我回去商量。』

潘祖蔭回到南書房，跟另外兩位翰林：孫詒經和徐郙，檢出舊案，套用例句，分頭起草；也不過剛剛有了初稿，軍機處已派了章京來催，於是匆匆謄清，帶回去交給寶鋆，天色已經大明了。

『眞沒有想到！』容顏憔悴非常，但隱隱躍現著異樣興奮之色的慈禧太后，用嘶啞而緩慢的聲音說：『初起不過痰症，說不好就不好，簡直就措手不及。唉！』她嘆口氣擦一擦眼淚，『我們姊妹二十年辛苦，說是快苦出了頭，可以過幾年安閒日子；哪知道她倒先走了。』

皇太后傷心，臣下亦無不垂淚，『請皇太后節哀。』寶鋆答奏：『如今教導皇上的千鈞重擔，只靠皇太后了；千萬不能過於傷心，有礙聖體。』

『我也實在支持不住了，大事要你們盡心；這是「她」最後一件事，該花的一定要花，不能省！』

『是！』寶鋆將捏在手裡的，恭理喪儀大臣的名單遞了上去。

『你們八個，照例穿孝百日；醇王呢？』慈禧看著名單說：『我的意思，他也該穿一百天的孝。』

『這可以另頒懿旨。』

慈禧太后點點頭：『「明發」預備了沒有？』

『還差敘病情的一段。』

『就這樣說好了：初九，偶爾小病，皇帝還侍疾問安；不想第二天病勢突然變重，延到戌時，神就散了！』

寶鋆答應著，將遺詔的底稿交了給景廉；就在養心殿廊上改稿，一共五六句話，片刻立就，呈上御案。

慈禧太后看得很仔細，一行一行，指著唸；唸到『予向以儉約樸素爲宮坤先，一切典禮，務恤物力』，抬起頭來說：『不必這麼說法。典禮到底是典禮，儀制有關，不能馬虎。』

寶鋆遵奉懿旨，就站在御案旁邊，親自動手修改；改爲『一切事關典禮，固不容矯從抑損；至於飾終儀物，有所稍從儉約者，務恤物力。』慈禧太后才算滿意。

『恭王呢？得派人去追他回來。』

『是。』寶鋆答道：『已經派專差通知；昌平離京城九十里路，趕回來也快。』

這樣的大事，恭王自然兼程趕路；帶著他的兩個兒子貝勒載澂和載瀅很快地回到了京城。

一到京直接進宮，入隆宗門到軍機處，寶鋆、景廉、王文韶都在守候。白袍白靴、一片縞素；恭王見此景象，悲從中來，頓足大哭，哽咽難言。

二十年間，四逢大喪，哪一次都沒有這一次哭得傷心。寶鋆等人，一齊相勸；旗人家的規矩重，瀓瀅兩貝勒雙雙跪下，連聲喊著：『阿瑪，阿瑪！』好不容易才將恭王勸得住了眼淚。

『到底怎麼回事？簡直不能教人相信。拿，拿方子來看！』

看恭王如此激動，寶鋆深爲不安；趕緊將他一拉，拉到隔室，在最裡面的角落坐下，沉著臉輕聲警告：『六爺，你可千萬沉住氣！明朝萬曆以後，宮闈何以多事？還不都是大家起哄鬧出來的嗎？』

『甚麼？』恭王將雙眼睜得好大，『你說，你說，怎麼回事！』

寶鋆跟恭王無所不談，也無所顧忌，當時便將慈安太后暴崩的經過——大部分是傳聞，細細說了給恭王聽；直到小殮以後，他才得親眼目睹。

『大概八點鐘，裡頭傳話：五爺、七爺、五房裡的兩位，』寶鋆指的是『老五太爺』的兩個兒子，襲惠王的奕詳和鎮國公奕謨，『御前、軍機、毓慶宮、南書房、內務府，一共二十多個人「哭臨」。到了鍾粹宮請旨：進不進殿？教進去；就進去了。「大行」已經小殮；可沒有見恩焘。』

恩焘是慈安太后的內姪，上年八月裡才承襲的『承恩公』。照多少年傳下來的規矩，后妃一死，先傳娘家親屬進宮瞻視，方始小殮；如今說恩焘不在場，便有疑問，恭王便說：『你們瞻仰了遺體沒有？』

『瞻仰了。「西邊」特爲叫太監揭開覆面的白絹；看上去倒是面目如生。』

『那當然看不出甚麼！整一夜的工夫，還不都料理得乾乾淨淨？』恭王想了想問：『到底是怎麼得的病呢？』

寶鋆向窗下左右一望，壓低了聲音說：『據說是長春宮的一盤克食上的毛病！』

恭王色變；臉上青一陣、白一陣地，好半天才問了句：『那又是爲了甚麼？』

『有個消息，』寶鋆的聲音越低，『不多幾天以前，「東邊」到了長春宮；太監宮女都給攆了開去，兩人聊了好半天。到臨了，「東邊」取出一張紙來，在蠟燭火上燒掉了。打那一天起，「西邊」就像上了心事；可是，誰也沒有想到，弄到頭來，出了這麼一件大事！』

『氣數！唉！』恭王黯然長嘆，『以後辦事更難了。』

『也別想得那麼多，先得讓眼前這一段，安安穩穩過去了再說。六爺，我再說一句：你可千萬沉著！「遞牌子」吧，先請了安再說。』

『難！』恭王搖搖頭，『「防民之口，甚於防川」；外頭不知道會有些甚麼離奇古怪的流言？也難怪，』他又自語似地說：『本來就是件離奇古怪的事嘛！』

小臣窺祕

六天以後，慈寧宮出了件離奇古怪的事。

慈寧宮是大行皇太后金匱安奉之地。一日三次上祭，喇嘛唪經；皇帝奠酒，由恭理喪儀大臣輪班照料；這天午奠，是惇王、恭王、寶鋆和翁同龢在場，當然也還有『內廷行走』的官員在當差。

不管是多大的官兒，在慈寧宮這樣尊嚴的地方，當著『禮絕百僚』的親王的面，都是哈腰垂手、必恭必敬的樣子；卻獨有一名年輕官員背著手，仰著頭，隨意散步似地，踏上慈寧宮的台階，見到的人，無不詫異，亦無不厭惡。

『站住！』恭王喝問：『你是甚麼人？』

那人略微停了一下，看一看恭王，扭過頭去不理，依然負手閒行，顧盼自如。

『問你話！』恭王的聲音提高了，『你是哪個衙門的？』

問到他的衙門，他越發神氣了；斜睨著恭王，矜持地微露笑意，意思彷彿在說：你也配問我的衙門？

恭王大怒，『混帳東西！』他戟指罵道：『替我滾下去！』

這一下，那人才有些著慌，站住腳一望；發覺有五六條漢子——恭王的護衛來攆，急忙三腳兩步下了台階，往慈寧宮邊門直奔。

『去查！是甚麼人，這麼荒唐！』

等查了回來，才知道問到他的衙門，爲何那樣得意？他的衙門最清貴：翰林院。他自己就是翰林；翰林院編修唐景葑。

『還是翰林？眞正豈有此理！』恭王問道：『哪位知道這個人？』

翁同龢知有其人，但不甚了解他的家世；便答了句：『佩公知道；唐景葑是佩公的門生。』

於是將在殿內察看祭品的寶鋆找了來問，才知道唐家三兄弟，廣西灌陽人，都是翰林出身。老大叫唐景崧，咸豐十一年的解元，同治四年點了庶吉士；那一科會試，寶鋆是副考官。光緒三年會試，寶鋆則是正考官，唐景葑就中在這一科。還有個老二叫唐景崇，則是同治十年的翰林。

『荒謬絕倫，非嚴參不可！』恭王即時找禮部的司官；吩咐具摺參奏。

寶鋆不響，出了這樣荒唐的門生，自覺老臉無光，不便替唐景崶講話；其餘的人，事不干己，又逢恭王盛怒，當然亦不會爲唐景崶講好話。

但翰林院的人，卻不是這麼想法；尤其是最好出風頭的張之洞，邀了脾氣很戇直的詹事府少詹事朱逌然，守在慈寧宮門口，等翁同龢散出來，拉到一旁，大辦交涉。

『此人何罪？』張之洞說：『他如果不來行禮，又如之奈何？而況慈寧宮的中門還未開，不算行禮的時候，就沒有失儀的罪過可言。老世叔，你得主持公道。』

『是不是因爲他冒犯了恭王？』朱逌然接口說道：『大家都是縞素，沒有朝珠補褂寶石頂，可以識別。豈不聞不知者不罪？』

翁同龢知道這件事很麻煩。恭王也有禮賢下士的名聲，這十幾年來，經過許多大風大浪，磨得火氣已平，難得有疾言厲色；而這一天盛怒不息，是動了眞氣，只怕很難有人能將它壓了下去。

不過，從沈桂芬一死，他隱然以繼承衣鉢，爲南派魁首自命；事實上王文韶雖在樞廷，並不爲士林所重，環顧朝班，能與李鴻藻成南北對峙之局，相與周旋的，亦確有捨我其誰之感。因此，他不能率直拒絕。

他並不喜歡張之洞，覺得他沽名釣譽，外清流而內熱中，亦可以說是外風雅而內庸俗；當然，這也因爲張之洞是李鴻藻一系的第一大將，天生敵對的緣故。但唯其如此，他反不能不接受張之洞的要求，因爲這是表現『宰相度量』的一個機會。

『我知道了。』他沒有把握，所以語言很淡，『我盡力就是。』

翁同龢確是盡了力，先向惇王進言，說是公論不以唐景崧爲失儀，新進不知宮內規矩，而且服飾上分辨不出尊卑，亦不是敢有意藐視親王，可否免參？

『很難。』惇王大搖其頭，『我也跟我們老六說過，不必多事。不過他有他的看法，認爲非嚴參不可。』

『喔，』翁同龢問道：『六爺的看法如何？』

『你也可以想得到的，外面謠言一定很多。他認爲姓唐的絕不是無意，而是有意想闖進去看看——其實，這會兒還看得到甚麼？不過姓唐的其心可誅而已。』

『其心可誅』四個字，最難辯解；翁同龢便換了個說法：『唯其有謠言，不宜橫生枝節，反引起格外的猜疑。』

『不然。唯其有謠言，不能不嚴參，好讓大家知道顧忌。』

這是殺雞駭猴的手法。有此作用，更難挽回；但當然不能就此罷手，『不知道六爺以何名義奏劾？』他問。

『這還沒有定。也許是他一個人出面；也許恭理喪儀八個人合詞具奏，回頭還得商量。』

『合詞具奏，未免太重視其事了。』翁同龢說：『能免還是免了吧。五爺一言九鼎，總要仰仗大力斡旋。』

『回頭再說好了。』

到了四點鐘，該是申祭的時候；寶鋆和李鴻藻從軍機處相偕而來，一見翁同龢，異口同聲地說：『不行！』

這就是說，恭王執意要參。翁同龢心想，連李鴻藻都無法迴護，自己盡了這番心力，也可告無罪了。但反過來看，正因爲李鴻藻無能爲力，自己就更不應該放手；倒要讓那班後進看看，誰是愛士重士，肯替他們說話的？

因此，他便很注意劾奏的『摺底』；底稿是禮部的司官所擬，送到恭王面前，他略看一看，便伸手要筆。

一見這動作，翁同龢趕緊走了過去。只見恭王將事由上『誤上慈寧宮台階』的『誤』字圈掉；奮筆改了一個『擅』字。

這一字的出入甚大，翁同龢便勸說：『六爺，是擅是誤？請再斟酌。』

恭王怫然擱筆，『你當時不也在場？』他帶著責問的盛氣：『如果不是擅上，何以那樣子目空一切？』

『他散館不久，不大懂規矩。』

『翰林是讀書人，讀書人不懂規矩；甚麼人才懂規矩？』

說完，恭王重新拾起筆來修改摺底，不理人了。翁同龢碰了個釘子，自覺難堪。但維護後輩的本心，也就在碰這個釘子之中，表露無遺；這樣轉著念頭，便覺得這個釘子碰得也還值得。

結果，劾奏唐景崶是由恭王單獨出面，照例發交吏部議奏。這個罪名可大可小，看人而定，翰林、御史總比較佔便宜；同時也顧忌著清流會抱不平，惹出麻煩，所以定了『罰停差使九個月』的處分，因爲是『私罪』，不准抵銷——翰林全靠各種『考差』滋潤；唐景崶在這一年內，就不用想派到任何差使，是比罰薪稍重的懲罰。

回到家，翁同龢想想自己所碰的那個釘子，究竟不大舒服。以尚書之貴，師傅之尊，竟連一個字的主都作不動，傳出去畢竟不好聽。他也到底還有些讀書人的脾氣，想到『立朝有聲』這句話，頗爲懊悔，覺得當時應該據理力爭才是。

因此，在內閣議大行皇太后尊諡的時候，他侃侃而談，顯得很有風骨——清朝儀制，皇太后的尊諡是十二個字，開頭用『孝』，頭一個字用『孝』，第十個字用『天』，最後一個字用『聖』是一成不變的；其餘九個字中，在原有的徽號中保留四個，新擬的只有五個字，而以第二個最重要，內閣擬了兩個字：欽、肅。

翁同龢一看便搖頭，大聲說道：『「貞」字是始封嘉名，「安」字是二十年徽號，這兩個字不可以改。』

大行皇太后最初封爲貞嬪，這就是所謂『始封嘉名』；翁同龢的意思，要用『孝貞』；而在以下的十個字中，還要保留穆宗最初所上徽號『慈安』的『安』字。但是內閣所擬的『欽』字，是有來頭的。

『「欽」字是恭王定的。』寶鋆說道：『還是用「欽」字吧？』

這給了翁同龢一個『立朝有聲』的機會，『這豈是親王所應該主議的？』他理直氣壯地說。

擬諡是大學士之事。翁同龢的話，使得寶鋆語塞；於是東閣大學士左宗棠，體仁閣大學士全慶，協辦大學士靈桂和武英殿大學士寶鋆重新聚議。寶鋆仍舊要用『欽』字，卻沒有人附議；因爲翁同龢的話，是尊重大學士的職權，旁人尚且如此，自己豈可不尊不重？

就這相持不下之際，潘祖蔭起而聲援：『貞者正也！當時就含有正位中宮之意。而且是文宗所命，絕不可更改。』

『說得有理。』左宗棠大爲讚賞，『該用「貞」字。』

內閣五相，以文華殿大學士李鴻章爲首；他不在京裡，便數左宗棠的資格最深，因此，他說『有理』便有理，決定開頭四字用『孝貞慈安』。中間四個字又是翁同龢的意見，說慈禧太后的徽號中亦有『端康昭莊』的字樣，應該避免，建議用『裕慶和敬』；最後四個字則用『儀天佑聖』。大家同聲稱善；定議具奏。

唯一不以爲然的是寶鋆；深深感到左宗棠對他是威脅。在軍機處，左宗棠好發高論，話不投機；在內閣又壓在他上面；而親藩朝士，總以爲左宗棠有大勛勞，將他捧得高高地，這更使寶鋆心裡不舒服，覺得非將他排擠掉不可。

『左季高虛名盜世，肚子裡一團茅草。』他對翁同龢說：『我真懊悔做錯了一件事。』

『怎麼？』

『當初不該做那首詩送他。』寶鋆說道：『將來我印詩集，一定要拿那首詩刪掉。』

翁同龢不作聲。在他看，左宗棠誠然名實不甚相副；而寶鋆也實在不能令人佩服。兩虎相爭，必有一傷；不如局外靜觀爲妙。

第二章

慈禧太后雖在病中，思慮依然十分細密。中俄交涉告一段落，西北、東北，一時可保無事；她決意籌劃海防，特召李鴻章進京陛見，決定調貴州巡撫岑毓英爲福建巡撫，派左宗棠幕府中最見信任的劉璈爲台灣道，整頓台灣防務。同時電知駐德國使臣李鳳苞，在原已訂造的鐵甲艦『定遠』號以外，再加訂一艘，取名『鎭遠』。此外決定了禁煙的政策；這是左宗棠所堅持的主張，李鴻章亦很贊成，因爲『寓禁於徵』，要求英國公使威妥瑪增加『洋藥』稅捐，可以充裕海防經費。

就在這洋務上積漸開展之際，慈禧太后的病勢，日有起色；過了端午，精神更是一天比一天好。軍機奏事，本來多用簡單的『奏片』；此時又恢復召見，不過還不能每天見面而已。

人事如此，而天象仍然示警；六月初一夜裡，發現彗星出現在西北；這是人人厭惡的『掃帚星』，而且連朝不絕，初二、初三繼續出現以後，到了六月十二又見，因此震動朝廷。

於是欽天監這個冷衙門，突然『熱』了起來：根據星變占驗，參以史書，說是『主女主出政令』。欽天監是惇王所管，一聽這話，大爲皺眉，慈禧太后剛獨專垂簾的時候，說『女主出政令』，不就等於說是『掃帚星主國政』？

『《宋史天文志》是這麼說，有書可查的。而且宋朝多賢后，「女主出政令」，並非壞事。』

這話也有理。惇王做事，不喜深思，便點點頭說：『出奏。』

奏摺一上，有人知道其事的，惴惴然為惇王及欽天監的官員捏著一把汗，怕觸犯忌諱，惹得慈禧太后震怒，降旨申斥，甚或治罪。

誰知不然。慈禧太后認為話說得不錯，現在確是『女主出政令』。在她看來，自己的當權，既然上應天象，就正可以居之不疑。反倒是欽天監的官員，越想越不妥；重新深究，上奏更正錯誤：『彗星出六甲、入紫微、主水、主刀兵』；並非主『女主出政令』。

不論如何，星變總是天象示警，君臣皆當誠意修省，感格天和。於是『翰林四諫』之一的詹事府左庶子陳寶琛，上奏以『星變陳言，請斥退大員』，首攻寶鋆，次攻吏部尚書萬青藜；再加上一個左副都御史程祖誥。

由於上年太監與護軍在午門毆鬥那一案，慈禧太后對陳寶琛、張之洞是刮目相看的；張之洞新近放了內閣學士，已是二品大員。陳寶琛雖未升官，但他的奏摺，慈禧太后是一定看完的；認為說得很懇切，所以第二天召見軍機，當面將摺子交給恭王，首先就指示：程祖誥應該開缺。

這就是表明了她重視原摺之意。既然程祖誥開缺，則以彼例此，足見陳寶琛所彈劾的人，都不稱職；萬青藜和寶鋆亦應該『斥退』。恭王自然覺得為難，因為寶鋆是他所必須迴護的。

想了一下，他從萬青藜說起：『萬青藜效力有年，調任吏部以後，公事亦無貽誤。不過年紀大了，精力不濟是有的。』

『這還在其次。』慈禧太后說：『這幾年參萬青藜的人很不少；尤其是翰林居多。他這個樣子「掌院」，只怕沒有甚麼人聽他的。』

『是。』恭王乘機說道：『臣的意思，開去「翰林院掌院」的差使好了。』

慈禧太后想了一下，勉強同意，爲萬青藜保留了吏部尙書的本缺。

這就要談到寶鋆了。他疑心陳寶琛是受了李鴻藻的指使，想結納左宗棠，將他排出軍機；因而不等恭王開口，先就自己乞退。但卻有一套意在言外的措詞。

『奴才的精力也不濟了，常時奏對，腰腳不便，起跪都不俐落。』這是暗指著左宗棠而言；他自己起跪俐落得很，『奴才蒙皇太后、先帝、皇上的恩典，管了十幾年的錢；幾次大征伐的軍費，又有幾次大典的花銷，左支右絀，處處作難。這些苦衷，皇太后聖明，無不洞鑑。只是外面人不原諒，常常出些好大喜功的花樣；奴才既然替朝廷管著荷包，不能不看緊點兒。因此得罪了好些人；奴才自己亦覺得才具平常，難勝煩劇。求皇太后、皇上的恩典，開去一切差缺，容奴才偷閒幾時。』

這後半段話也是指著左宗棠說的。慈禧太后一聽就有數了；寶鋆是跟左宗棠不和。但是，她不相信陳寶琛是爲了左宗棠劾奏寶鋆；所以一開口就說；『國事艱難，總要和衷共濟才好。』

『是！』寶鋆答應著。

『陳寶琛的話，很切實；說得稍微過分的地方，也是有的。』慈禧太后對恭王說道：『你們擬旨，總要拿人家一片求好的心敘進去；不能擋住了言路。』

這就是說，寶鋆是沒事了，但並不是說他沒有錯處。原摺一共奏劾了三個人，一個落職、一個免了一項差使、再加上一番責備寶鋆的話，對陳寶琛的面子也很可以敷衍了。

於是，恭王答道：『寶鋆在軍機多年，沒有甚麼過失；陳寶琛說他「畏難巧卸、瞻徇情面」，亦不能確有所指。不過既然言路上有這樣子的批評，總是寶鋆還有不能跟人和衷共濟的地方，才惹起閒言閒語。今後，寶鋆總要格外盡心才是。』

『不錯。就照你這意思擬旨好了。』慈禧太后又說：『寶鋆精神還很好；還很可以好好當幾年差。』

『是！』寶鋆這一聲答應得很響亮，顯得中氣十足。

一場宦海風波，在寶鋆來說算是過去了。但他不能心平氣和地照上諭所說的『恪矢公忠，和衷共濟』，爲了報復，指使一名叫文碩的內閣侍讀學士，翻出一件老案來參劾左宗棠和楊岳斌。

這件案子起於一個月前，湖南巡撫有個奏摺，抄附了前任陝甘總督楊岳斌的一通咨文，是爲了他初督陝甘，剿辦回亂時，曾經委了一個道員王夢熊，就地勸捐，接濟軍糧，照例應該獎勵；但迄今十餘年未辦，請由現任陝甘總督，查案給獎。

就表面看，其事甚小，軍機奉旨：『著湖南巡撫咨行陝甘總督查明辦理。』案子便算了結。而文碩卻以此爲由，大做文章，說王夢熊當初勸捐未曾核獎，是因爲左宗棠與楊岳斌不和，接任陝甘總督以後，有意積壓。本來是件沒有甚麼多大議論可發的事，而有意苛責；加以文字拖沓，竟有三千字之多。最後爲了表示無所偏袒，特意指責楊岳斌以卸任總督爲湖南巡撫的部民，有所陳訴，當用呈文而不該用咨，請一併『量予示懲』。

奏摺送到慈禧太后那裡，一看有『已革道員王夢熊』的字樣，便覺得不該給獎；再看下去，越覺厭惡，便丟在一邊，而心裡疑惑，不知道文碩何以要上這個摺子？是不是跟左宗棠有甚麼嫌隙，還是出於甚麼人的授意。於是第二天召見軍機，她先問恭王：『內閣侍讀學士文碩，這個人怎麼樣？』

恭王連這個名字都還是第一次聽到，便老實答道：『臣不知道這個人，等查明了回奏。』

慈禧太后看著寶鋆和景廉問道：『你們倆，知道不？』

景廉是知道的，但慈禧太后問到此人，其意何在，茫然莫測，不敢造次；好在班次在後，不妨等寶鋆回答。

寶鋆不能不回答，『文碩是正紅旗，進士出身。』他說：『平日有痰疾。』

『他是哪一科的？』

『同治四年乙丑科。』

『那一年會試，』慈禧太后想了一下問道：『彷彿記得你也入闈了？』

『是！』寶鋆答道：『臣跟賈禎、譚廷襄、桑春榮一起賞的考差。』

『他上了個摺子。』慈禧太后這才將文碩的摺子交下來：『囉哩囉嗦幾千字，我沒工夫看它！雞子兒裡挑骨頭，幹嘛呀？你們看看，該怎麼駁？』

原摺甚長，只好帶回軍機處去看。左宗棠一看就生氣了；他正在發風疹，一面搔爬不停，一面便大罵王夢熊。

『這一案跟我毫無關聯。』他大聲說道：『王夢熊甚麼東西，假公濟私，捐款都入了荷包。只有楊厚庵這種老實人才會重用他。陝甘我跟楊厚庵不是前後任，中間還隔著一個穆圖善；王夢熊貪污有據，革職查辦是在穆任，我接事以後，自然照規矩辦。王夢熊不敢到案，逃匿無蹤，案不能結，何來核獎？王夢熊這兩年一再呈控，都察院已經駁回；聽說王夢熊已經逃回湖南，應該降旨，責成湖南巡撫衙門，逮捕歸案，切切實實查明究竟。』說到這裡，他收不住口，又溜到題外了，『文碩雖有痰疾，這個摺子倒不能看作痰迷心竅；一定受了甚麼人指使。請王爺徹查。』

若說有人指使，自是寶鋆。左宗棠的弦外之音，恭王自然明白，便搖搖手說：『算了，算了！十幾年的老案，還翻它幹甚麼？駁了就算了。』

接著恭王派蘇拉找了『達拉密』來，口授大意，寫出來看是這樣駁覆：

據內閣侍讀學士文碩奏：此案懸擱多年，左宗棠在任日久，有意積壓，請量予懲治等語。查各省督撫辦理事件，原應隨時速結；然其間遲延時日，未經辦結者，亦所時有。文碩所稱左宗棠因與楊岳斌各持門戶之見，有意積壓，迴護彌縫；並楊岳斌係在籍紳士，應呈明湖南巡撫，不宜率用咨文，均屬任意吹求，措詞失當，所奏著毋庸議。

這樣駁覆，左宗棠還不滿意，認為文碩應受申斥。李鴻藻便勸他，說是朝廷廣開言路，所奏即有失當，不宜輕言斥責。左宗棠才怏怏不語。

回家以後，還不肯罷休；派人去仔細一打聽，才知道文碩是受了王夢熊的賄，有意想借此因由翻案卸罪。而文碩敢於出此，一半也是因為有寶鋆在替他撐腰。

『不能幹了！』他跟他左右說：『寶佩蘅蓄意排擠，我不能受他這種窩囊氣。告病！』

左右苦苦相勸，左宗棠執意不聽；而且也眞的氣病了，風疹大發以外，頭面手足浮腫，加以天氣炎熱，中了暑氣，胸膈不舒，頭暈耳聾，只好上奏請假，奉旨賞假十日。

以醫加官

慈禧太后卻正好相反，病體痊癒，可以報『大安』了。『報大安』即表示已無可爲天下之慮；一切因慈禧太后染恙而減少的儀制典禮及日常辦事規制，恢復如常。這是社稷蒼生之福，也是請脈醫士的非凡大功，所以論功行賞，有一道恩詔。爲首的是薛福辰，道員的本缺，遇缺即補，並賞加布政使銜，只要過一過班，就可外放爲監司大員。其次是汪守正，他本是州縣班子，升爲知府，並賞加三品職的鹽運使銜，仕途騰踔，何止『連升三級』？再下來是爲孝貞慈安太后『送終』的莊守和，原來摘去的頂戴和花銜賞還，並由右院判調補左院判；成了太醫院第一號人物。

李德立已經告病休致；恩典給了他的兒子兵部主事李廷瑞，超擢爲郎中。此外，首先建議徵醫的內閣學士寶廷，薦醫的督撫李瀚章、曾國荃等，以及逐日帶醫請脈的總管內務府大臣，都交部從優議敘。

其中特蒙異數的是薛福辰和汪守正。慈禧太后特賜貂裘、紫蟒袍、玉帶鉤、奇南香手串等等珍物；派太監送到家，薛福辰擺香案跪接。一家大小，無不感激天恩，但他本人卻別有難以言說的抑鬱；滿腹經綸，未展抱負，只不過偶爾學醫，竟成富貴的由來，自覺委屈。

慈禧太后卻理會不到他的心境，另有打算，傳旨在長春宮體元殿賜宴，派總管內務府大臣作陪；宴前單獨召見，親表謝意。

『薛先生，』慈禧太后從服他的藥見效以後，就改用這個稱呼，『吏部題奏，廣東有個雷瓊道的缺，先把你補上。』

雷州、瓊州在廣東極南，炎方瘴癘之地，在宋朝充軍到那裡，就跟清朝充軍到寧古塔、黑龍江那些地方一樣；現在情形雖大不相同，卻也不算好缺，只是無論如何是個可以做一番事業的地方官，所以薛福辰頓覺愁懷一去，磕頭謝恩。

『起來，起來！』慈禧太后用安慰他的語氣說：『你別嫌委屈！好在你不用到任；過些日子，看近處有甚麼好缺，我再替你調補。我的意思要留你在京裡，不過不能替你補京官；你懂我的意思嗎？』

薛福辰當然懂，京官清苦；不比外官由地方供養，來得舒服。這是慈禧太后特加體恤，他當然要知情，便又磕一個頭說：『皇太后恩出格外，臣粉身碎骨，難以圖報。』

『你別這麼說。我這場大病，九死一生，多虧得你。』慈禧太后又說：『你看如今的局面，如果我起不來，不能辦事，不知會糟成甚麼樣子？你的功在天下，就多得朝廷一點兒恩典，我想大家亦沒有話說。』她的精神很好，所以接下來又談汪守正的事，『汪守正補了揚州府，這倒是個好缺；不過，我也不能叫他到任。我的體子只有你跟汪守正最清楚，吃你們的藥對勁；萬一有個甚麼的，總要找你們方便才好。汪守正，我也想給他在近處找個缺，保定都還遠了；將來看看天津府怎麼樣？』

薛福辰不便置詞，只答應得一聲：『是。』

『你弟兄幾個？』

『臣弟兄三個。』薛福辰答道：『臣居長。』

『薛福成是你的弟弟嗎？』

『是。』

『在哪裡做官？』

『臣弟福成，以前在曾文正幕府；此刻在督臣李鴻章幕府；以勞績軍功，保到道員，尚未補缺。』

『喔！』慈禧太后點點頭，記在心裡了，『你還有一個弟弟叫甚麼名字？』

『叫福保。一直在督臣丁寶楨幕府。』

『丁寶楨能用你們弟兄兩個，可見得是識人好歹的。』慈禧太后說：『你去吃飯吧！有好吃吃不了的，帶回去。』

兩江參案

星變帶來的憂懼不安，因為慈禧太后的『報大安』而消失了一大半；在她自己，所記得的只是『女主出政令』這句話。這一年多以來，為了中俄交涉，她抑鬱在心，積之已久，第一恨自己力不從心；其次，有孝貞慈安太后在，凡事畢竟不能獨斷獨行。如今情形完全不同了，心情暢快，意氣發舒，覺得時局雖然艱難，其實大有可為，一切只在自己的手腕。

就在這時候，接到一個密摺，是奉旨巡閱長江水師的彭玉麟，參劾兩江總督劉坤一，說他『嗜好素深，又耽逸樂，年來精神疲弱，於公事不能整頓；沿江砲台，多不可用，每一發砲，煙氣眯目，甚或坍毀。』又說他『廣蓄姬妾，稀見賓客，且縱容家丁，收受門包，在兩廣總督任內，所築砲台，一經霪雨，盡皆坍毀。』措詞異常率直。

慈禧太后是知道彭玉麟的，賦性剛介鯁直，知人論世，難免偏激；因此，她對這個奏摺上的話，不甚深信。但遇到這樣的案子，必得派大員查辦；因而發交軍機議奏。

軍機卻深感為難，仍舊只能請旨。因為查辦兩江總督，至少得派個大學士；大學士出京查案，風聲太大會影響政局的安定。而且要查的是江防，亦非深諳兵事的，不能勝任。『最爲難的是，劉坤一、彭玉麟都是朝廷倚重的大臣，人才難得，總宜保全。如果查有實據，也還罷了；倘或其中不盡不實，劉坤一必又奏劾彭玉麟，鬧成兩敗俱傷，似非保全之道。』恭王又說：『此事關係甚大，臣等不敢擅專，總得先請皇太后定下宗旨，臣等方好遵循。』

慈禧太后見恭王如此怕事，自然不滿；但細想一想，他的話亦不是全無道理，因而問道：『如果派人查辦，你們看是誰去好？』

『如果眞的要查辦，自以左宗棠爲宜。不過，左宗棠正請病假；天氣又熱，長途跋涉，不甚相宜。』恭王又說：『這一案，派大員出京，必定引起外間揣測，平添許多風波。臣請旨，是否可以寄信給劉坤一，讓他明白回奏。』

『那沒有用。』慈禧太后大爲搖頭，『讓劉坤一回奏，當然是爲他自己辯護，那時再派人去查，就不是保全之道了。我想……』她沉吟了好一會說：『左宗棠的性情我知道，他不宜於查案；從前查辦郭嵩燾，說的話不公平。』

接著，慈禧太后指示，就派彭玉麟密查。這是辦事的創格，但細細想去，卻是極高明的一著，第一，不必特派大員出京，而彭玉麟本在江南，順便密查，不著痕跡；其次，原由彭玉麟參劾，復派彭玉麟密查，等於讓他更作詳細的報告，覆奏爲原奏之續，就好像不曾查辦過劉坤一。恭王認爲這樣作法，最好的是，沒有奉旨查辦的第三者，將來案情或大或小，或嚴譴或保全，都可操縱自如，所以欣然承旨；由衷地頌揚聖明。

兩江的參案，未有結果，陝甘的人事卻需有所變動；曾國荃本無意去主持陝甘的軍務，而在這半年之中，不但自己體弱多病，並且家庭中連番拂逆，先是他的胞姪，曾國藩的次子紀鴻，會試屢次落第，這年五月間鬱鬱以終；接著，他自己又死了一個兒子，情懷灰惡，堅決求去。

恭王深知他的心境，已經答應讓他休息一個時期；但繼任人選頗費躊躇。左宗棠當然沒有回任的道理；就是他自己願意再度出鎮西陲，朝廷亦不會相許，因爲割斷了他跟劉錦棠、張曜等人的關係，便等於變相收回兵權；不宜讓他再統舊部，形成尾大不掉的局面。但陝甘畢竟仍是湖南人的天下；所以曾國荃的繼任人選，亦必得仍是湖南人，才能籠罩得住。

這番調動，重在防務，與尋常的督撫遷調，情況不同；所以恭王事先曾與李鴻章商議，預備以劉坤一調任陝甘；丁寶楨在四川的聲名很好；應該移督兩江。空下來的四川總督一缺；照李鴻章的打算，最好讓他老兄湖廣總督李瀚章調補——丁寶楨這幾年在四川極力整頓，吏治非吳棠在日，所可同日而語；稅收更有起色，光是協解北洋購置鐵甲船的鹽稅，就有三十萬兩之多；所以李瀚章如能調爲川督，在李鴻章來說，公事上先就可以得心應手。

於是，不等彭玉麟奏覆，恭王先就奏明慈禧太后，召劉坤一進京陛見，由彭玉麟署理兩江總督，作爲一次督撫大調動的第一步。

左宗棠一月假滿，又續假一月；這次慈禧太后批是批准了，卻是疑惑。因此，在召見醇王時，特地問道：『最近見著了左宗棠沒有？』

『半個月前，臣去看過他。』醇王答道：『精神還不差；只是興致不好。』

『爲甚麼呢？』

『大概辦事不大順手。』

慈禧想了想說：『是不是有人跟他過不去？』

這是指寶鋆，醇王不便肯定，答一聲：『皇太后聖明。』

『你倒看看他去。』慈禧太后說：『勸勸他。到底是替朝廷立過功勞的人，年紀也這麼大了；問問他自己有甚麼意思。』

醇王啣命去訪問時，左宗棠正短衣蒲扇，在家納涼。

在親貴中，醇王最看重左宗棠；他亦往往倚恃醇王作擋箭牌。所以接得門上通報，絲毫不敢怠慢，具衣冠、開中門，將貴客迎了進來，要用待親王的禮節參見，讓醇王硬攔住了。

寒暄之際，先問病情。左宗棠便滔滔不絕地，將他頭面浮腫、胸有痞塊這些毛病的由來，從頭談起。醇王一面聽、一面看，心裡在想，能這樣起勁講話；就有病也不重，便等他談得告一段落時，勸他銷假上朝。

『宗棠許國以馳驅，自然「鞠躬盡瘁，死而後已」。』他以諸葛亮自命，所以自然而然地引用了〈出師表〉的話，『不過，衰病侵尋，有增無減；釋杖不能疾趨，跪拜不能復起，當差的儀制尚且難得周全，其他還談得到嗎？多承王爺垂愛，一定能體諒七十老翁的苦況。等假滿以後，無論如何要請開缺、開差使。那時要請王爺在慈聖面前，代爲陳明苦衷。』

『老年不宜跪拜，上朝是一大苦事；我是知道的。』醇王說道：『朝廷優禮勛臣，廟堂籌劃，倚重老成，只怕慈聖也不肯放你回山。』

『是！』左宗棠答道：『雖然開了缺，我暫時仍舊住在京裡，以備朝廷顧問；如果明後年託天之福，八方無事；那時再乞骸骨，想來亦萬無不能邀准的道理。』

看他言詞懇切，醇王認爲眞意已經探明。天氣這麼熱，自己固然不耐久坐；而做主人的衣冠陪客，更覺不忍，便起身告辭。第二天特爲進宮請見慈禧太后，將所見所聞，據實面奏。

『左宗棠的意思我懂了，他是想開掉軍機的差使，光是當大學士。』慈禧太后說：『不過，我看他實在不宜於做京官；得找個好地方，讓他去養老。』

左宗棠將要外放，就在這一刻便決定了；但『好地方』卻一時難找。

當劉坤一奉召到京前後，彭玉麟的覆奏也到了。

非常出人意外地，彭玉麟的覆奏，竟是爲劉坤一多所開脫。原奏說『沿江砲台多不可用，每一發砲，煙氣眯目，甚或坍毀』並非劉坤一的錯處；錯在兩江軍需總局坐辦趙繼元。

此人是安徽太湖人，同治二年的翰林，原是正途出身，卻在散館以後，又捐了個道員，分發江蘇；這是有道理的，因爲他的妹夫就是李鴻章，這時正署理兩江總督，郎舅無迴避之例，便派了軍需總局的肥差，一直把持到如今，才爲彭玉麟不顧一切地『掀』了出來：『兩江軍需總局，原係總督札委局員，會同司道主持。自趙繼元入局，恃以庶常散館，捐升道員出身，又係李鴻章之妻兄，賣弄聰明，妄以知兵自許；由是局員營員派往修築者，皆惟趙繼元之言是聽。趙繼元輕前兩江總督李宗羲爲不知兵，忠厚和平，事多蔑視。甚至督臣有要務札飭總局，趙繼元竟敢違抗不遵。直行己意。李宗羲旋以病告去，趙繼元更大權獨攬，目空一切。砲台坍塌、守台官屢請查看修補，皆爲趙繼元蒙蔽不行。』

趙繼元如此頑劣，彭玉麟以巡閱長江水師，整頓江防的職責，曾經插手干預，但並無效果，他在奏摺中說：

臣恐劉坤一爲其所誤，力言其人不可用。劉坤一札調出局，改派總理營務，亦可謂優待之矣；而趙繼元敢於公庭大眾向該督臣力爭，仍要幫理局務。本不知兵，亦無遠識，嗜好復深，徒恃勢攬權，妄自尊大，始則自炫其長，後則自護其短，專以節省經費爲口實，惑眾聽而阻群言，其意以爲夷務有事，不過終歸於和；江防海防，不過粉飾外面，故一切敷衍，不求實際。其實妄費甚多，當用不用。大家皆瞻徇情面，以爲局員熟手軍需，營務歸其把持。將來海疆無事，則防務徒屬虛文；一旦有事，急切難需，必至貽誤大計。夫黜陟之柄，操自朝廷；差委之權，歸於總督，臣不敢擅便。惟既有見聞，不忍瞻徇緘默，恐終掣實心辦事者之肘，而無以儆局員肆妄之心。

奏摺到達御前，慈禧太后大有警悟，李鴻章的勢力遠達兩江，是她知道的；卻想不到是這樣根深柢固。上海的製造局、招商局、以及將要開通的上海、天津陸路電報線，都在李鴻章手裡；再加上他有這樣一個至親盤踞在兩江軍需總局，歷任總督都無奈其何，變成南北洋防務，都靠李鴻章一個人，權柄過重，朝廷終有受他挾制的一天，豈不可慮？

因此，她不交軍機議奏，硃筆親批：『趙繼元劣跡昭著，即行革職。』軍機處看到硃批，無不心驚——大家都懂她的意思，這是『殺雞駭猴』，有心給李鴻章一個警告；也是給所有的大臣一個警告：倘或不是謹慎奉公，她用威行法是毫不容情的。

也就因爲如此，慈禧太后絕不讓劉坤一回任兩江；兩江總督得要派一個不甘於受李鴻章影響的人，『兩江的情形不大好！』她向恭王說：『用人不能光講才具，操守也要緊；總要破除情面，切實整頓。像盛宣懷當招商局委員，收買洋船，竟敢舞弊，居然還有人幫他說話，無怪乎像趙繼元這些人，膽子越來越大了。』

這也是指著李鴻章說的。盛宣懷是李鴻章的親信；他收買旗昌洋行的輪船舞弊，查明屬實，而『居然還有人幫他說話』，也就是李鴻章。

『彭玉麟是肯破除情面，實心辦事的；不如就讓他在兩江。』

『回皇太后的話，』恭王答道：『彭玉麟早有過話，絕不肯做督撫。而且他參了劉坤一，又接劉坤一的事；爲避嫌疑，更不肯了。以臣的意思，丁寶楨倒合適。』

『丁寶楨在四川很順手，一動不如一靜。我看，』慈禧太后突然想到，『叫左宗棠去吧！』

將左宗棠排出軍機，辦事可得許多方便；恭王表示贊成。不過左宗棠是不是肯去，卻成疑問；所以，恭王特地派一名軍機章京到左宅求見，探問他的意思。

左侯出鎭

在左宗棠，這是意外之喜，頓時精神一振。他喜歡攬權，更喜歡獨斷獨行；少年時言志，不望拜相入閣，只願出鎭方面，不得已而求其次，寧願做個七品縣官，亦可以一抒抱負。如今既拜相、又出鎭；而且兩江總督必兼南洋大臣，東南防務，要靠自己來經營策劃，大有用武之地。所以對派去的軍機章京，在矜持之中，不免喜形顏色，表示一到南洋，江防、海防，只要他一到任，必有辦法。

事情就這樣定局了，但卻還不能降旨。因爲劉坤一奏對不稱旨，他本人鴉片大癮、姬妾又多，也不願到西北苦寒之地；而楊昌濬的資望才具，都不夠總督的格，得要另外物色。

最初想到劉坤一的族叔，雲貴總督劉長佑；他是湘軍宿將，早就當過直隸總督，移鎮西北，倒也人地相當。但因法國正在窺伺越南，西南的防務，亦頗關重要，不宜調動。

挑來挑去挑中了一個湖南人，是浙江巡撫譚鍾麟；他是翁同龢的同年，恭王對他特具好感——同治四年，慈禧太后與恭王失和，鬧出絕大風波，恭王幾乎連爵位都保不住。慈禧太后震怒之下，有言責的人，十九噤若寒蟬，只有譚鍾麟以江南道御史，慷慨陳言，說『廟堂之上，先啓猜疑；根本之地，未能和協，駭中外之視聽，增宵旰之憂勞，大局有關，未敢緘默』，同官感悟，列名合疏的，有四十餘人之多。慈禧太后一看這聲勢，不敢一意孤行，終於恢復了恭王的名位權力。以此淵源，譚鍾麟一直能得到恭王的支持。而且他的官聲不錯，並且當過陝西巡撫；論各方面的考慮，都很合適；唯一不甚妥當的是，他在浙江當杭州知府，署理杭嘉湖道時，楊昌濬當浙江布政使，正是他的頂頭上司；現在楊昌濬是甘肅布政使，變成譚鍾麟的部屬，似乎難堪。但朝廷用人，當然管不到這些細節，也就隨它去了。

譚鍾麟的調督陝甘，是出於張之洞的建議；在『翰林四諫』中，他頗得人緣，所以湖廣總督李瀚章，爲了籠絡，特地卑詞厚幣，請他去當湖北通志局的總纂。可是張之洞正在培養資望關係，快到了水到渠成，將要大用的時候，自然不肯應聘，轉薦他的門生樊增祥自代。果然，不久就由於李鴻藻的保薦，放了山西巡撫——翰林當到內閣學士，不是內用爲侍郎，便是外放爲巡撫，循資遷轉，原無足奇；奇的是張之洞升內閣學士還不到半年的工夫，就有此任命，不能不說是異數。

因此，給他去道賀的人特別多。張之洞興頭得不得了，親擬謝恩摺子，得意忘形，自命爲『敢忘八表經營』的話，一時傳為口實，而挖苦他最厲害的，不是別人，正是他的堂兄張之萬——一天張之萬帶了兩個掛錶；有人便說，錶只要準，一個也就夠了。他這樣回答人家：『我帶兩個錶不足為奇；舍弟有「八表」之多。』

『八表』是八方之極，亦是『天下』的別稱；『八表經營』可以解釋為開國英主力戰定天下。張之洞下筆不檢，用了這句成語，如在雍正、乾隆年間，不丟腦袋也會丟官；但嘉慶以後，文字獄久已不興，而且清流的口氣，向來闊大，所以山西巡撫想經營八表，不過傳作笑談而已。

談笑以外，亦頗有人深為警惕，因為張之洞的被重用，正是慈禧太后重視清流的明證。翰林四諫中，專事彈劾的張佩綸、鄧承修、寶廷、以及後起的盛昱；不在四諫之列，卻與黃體芳齊名，好以詼諧語入奏摺的劉恩溥都在朝中，氣燄更甚，不知他們哪一天心血來潮，出手搏擊？因而都不免惴惴不安。

因為如此，便常有些捕風捉影，疑神疑鬼的流言，有人說萬青藜、董恂在位不久了；有人說李鴻藻一系將攻倒王文韶；還有人替新任陝甘總督譚鍾麟擔心，說張佩綸一定饒不過他。

張佩綸曾經彈劾過譚鍾麟，那是四年前的事——光緒三年，山西、河南、陝西大旱，赤地千里；朝廷截留東南漕米一百萬石，賑濟山西與河南，由閻敬銘以侍郎坐鎮山西，督辦賑務，有個縣官侵吞賑米，閻敬銘會同山西巡撫曾國荃，請『王命旗牌』，斬於鬧市，因而經手放賑的，不管是官員還是紳士，沒有人敢於舞弊；山西、河南的災民，受惠的不止其數。

但是，陝西同樣被災，卻獨獨向隅。這年從四月到九月，點雨未下，渭南、渭北，小麥下種的不及二成；百姓已經吃草根樹皮了，但左宗棠西征，還在急如星火地催運軍糧。李鴻章大為不滿，寫信給左宗棠說：『西北連年荒歉。民食猶苦不足，何忍更奪之以充兵餉？萬一如明末釀成流寇之亂，誰尸其咎！』

左宗棠接到這封信，當然很不開心。因此也就討厭有人說陝西大旱；陝西巡撫不敢違逆他的意思，便禁止屬下報災。朝廷查詢，他答奏說是『全省麥田僅有三成未播種者，餘皆連得透雨，一律下種，雖有偏災，不致成巨祲。』這個巡撫就是左宗棠的同鄉譚鍾麟。

陝西的紳士為求自保，約齊了上書巡撫，請求奏報災情，設局派官紳會辦賑物。譚鍾麟置之不理；陝西紳士只好乞援於言路了。

當時陝西人當御史的，一共有五個人，而陝西的紳士，只寫信給其中的四個；這四個人有一個叫余上華，雖是陝西平利人，祖籍湖北；兩湖一向認同鄉的，所以余上華跟譚鍾麟套上了交情，平日常有書信往來。這時便跟其餘三個人說：『紳士與巡撫不和，言官又攻巡撫，彼此相仇，吃虧的還是地方。我看先不必出奏，由我來寫封信勸他；如果他肯回心轉意，奏請辦賑，嘉惠地方，我們又何必再作深責？』

大家都覺得他的話入情入理，應是正辦。便同意暫緩彈劾，由余上華寫信給譚鍾麟。哪知道余上華出賣了他的同官，也出賣了他的同鄉，將陝西紳士的原函，寄了給譚鍾麟。

譚鍾麟為了先發制人，連夜拜摺，專差送到京裡，特參『陝西紳士，把持公事，脅制官吏；移熟作荒，陰圖冒賑。』可惜，晚了一步，已經先有人參了譚鍾麟。

這個人叫梁景先，陝西三原人，官拜浙江道御史；就是陝西紳士致書言路乞援，而獨獨漏了他的那個人。梁景先的科名甚早，是道光二十五年的進士；咸豐十年英法聯軍進京時，他做工部郎中，因爲膽小，棄官逃回家鄉。這不是甚麼大不了事，但陝西人最講氣節，因此看不起他；後來雖然補了御史，陝西的紳士卻從不跟他打交道。這一次桑梓大事，別人都受託出力，只有他不在其列；心裡非常難過。想想六十多歲的人，就要告退了；這樣不齒於鄉里，將來退歸林下，還有甚麼面目自居爲縉紳先生？倒不如趁此機會，爲桑梓效一番勞，晚節可以蓋過早年的恥辱，豈不是極好的打算？

因此，他深夜草奏，狠狠參了譚鍾麟一本，說他驕蹇暴戾，一條條罪狀列了許多，而且詞氣之間，也隱約談到余上華跟譚鍾麟勾結，『潛通消息』的情事；同時也參了陝西藩司蔣凝學，衰病不足以勝任其職。

他的奏摺一上，譚鍾麟的摺子也到了；陝西的御史預備在京裡參他，他遠在西安，怎會知道？見得余上華『潛通消息』的話，信而有徵。不過由於恭王的從中迴護，這兩個摺子都留中不發，只用『廷寄』命譚鍾麟『確查具奏』。

消息當然瞞不住的，陝西的京官和地方上的百姓，動了公憤，一方面具呈都察院，請求代奏：『陝西荒旱，巡撫、藩司厭聞災歉』；一方面在西安幾乎發生暴動，譚鍾麟大起恐慌，下令西安鎭總兵、潼關協副將，調兵三千，將巡撫衙門，團團圍住；一打二更，撫署前後戒嚴，斷絕行人，總算地方紳士出面安撫，不曾激成民變。只是蒲城、韓城等處，奸匪乘機作亂，還殺了兩名官兒，派兵剿捕，方能平定。

事情鬧得很大，但朝廷無意嚴格追究責任，所以等譚鍾麟的覆奏到京，才有明發上諭，認爲譚鍾麟的覆奏『尙無不合』。梁景先所參蔣凝學各節，既無實據，『毋庸置議』。至於陝西的災情，由戶部撥銀五萬兩，交譚鍾麟核實放賑。

看來大事化小，小事化無了。不想惱了張佩綸；看樣子他內有恭王成全，外有左侯支持，要扳是扳他不倒的，只有給他一個難堪出出氣。

於是他上了一道『疆臣覆奏，措詞過當，請旨申飭』的摺子。結果發了一道上諭，第一段說：前因陝西紳士呈訴該省荒旱，巡撫譚鍾麟有辦理未善之處，諭令該撫有則改之，無則加勉。茲據譚鍾麟覆陳，辦理一切情形，尙無不合。朝廷知該撫向來認眞辦事，特予優容，明降諭旨，責成該撫經理救荒事宜，不以摺內語句，苛以相繩。

這一段是爲譚鍾麟開脫，也爲朝廷本身辯護，救災事大，措詞事小，不加苛責。

第二段入於正文，是這樣措詞：

茲覽張佩綸所奏，『該撫覆奏摺內，嘵嘵置辯，語多失當，恐開驕蹇之漸，請予申飭。』嗣後該撫惟當實心任事，恪矢靖共，於一切行政用人，愼益加愼；毋稍逞意氣之偏，轉致有虧職守。

前後兩段的文氣，似斷還續，雖未明言申飭，其實已作了申飭；但此申飭又很明顯地表示出是苛責。合看全文，給人的觀感，彷彿是弟兄相爭，做哥哥的明明不錯，但父母爲了敷衍驕縱的幼子，假意責罵哥哥。清流中人，眞的成了『天之驕子』了。

事隔四年，丁憂復起的張佩綸，依然是『天之驕子』，補了翰林院侍講的原職；謝表中比擬爲宋哲宗朝，賢后宣仁太后當國，起用賢俊，再度當翰林學士的蘇東坡，儼然以參贊軍國大計的近臣自許。事實上，三年守制，潛心修養，雖然氣概如昔，但已深沉得多，不會再像以前那樣一逞意氣，便爾搏擊。所以爲譚鍾麟擔心的流言，亦畢竟是流言而已。

衣錦還鄉

補授兩江總督的上諭，由內閣明發時，左宗棠還在病假之中。人逢喜事精神爽，病痛彷彿好了一大半；期滿銷假，說『步履雖未能復故，而筋力尚可支持。』摺子一遞，當天就由慈禧太后召見。

這次召見，跟以軍機大臣的身分，隨班晉見，大不相同，太監扶掖，溫語慰問；躊躇滿志的左宗棠，亦頗有感激涕零之意，說是過蒙體恤，大出意外，只是衰病之軀，怕難報稱。

慈禧太后放他到兩江，原有像宋朝優遇大臣那樣，『擇一善地』讓他去養老的意思，但這話不宜明說，依然是勉勵倚重的語氣，『說到公事，兩江的繁難，只怕比你現在的職司要多好幾倍。』她說：『我是因為你回來辦事認真，很有威望，不得不借重你去鎮守。到了兩江，你可以用妥當的人，替你分勞。不必事事躬親，年紀大了，總要保重。』

這是不教他多管事，還是含著養老的意味在內；而左宗棠是不服老的，瞿然奏對，大談南洋的防務與『通商事務』。一講就講了半點鐘。

『你如果不能支持，不妨稍微歇一歇。』慈禧太后有些不耐煩，但神態很體恤，『兩江有甚麼應興應革的事宜，你跟恭王、軍機慢慢兒談，讓他們替你代奏好了。』

於是左宗棠跪安退出，料理未了事務，打點起程。經手的兩件大事，一是永定河工，完工的要奏請驗收，未完工的仍由王德榜料理；二是安置十二哨親軍，一部分遣散，一部分帶到兩江。剩下的軍械當然移交李鴻章接收；但最新式的六百桿『後膛七響馬槍』，卻送了給神機營，使得醇王喜不可言。

諸事皆畢，左宗棠衣錦回鄉——奉准請假兩月，先回湖南展拜他二十二年未曾祭掃的祖塋。十一月底船到長沙，新由河南調任湖南巡撫的涂宗瀛，率領通省文武官員，衣冠鼓樂，恭迎爵相；日日開筵唱戲，將他奉如神明。這樣在省城裡住了三天，方溯湘水北上，榮歸湘陰故里。頭白還鄉，而且拜相封侯，出鎮東南，這是人生得意之秋，但左宗棠的心境，卻大有『近鄉情更怯』的模樣，怯於見一個人：郭嵩燾。

郭嵩燾跟左宗棠應該是生死之交；咸豐十年官文參劾左宗棠，朝命逮捕，將有不測之禍，虧得郭嵩燾從中斡旋解救，左宗棠不但無事，而且因禍得福，由此日漸大用。以前郭左兩家，並且結成兒女姻親。這樣深厚的關係交情，竟至中道不終——同治四年，郭嵩燾署理廣東巡撫，積極清除積弊，整理釐捐，因而與總督瑞麟爲了督署劣幕徐灝而意見不和；朝旨交左宗棠查辦。他爲了想取得廣東的地盤，充裕他的餉源，居然趁此機會，連上四摺，攻掉了郭嵩燾，保薦蔣益澧繼任廣東巡撫。其間曲直是非，外人不盡明瞭，但左宗棠自己知道，攻郭嵩燾的那些話，如隱隱指他侵呑潮州釐捐之類，都是昧煞良心才下筆的。

在左宗棠，這些英雄欺人的行徑，不一而足；但對他人可以置之度外，對郭嵩燾不能，尤其回到了家鄉更不能。一路上左思右想，唯有『負荊請罪』，才能稍求良心自安，也見得自己的氣度與眾不同。

一大清早，左宗棠便吩咐備轎拜客；陳設在官船上的全副儀仗，執事都搬上了岸，浩浩蕩蕩地塞滿了一條長街。八抬大轎到郭家門口停住，左宗棠走下轎來，紅頂子，三眼花翎，朝珠補褂，一應俱全；親自向郭家的門上說明：『來拜你家大爺。』

郭嵩燾早就得到消息，擋駕不見；甚至連大門都不開，門上只是彎著腰說：『家主人說：絕不敢當。請侯爺回駕。』

『你再進去說，我是來會親戚。務必見一見。』

往返傳話，主人一定不見，客人非見不可；意思極其誠懇。最後是郭嵩燾的姨太太勸她『老爺』，說女兒是他姪媳婦，如果過於不講面子，女兒在左家便難做人。郭嵩燾是怕這個姨太太的，只能萬分委屈地，開門接納。

『老哥，老哥！』左宗棠一進門便連連拱手；進了大廳，便有個戴亮藍頂子的戈什哈，鋪下紅氈條，左宗棠首先跪了下去。

『不敢當，不敢當！』郭嵩燾只好也跪了下來。

兩人對磕過一個頭，左宗棠起身又是長揖：『當年種種無狀，今天實在無話可說；唯有請老哥海涵。』

『沒有甚麼，沒有甚麼！』郭嵩燾餘憾不釋，語氣十分冷漠。

於是左宗棠寒暄著將郭家上下，一一問到；然後談論彼此熟識的親戚故舊，直到中午不走，郭嵩燾只好留他吃飯。

左宗棠頗講究口腹之慾，在前線督師，經常食用的都是曾國藩宴客亦不輕易一用的『海菜』——魚翅、燕窩；這天在郭家，不過一桌臘肉，蒸魚之類的家鄉菜，左宗棠卻吃得津津有味，健啖而且健談，一頓飯吃了兩個鐘頭方罷。冬日天短，告辭的時候，已經太陽下山，炊煙四起了。

這就是左宗棠籠絡人的手段。在他人看來，這麼一位第一號的貴客，在他家作整日盤桓，豈止於蓬蓽生輝，眞該家祭陳告，祖宗有德才是。左宗棠就是期待郭嵩燾有此想法，一以消釋仇怨；再則消釋鄉里父老的『誤會』，說起來：『左四老爹跟郭家交情還是厚得很，你看，一會親就是一整天；誰說他們兩家不和？』等到郭嵩燾來回拜時，再款以上賓之禮，更是前嫌盡釋，浮言盡消了。

然而他失望了，郭嵩燾竟不回拜！這無論從哪方面來說，都是極其失禮的事；同時也由此失禮，更顯出郭嵩燾跟左宗棠的深仇大恨，到了難以化解的地步。

臘月二十二到了江寧，二十四接事；劉坤一派江寧知府與督標中軍副將，原隸左宗棠部下，有福將之稱的譚碧理，將兩江總督關防、兩淮鹽政印信、欽差通商大臣關防，以及王命旗牌，都送到了行館。封印期內，少動公文；左宗棠有公事交代，都派差官去傳話。

他的差官，大都是勤務兵出身，平時呼來喝去，視如僕役；但一到屬下衙門，身分自然不同。到了江寧藩司那裡，投帖請見。

江寧藩司叫升善，旗下貴族出身，最講究應酬禮節，因爲這個名叫孫大年的差官是總督派來，尊上敬下，以平禮相待。原以爲孫大年應該懂得藩司綜理一省民政，亦可算方面大員，尊重體制，不敢分庭抗禮；誰知孫大年全不理會，說請『升匠』，居然就在匠床上首坐下，高談闊論，旁若無人。升善大爲不悅，第二天上院參見總督；談完公事，順便就提到孫大年的無禮。

『喔，喔！』左宗棠隨即拉開嗓子喊道：『找孫大年！』

『喳！』堂下戈什哈，暴諾如雷。

等把孫大年找來，左宗棠大加申斥：『你們自以為有軍功，在我這裡隨意談笑，倒也罷了；怎麼到藩司大人那裡也是這個樣?藩司是朝廷特簡的大員，不比你們的頂戴，憑我奏報就可以有了!你們太不自量!趕快替藩司大人磕頭賠罪。』

『喳!』孫大年果眞替升善磕頭。

『請起，請起!』升善倒有些過意不去。

『回頭替藩司大人站班!』左宗棠又說：『不准馬虎。』

『喳!』

又談了一會，左宗棠端茶送客。升善走到二門，只見左宗棠左右的十幾名差官替他『站班』；入眼大驚，連孫大年在內，個個紅頂花翎黃馬褂，一齊手扶腰刀，肅然侍立。

細看補子，其中還有繡麒麟的，這是武官一品的服飾；雖說軍功上得來的品級官銜不值錢，但認起眞來，到底朝廷的體制有關，升善竟不得不撩袍請安，弄得奇窘無比。

江寧官場有了這樁笑話，左宗棠的聲威益重；但是，在兩江他並不能像在陝甘那樣，想如何便如何——李鴻章在兩江的勢力，雖不如前，卻另有制抑左宗棠的手段。左、李對國防的主張，向來不同；左宗棠主塞防，李鴻章主海防。海洋遼闊，不比塞防可以據險而守，所以南北洋必須聯成一氣；這也就是李鴻章插手兩江，能得朝廷默容的道理。如今左宗棠出鎮東南，加以彭玉麟嚴劾趙繼元，是間接對李鴻章深致不滿的表示；如果左、彭聯手，則經營北洋的計畫，將處處遭遇障礙，因而先發制人，策動張佩綸上了一個洋洋四、五千言的奏摺。

這個摺子的案由，叫作『保小扞邊，當謀自強之計』，而一篇大文章，談的完全是海防，卻有意在案由上避免，用心也算甚苦。奏摺一上，慈禧太后覺得頗爲動聽，加以恭王的支持，所以下了一道『五百里』的『密諭』，分寄李鴻章、左宗棠及閩浙總督何璟、兩廣總督張樹聲、雲貴總督劉長佑、還有彭玉麟和有關各省巡撫：

> 翰林院侍講張佩綸奏，瀝陳『保小扞邊，當謀自強之計』一摺，據稱『日本既廢琉球，法蘭西亦越境而圖越南，馭倭之策，宜大設水師，以北洋三口爲一軍，設北海水師提督；天津、通永、登萊等鎮屬之，師船分駐旅順、煙台、大連灣以控天險。江南形勢當先海而後江，宜改長江水師提督駐吳淞口外；狼山、福山、崇明三鎮均隸之，專領兵輪，出洋聚操。責大臣以巡江，兼顧五省；責提督以巡海，專顧一省。移江南提督治淮徐，轄陸路；閩浙同一總督轄境，宜改福建水師提督爲閩浙水師提督，以浙江之定海、海門兩鎮隸之。浙江提督專轄陸路爲正兵，扼險以伺利便，劉永福等皆可羅致爲用。復以水師坐鎮珠厓；快船、水雷船出入於越南神投海口，與爲聯絡』等語，海防、邊防自爲目前當務之急，亟應統籌全局，因時制宜。必有折衝禦侮之實，始可爲長駕遠馭之計，該侍講所陳各節，不爲無見，即著李鴻章、左宗棠、何璟、張樹聲、彭玉麟等將海防事宜，通盤籌劃，會同妥議具奏。

照上諭指示，又以直隸總督兼北洋大臣爲疆臣領袖，所以籌議海防，很自然地責成了李鴻章主持。這一下，便佔了先著；他成竹在胸，從容得很，丟下這件要緊公事，好整以暇地親自去巡視蹕道——因爲上年孝貞慈安太后大葬；慈禧太后病體初癒，不宜長途跋涉，未曾送到山陵，怕今年清明時分，會去親祭，所以預先發動民伕，大事整修。

就在巡視中途，李鴻章接到京裡的密信，提到『西聖』的動向，說病勢完全康復，已報『萬安』；爲了打算著意整頓一番，今年皇帝侍奉皇太后瞻謁孝貞定東陵之舉，決定從緩。慈禧太后要留在京裡，親自處理三年一次的『察典』。

三年一次的考績，外官叫『大計』；京官叫『京察』。京察之期跟鄉試之年一樣，逢子、午、卯、酉舉行；這年是光緒八年壬午，各衙門開印以後，第一件大事就是『註考』、『過堂』，考核屬下。部院大臣照例由吏部開單，奏請親裁；就在這時候，張佩綸遞了『保小扞邊』一摺以後，鼓其餘勇，上摺攻了三個人，一個是吏部尚書萬青藜，一個是戶部尚書董恂，說他們『聲名平常，年老戀位』，不但『戀職如故，且溺職亦如故』，奏請『照例休致』。另外一個附片，專劾左都御史童華。

慈禧太后早就想動萬、董二人了。所以看到張佩綸的奏摺，正中下懷；萬青藜和董恂都丟了官。童華則開缺以侍郎候補，坐降一級。萬青藜的遺缺由李鴻藻以兵部尚書調補。

接到上諭，李鴻章暗暗警惕。一年之間，李鴻藻升協辦，調吏部，他的宦途得意，正表示清流勢力的擴張；南派王文韶士望不孚，翁同龢正在『養望』，潘祖蔭名士氣味太重，看來南不敵北，自己在這兩派之間，如何結納，作爲內援，該當好好有個打算。

這樣考慮著，自然而然想到了張佩綸。同時也不免得意；幾年來憑藉世交，在張佩綸身上下功夫『燒冷灶』，頗有效驗。張之洞巴結李鴻藻，三日兩頭上書言事，終於弄到了一個巡撫；張佩綸才具遠勝張之洞，如果能培植他出鎭方面，則感恩圖報，聲氣相應，豈不是平添了一條臂膀？

不幸的是，『大先生』李瀚章，從湖北派專差送來一封家書，就養湖廣總督衙門的老母，病勢垂危，恐難挽回。這眞是青天一個霹靂；李鴻章憂心忡忡，覺得必須得有一番佈置。

他有個『飯後三百步』的習慣；專有個聽差替他計數，數到三百步，便喊：『夠了！』這天一喊，竟未聽見；他是想心事想出神了。

想的是他老母的後事。一旦丁憂，必須開缺。弟兄兩個都當不成總督，門下多少人要跟著倒楣，還在其次；只怕平時結下了怨，有人乘機報復。特別是直隸總督兼北洋大臣任內，經手的大事，不知多少？有些未了的事務，需要彌補；倘或換個不相干的人來，公事公辦，翻出老案，會有極大的麻煩。

當然，以自己的地位及朝廷的倚重，必有『奪情』的詔命，照旗人的規矩，穿孝百日，銷假視事；這百日之內，並不開缺，派人署理，便毫無關係。只是漢人跟旗人不同；而且亦非用兵之時，『墨絰從戎』的說法，全不適用。所以，唯一之計是立刻奏請開缺，同時保薦繼任人選，好替自己彌縫一切。否則，慈禧太后心血來潮，說不定將左宗棠調補直督，那就非搞得身敗名裂不止。

弄巧成拙

幸好，淮軍將領中，還可以找得到替手；不過還不到可以著手進行的時候，只能將此人存之於心目之中。眼前先上了摺子再說。

奏請開缺侍疾的奏摺，自然不會批准，朝命『李鴻章賞假一月，赴湖北省親』。正在打點動身，凶信到了，李鴻章隨即奏報丁憂；但用不著星夜奔喪，因爲李太夫人死在他長子衙門裡，而李鴻章由直隸到武昌，得好幾天的工夫，趕不及『親視含殮』，就不妨等靈柩從河北盤回安徽時，中道迎護。

事實上他也不能星夜奔喪，疆臣領袖、北洋重鎮，何能說走就走？他料定朝廷必然一而再地慰留，趁此機會正好部署；最要緊的是，得要想法子將兩廣總督張樹聲調到直隸來接自己的事——淮軍將領本以劉銘傳爲首；但『劉六麻子』早就跟李鴻章不大和睦，所以張樹聲成了李鴻章嫡系中的『大弟子』。如果李鴻章開缺，最好由張樹聲來接任，幾乎是北洋文武一致的看法；因此湖北的凶信一到，立刻就有人向廣州報喜信。而且張樹聲還有個兒子在北京，當然也早已寫信回家，請他父親準備北上。

果然，朝命不准開缺。等李鴻章上到第三個摺子，恭王便向慈禧太后陳奏，無法強留李鴻章在直督任上；不過北洋大臣是領兵重任，以『墨絰從戎』之義，李鴻章或許可以留下來。建議派王文韶到天津跟李鴻章當面商量，如何讓他回籍奔喪，而又不致影響北洋防務。

於是王文韶啣命到天津，名爲『剴切宣諭慰勉』，要他留任，其實是徵詢繼任人選。李鴻章答應留任北洋大臣；建議調張樹聲署理直督。但法國已派兵到河內；越南局勢怕有變化，兩廣亦需宿將鎮守，因而又建議起用曾國荃爲粵督。

這番佈置，朝廷認爲相當妥帖，依言而行。但如此調動，關鍵是在北洋防務；因爲李鴻章鎮守北洋，所以調淮軍出身的張樹聲爲直隸總督，作爲李鴻章的輔佐。而在張樹聲這方面的人，卻看不透這一層；只當李鴻章丁憂必得開缺，直督調張樹聲是朝廷找不出適當人選，不得不加倚重，從此大用，可以繼李鴻章而成爲北洋的領袖了。

張樹聲的兒子就堅持這樣的看法——他叫張華奎，是個舉人；借在京讀書，預備會試爲名，爲他父親打探消息，鑽營門路。平日很拍清流的馬屁。照李慈銘的說法：清流諧音爲『青牛』，李鴻藻是牛頭；張佩綸是牛角，專門用來牴觸他人；陳寶琛是青牛肚子，在清流中最紮實。當然還有牛尾、牛鞭，但都輪不著張華奎；他是所謂『青流靴子』，比起爲清流跑腿的『清流腿』還隔著一層。

爲了想『獨立門戶』，脫去對李鴻章的依傍；張華奎在京裡大肆活動，找了許多『清流腿』酒食徵逐，交頭接耳地密密商議，想替他父親直接打一條路子出來。

有條『清流腿』，是國子監的博士，名叫劉東青，忽然拍案自讚：『我有絕妙的一計！此計得行，豈止爲尊大人增重？直可奪合肥、湘陰的聲光。』

張華奎一聽這話，先就笑了，連連拱手：『請教，請教！』

『翰林四諫，都自負得很，以爲有絕大的經濟；吳清卿、張香濤都出去了，張幼樵自然見獵心喜。』劉東青停了一下說：『他年底下摒絕雜務，專擬談海防的那個摺子，意趣所在，不難明白。如今北洋正在大興海軍，何不奏請以張幼樵到直隸來幫辦水師……』

話還未完，座客轟然喝采。這一計的確想得很絕；一下子可以收服了張佩綸——幫辦軍務，與欽差大臣只差一間；替張佩綸想了這麼一個好題目，他當然要感恩圖報。得此有力的『保鏢』；直隸總督這個位子就可以坐得穩了。

『不過，』張華奎問說，『二月裡有詔旨，不得奏調翰林。只怕於功令不符。』

『不是奏調，是舉薦賢能，有何不可。二月間的詔旨，是爲張香濤奏調編修王文錦而發；舉薦張幼樵的情形不同，奏摺中不妨聲明，請加卿，以示優異。這完全看措詞如何耳！』

張華奎深以爲然。但另有人勸他，不可造次，應該先徵得張佩綸的同意。張華奎亦認爲說得有理，便託人去探詢口氣。

張佩綸不置可否。果能幫辦直隸水師，賞加三品卿銜；則一轉就是巡撫，亦是一條終南捷徑。但這要出自朝廷特旨；張樹聲算甚麼東西？由他來舉薦，不是貶低了自己的身價！

在他覺得可笑，可以不作答覆；張華奎卻誤會了，以爲是默許的表示。當時便打密電回廣東；張樹聲尚未接署直督，已先有舉薦張佩綸的奏摺到京。

摺子交到軍機，李鴻藻首先表示不滿；恭王亦認爲張樹聲此舉過於『取巧』，便即奏明慈禧太后，駁斥不許，說『幫辦大員及加賞卿銜，向係出自特旨，非臣下所得擅請。』

這一下連張佩綸亦碰了一鼻子灰；更壞的是，遞摺之日，恰有『考差』，張佩綸因爲還有親屬之喪，還有『小功服』在身，不能應考，於是有人說他不應考是在『候旨』，倒像是張佩綸本人想謀這個差使。

『張某人太冒昧了！』他氣得跳腳，『這不是笑話嗎？』

『此風不可長！』陳寶琛想幫他的忙，爲他洗刷，『我要上摺子參。』

一參一個准：『張樹聲擅調近臣，實屬冒昧，著交吏部議處。』

慈禧全傳【精裝典藏版】

慈禧前傳

清咸豐十一年，文宗在熱河駕崩，長子載淳繼位為同治皇帝。因皇帝年幼，文宗遺命由八位顧命大臣輔佐幼主，而這位幼主的母親就是中國近代史上最具影響力的——慈禧太后！早在初入宮做貴人、後被封為懿貴妃時，她就野心勃勃，時時想效法武則天，如今被奉為『聖母皇太后』的她，當然不會讓大權旁落大臣的手中……

玉座珠簾【上、下】

同治登基後，表面上大清朝似乎國運昌隆，事實上對外割地賠款，對內則爭鬥不斷。憂心忡忡的慈禧除了日理萬機，還得控制想奪回實權的皇帝。天命難測，一心要伸展鴻圖大志的皇帝竟得天花猝死，皇后也跟著香消玉殞，原因不明。宮闈內幕永遠成為秘密，恐怕只有坐在珠簾後的慈禧了然於胸……

清宮外史【上、下】

繼俄國擾境之後，法國也屢屢進逼越南，中法糾紛四起。慈禧面對法國的挑釁，一心主戰，然而軍機要臣恭王卻主張以和為重，兩人從此有了嫌隙。於是慈禧另指派醇王參政，最後更進一步罷黜了恭王。慈安暴崩，恭王被黜，慈禧從此再無忌憚，她要趁皇帝親政前，好好掌握這分大權……

慈禧全傳【精裝典藏版】

母子君臣

光緒十三年，十七歲的光緒皇帝終於親政。雖然他力圖振作朝綱，但是慈禧實際上仍大權在握，皇帝有名無實，母子之間漸生齟齬。光緒大婚後，美貌機敏的珍嬪備受寵愛，卻因此遭忌。慈禧聽信太監李蓮英的讒言，以為珍嬪從中遊說皇上爭權，勃然大怒！在這暗潮洶湧的宮廷內，一場『母子』之間的風暴儼然將至……

胭脂井【上、下】

光緒二十四年，皇帝決議變法維新，一時之間新政展佈，新黨氣勢愈盛。但慈禧怎能容忍自己大權旁落，因此假袁世凱之手先發制人，使得康有為出逃、譚嗣同等人被殺，新政一敗塗地，慈禧重新奪回大權！面對洋人處處進逼，皇帝蠢蠢欲動，慈禧聽信載漪、徐桐建言，縱容義和團進京，卻闖下幾近滅國的大禍！……

瀛臺落日【上、下】

八國聯軍落幕、兩宮回鑾後一年，軍機大臣之首榮祿因病辭世，善用權術的袁世凱順利接掌軍機處，而袁世凱也因此穩操大權。光緒三十年，日俄在中國東北開戰。此時慈禧已年逾七旬，卻仍心繫政權，眼見東北戰事吃緊，且袁世凱聲勢日益壯大，慈禧轉而動念支持立憲，企圖穩定內政，並一舉消除袁氏擁兵自重的危機……

國家圖書館出版品預行編目資料

清宮外史（上）（平裝新版）／高陽 著. -- 二版.
-- 臺北市：一皇冠, 2013. 06 面；公分. --
（皇冠叢書；第4316種）（高陽慈禧全傳作品集；4）

ISBN 978-957-33-2994-7(平裝)

857.7 102010027

皇冠叢書第4316種
高陽慈禧全傳作品集 4

清宮外史（上）（平裝新版）

作　　者—高陽
發 行 人—平雲
出版發行—皇冠文化有限公司
台北市敦化北路120巷50號
電話◎02-27168888
郵撥帳號◎15261516號
皇冠出版社(香港)有限公司
香港銅鑼灣道180號百樂商業中心
19字樓1903室
電話◎2529-1778　傳真◎2527-0904
美術設計—王瓊瑤
著作完成日期—1972年09月
二版一刷日期—2013年06月
二版三刷日期—2023年11月
法律顧問—王惠光律師

讀者服務傳真專線◎02-27150507
電腦編號◎434104
ISBN◎978-957-33-2994-7
Printed in Taiwan
本書定價◎新台幣300元/港幣100元

慈禧全傳

讀者回函卡

高陽是當代的歷史小說大師，讀者遍及全球華人世界，有人說『有井水處有金庸，有村鎮處有高陽』，足見高陽在華人社會的受歡迎程度。《慈禧全傳》是他的代表作，此次重新推出『精裝典藏版』，希望能讓更多讀者深入體會歷史的精彩豐美和大師的經典文采。

謝謝您購買本書，請您詳細填寫資料及意見並寄回皇冠（台灣讀者免貼郵票），讓我們能出版更完美的經典作品，提供大家品味收藏。

1. 請針對下列各項目為本書打分數

	5	4	3	2	1
A. 內容題材	□	□	□	□	□
B. 封面設計	□	□	□	□	□
C. 字體大小	□	□	□	□	□
D. 編排設計	□	□	□	□	□
E. 印刷裝訂	□	□	□	□	□

2. 您購買本書的動機？
   □封面吸引 □書名吸引 □內容題材 □作者知名度
   □廣告促銷 □其他
3. 您從哪裡得知本書的消息？
   □書店 □報紙廣告 □皇冠雜誌廣告 □書評或書介
   □親友介紹 □ 其他
4. 您最喜歡看哪一種類型的小說？
   □愛情 □武俠 □歷史 □恐怖驚悚 □偵探 □奇幻
5. 您希望哪些作家的作品重新推出精裝典藏版本？ ________________

讀者資料

姓名： 生日：_____年_____月_____日

性別：□男 □女

職業：□學生 □軍公教 □工 □商 □服務業
□家管 □自由業 □其他 ______________

通訊地址： □□□ ________________________________

____

聯絡電話：(公)__________ 分機_______ (宅)______________

e-mail： ________________________

對摺、裝訂後寄出。

您對本書的其他意見：

北區郵政管理局登
記證北台字1648號
免　貼　郵　票

〔限國內讀者使用〕

105

台北市敦化北路120巷50號

皇冠文化出版有限公司　收